THE PERFECT LOVE

I'M NOT YOUR SOULMATE #2

LYLA MARS

THE PERFECT LOVE

I'M NOT YOUR SOULMATE #2

ROMAN

HARPERCOLLINS FRANCE
83-85, boulevard Vincent-Auriol, 75646 PARIS CEDEX 13.

www.harlequin.fr

ISBN 978-2-2804-8048-2 — ISSN 2271-0256

À Mal, qui m'a offert le monde entier.
Et qui représente tout le mien.

1. Là-bas

Le soleil me brûle la peau. Le sel de mes larmes pique mes yeux en feu. Mais je ne dois pas les laisser couler. Non.

Je regarde Matthew haleter contre le lampadaire du parking, les poings serrés. Une goutte de sang s'est logée sur son arc de cupidon au tracé abrupt. Il l'essuie du revers du poignet en reniflant.

Comment t'as pu ? Comment ?

— Eliotte, laisse-moi t'expliquer ! s'exclame-t-il soudainement d'une voix éraillée, en m'attrapant les bras.

— Il n'y a rien à expliquer ! craché-je en dégageant d'un geste sec mes membres de sa prise. Tu me dégoûtes ! T'es une enflure, Matthew !

— S'il te plaît… laisse-moi t'expliquer comment j'en suis venu à agir comme un salaud de première.

— Tu crois qu'on en a quelque chose à foutre de ton mélodrame, sombre merde ? s'écrie Izaak en nous approchant.

Matthew serre la mâchoire et braque son regard sur le goudron défoncé sous nos pieds.

— Je suis désolé, Eliotte, murmure-t-il entre deux inspirations. Tellement désolé.

Il remonte ses iris saphir sur moi. Ils brillent. Et la lumière du jour n'y est pour rien.

— Ma famille a une dette envers le Gouverneur. Mais je n'aurais jamais dû accepter de la régler… En tout cas pas comme ça.

— On t'a dit que ton mélodrame n'intéressait per…

Lorsque je pose ma main sur son bras, Izaak s'arrête.

J'ai envie d'écouter son mélodrame. Je ne sais pas pourquoi je veux de ses conneries, mais c'est plus fort que moi.

— Quel genre de dette ? m'enquiers-je, d'un ton rêche.

— Ma petite sœur Gabriella est atteinte d'une maladie dégénérative, commence-t-il en pinçant les lèvres comme si on remuait un couteau dans son cœur. On ne peut stopper l'évolution de cette maladie qu'avec un certain type de technologie – les *cerebrocontinems* - dont le prototype n'est développé qu'au bloc Nord[1], en France. Ma mère, qui connaissait le Gouverneur depuis longtemps, l'a supplié pendant des années de trouver un moyen d'envoyer Gabriella là-bas. Les transferts entre blocs pour une durée indéterminée sont impossibles, tu le sais bien. Mais on… on ne pouvait pas abandonner Gabriella. Le Gouverneur a alors fini par déployer assez de moyens pour envoyer ma sœur et mon père à Paris… En faisant bien comprendre à ma mère qu'elle devrait lui rendre la pareille.

J'acquiesce, les traits tirés.

C'était donc Gabriella, la petite fille qui souriait sur le lit d'hôpital, sur le fond d'écran de l'ordinateur de Mme Rivera…

1 Quand le monde a été ravagé par les guerres chimiques, les ondes radioactives et les dégâts matériels trop importants ont rendu inhabitable une grande portion du globe. La population mondiale s'est réunie autour des zones habitables appelées « blocs », disséminées aux quatre coins du monde. Le « bloc Nord », correspondant au Canada et aux États-Unis ; le « bloc Ouest », correspondant à l'Europe de l'Ouest ; le « bloc du Levant », correspondant au Moyen-Orient et à l'Asie du Sud-Est, et enfin le « bloc Sud », correspondant à l'hémisphère Sud encore habitable (une partie de l'Afrique et de l'Océanie).

— Quand ma mère m'a dit que je devais récolter un maximum d'informations sur toi sans poser de questions, j'ai refusé. Mais le Gouverneur a menacé de rapatrier Gabriella et je… J'ai pas pu faire autrement, Eliotte.

Ses yeux luisants me sondent, alors que ses lèvres tremblent.

— J'ai fait tout mon possible pour ne donner au Gouverneur aucune information compromettante, je te le jure. J'ai même fini par éteindre mon micro en ta présence, quand tu as commencé à…

À te faire confiance.

Les parois de ma gorge se compressent ; j'ai la sensation d'étouffer. Je serre les poings en esquissant un pas en arrière.

— Très bien, lâché-je.

— Je suis désolé… Je t'en supplie, pardonne-moi, Eliotte… S'il te plaît.

Je mords l'intérieur de ma joue en inspirant fort. J'ai la sensation que je vais vomir mes tripes sur le goudron et les éclats de verre à mes pieds. C'est un putain de cauchemar.

Non, non, non.

Ne pleure pas.

Je papillonne des yeux, et sens des larmes chaudes voler sur mes cils.

— N-Ne m'approche plus. Ni moi ni Izaak, articulé-je en le regardant droit dans les yeux.

— Eliotte, je…

— Tu as compris ce que j'ai dit ? Ne nous approche plus. Je ne veux plus te voir.

Il baisse la tête et enfouit le visage dans ses mains. Je ne supporte pas de le voir comme ça ; je voudrais que son état ne me fasse rien. Absolument rien. Je voudrais le détester dès maintenant. Mais mon cœur a toujours un train de retard.

Alors, je fais volte-face et m'en vais à grandes enjambées vers le *diner*. Je suis la reine des connes. Une écervelée. Izaak lance quelque chose à Matthew que je n'arrive pas à discerner, et me rejoint en quelques foulées. Sa présence fait déjà taire le vacarme du monde et celui dans ma tête, en m'englobant d'un halo chaud. Il pose une main sur mon épaule et se penche vers moi.

— Eli, tu veux qu'on aille reprendre nos recherches chez toi ? demande-t-il doucement. Qu'on rentre au motel chercher nos affaires ? Qu'on finisse toutes les assiettes de notre table au *diner* ?

Mes jambes s'immobilisent. Je n'ai pas la force de répondre. Aucun mot ne se forme dans ma tête.

— S'il te plaît, Eli, dis-moi ce que tu veux faire et on le fera.

Je suis tellement idiote.

Je n'arrive pas encore à réaliser que, depuis le début, un traître marche à mes côtés. Qu'il enregistre la moindre de mes paroles, me pousse à parler de mes relations avec Izaak et avec Ashton pour m'incriminer, se faisant passer pour mon plus fidèle ami. Comme ça. Aussi naturellement qu'il respire.

Et je n'arrive surtout pas à prendre conscience que je l'ai *cru*. J'ai cru à son jeu d'acteur aussi fermement que je crois que deux plus deux font quatre.Je me tourne vers Izaak, le regard fuyant. Et je laisse mon front tomber contre son torse, en tentant de retenir mes larmes. Mais je les sens déjà là, sur mes joues.

Il pose une main sur mes cheveux et l'autre sur mon dos, en m'attirant davantage à lui. Son odeur boisée et citronnée m'aide à me détacher du sol un instant, à fermer les yeux.

— Parle-moi, murmure-t-il. Dis-moi comment je peux être là pour toi. Dis-moi quoi faire.

— T-Tu n'y peux rien. C'est juste moi qui dois encaisser.

— Tu n'es pas obligée de le faire seule, je suis là, Eli. On peut faire face à deux. OK ?

Sa main caresse lentement mes cheveux, avant de descendre sur ma nuque pour la masser dans des mouvements doux et précautionneux.

Avec tout ce que je dois digérer depuis que j'ai décidé de me replonger dans mon passé, cette révélation sur ce salaud de Matthew m'apparaît comme le coup final. *C'est un K-O pour Eliotte.*

Je retiens un sanglot et me mets à renifler, en serrant les pans de sa veste en jean.

— Merci, Izaak. Merci.

Je ne sais pas s'il m'a entendue, vu l'intensité de ma voix, mais, pour toute réponse, il embrasse le sommet de ma tête.

— Si tu veux que j'aille le buter aussi, dis-moi, me lance-t-il en posant le menton sur mes cheveux. Un de plus sur ma liste, qu'est-ce que ça peut changer ?

Mes lèvres s'étirent d'elles-mêmes.

— Si tu finis en prison, on aura du mal à y faire entrer ton père.

— T'y arriveras très bien sans moi, mais ce serait ballot de me retrouver dans la même cellule que lui ensuite.

Une ébauche de rire est vite étouffée dans ma gorge, alors que le sien s'échappe de ses lèvres. Sournois et glacial.

La première fois que j'ai entendu le rire d'Izaak, j'étais étonnée. *Ce robot fantomatique avait ri.* Pourtant, et je ne savais pas pourquoi à l'époque, quelque chose s'est électrifié en moi à cet instant. Je n'aurais jamais cru que ce son aurait un jour le don de me bercer. Réellement.

Nous faisons un rapide tour chez moi, autant pour capturer un dernier souvenir du lieu que pour l'examiner scrupuleusement à nouveau. Une fois nos sacs remplis de documents et de disques durs à éplucher, nous prenons un taxi en direction de Portland, pour rentrer au loft et décider enfin de ce que nous allons faire de toutes ces informations. Comment et quand nous allons décrédibiliser le gouvernement, puis détruire son système. Tout le long du trajet, un poids remue au creux de mon ventre, en rythme avec les secousses du véhicule.

Je n'aurais jamais cru ça de lui. Je n'aurais jamais cru ça de lui. Je n'aurais jamais cru ça de lui.

Je vois bien qu'Izaak tente de me distraire avec les blagues cyniques dont il a le secret et ses caresses timides. Et je ne peux pas nier que le fait même qu'il essaie me réchauffe le cœur.

— Je suis lessivé, déclare-t-il en se laissant tomber sur son lit.

Il tapote la place à côté de lui pour m'inviter à le rejoindre. Je pose alors mon sac à dos près de la porte où j'étais restée postée par réflexe, et m'allonge à ses côtés en poussant un long soupir.

— J'ai une réunion au QG ce soir, mais je vais dire à Francis d'y aller sans moi, m'annonce-t-il en me prenant la main.

Il la positionne devant lui et trace de petits cercles dessus avec son pouce.

— Il n'est que 16 heures…, rétorqué-je. Avec une sieste tu seras d'attaque pour ta réunion, t'en fais pas.

— Je préfère passer la soirée avec toi. La nuit aussi, d'ailleurs… mais c'est pas le propos, marmonne-t-il.

Je ris en levant la tête pour croiser son regard d'un vert incandescent ; il pétille de malice.

— Tu sais, je souhaitais t'en parler avant de partir à Seattle…, lancé-je soudain. Je veux rejoindre les Liberâmes. Je veux agir. Faire partie du groupe qui détruira le système.

Ses lèvres s'étirent alors que sa prise se resserre autour de ma main.

— Je n'en attendais pas moins de toi… Mais je suis obligé de te le demander avant de t'encourager : tu sais ce que ça représente ?

— Je connais les risques, oui. Mais j'ai toutes les raisons du monde de les prendre.

Ses doigts s'entrecroisent aux miens. Ce simple contact me donne des frissons.

— Même si tu ne désires pas être membre du corps militaire, il faudra que tu suives un entraînement intensif pour apprendre à te battre, à manier une arme, que tu connaisses nos stratégies, nos méthodes… D'autant plus qu'on va partir dans peu de temps.

Quoi ?

Je me redresse sur les coudes.

— Partir ? Où ?

— À Alma, derrière la frontière. C'est prévu depuis longtemps… et c'était d'ailleurs ma solution miracle à notre mariage : je serais parti du jour au lendemain et on t'aurait déclarée veuve d'ici un ou deux ans, précise-t-il avec un petit sourire. Plus de mari, plus de mariage.

Je le considère du coin de l'œil, avec une sensation étrange dans la poitrine.

Je ne sais pas ce que veut dire son sourire.

Qu'en est-il *maintenant* ? Quelle est la solution à notre mariage ? Y a-t-il toujours besoin d'en avoir une ?

Car, si dans la rue nous sommes un couple, dans ce loft, après tout ce qui s'est passé… que sommes-nous au juste ?

Dans ses bras, qui je suis ?

Je ne sais pas. Je n'ose pas lui demander. C'est trop tôt. Enfin, je crois… La vérité, c'est que l'entre-deux me paralyse. Je *suis* ou je ne suis *pas*. Je ne peux pas être à demi. *C'est tout ce que je me suis toujours dit.*

Mais surtout, Eliotte, qui veux-tu qu'il soit ?

Après toutes ces déceptions, ces trahisons et ces désillusions, je pensais sincèrement me protéger en gardant ce vide béant dans ma poitrine. Et aujourd'hui, même si je sais que mon père ne m'a pas abandonnée, ces craintes qui m'ont suivie depuis l'enfance sont toujours là, incrustées en moi comme une seconde peau. Et, avec elles, ces questions sans réponse.

Si je ne suis pas seule aujourd'hui, certes, qu'en sera-t-il demain ? Et après-demain ?

Mais quelque chose a changé avec Izaak. Je ne saurais dire de quoi il retourne exactement, mais c'est pourtant le cas. Je sais qu'il représente énormément pour moi, que j'aime être près de lui et que la suite ne peut pas se faire si… s'il n'est pas à mes côtés.

Et, au-delà de tout cela, je ne peux pas m'empêcher de me demander : est-ce qu'Algorithma a prédit ce sentiment ? Est-ce qu'ils ont rai…

— Hey, ça va ?

Je lève brusquement la tête vers Izaak. Il me dévisage, les traits tirés.

— À quoi tu penses, Eliotte ?

— Je… Rien, rien.

Je plie un bras derrière la tête, en soupirant.

Je pense à tout. Absolument tout, Izaak.

Ce dernier se tourne vers moi et pose la main sur ma joue. Il passe doucement les doigts sur ma peau, en laissant derrière lui des étincelles.

— C'est beaucoup d'un coup, je sais… Mais tout va bien se passer, murmure-t-il face à mon silence. Je suis là. On est ensemble sur ce coup.

Mes lèvres s'étirent. Le poids qui accable mon cœur se desserre un rien face à son regard tendre.

— Et sinon… Comment on va s'y prendre avec les autres pour aller à Alma ? demandé-je.

— Tu veux bien partir avec moi, alors ?

— La question ne se pose même pas. Je t'ai dit que je voulais passer à l'action… et je ne me vois pas te laisser partir tout seul, ajouté-je à voix basse.

Il se tait un instant, le regard perdu sur ma main, avant de lâcher :

— Si on part, on ne reviendra que parce qu'on aura enclenché la phase militaire de notre plan. Tu le sais ?

En d'autres termes, je ne reverrai plus ma mère avant un bon bout de temps…

Mais ça ne changera pas grand-chose à notre quotidien.

J'acquiesce d'une petite inflexion du menton.

— Pour atteindre Alma, commence Izaak, il faut trouver un moyen de traverser la frontière surveillée, de survivre à l'extérieur dans la nature hostile, de connaître les chemins sûrs qui évitent de passer par des zones radioactives – d'où la nécessité de se payer un passeur à une somme exorbitante… ou faire partie des Liberâmes.

Un sourire fier anime ses traits.

— C'est où, du coup ?

— Je ne le sais pas encore… Seuls ceux qui sont à Alma le savent, en fait. Question de sécurité. On ne peut pas se permettre de mettre en péril notre havre de paix.

Mon regard se perd sur le plafond immaculé. Je pose la main sur l'avant-bras d'Izaak en soupirant.

— Ça ressemble à quoi, à ton avis ?

— Je sais que c'est une assez petite ville, perdue dans la jungle de ce qu'on appelait autrefois « Mexico ». C'est marrant parce que, apparemment, au siècle précédent, c'étaient les Mexicains qui faisaient tout pour traverser la frontière et venir aux États-Unis, mais nos aïeux les repoussaient – on avait même construit un putain de mur, d'après ce que j'ai entendu. Aujourd'hui, c'est nous qui donnons tout ce que nous possédons pour pouvoir avoir ne serait-ce que la chance d'apercevoir la frontière et de quitter ce pays de tordus.

C'est fou…

— On m'a dit que la végétation était complètement différente de la nôtre, poursuit Izaak. Il paraît aussi que le ciel est plus bleu. Moi, je me demande surtout comment sont les gens… Je sais qu'une partie sont des Liberâmes venus chercher asile à Alma… Les rejetés du système. Mais il y a aussi ceux qui sont nés là-bas : la première génération de « libérés » comme on les nomme. Ils ont à peu près notre âge.

— Donc, si je comprends bien, on ne sait pas du tout qui ni quoi nous attend là-bas ?

— Hum… non, pas vraiment. Mais c'est notre groupe. On sait qui ils sont. Ne t'en fais pas, Eli.

Je plisse les yeux. Mon cœur tressaille. Parce que je suis excitée, ou terrifiée, je ne saurais trancher. Tous ces gens, ces paysages, ces portes qui s'ouvrent…

Est-ce que ce groupe m'acceptera ?

Avant même de savoir si les citoyens d'Alma voudront de moi, je pense aux Liberâmes de Nouvelle-Californie.

Je roule sur le flanc et fais face à Izaak. Il repose aussitôt sa main sur moi.

— Quand est-ce que je rencontre les Liberâmes ? questionné-je, avec de grands yeux.

— Je compte passer au QG demain soir.

— Demain soir…

Quelques heures, et je serai déjà un peu plus proche de mon but : venger mon père en réduisant en cendres le système.

— Dis-moi, vous allez me faire passer un test, un rite ou un truc dans le style pour que je sois officiellement des vôtres ?

— Eliotte… à quel moment je t'ai laissée croire qu'on était une secte satanique ?

Je m'esclaffe, et il m'ébouriffe les cheveux.

— T'en fais pas. Ce ne sera pas compliqué. Avec les preuves compromettantes que tu as contre le Gouverneur, et ton histoire personnelle, ils ont toutes les raisons de te croire sincère.

— Comment cela s'est passé pour toi ? Accepter un Meeka aurait pu être risqué de prime abord, non ?

Son regard s'élance par-dessus mon épaule quelques secondes. Il a l'air transporté à des années-lumière d'ici, avant de lâcher :

— J'avais l'appui de l'amie dont je t'ai parlé – celle qui m'a fait découvrir le groupe. Ses parents ont une position assez importante.

Joleen.

Celle avec qui il a fait un test-paire à ses dix-sept ans n'était clairement pas une *amie*. En tout cas, pas seulement.

— Et puis à l'époque, ajoute-t-il, même si je n'avais que seize ans, j'étais déjà assez distant vis-à-vis de notre famille, publiquement. Mon père faisait tout pour me mettre loin des caméras.

— Et ta mère, qu'est-ce qu'elle faisait ? Tu ne m'as jamais parlé de votre relation.

— Eh bien, ma mère, elle… elle prenait souvent parti pour mon père. Sans jamais être aussi violente et dure que lui, elle me faisait comprendre que j'étais en tort, et qu'elle ne cautionnait pas mes agissements.

— Tu lui en veux ?

Il se tait un instant, en mordillant sa lèvre inférieure.

— Est-ce que je peux lui reprocher d'avoir été aussi lobotomisée par notre gouvernement ?

Il hausse les épaules.

— J'ai compris très tôt que je la mettais, depuis tout petit, dans une position difficile. Je me plaçais constamment entre son devoir de citoyenne et, par extension, d'épouse. Défendre son fils, c'était remettre en question toute une vision du monde. Et j'ai accepté que c'était impossible.

— Tu n'as pas essayé de lui faire partager tes idées ?

— Peine perdue. Quand bien même elle voudrait penser par elle-même, mon père a une trop grande emprise sur elle.

Sa mâchoire se serre, et ses yeux me fuient à nouveau.

— Ça va, Izaak ?

— Oui, oui, dit-il en remontant ses pupilles sur moi. C'est juste que… j'ai pensé à un plan pendant tout notre trajet, et ça le concerne.

— Encore un plan ? Et j'ai le droit de savoir de quoi il est question, cette fois ? lancé-je en souriant.

Il inspire fort ; sans me rendre mon sourire, sans même me regarder, en réalité. Je ne l'ai jamais vu aussi tendu. Ou plutôt, tourmenté.

— Je veux affronter mon père et le mettre face à ses crimes. J'imagine que personne n'est au courant de sa relation secrète avec le tien, alors, quand je lui en parlerai, il tombera des nues. Je *peux* le faire craquer… et on obtiendra un bel enregistrement de ses aveux.

Imaginer Izaak devant son père, ce meurtrier, en train d'essayer de le pousser à bout… ça me glace le sang.

On ne sait pas de quoi Thomas Meeka est capable.

Je glisse les doigts dans ses boucles brunes, et approche mon visage du sien.

— Izaak, ne te sens pas obligé de te mettre dans une telle position. On a déjà assez d'éléments contre lui.

Il secoue la tête.

— Je voudrais lui parler. Une bonne fois pour toutes, avant mon départ. Je crois que… j'en ai besoin.

Son visage grignote les quelques centimètres qui le séparent du mien. Nos nez se touchent. Mes doigts tracent le contour de sa mâchoire anguleuse.

— Très bien… Mais fais attention à toi.

Une ombre passe sur son visage, avant que celui-ci s'éclaire, d'un air chafouin… comme s'il venait de revêtir un masque pour cacher la douleur que j'ai – *trop tard* – déjà perçue.

— J'hallucine ou tu t'inquiètes pour moi, Eliotte ?

— Quoi ? Tu te fais des idées.

Je fais mine de rouler des yeux, et il m'attire à lui dans un petit éclat de rire. Je serre les bras autour de son dos ; une vague de chaleur me traverse en un instant. Je hume son T-shirt en fermant les yeux. J'ai le sentiment que tout est à l'endroit, ici, dans ses bras.

Les lèvres contre mes cheveux, il murmure :

— On ferait mieux de se reposer, maintenant…

Il a raison : une longue journée nous attend, demain.

— Mais d'abord, on devrait aller prendre une douche pour que je te rende la pareille.

— Quoi ?

— Je te rappelle que tu m'as maté quand je me lavais en toute intimité, il y a un moment déjà. Et je sais ce que tu vas dire… C'était *ta* salle de bains. Mais je t'arrête tout de suite : j'ai promis que justice serait faite.

— Je rêve ou tu es en train de me demander, sans pression, de me foutre à poil dans ta douche pour que tu puisses me zieuter ?

Il me pince la joue.

— Ouch ! m'exclamé-je en lui donnant une tapette sur l'épaule.

— C'était pour te prouver que tu ne rêves pas.

Mais…

J'étouffe un rire, décontenancée. Il n'est pas croyable. Je l'observe un instant, avant de me détacher de son corps.

— Je suis une personne de valeur, clamé-je en me levant du lit. Je suis pour la droiture et les traitements égaux. Où est ta salle de bains ?

Il sourit en plissant les yeux, avant de bondir du matelas.

— Dans le coin, là-bas.

J'aperçois une porte coulissante en bois, près de sa longue commode.

— Je précise que c'est seulement parce que je suis une âme vertueuse.

— Oui, et absolument pas parce que tu aimerais à nouveau me reluquer, mais de plus près cette fois.

— Mais non, absolument pas, nié-je faussement en m'engouffrant dans sa salle de bains. *Tout* pour la justice et la probité. Tout !

Izaak est parti à la villa Meeka aux alentours de 7 heures du matin, pour pouvoir croiser son père juste avant que celui-ci se dirige vers ses bureaux. Il a essayé de ne pas me réveiller mais je n'ai pas pu m'empêcher de lui parler.

« Écoute-moi attentivement : tu en es capable. Il ne te fera rien. »

Il était tellement angoissé. Mais il a refusé que je l'accompagne. En fait, je crois commencer à comprendre… Cette future conversation est pour lui un moyen de faire face pour de bon à tout ce dont il avait peur plus jeune – et même aujourd'hui. Quelque part, il part se confronter à lui-même.

J'espère qu'il en sortira indemne…

Il m'a assuré que rien ne pouvait lui arriver étant donné qu'ils ne seraient pas seuls dans la maison. Mais je m'inquiète tout de même pour lui.

Je m'étire, en bâillant, et écarte le drap froissé de mes jambes. Son lit est bien plus confortable que le mien, j'ai dormi comme un bébé. *Bon, la présence d'Izaak y était sûrement pour beaucoup…*

Le sourire aux lèvres, je me redresse et attrape mon téléphone laissé sur le chevet pour regarder l'heure.

Mon cœur manque un battement.

J'ai reçu un message de Matthew.

Eliotte on doit parler s'il te plaît. Pardonne-moi je t'en prie.

Se parler ? Pour se dire quoi, connard ?

Je retiens mon souffle. Il m'avait dit la même chose le lendemain de notre soirée au bar, pour prouver qu'il n'avait pas tenté de me droguer. Il avait insisté encore et encore… Et je l'avais cru. *Parce que je les crois toujours.*

Je bloque son numéro sans plus réfléchir et laisse tomber mon téléphone sur le drap en me prenant le visage dans les mains.

Une fois, pas deux. C'est terminé.

Je quitte le lit et vais me débarbouiller dans la salle de bains. En passant devant les parois vitrées de la douche, j'ai une bouffée de chaleur.

Izaak ne pourra pas dire qu'on n'est pas quittes, lui et moi, maintenant.

Une fois lavée, j'aère la pièce et commence à faire le lit. Quelques efforts, et je parviens à lever le matelas pour replacer le drap défait que j'ai…

C'est quoi, ça ?

Un sourcil arqué, j'attrape une enveloppe marron, assez épaisse. C'est sûrement une des nombreuses notes sur lesquelles Izaak ne voulait pas que je tombe, par peur que je découvre qu'il fait partie des Liberâmes.

Je l'entrouvre pour voir brièvement le contenu. Je ne devrais pas, mais je fais presque partie du groupe maintenant, pas vrai ?

Ce sont peut-être les plans de leurs dernières missions…

Mes doigts se resserrent sur le papier froissé.

C'est une lettre.

Adressée à Joleen.

2. Les yeux dans les yeux

Izaak

Je fais craquer les articulations de mes doigts et prends une grande inspiration en roulant des épaules, dans ma chemise qui me semble soudain trop moulante. J'ai l'impression que je vais entrer sur un des rings de boxe du QG, sous les yeux de tous, pour affronter un entraîneur.

Mais il n'y aura que mon père et moi dans cette pièce. Et ce n'est pas un entraînement.

Il est temps.

Je m'apprête à chercher mon micro dans ma poche, mais une voix m'arrête.

— Izaak ? Qu'est-ce que tu fais là ?

Ashton est au bout du couloir, un dossier calé sous le bras. Il est habillé d'un polo à carreaux sous lequel dépasse le col d'une chemise. Sa tenue de prédilection quand il intervient aux réunions de mon père…

Tu tombes bien, frérot.

— Il faut que je te parle, Ash.

Je me dirige vers lui et l'entraîne vers mon ancienne chambre, à l'étage au-dessus. Il me suit, perplexe, sans dire un mot.

— On a peu de temps, murmuré-je en fermant la porte derrière moi. Ce que je vais te dire doit rester *strictement* entre nous. N'en parle ni à papa, ni à maman. Personne, en fait. C'est clair ?

Il jette son tas de documents sur le lit derrière lui et lance :

— Qu'est-ce qui se passe, là, Izaak ?

— J'ai appris des choses sur papa ces derniers jours. Il n'est pas celui que tu crois.

— Quoi ?

Il me dévisage, éberlué.

— Pour la faire courte : il était amoureux du père d'Eliotte, qu'il a tué.

— Notre père, un criminel ? Et tu as dit quoi ? Il était amoureux du *père* d'Eliotte ? Mais c'est impo…

— Si, tout est possible, Ash. Je te l'ai dit : ça fait vingt et un ans que tu vis dans un mensonge. Mais c'est terminé. Je commence à réunir assez de preuves que j'enverrai à la presse si papa ne se range pas de notre côté.

— Tu veux faire chanter notre père ?

— Je viens de te dire qu'il avait tué quelqu'un ! T'es sérieux ?

Il s'essuie le visage en soupirant.

— T-Tu es bien sûr ? Tu as quel genre de preuve ?

— Bien sûr que je suis sûr de moi. Je l'ai vu enterrer le corps quand on était petits, Ash ! Tu ne t'es jamais demandé pourquoi on était partis si soudainement en forêt, en pleine semaine, à cette époque ? Ni pourquoi j'en étais revenu complètement traumatisé ?

— Izaak…

— Notre père est un criminel, et un hypocrite par-dessus le marché. Il ne croit pas en Algorithma, lui non plus.

— Attends, deux secondes ! Tu es sûr qu'il a tué l'homme qu'il a enterré ?

— Tu mets souvent des gens sous terre au beau milieu de la nuit, toi ?

— Oui, mais as-tu une preuve concrète, Izaak ? Ce sont de graves accusations, là !

Je serre les dents. Bien sûr qu'il n'allait pas me croire aussi facilement.

— Je vais bientôt avoir ses aveux. Je te les enverrai.

— Comment tu comptes t'y prendre ? Et pourquoi maintenant ? C'est lié aux *Libérâtes* ? lance-t-il en écorchant le nom de mon groupe, le corps penché vers moi.

— Ashton, je ne peux pas laisser cette société sombrer davantage dans la décadence et le mensonge. Il faut que ça cesse. Papa ne peut pas être au pouvoir… Et on a enfin un moyen de réussir à agir politiquement sans user de la force !

Il me dévisage, les yeux plissés.

— User de la force ? Mais vous comptez faire quoi au juste ?

— Ash, on va détruire le système pour vous rendre à tous la liberté. Et, justement, si jamais notre père refuse de soutenir la cause des Liberâmes, je compte publier quand même les preuves contre lui, et avouer au monde entier qu'il n'est pas celui qu'il prétend… Mais si je veux vraiment commencer à détruire le système en neutralisant l'un de ses membres, je ne peux pas être seul. Si les deux frères de la dynastie Meeka se liguent contre leur père… on pourra convaincre l'opinion publique.

Le blond fixe le parquet, la bouche entrouverte.

— Izaak, tu veux que… que je retourne ma veste ? murmure-t-il enfin, en relevant la tête.

— Non, que tu fasses ce qui est juste : c'est un meurtrier, qui ne croit même pas au système qu'il défend corps et âme.

— Mais on n'est pas vraiment sûrs de ça.

Je me pince l'arête du nez en soupirant.

Pitié, petit frère, sois avec moi.

— Je comprends que ce soit choquant…, dis-je, revenant à la charge, plus déterminé que jamais. Mais je t'enverrai toutes les preuves qu'il faut d'ici ce soir. Tu recevras un message électronique et tu verras par toi-même.

Il hoche la tête, toujours aussi sidéré. Je sens mon souffle se bloquer dans ma poitrine.

Il est temps.

— Mais je ne voulais pas seulement te dire ça…, lancé-je. Je vais partir à Alma, Ash. C'est décidé.

— Alma ? L'Eldorado dont tu me parlais ?

— Oui. Je ne reviendrai que si on doit…

— « User de la force » ?

Le regard accroché à ses godasses cirées, il retient un pouffement, ahuri. Puis il se met à souffler par la bouche en se laissant tomber sur le lit.

— Bordel de merde…

Il prend sa tête dans les mains, les yeux braqués sur le sol. Ça y est. Il est en train de comprendre : il ne peut plus repousser le moment. Il est *imminent.*

Il est grand temps qu'il choisisse son camp.

— Ashton… Viens. Pars avec moi.

— Izaak, on en a déjà parlé…

— Laisse tout derrière toi. Une nouvelle vie t'attend. Tu imagines ? Plus de dilemme, de responsabilité, de code ni de devoir. La *liberté*, Ashton. À l'état pur.

Il me dévisage.

— Je ne peux pas tout plaquer comme ça.

— Bien sûr que si ! Je suis là ! Je ne te lâcherai pas.

— Oui, mais…

— Eliotte aussi plie bagage.

Il se statufie… avant de se précipiter vers moi.

— Eliotte ? Tu l'as embarquée là-dedans ?

— Non, elle s'est embarquée toute seule. Elle a fait son choix.

— Mais elle ne sait rien de ce monde, Izaak… Elle ne connaît pas le groupe de tordus avec lequel elle s'engage ! Tu es censé la…

— Je t'arrête tout de suite, le coupé-je. Eliotte *sait* ce qu'elle fait. Tu la crois débile ?

— Bien au contraire. Mais je me soucie de sa sécurité, moi, au moins.

— Tu n'as pas idée de combien je me soucie d'elle.

Je l'ai dit.

Il contracte sa mâchoire.

Je pince les lèvres, regrettant presque mes mots impulsifs. D'habitude, je sais ce que je dis. Comment. Quand. Mais lorsqu'il est question d'elle… je pars en vrille.

Ashton me toise, sans esquisser le moindre mouvement.

— Maintenant, tous les deux, vous êtes…

— Ash…

Je cligne des yeux, en déglutissant.

Il allait forcément m'en parler…

— Vous avez couché ensemble ? lâche-t-il, soudain.

— Quoi ? Je ne vois pas le rap…

Le petit rire affligé qui sort de sa bouche m'arrête net. Il essuie son visage de la main, en soupirant.

— Bien sûr que tu l'as sautée… Tu pouvais pas t'en empêcher.

— Ash, je… Eliotte est im…

— Je me demande comment tu aurais réagi si j'avais sauté Joleen.

Joleen.

Entendre ce prénom me fait l'effet d'une putain de décharge dans la colonne vertébrale. Je secoue la tête.

— Joleen ne représente pas pour toi ce qu'Eliotte représente pour moi.

— Arrête ton charabia.

— Je te jure que ce n'est pas si simple. Je n'ai jamais voulu ça, mais…

— C'était plus fort que toi ? C'est ça ? crache-t-il en écartant les bras.

Il les laisse tomber lâchement contre ses hanches, incrédule.

— Izaak… tu ne comprends donc pas ? C'était *codé*. Dans tes putains de gènes.

— Mais bien sûr, rétorqué-je en me retenant de lever les yeux au ciel.

Les siens, plus perçants que jamais, me sondent. La tête penchée sur le côté, il reste interdit.

Avant de trancher :

— Il y a une chose que je ne saisis pas… Si tu l'aimes, pourquoi est-ce que tu tiens tant à détruire le système ? Tu as la preuve que ça fonctionne. Mieux : tu la vis avec Eliotte.

— Ce système ne fonctionne *pas*, dis-je en hachant mes mots. Bon sang, Ashton… on ne peut pas nous forcer à épouser quelqu'un ! On ne peut pas nous dire quoi faire, on ne peut pas nous contrôler ! Tu es un homme *libre*. Ne les laisse pas te priver de ta liberté. C'est ton putain de droit.

— Mais…

Il secoue la tête, en fermant les yeux.

— Libère-toi de toutes ces chaînes, Ashton. Celles de papa, d'Algorithma et toutes les autres. Respire, enfin. C'est ton putain de droit, répété-je en m'approchant de lui.

— Izaak…

Les lèvres serrées, j'attrape son bras pour attirer son regard. Il est d'un marron profond ; un mélange d'ocre, de brun, et des tourments qui l'habitent depuis toujours.

— Je ne pourrai pas y arriver sans toi, Ash. Et pas seulement parce que tu as un poids stratégique vis-à-vis de l'image de papa. J'ai *besoin* de mon frère à mes côtés.

Ses yeux s'humidifient. Il pose la main sur mon bras libre avant que je poursuive :

— J'ai retardé mon départ il y a déjà cinq ans, parce que j'étais incapable de te laisser seul ici et…

Mon souffle se bloque dans ma gorge.

— Et ça m'a *beaucoup* coûté. Mais je ne le regrette pas une seconde. C'est maintenant ou jamais, Ashton. On doit le faire. Pour notre liberté. Pour notre droit.

Il ne dit rien.

Je t'en prie. Je t'en supplie, Ash. Dis oui.

— J-Je… Je dois… Je…

Il renverse la tête en arrière en essayant d'inspirer. Sa main sur mon bras s'agite.

Merde.

J'attrape ses épaules d'un geste ferme pour le ramener à la réalité.

— Eh, frérot, tout va bien, lui assuré-je d'une voix douce. Je suis là. Je ne te lâcherai pas.

— Izaak…

Il baisse la tête pour rencontrer mes yeux. Il respire toujours aussi irrégulièrement. Il est à deux doigts d'hyperventiler.

Merde, merde, merde.

Je m'efforce d'étirer mes lèvres pour lui offrir un sourire.

— Tout va bien. Rien ne presse, mens-je pour le calmer. Tu as le temps d'y réfléchir.

J'appuie mes dires en frictionnant son épaule.

— Je ferais mieux d'y aller. J'ai beaucoup à faire… D'ailleurs, je ne te conseille pas d'aller en réunion avec papa aujourd'hui. Il sera instable.

Il plisse les yeux en acquiesçant.

Je recule d'un pas, prêt à partir, quand soudain, les bras d'Ashton s'agrippent à mon torse. Il se jette contre moi en attrapant fermement le tissu de ma veste.

— Ne t'en fais pas, Ash, murmuré-je. Tout va bien se passer. Tu sauras faire le bon choix.

On reste l'un contre l'autre un instant, comme si on avait douze ans à nouveau – au détail près de trois ou quatre boulets aux pieds en plus. Il finit par se détacher de moi, les mains encore prises de spasmes. Je m'efforce de ne pas les fixer, et le gratifie d'un dernier sourire.

Je quitte la pièce et descends au premier étage, le cœur battant à mille à l'heure.

Allez, Izaak.

Mes pensées tournent dans ma tête à une vitesse folle mais je dois les faire taire. Il n'y a que mon objectif qui compte. Tout va se jouer dans les cinq prochaines minutes. Je ne peux pas me permettre de penser à Ashton, là, maintenant, à Alma ou à Eliotte.

Tu dois le faire avouer. Tu dois y parvenir. Coûte que coûte.

Je prends le boîtier infra-ondes laissé dans ma poche arrière, et en sors un bouton-micro que j'avais dissimulé à l'intérieur. L'appareil technologique, récemment acquis par les Liberâmes, empêche les ondes d'être détectables, y compris celles émises par mon micro. Je place ce dernier sur ma chemise, et l'actionne de mes doigts presque tremblants. Mon père ne pourra pas se douter que j'en ai un – personne n'entre au premier étage, *son* étage, sans traverser un sas de sécurité qui détecte les ondes technologiques… comme celles que la boîte infra-ondes a contrées.

« Tu en es capable. Il ne te fera rien ».

Je pousse la lourde porte du bureau et ferme à double tour mon visage. Je ne laisserai *rien* transparaître. Aucune peur. Aucun doute. Aucune hésitation.

L'odeur de tabac froid et celui du jasmin se confondent dans l'air froid de la pièce. Huit heures pétantes et mon père est déjà sur sa chaise, en costume, un téléphone à la main.

— Écoutez, Moussah, nous verrons cela à la réunion. Ne faites rien pour l'instant. Je me chargerai moi-même de ces…

La phrase meurt sur ses lèvres quand son regard croise la foudre du mien. Comme si je n'étais qu'une ombre, il continue, sans bouger la tête d'un millimètre :

— Je disais, je me chargerai moi-même de ces problèmes.

— Raccroche, lâché-je froidement. On doit parler.

— Cependant, assurez-vous d'indiquer à Winsley de refaire le dossier du…

— *Maintenant*.

Sur ce mot affilé, je me retourne et ferme la porte. Le petit clic résonne dans la pièce silencieuse. Lorsque je me rapproche du Gouverneur, la semelle de mes chaussures crisse sur le marbre du sol.

Il fronce les sourcils et se redresse. Le téléphone toujours à l'oreille, il conclut, les dents serrées :

— Je vous donnerai plus d'indications à la réunion de ce matin. À tout de suite, Moussah.

Et il pose l'appareil sur la table en acajou devant lui.

— Ne t'avise plus de m'importuner de la sorte pendant mes

heures de travail, aboie-t-il en mettant ses mains à plat sur le bureau. Encore moins de me couper la parole, sombre idiot.

Penché en avant, il me lance un coup d'œil assassin.

Je lui rends son regard avec le même mordant, le menton levé.

— À peine 8 heures et déjà en train de s'atteler à contrôler la population, papa ?

— Change de disque, gamin.

Je m'apprête à répondre, mais il me devance :

— Ou, devrais-je dire, *changez* de disque. Toi et ton groupe de saltimbanques fous furieux vous efforcez de perturber le climat serein de notre société avec vos actes terroristes, au nom d'une pseudo-liberté… Et, avant que tu ne nies en bloc, je sais que tu fais partie de ceux qui sont à l'origine de l'attaque au Bureau de la Santé et du Bien-Être. C'était d'un ridicule…

— Ridicule ? On a envoyé un message à toute la Nouvelle-Californie. Les gens ne vont pas tarder à réaliser à quel point ils sont contrôlés, qu'ils n'ont aucune raison d'être forcés d'aimer des êtres qu'ils n'ont pas choisis.

— Oh ! pitié… Arrête d'en faire un crime, surtout quand l'amour n'est qu'une réaction chimique. Des molécules dans ton cerveau, des décharges électriques. Tu peux te laisser aller à croire ce dont tu as envie, avec tes mélodrames et ton eau de rose, mais tu es un être pragmatique, Izaak. Que tu le veuilles ou non, tu me ressembles.

— Je ne savais pas que tu faisais dans l'humour.

— Tôt ou tard tu finiras par t'en rendre compte. Quelque part, tu le sais déjà.

Je serre ma mâchoire si fort que je peux sentir mes os craqueler. Ses paroles me sont insupportables. Moi ? Être *ce* monstre ?

L'homme en face de moi se redresse lentement et me considère de toute sa hauteur pendant des secondes qui semblent durer des heures.

— Pourquoi la nature est-elle ainsi faite, à ton avis ? lance-t-il d'une voix posée. C'est simple : l'humain est une machine, et son carburant est l'amour. Nous avons désespérément besoin d'amour pour fonctionner. Cela nous rend euphoriques, cela remplit notre quotidien. C'est aussi simple que ça.

Les bras croisés contre mon torse, je le dévisage d'un air blasé. Il n'imagine même pas ce qui va lui tomber dessus dans un instant.

— Savais-tu que, lorsque tu rencontres l'être aimé, ton cerveau éteint son lobe frontal, la région responsable du jugement et du bon discernement ? L'amour rend *littéralement* aveugle : lorsque quelqu'un te fait de l'effet, tu es incapable d'analyser ce qui t'entoure – lui y compris. Pourquoi ? Car l'homme doit pouvoir s'accoupler et se reproduire, en faisant fi des défauts de l'autre. Ce n'est que ça, Izaak. Et tu le sais. L'amour n'est pas un feu d'artifice, une merveille de la vie ou un jeu tactique et excitant. L'amour, ce n'est ni plus ni moins qu'un enjeu de reproduction, pour faire perdurer la race humaine. Et vous en faites tout un plat, toi et ton groupe d'illuminés. Vous vous méprenez dans des considérations mielleuses, irréalistes et complètement fictives. Redescends sur terre, mon garçon. Si on aime, ce n'est que pour pouvoir se reproduire. Ça s'arrête là. Cesse donc ce cirque. Vous vous battez comme des cinglés pour de pauvres réactions chimiques et un tas de molécules dans le sang.

Je tourne la tête pour croiser parfaitement ses yeux de jade.

— Tu racontais aussi ça, à Eric ?

3. Eric

— Pardon ?

— Est-ce que tu disais ça aussi à ton grand amour, Eric Edison ?

— De… De quoi parles-tu ? Je ne comprends…

— Avant que tu nies en bloc, le coupé-je en reprenant ses mots, sache que je suis absolument au courant de *tout*. Et que j'ai des preuves.

Je sors de ma poche les photocopies de deux des documents qu'Eliotte et moi avons trouvés, et les balance sur la surface en bois devant lui. Il s'agit d'une photo du couple – Eric posant la tête sur l'épaule de mon père alors que celui-ci lui embrasse le front – et du brouillon d'une lettre, qu'Eric a écrit avant *ce jour-là. Avant le crime.* Que je m'apprête à faire avouer à ce grand malade devant moi.

Celui-ci déglutit, et attrape les morceaux de papier encore pliés. Quand il ouvre le premier, la lettre, il écarquille les yeux. Il s'empresse de prendre le second document et… son visage se fige. Comme s'il venait de voir un fantôme, ou le reflet d'un vieux démon qu'il tente d'étouffer depuis toujours.

Il fixe l'image imprimée, pétrifié.

Sa mâchoire tremble, puis ses mains, ses bras… Dans son costume noir sur mesure, tout son corps est secoué de spasmes.

Allez, passe à l'action, c'est le moment.

— Vous alliez bien ensemble, cinglé-je. Vraiment un couple adora…

— La ferme !

Ses narines se dilatent à mesure qu'il inspire et expire de grandes bouffées d'air. Ses doigts sont plantés dans la feuille qu'il tient avec une rage assourdissante.

— Le futur Gouverneur, membre d'un parti scientifique et radicalement conservateur, était fou amoureux d'un homme. Waouh, quelle ironie. Et tu oses encore me baratiner avec tes idées à la con ? Tu oses ?

— Tu ne sais rien.

— Au contraire, je sais tout. Plus que je n'aurais voulu. Tu n'es absolument pas l'homme que tu prétends être, Thomas Meeka. Tu ne crois pas aux âmes sœurs, puisque tu n'aimes même pas la tienne. En tout cas pas autant qu'Eric, un *homme*. Je n'arrive pas à y croire… Tu fais de grands discours sur la famille et l'évidence du couple homme-femme, alors que tu as aimé un homme ! C'est une blague !

D'un geste, il écrabouille entre ses grandes mains la feuille et la jette sur moi.

— Suffit ! hurle-t-il en contournant son bureau. Tu ne sais rien de moi, ni de cet homme !

Il se tient devant moi, haletant.

— Je suis sûr d'une chose : vous vous aimiez.

— C'est… Je…

Il secoue la tête, en serrant les lèvres, les réduisant à une fine ligne.

— L'amour sert à se reproduire, lâche-t-il plus calmement, la voix encore enrouée de colère. Ce que je ressens pour certains hommes est complètement absurde. Une erreur de la nature. Point barre. Je vous ai eus, toi et ton frère, j'ai fait mon devoir de perpétuation de la descendance, et, en tant que Gouverneur, je m'assure que le reste de l'humanité reste sur les rails. Et elle est heureuse ainsi.

— Une « erreur » ? Bon sang, tu y crois vraiment ?

— Bien sûr que c'est une erreur génétique. Si toute la population était comme moi, le monde n'existerait pas, il n'y aurait plus d'humanité.

Une veine bat sur son cou tendu, alors qu'il baisse les yeux. Comme de honte.

Il pense sincèrement ce qu'il dit.

Pendant une fraction de seconde, j'ai pitié. Sincèrement. Il se voit comme une erreur. Quelque chose qui ne devrait pas exister.

Je serre les poings.

C'est vrai, mon père ne devrait pas faire partie de ce monde. Mais pas parce qu'il aime les hommes. Parce que c'est un putain de monstre.

— Eric ne pensait pas ça, lancé-je alors pour revenir à la charge. Je me trompe ? Eric ne…

— Ne prononce pas son prénom.

— *Eric Edison* ne voyait pas son orientation sexuelle comme une erreur de la nature. Et tu as vou…

Il me saisit par le col de ma chemise, et vocifère :

— Je t'ai dit de ne pas prononcer son prénom ! La ferme ! Tais-toi !

Il me secoue, en continuant de hurler ; des postillons s'écrasent sur mes joues. Son visage, moulé dans une colère des plus noires, est à quelques *millimètres* du mien. Je ne vois que ses yeux écarquillés, identiques aux miens, me transpercer.

— Tu te tais ! Tais-toi ! Tais-toi !

Je sens mes poils se dresser, mon corps se figer.

Garde la tête froide. Tu dois le pousser à bout.

— Tu lui disais ça, à Eric ? De se taire ? Et lui, il te répondait quoi ?

— Tu…

Il bafouille et, sans crier gare, enroule fermement une main autour de mon cou. Il lève l'autre et…

Un éclair fuse en moi.

C'est terminé.

J'attrape la main qui allait s'abattre sur moi d'un geste sec, comprime la peau du Gouverneur et baisse lentement ses doigts, sans le quitter des yeux. Pour toute réponse, il referme sa poigne autour de ma gorge.

C'est. Terminé.

Je frissonne, je suis en sueur, mais pourtant, je prends son autre main et pousse tout son corps d'un mouvement puissant le plus loin possible de moi. Il s'écrase de plein fouet contre le bureau, dans un râle de douleur.

— Ne t'avise plus jamais de me toucher, craché-je.

J'esquisse un pas vers son corps, alors qu'il se redresse déjà. Je n'avais jamais réalisé à quel point j'étais plus grand que lui, plus imposant, plus fort.

— C'est terminé. Tu ne lèveras plus jamais ta main de criminel sur moi. Tu m'entends ?

Je serre les poings en le regardant, le cœur battant.

— Tu ne comprends pas ce que tu viens de faire. T-Tu as perdu la tête, Izaak. Tu es encore plus cinglé que je ne le croyais, pauvre…

— Arrête de me raconter ta vie, aboyé-je en avançant vers lui.

— Pourquoi tu fais tout ça, imbécile ?

Il s'essuie la lèvre en se redressant.

— Je suis sûr qu'Eric a dit exactement la même chose avant que tu ne le tues.

— Que je le quoi ?

— Que tu l'assassines. Que tu lui retires la vie.

— Mais non, je…

Il reste avachi contre le bureau, décomposé.

— Pourquoi ? m'exclamé-je. Pourquoi l'avoir tué ?

— Je ne l'ai pas… Je…

— Il t'aimait, et tu l'as assassiné ! Pourquoi ?

Silence.

Il ferme les yeux en mettant les mains dans ses cheveux.

— Non, non, non…

— Oh ! si. Tu l'as tué. Et je t'ai vu enterrer son corps la dernière nuit où tu nous as emmenés camper en forêt, Ash et moi. Je l'ai vu de mes propres yeux !

— Non. Non, non, non…

— Admets-le ! Affronte la vérité ! Tu l'as tué !

— Non !

Il se redresse, les mains appuyées sur le rebord du bureau. Comme sa tête est penchée en avant, je ne vois plus que ses épaules tremblantes. J'expire pour calmer mon cœur qui tambourine dans ma poitrine et mes tempes qui tapent un peu plus à chaque seconde.

Soudain, un sanglot déchire l'air.

Et mon père s'effondre au sol, gémissant de douleur. Son corps tressaute.

Je reste une seconde ou deux, complètement troublé face à lui. Je ne l'ai jamais vu, de toute ma vie, aussi faible.

Mis à part la fois où il a enterré le corps inerte du père d'Eliotte.

Je mords ma lèvre inférieure, et franchis le dernier mètre qui nous sépare.

— Je t'ai vu. Et je veux une explication.

Il lève les yeux vers moi, le visage dégoulinant de culpabilité.

— Izaak… Je… Je n'ai jamais voulu ça…

Il renifle, essayant de reprendre son souffle. Il suffoque un instant entre deux éclats de larmes, puis se racle la gorge. Cette lueur dans ses yeux, qui m'a toujours terrifié lorsque j'étais enfant, se remet à vaciller. Mais cette fois, je la vois autrement. Une lueur pétrifiante, pleine de *douleur.*

— L-Le jour où j'ai enterré Eric, je me suis enterré avec lui, dit-il d'une voix faible. Je ne suis plus le même homme. Tu n'as que ma carcasse devant toi.

— Pourquoi l'avoir tué ?

— Je ne l'ai pas… Je… On hurlait et je me suis emporté… Il…

— Il, quoi, papa ?

— Il allait tout révéler à la presse, il refusait de m'écouter. I-Il était complètement absorbé par ses ambitions scientifiques, il ne voulait pas entendre raison.

Comme c'est ironique. C'est lui *qui était absorbé par ses ambitions, vraiment ?*

— Eric allait commettre l'irréparable et je… Je ne sais pas ce qui s'est passé. Je ne sais pas !

— Si, tu le sais. Et je parie que tu y penses tous les soirs.

Sa lèvre se remet à trembloter. Ses pupilles s'accrochent aux miennes. Son regard est si intense que je voudrais détourner le mien ; mais je me suis promis de ne plus jamais baisser les yeux devant ce monstre.

— Tout est allé vite. On s'est battus, comme on l'avait déjà fait auparavant parce que lui et moi c'était ça… le feu, la passion, les émotions… E-Et je l'ai poussé… Il… Sa tête a touché le coin d'un meuble et la seconde d'après le sol était couvert de sang.

— C'était *vraiment* un accident ?

— Oui… O-Oui.

— Tu n'as pas plutôt voulu le tuer pour te débarrasser de la menace qu'il représentait ?

— Non, jamais je… je…

Il plante ses ongles dans son crâne et s'exclame :

— Je ne sais pas ce qui s'est passé ! Je n'en sais rien, putain ! Ce dont je suis sûr, c'est que je suis mort avec Eric… Je suis mort avec lui ! Tu comprends ça ? Tu comprends ?

Je reste droit comme un piquet, stoïque, et lance :

— Mort avec lui ou pas, tu ne vis que pour le pouvoir. Pour cette voix dans ta tête qui te dit « encore plus » ! Cette voix que tu as écoutée avant de pousser Eric !

Silence.

Encore des sanglots.

— J'y pense si souvent. Tout le temps. Je revois mes mains tachées de sang et je… je…

Il se penche en avant dans un mouvement précipité, et je le vois vomir dans la corbeille à papier placée près du meuble en bois.

— Tout a changé depuis, bafouille-t-il. Je donnerais n'importe quoi pour le revoir. L'avoir à côté de moi et… Eric me…

… *manque ?*

Il se relève en écrasant ses larmes du bout des doigts, avant d'appuyer ses hanches sur le rebord du bureau. Tout près de l'angle. Sans doute similaire à celui contre lequel s'est écrasé le crâne de son grand amour.

— Tu sais, j'ai tout fait pour aider dans l'ombre sa femme et sa fille, reprend-il. Je leur ai trouvé une résidence près de Portland pour pouvoir garder un œil sur elles, comme il aurait voulu que je le fasse… Et puis, quand le temps est venu et qu'Angela s'est remariée, j'ai jugé bon de m'écarter.

Tu voulais juste apaiser tes remords, oui…

— Mais je ne sais comment il a fallu que mon fils, de toutes les putains de filles qu'il existait dans cette ville, choisisse de s'éprendre de… de celle-ci !

Sa voix s'est brisée sur le dernier mot.

— Tu as vu comme… comme elle lui ressemble ? murmure-t-il, presque pour lui-même tant ses mots sont quasi inaudibles. J'ai l'impression de le voir, parfois, quand elle est là… E-Encore plus depuis qu'elle a eu la sale idée de redevenir brune. Et j'ai le cœur en miettes. Je…

Mon père n'a jamais autant parlé de lui – de ses émotions – et avec une voix aussi faible. C'est comme si je venais de détruire un barrage en lui, et que, maintenant, ce qui était contenu depuis des lustres venait enfin d'être libéré.

J'espère ne pas me noyer avec lui.

Je hausse les épaules en inspirant fort. Il faut que je reste concentré.

— À qui en as-tu parlé ? demandé-je, soudain. De ta relation avec Eric.

— Ta mère savait vaguement que je voyais quelqu'un, mais rien de plus.

— Personne ne sait que tu as tué Eric, alors ?

Il baisse le menton, les lèvres serrées. Il s'apprête à répliquer, mais je le devance d'un ton acerbe :

— Si tu veux que ça reste comme ça, tu ferais mieux d'être de notre côté. Dès maintenant.

— Quoi ?

— Je peux te détruire. Faire passer le mot aux bonnes personnes, et le monde saura que tu n'es qu'un hypocrite criminel. Tu pourras dire adieu à la présidentielle, à l'honneur et à la vie de palace.

— Mais…

Il relève le visage. Il est aussi sombre qu'il y a quelques secondes, mais cette fois, beaucoup plus menaçant. Il a raison, il n'y a qu'une carcasse devant moi. Un sac d'os, sans âme ni cœur.

— N'y pense même pas, Izaak. De toute manière, tu n'as aucune preuve contre moi.

Sa voix est toujours aussi brisée et affaiblie par ses larmes. Le contraste avec son air implacable est troublant.

— Bien sûr que si, réponds-je froidement. Tu me crois si stupide ?

— Oh ! tu parles de ce que tu m'as apporté ? Ça ne parviendra jamais à me discréditer, sois sérieux deux secondes ! Ce n'est rien de tangible !

— Je t'enverrai ce soir un échantillon des autres preuves que j'ai contre toi. Tu auras vingt-quatre heures pour me donner ta réponse avant que je convoque la presse à une conférence.

— Tu bluffes. Tu n'as rien.

— Crois ce que tu veux… Et je t'avertis, je ne suis pas le seul à être au courant. S'il arrive quelque chose à Eliotte, à Ashton ou à moi-même, les preuves seront automatiquement envoyées à la presse. J'ai tout calculé. Ne fais rien que tu pourrais regretter.

Sur ces mots, je lisse ma chemise froissée par ses mains sales, et me dirige vers la sortie.

— Izaak ! Reste là !

— Ta réunion matinale commence dans moins d'un quart d'heure. Tu devrais y aller.

— Izaak !

Je tourne lentement la tête vers lui.

— Sois du côté des Liberâmes, ou tu tomberas avec le gouvernement qu'on s'apprête à disloquer.

Et je quitte la pièce.

Il ne me court pas après… *Il est encore trop sonné pour me menacer ou me séquestrer.* Il est bouleversé, il vient de revivre l'épisode le plus traumatisant de sa vie. J'avais vu juste : pour la première fois, on lui a parlé de l'erreur de son existence.

Ça crève les yeux, il aimait sincèrement Eric… mais pas plus que le pouvoir.

Je cours dans les couloirs pour quitter au plus vite la maison. À tout moment, il pourrait reprendre ses esprits, changer d'avis, et me rattraper. Ou peut-être que je suis parano, je n'en sais rien. Malgré tout, il y a toujours, caché quelque part en moi, ce petit garçon qui a les pétoches à la simple pensée que son père puisse être dans son dos.

En quelques minutes, je regagne ma jeep et démarre en direction du loft. Je sens mon sang battre dans mes tempes, mes veines s'enflammer. J'attrape mon téléphone et appelle Eliotte.

S'il te plaît, réponds brunette. Pitié, pitié, pitié…

— Izaak ? Tout va bien ?

Je soupire de soulagement.

— Oui, t'en fais pas. Il faut que tu prépares toutes tes affaires, et que tu te casses au plus vite. Je vais envoyer Francis ou Charlie devant la maison pour te récupérer. Je te rejoins bientôt.

— Attends, quoi ? Qu'est-ce qui se passe ?

— Je le sens mal, Eli. Mon père n'est pas près de coopérer, à mon avis… Je ne sais pas ce qu'il pourrait faire. Il va sûrement envoyer des hommes retourner l'appart pour lui rapporter les preuves d'ici la fin de la journée.

— O-OK… Et comment tu te sens ?

— C'était intense… Je suis encore un peu perturbé, je crois. Mais j'ai ses aveux, c'est ce qui compte.

— On en reparlera… Fais attention. S'il te plaît.

— Toi aussi.

Je m'apprête à raccrocher, mais elle lance :

— Attends ! Je voulais te dire : je suis fière de toi, Izaak. Énormément.

En un instant, un rayon de lumière perce la brume opaque de mon esprit.

— Merci, brunette. Je suis aussi fier de toi.

Une dernière salutation et, le sourire aux lèvres, je raccroche.

Eliotte...

Soudain, mon cœur se serre.

S'il lui fait du mal, je ne lui pardonnerais jamais.

Et surtout, je ne *me* le pardonnerais jamais.

4. Le QG

Eliotte

— Ça fait déjà vingt minutes qu'on est partis, leur rappelé-je en me retenant de triturer mes doigts.

Francis, avachi sur le canapé de son appartement, le regard braqué sur le plafond, pousse un long soupir.

— Meuf, détends-toi, il ne lui est rien arrivé.

— Il ne répond pas aux messages, rétorqué-je. C'est quand même bizarre.

Un petit rire vibre dans l'atmosphère. Je me tourne vers Charlie qui est assise sur le plan de travail de la cuisine ouverte, et lui lance un regard inquisiteur.

— Désolée, mais… C'est juste que je me souviens du jour où tu m'as fait sortir de la voiture pour laisser entrer Izaak ! s'exclame-t-elle en retenant un autre rire. Tu sais, après notre opération au Bureau de la Santé.

Francis éclate de rire à son tour, avant de pousser un long couinement.

— Oh ! Seigneur, j'aurais donné n'importe quoi pour être là !

— Tu sais ce qui s'est passé ? demandé-je, en sentant mes joues chauffer.

— Tout le monde le sait. Maleek, qui était dans la voiture, racontait ça à n'importe quelle personne du QG.

Je passe une main sur ma nuque, en regardant ailleurs. *Quelle première impression…*

— J'étais juste, hum… stressée et sous le choc.

— Oui, tout comme maintenant, lance Charlie dans un grand sourire. Mais, s'il te plaît Eliotte, si jamais Izaak revient suivi par les hommes de main de son père, ne m'utilise pas comme bouclier pour le protéger… Prends plutôt Francis. Il est plus grand.

— Et plus beau.

— C'est ça, le shlag.

Ils se remettent à rire bruyamment. Pendant une seconde, je les imite, amusée et transportée par leur énergie… avant d'être aussitôt ramenée à Izaak. Je fixe mon téléphone en attendant sa réponse. Il ne m'a envoyé qu'un message, afin que je lui confirme mon départ chez Francis et Charlie. Rien d'autre depuis son appel.

À ce moment-là, j'ai couru emballer le maximum de nos affaires dans deux sacs à dos. Quelques minutes plus tard, les deux inséparables klaxonnaient devant le loft.

— Il m'a envoyé un message ! s'exclame soudain l'un d'eux, en se redressant sur le canapé.

— Si c'est une feinte pour embêter Eliotte, je te tue, Francis.

— Regarde ça ! répond-il à Charlie en grimaçant, l'écran de son téléphone tourné vers nous.

Une notification indiquant la réception d'un message de « LORD IZAAK » s'affiche sur l'écran.

Pourquoi est-ce qu'il ne m'a rien envoyé ? Je lui ai écrit au moins cinq messages paniqués ces dernières minutes…

— Il me dit que tout va bien et qu'on se donne rendez-vous au QG.

Francis quitte son siège, alors que Charlie saute du comptoir dans un bond agile. Le brun se dirige vers le réfrigérateur et en sort un soda, avant de demander :

— Quelqu'un veut une boisson ?

Je le considère, décontenancée. Il est si détendu que ça ?

— Francis, on n'a pas le temps, allez, viens ! répond Charlie.

— Tant pis pour toi.

Il attrape sa veste en cuir et la balance sur son épaule avant de s'élancer vers la porte d'entrée. En passant devant moi il place dans mes mains une cannette. Son métal froid me hérisse les poils.

— Attendez, on part maintenant ? Je viens avec vous ? balbutié-je.

— Oui, bien sûr, répond Charlie en venant vers moi.

Elle pose la main sur mon épaule et m'entraîne vers la sortie.

Je vais rencontrer les Liberâmes.

Un peu plus tôt, je me rassurais en me disant que j'avais au moins dix heures devant moi pour m'y préparer psychologiquement. Je n'ai même pas pu poser toutes mes questions à Izaak, ni convenu de ce que j'avais le droit de leur dire ou non.

Je monte à bord de la voiture de Charlie et nous partons vers le QG. Je reste silencieuse, à fixer mon téléphone. La cannette encore intacte que m'a donnée Francis vacille sur mes cuisses à chaque passage sur un dos-d'âne. *Toujours aucun signe d'Izaak.* J'essaie, depuis le début, de mettre loin de moi les mots que j'ai lus, non pas d'une lettre en réalité, mais toute une correspondance entre Joleen et Izaak cachée dans l'enveloppe marron ; mais ils tournent en boucle dans ma tête. Encore plus fort face à son silence.

Pour me distraire, je plonge mon regard de l'autre côté de la vitre, sur le paysage qui défile.

Où est-ce qu'ils ont bien pu se planquer tout ce temps ?

— On en a pour combien de temps ? m'enquiers-je.

— Un peu plus de vingt minutes, répond Francis en sirotant bruyamment son soda avec une paille. On va longer le fleuve Columbia en direction de Burlington.

Je regarde par la fenêtre les champs défrichés qui s'étendent à perte de vue. Au nord du fleuve, il y a un bled perdu dans lequel je ne me souviens pas d'avoir vu un quelconque bâtiment pouvant accueillir *le* quartier général d'un groupe de rebelles d'envergure nationale. La Nouvelle-Californie étant le cœur des opérations.

Une tension s'accumule au creux de mon ventre, et me cisaille tout l'estomac. J'aimerais interroger Francis et Charlie sur leur mode de recrutement et l'ambiance générale au QG pour savoir comment je dois procéder et me comporter. Mais je n'ose pas. J'ai peur de paraître idiote.

Au bout d'un certain temps, j'aperçois une étendue d'eau, près de ce que je crois être un ancien port. Si je ne me trompe pas, sur l'autre rive, il y a Sauvie Island. Francis se gare entre deux arbres, et nous sortons de la voiture. Il ajuste la capuche de son sweat qui dépasse de sa veste en cuir avant de récupérer les sacs que j'ai préparés. Il m'en confie un, avant de prendre l'autre sur le dos, et nous marchons de longues minutes entre les hautes herbes. Des carcasses de bateaux et de baraques en bois pourri jonchent la berge du fleuve. C'est complètement désert ; on n'entend que nos pas et le vent qui souffle derrière nous.

— C'est le moment où l'un de vous va sortir une pelle pour m'assommer, c'est ça ? lancé-je.

Francis ricane, sa paille entre les dents. En plein jour, ses bleus à la tempe gauche et les points de suture sur son arcade sourcilière sont encore plus impressionnants.

Izaak ne plaisantait pas quand il a sous-entendu que cette manifestation au Grand-Texas avait viré au cauchemar quand les forces de l'ordre sont intervenues… Et dire que, alors que je croyais qu'Izaak était parti pour me faire comprendre qu'il voulait que nos chemins se séparent, il était en réalité dans les rues d'un autre District-État, le poing levé, avec une partie des Liberâmes… dont Francis qui a été particulièrement amoché. En le dévisageant, je réalise que les policiers sur place y sont allés vraiment fort.

Et que tout ça est réel. Sérieux.

Moi aussi, je pourrais me prendre une matraque en pleine face et me faire recoudre le sourcil. Cette idée me fait trembler et, à la fois, je sais que je suis prête à l'affronter.

— On est bientôt arrivés, me rassure Charlie. D'ailleurs, des nouvelles d'Izaak ? Il nous attend à l'intérieur ou à l'extérieur ?

— Il ne m'a rien précisé, l'informe Francis.

Il ne m'a rien dit.

Nous approchons d'un petit navire de charge abandonné, entouré de conteneurs échoués. Des grilles en fer et des plaques de métal rouillé forment une sorte de pont jusqu'au bateau haut de plusieurs mètres.

— J'espère que tu as un bon sens de l'équilibre, Eliotte, dit Francis en écrasant sa cannette entre ses mains.

— Ne me dites pas qu'on va devoir escalader tout ça ? m'exclamé-je, ahurie.

— On ne te dit rien, alors.

Charlie sourit et ouvre la marche. Je l'observe attentivement pour savoir où placer mes pieds et mes mains dans le zigzag de ferraille rouillée, avant de l'imiter. Francis reste derrière moi pour me parer. J'agrippe l'arête d'un conteneur et tente de m'y hisser, sans succès. Je réessaie plusieurs fois, en m'écorchant les doigts, avant de parvenir à comprendre comment répartir mon poids pour mieux me faire basculer au sommet. Nous sautons entre les structures en métal et marchons en équilibre sur des bandes faites d'acier pour arriver sur le pont du cargo.

— C'était plutôt pas mal pour une première ! dit Francis en sortant du gel hydroalcoolique de sa poche.

— J'ai failli mourir à deux reprises, rétorqué-je.

— Et moi trois, la première fois.

Sur ces mots, il recouvre ses mains d'antibactérien visqueux avant de m'en proposer. Je ne sais pas pourquoi il n'opte pour un *vaporisateur neutralisant* de poche, bien plus moderne. Il faut croire que, comme Izaak, il se méfie quasiment de toutes les technologies. J'accepte alors que Charlie grimace pour taquiner son frère.

Nous commençons à longer le pont. À chacun de nos pas, un claquement sur le sol abîmé résonne dans l'air vide ; des frissons me parcourent instantanément. Je balaie du regard les lieux brumeux autour de moi.

Je n'aurais jamais cru que le QG des Liberâmes se trouverait dans l'épave d'un navire de charge.

Charlie ouvre une porte qui donne sur un petit escalier plongé dans le noir. Nous l'empruntons sous la lumière d'une lampe torche, et nous retrouvons dans un couloir sombre avec de l'eau jusqu'aux mollets. Une odeur iodée et métallique me monte au nez.

Nous progressons, les jambes immergées, au rythme des clapotis, dans une obscurité qui m'angoisse. On ne voit quasiment rien. Seule la lumière mobile éclaire l'étendue grisâtre qui engloutit nos pieds. Je n'y vois que le reflet vague de nos silhouettes. Francis brise très vite le silence insoutenable : il se met à chantonner un air que je ne reconnais pas. Charlie ronchonne pour le faire taire alors, évidemment, il chante de plus belle. J'ai un petit sourire, mais de courte durée. J'ai la poitrine tellement lourde. J'ai l'impression de porter une tonne de plomb depuis ce matin. Nous finissons par arriver devant une grande porte.

C'est bientôt le moment, Eliotte.

Je prends une inspiration en restant concentrée sur le large morceau de métal. Pour déverrouiller le battant, Charlie tourne d'une certaine manière et à plusieurs reprises son verrou circulaire. Elle pousse la porte d'un coup d'épaule vigoureux, et nous entrons dans une vaste salle, au sol glissant. Au bout de celle-ci se trouve une autre porte à laquelle la jeune femme frappe trois coups secs. Les secondes passent.

Et soudain, la paroi grince.

Un autre couloir, éclairé cette fois, se présente derrière l'embrasure.

— Hey Vic ! lance joyeusement Charlie en la traversant.

— Salut ma belle, répond la voix d'un homme caché par la porte.

Francis traverse à son tour le passage, tandis que je reste dissimulée derrière lui, les muscles tendus. Il discute avec le fameux « Vic », en gesticulant.

Allez Eliotte. C'est à toi.

J'inspire une grande bouffée d'air et fais un pas en avant dans le couloir éclairé.

— Hum, salut… Vic.

La silhouette d'un grand brun apparaît devant moi. Ses yeux bridés me toisent de haut en bas.

— La fameuse Eliotte ? suppose-t-il en s'adressant aux deux autres.

— Izaak t'a prévenu ? demande Charlie.

— Oui. J'en ai parlé à Alex et j'ai vu avec les autres… c'est bon, elle peut passer.

Un nœud dans ma poitrine se desserre. Charlie et Francis font un signe de tête au jeune homme, et reprennent la marche. Je m'élance à leur suite… mais une main agrippe mon épaule, m'arrêtant net.

— Je dois te fouiller avant.

— Oh ! oui, bien sûr.

Il me demande d'ôter ma veste, et prend de longues secondes pour tâter mes membres. Il finit par passer sur mon corps un détecteur technologique, sans doute pour vérifier que je ne porte pas de micro ou d'arme, et, d'une petite inflexion du menton, m'invite à partir.

Un embarras inopiné emprisonne mon abdomen. Je secoue la tête en rejoignant Francis et Charlie, et nous arpentons de longues allées dans la cale du paquebot, jusqu'à arriver dans une vaste salle bondée de monde. Une lumière tamisée provenant de grands projecteurs éclaire l'endroit.

Même si je ne m'attendais à rien en particulier, je crois que je n'aurais jamais pu imaginer un tel lieu.

— Manque plus qu'à trouver « Lord Izaak », décrète Francis en soupirant.

— Vous voulez que je l'appelle ? lancé-je, en sortant mon téléphone.

— Pas la peine : rien ne capte, ici. Et puis les téléphones sont automatiquement désactivés sitôt que tu passes la seconde porte.

— Il est peut-être avec Alex pour arranger le départ à Alma…, suggère Charlie.

— Qui est cet Alex ? demandé-je.

— Il fait partie de l'équipe qui est à la tête du groupe de Nouvelle-Californie. C'est celui qui est chargé de nous former, avec d'autres entraîneurs. Il coordonne aussi pas mal de nos actions. Cette année, c'est le grand départ pour lui.

— Allons directement le voir, décrète Charlie en pénétrant dans la petite foule devant nous.

Je la suis, talonnée par Francis, et essaie de me frayer un chemin parmi les corps agglutinés. Mes yeux parcourent les alentours avec fascination. Je ne loupe pas un détail autour de moi.

C'est donc ici…

Au-dessus de nous, il y a un étage ouvert, entouré de barrières en métal, accessible par différents escaliers dans le même matériau. Des personnes sont assises sur des bancs circulaires, autour de tables rondes avec un large trou au centre, qui sont disposées un peu partout dans la salle. Au fond de celle-ci se trouve une sorte de scène avec un micro, surplombée d'un grand écran. Je me demande quels genres de discours sont prononcés là-bas. Ça doit être des moments tellement prenants et grisants. J'imagine la foule crier, s'agiter, scander…

Nous arpentons une petite allée jusqu'à arriver devant une porte coulissante. Charlie frappe dessus avant de la faire glisser sur le rail.

— Bonjour tout le monde.

Cinq personnes sont réunies autour d'une grande table en bois, près d'un tableau et de plans de toutes sortes.

Et il y a Izaak, adossé à un mur.

Quand nos regards se croisent, son visage s'illumine. Il vient aussitôt à nous. Lorsque mes yeux se détachent de lui, je découvre que le reste du groupe me dévisage. Je déglutis, figée.

Eliotte, réveille-toi. Ce n'est pas ton monde, mais ça va le devenir. Prends ta place.

— Je… Je suis Eliotte Edison. Ravie de faire votre connaissance.

J'ai dit instinctivement le nom de mon père.

Quelque part, en faisant vivre son patronyme, j'ai l'impression de lui rendre sa légitimité et l'honneur qu'on lui a volé.

Un homme fait un pas vers moi, envoyant valser une petite queue-de-cheval blonde derrière lui.

— Moi c'est Alexei, mais on m'appelle Alex. Voici Rita, Julia, Marco et Samuel.

Les personnes désignées me gratifient d'un petit sourire ou d'un geste du menton.

— Izaak nous a parlé de ton père et de votre enquête pour faire tomber le Gouverneur. On est heureux que tu nous rejoignes, dit l'un d'eux, Marco il me semble.

Je me retiens de sourire bêtement.

— De même.

— D'ailleurs, as-tu les dossiers de ton père et le disque dur contenant les preuves avec toi ? me demande une femme imposante. On était en train de discuter de notre stratégie pour attaquer Thomas Meeka. On comptait faire leaker tout ça, étape par étape, après une conférence de presse d'Izaak.

— Hum… Je…

Est-ce que je peux, comme ça, leur montrer les travaux de mon père ?

Mon corps se crispe. Mon instinct me hurle de rétorquer avec mon plus beau mensonge. Nous n'en avons pas encore parlé avec Izaak. Y a-t-il des choses qu'il vaudrait mieux que l'on garde encore pour nous ?

Justement, le brun près de moi me donne un petit coup de coude. Son regard me réchauffe en un instant.

Quoi qu'il puisse arriver, papa voulait que les gens voient ses travaux.

— Tout est dans mon sac, dis-je en le mettant au sol.

J'en sors deux disques durs et une pochette contenant des photocopies et une partie des dossiers.

— C'est formidable, me dit Alex en les prenant.

Il part les poser sur la table tandis qu'un homme parmi eux va brancher les lecteurs à trois ordinateurs accrochés sur le mur. Le reste du groupe, dont Francis et Charlie font partie, se réunit pour analyser mes documents.

Izaak pose timidement une main sur mon bras.

— Ça va, Eli ? Pas trop secouée ?

Je sens une distance dans le ton qu'il emploie. À vrai dire, il parle plutôt amicalement, comme d'habitude… mais, subtilement, sa voix s'est défaite de la tendresse qui l'avait habitée récemment.

— C'est moi qui devrais te poser la question, je… je me suis vraiment fait un sang d'encre, avoué-je en posant par réflexe ma main sur son biceps.

Il esquisse un léger pas de côté, comme pour se défaire de ma prise. La lumière de son sourire contraste avec la distance qu'il instaure entre nous. Je sens mes tempes battre sous ma peau.

Que se passe-t-il ?

Mes pensées fusent.

Je crois qu'Izaak veut qu'on leur cache la nature de notre relation. Et, même si je donnerais n'importe quoi pour le serrer dans mes bras, je sens que je ne dois pas le faire. Je pince les lèvres en regardant mes bottes salies par l'eau des couloirs que nous avons empruntés pour venir jusqu'ici.

Il a sans doute ses raisons. Il les connaît mieux que quiconque. Tout va bien.

— Comment va se dérouler notre traversée pour Alma ? lui demandé-je, pour chasser mes pensées.

— On en discutait tout à l'heure. On compte partir dix par dix, avec une heure de décalage à chaque fois, jusqu'à une plage de Jetty Road, là où on prendra tous un bateau. C'est pour des raisons de sécurité. Notre convoi est prévu à l'aube, à la fin de la semaine.

— Et d'ici là, on fait quoi ? Tu es vraiment sûr qu'on se met en danger en restant au loft ?

— Je ne veux pas prendre de risque, Eli… On ira sûrement squatter chez Francis et Charlie. Je me suis dit que, comme tu les connais, tu serais moins gênée que si c'était chez un autre membre des Liberâmes.

— Pas faux. Je les aime bien. Je comprends pourquoi ils sont si importants pour…

— Les gars ! s'écrie un homme en déboulant dans la pièce. Il faut que vous descendiez ! Et prenez vos flingues.

— Qu'est-ce qu'il y a ? demande Alexei, la main dans sa poche – sûrement sur son arme.

— On a de la visite.

5. Fragile

Je dévale l'escalier derrière le groupe et les suis jusqu'à l'attroupement qui s'est créé au centre de la pièce principale. Je me fraie difficilement un chemin dans la foule, aux côtés d'Izaak.

— Oh ! c'est pas vrai…, fait-il en levant les yeux au ciel.

J'arque un sourcil avant de pousser quelqu'un pour mieux voir.

Matthew se débat pour se dégager de la prise de deux hommes.

— Un parasite, peste Izaak. Ce grand fou est un putain de parasite.

— Est-ce qu'Eliotte est là ? s'écrie-t-il. Lâchez-moi, je ne vous veux rien !

Merde, il a sûrement dû nous suivre…

Découvrir son visage effaré au beau milieu de cette foule d'inconnus me procure une sensation indescriptible.

— En voulant sortir, je l'ai trouvé devant le premier sas, explique Vic à Alex qui s'approche.

— Qu'est-ce que tu fous ici ? demande ce dernier d'une voix froide, au principal intéressé.

— Je ne parlerai que si Eliotte Wager est là.

— Tu t'es cru chez ta mère ? Ici, c'est nous qui posons les conditions.

Bon sang…

Je soupire et m'élance vers eux sans plus réfléchir.

Mais soudain, on m'attrape par la main.

Izaak me ramène à lui en maugréant, avant de se défaire prestement de moi.

— Reste ici ! me chuchote-t-il. Tu ne peux pas leur laisser croire que c'est toi qui l'as amené ici, en allant le voir comme ça !

Je m'écarte légèrement de l'attroupement pour qu'on n'entende pas mes chuchotements :

— Personne ne sait qu'il a bossé pour le Gouverneur.

— T'en fais pas, ils ne tarderont pas à l'apprendre…

— Je dois savoir la raison de sa venue ici, Izaak. Pourquoi m'avoir suivie ?

— Tu l'as toi-même dit : il est avec mon père. Peut-être que ce dernier l'a contacté juste après ma visite dans son bureau…

Izaak serre la mâchoire, sans détacher ses yeux verts de Matthew, qui se débat au loin.

— Ce mec va foutre la merde jusqu'au bout…

— Mais pourquoi prendre autant de risques ? Pourquoi est-ce qu'il se pointerait en terre inconnue comme ça ? S'il nous voulait quelque chose, il aurait préparé son coup. Il n'est pas aussi stupide.

— C'est trop dangereux de lui parler devant tout le monde… Qui sait ce qu'il pourrait raconter ?

— Je croyais qu'on pouvait leur faire confiance, rétorqué-je en parlant des Liberâmes.

— Oui, on peut… mais je ne veux pas, ne serait-ce qu'une seconde, mettre à mal ton recrutement. Les choses sont encore trop fragiles pour le moment, Eli.

Mes lèvres se serrent.

Trop fragiles ? Rien n'est encore sûr ?

Même si je m'en doutais, l'entendre formuler les choses ainsi me plonge dans un mal-être indicible.

Quoi qu'il en soit, il faudra que je parle à Matthew après être sortie du QG. Il y a forcément quelque chose qui cloche.

— Eliotte ! hurle Matthew à la foule. Eliotte !

— Je peux l'assommer pour le faire taire ? demande Vic.

— J'ai quelque chose pour elle, OK ? Je veux juste lui donner et me barrer.

— Donne-le-nous, répond Alex.

— Comment te dire que j'ai un peu les mains prises ?

— C'est un menteur, il n'a rien, dit Vic. Je l'ai fouillé.

Alors qu'Alex et Vic échangent quelques paroles inaudibles, Matthew balaie des yeux l'assemblée. J'ai à peine le temps de tourner la tête qu'il accroche mon regard. Je pourrais me dire « et merde », mais une voix au fond de moi se réjouit. Je veux savoir ce qu'il fout ici.

— Eliotte, je dois te donner quelque chose !

Alex pivote dans ma direction, ne dit rien pendant quelques secondes, avant, d'un geste de la main, de m'inviter à avancer. Je m'exécute, et aussitôt Izaak me suit comme une ombre.

— Je ne lui ai pas parlé de cet endroit, ni de vous, lancé-je à Alex.

Je me tourne vers Matthew et le dévisage d'un air sombre. Je sais que chaque personne ici présente m'observe attentivement. Que doivent-ils penser de moi ? J'ai attiré un mec louche jusque dans leur QG secret.

— Je t'attendais devant le loft pour te remettre quelque chose, m'annonce Matthew, mais j'ai vu que tu en es sortie paniquée avec les deux acolytes d'Izaak. J'ai eu peur. Alors je t'ai suivie pour m'assurer que tu allais bien.

Oui, bien sûr, Matthew.

— Je ne pensais pas que cet endroit était… secret ou un truc dans le style, dit-il en regardant autour de lui. Je t'aurais accostée autrement, sinon. Je ne veux pas causer de problème.

En une fraction de seconde, Charlie et Francis me rejoignent et restent postés à côté de moi, menaçants.

— Qu'est-ce que tu m'as apporté ? questionné-je Matthew d'un ton sec.

— Des éléments compromettants pour…

Il se racle la gorge.

— … la personne qui m'a embauché.

Sa prudence m'interpelle. Je ne sais pas si c'est une stratégie ou un moyen de se protéger.

— Pourquoi me donner ça ?

— Pour te prouver mon honnêteté.

— Tu peux te torcher le cul avec ton honnêteté ! crache Izaak.

— Eliotte, si tu veux les documents, tu n'as qu'à me le demander, me dit Matthew en l'ignorant.

— Je les veux bien. Mais ça ne change rien.

Il serre la mâchoire avant de lâcher :

— Dans la manche droite de mon pull.

Sur ces mots, Vic lui retire brusquement son teddy jaune, avant de retrousser la manche. Il attrape une fine enveloppe repliée agilement autour du biceps de Matthew. Et, sans crier gare, Vic s'élance vers la sortie de la salle.

Mais…

— Eh, tu fais quoi, toi ? s'exclame Matthew. C'est à Eliotte, putain !

— Je dois passer ça au détecteur, lance Vic à Alex. Je reviens.

Ce dernier l'encourage d'un petit geste de la main.

— Et maintenant, qu'est-ce qu'on fait de lui ? demande Maleek, je crois.

— Amenons-le à l'étage, propose une femme.

Tous opinent du chef, et, en un instant, Matthew est emmené je ne sais où. La foule se dissout dans un brouhaha. Je sens quelques paires d'yeux toujours accrochés à ma silhouette. Je n'ai jamais été aussi soucieuse des coups d'œil et des murmures.

Matthew…

Je me tourne vers Izaak, sidérée.

— Qu'est-ce qu'ils vont lui faire ?

— Sûrement l'interroger. Mais, quoi qu'il en soit, il ne mérite pas ta compassion ni ton inquiétude.

— Je… Je veux juste m'assurer qu'ils le traitent correctement.

— Eliotte… C'est un menteur et un manipulateur.

— Il dit qu'il nous a apporté des preuves en plus contre le Gouverneur. Tu sais ce qu'il risque si on décide de les publier ?

— Encore faudrait-il que ces « preuves » soient suffisamment accablantes.

Charlie s'approche et pose une main sur mon bras.

— Tu veux que j'aille voir Vic, pour les récupérer ?

— Je veux bien. Merci beaucoup.

— Je t'accompagne ! annonce Francis.

Sur un sourire éclatant, les deux compères se dirigent vers la porte au fond de la salle. Je les suis du regard, le cœur gonflé de reconnaissance. Pour tout.

Je serre les poings.

— Je vais à l'étage, dis-je en avançant vers le premier escalier à ma vue.

— Tu ne peux pas entrer dans le bureau de la sécurité comme ça, Eliotte.

— Ils savent que je connais Matthew. Ils ne diront rien.

— Justement : si tu viens, ils pourraient penser que tu tiens vraiment à lui. Et s'ils découvrent que, justement, il est lié au Gouverneur… ils pourraient douter de toi.

— Je leur ai confié, les yeux fermés, les travaux de mon père, Izaak. Ce n'est pas anodin.

Il soupire.

— Je veux juste être prudent. Si jamais ils se rétractent, et ne veulent pas que tu viennes à Alma, je…

— Tu ?

Je le sonde, les yeux plissés. Il reste immobile avant de s'approcher un peu plus de moi.

— Eli…

— Tu me laisserais ici et… on ne se reverrait plus ?

Je sens mon cœur et ma gorge se serrer. Et je me déteste pour ça.

— Ce qui est sûr, c'est que je ne t'abandonnerai pas, Eliotte. Jamais.

— Mais tu veux partir à Alma plus que tout, Izaak… Alors comment on ferait ?

Il me regarde, sans rien dire, le visage froissé par une tension qui me fout un coup dans le ventre.

— Tout va bien se passer, brunette, finit-il par dire. On ira à Alma *ensemble*.

Il passe la main sur mon dos, assez longtemps pour que j'en sente la caresse, mais assez vite pour que personne ne la voie.

C'est limpide : il cache réellement son affection pour moi aux autres. Et ce n'est pas par pudeur, j'en suis sûre.

Mes pensées dégringolent dans mon esprit. J'ai la cage thoracique comprimée.

— Et si les Liberâmes me rejettent ? l'interrogé-je, à nouveau.

— Ils ne le feront pas si on reste prudents. T'en fais pas.

Je plonge les yeux dans ceux d'Izaak, à la recherche d'une étincelle qui bercerait, un instant au moins, mon cœur terrifié.

— Hey, mon petit bourge préféré ! s'exclame un type, avec une pointe de condescendance dans la voix.

Son quoi ?

Il vient accoster Izaak avec un grand sourire.

— Salut, toi, répond celui-ci, l'air de rien.

Ils se donnent une accolade et échangent quelques paroles, avant que le type ne s'en aille.

— Pourquoi il t'a appelé comme ça ? demandé-je en me retenant de me retourner pour foudroyer le mec du regard.

— Comment ? « Bourge », tu veux dire ? Tom est un blagueur, c'est rien.

— Je sais pas… Son ton était un peu trop moqueur et méprisant à mon goût.

— Eli, je vais pas me vexer d'être riche.

— Mais tu n'es pas un bourgeois. Ce sont deux choses distinctes. Tu n'as *rien* de semblable à ces gens que tu as laissés derrière toi.

— À part le compte en banque…, marmonne-t-il. Mais Tom le sait, bien sûr. T'en fais pas, on se connaît depuis nos vingt ans, lui et moi. Tout va bien.

J'acquiesce, sans rien ajouter. En fait, je n'ai pas aimé l'énergie que ce Tom dégageait. Quelque chose chez lui me dérange.

Chez lui, et encore le reste du monde.

Je devrais arrêter d'être autant sur mes gardes et encore plus d'essayer d'embarquer Izaak dans ma paranoïa sociale. *C'est fini, je l'ai décidé, je n'aurai plus peur des gens.*

Je pivote le visage vers Izaak. Il me sourit. J'aimerais oublier la conversation qu'on vient d'avoir sur la possibilité que je n'aille pas à Alma. Mais elle est là, dans un coin de ma tête.

— Eliotte ! me lance Charlie depuis l'autre bout de la pièce, me sortant de mes pensées. J'ai ton paquet !

Quand elle arrive à moi, je ne perds pas une seconde pour l'ouvrir. Je découvre alors une clé USB et un morceau de papier.

> ***Tu trouveras tout dedans. Des échanges écrits et des enregistrements de mes appels avec lui. Fais-en ce que tu veux. Cet homme ne mérite pas d'être cru innocent.***
>
> ***Je suis désolé pour tout.***

Je fixe la feuille, estomaquée. Si on publie le contenu de cette clé, Matthew est foutu.

Et pourtant il a voulu me la donner.

— Qu'est-ce qu'il attend de toi ? me dit Izaak, en lisant par-dessus mon épaule. Parce que, si on envoie ses infos à la presse, il sait pertinemment qu'il devra se casser.

— Tu crois qu'il pourrait sincèrement juste vouloir se racheter ?

— Ce type n'a pas de conscience. Il était prêt à tout pour te foutre dans la merde, il y a encore un mois.

— Oui, mais c'était pour sa petite sœur. Si ces preuves deviennent publiques, elle pourrait être gravement affectée… Ce qu'il a fait est incroyablement risqué.

— Risqué, et pas logique, surtout. Il y a anguille sous roche.

— Après, on ne sait pas s'il y a vraiment tout ça sur la clé, avance Charlie.

— Exact, fais-je en la rangeant dans mon sac à dos. On verra ça en rentrant.

— D'ici là, tu as un QG à visiter ! rétorque Izaak en passant ses doigts derrière ma tête. Allez, viens. Il faut que tu voies mon coin préféré.

Il me regarde pendant un long moment, toujours la main dans mes cheveux.

— J'arrive pas à croire que tu es *ici*, Eli.

Je lui souris sincèrement.

Mais je sens mon cœur se serrer.

Nous partons tous les quatre chez Francis et Charlie, au coucher du soleil. Je contemple ce dernier par la vitre tout le long du trajet. Pendant un instant, il donne un sens à ce qui se déroule dans ma poitrine, ce sur quoi je n'arrive pas à mettre de mot. Il y a tellement de nuances, de couleurs, de vagues… qui implosent en moi depuis le début de cette journée. Entre le stress lié à mon intégration, la peur pour Izaak, et la distance qu'il m'a imposée devant les autres sans même me prévenir… Les teintes chaudes qui s'étendent entre les nuages enveloppent le ciel d'une façon aussi fascinante que cruelle. De l'azur au rose, puis à l'indigo. Comme ça, en quelques heures, le ciel n'a plus du tout la même couleur. Tout change.

— J'ai mis de nouveaux draps dans la chambre d'ami, prévient Charlie avant de se diriger vers la salle d'eau. T'as vu comme je suis prévenante ?

— On ferait quoi sans toi ? lance Izaak en se dirigeant vers la pièce au bout du couloir.

— Vous seriez sans doute là à attendre que la mort vienne vous chercher.

Je pose ma veste sur le canapé, dans lequel est déjà vautré Francis, et rejoins Izaak dans la chambre. Il enlève son T-shirt en vitesse et s'apprête à faire de même avec son pantalon, mais s'immobilise en me voyant à la porte. Un sourire taquin étire ses lèvres.

— Pourquoi tu fais cette tête ? Tu veux me filer un coup de main, c'est ça ?

Quelle tête je fais ?

— Une proposition alléchante, dis-je en fermant la porte.

Je m'approche et m'assieds sur le lit. Izaak se place devant moi, et attrape mes mains. Il me regarde, sans rien dire, en penchant la tête sur le côté. Soudain, son sourire s'évapore.

— Quelque chose ne va pas ?

Il voit si facilement en moi. Devant lui, je ne suis plus que du verre. Transparente.

Fragile.

— Non… Tout est OK, rétorqué-je du tac au tac.

Je braque mon regard sur la moquette, en entendant des dizaines de pensées contradictoires se bousculer dans ma tête. Elles se multiplient comme des cellules cancéreuses, anormales, interdites.

Est-ce qu'il me doit des explications sur ses agissements au QG ? En fait, qu'est-ce qu'on se doit, lui et moi, au juste ?

— Eli, parle-moi.

Il gagne la place à mon côté, et approche son visage du mien.

— Tu peux tout me dire. Tu le sais ?

— Je ne sais pas ce que « tout » signifie à tes yeux.

— Avec moi, arrête les points d'interrogation. Ne te pose pas trente-six mille questions et parle, c'est tout. Ça doit être aussi simple que ça.

Il appuie ses mots en posant sa main sur la mienne.

J'inspire un grand coup.

— Au QG tu… tu étais différent. Ma théorie, c'est que tu ne veux pas leur montrer que toi et moi…

Je ne sais même pas ce qu'il ne veut pas leur montrer, je ne sais pas ce qu'on est, lui et moi.

Il soupire.

— En fait… en arrivant au QG, quelque chose m'a pris aux

tripes, explique-t-il. Un genre de pressentiment, ou de peur idiote, comme tu préfères. Et, quand tu es arrivée, j'ai pris ma décision sans plus réfléchir. Je n'ai pas eu ensuite l'occasion de te faire part discrètement de mon plan.

— Ton plan ? Encore un ?

Il a un petit éclat de rire.

— Oui, encore un, Eli. Je veux être sûr qu'ils ne doutent pas de toi une seule seconde. Or, si je les laisse comprendre que nous sommes plus que de simples amis...

— On leur montre qu'Algorithma a eu raison, lâché-je sans langue de bois.

Il déglutit, et son regard me fuit un instant.

— En quelque sorte. Je ne veux pas qu'ils trouvent quoi que ce soit qui pourrait t'incriminer, ou pire, qui les ferait douter de notre implication dans la cause.

— Tu crois que c'est possible ?

— Je ne sais pas, mais je préfère ne pas prendre de risque. Une fois à Alma, à l'abri, on pourra agir normalement. Francis et Charlie sont déjà au courant, donc ici, on peut faire comme si de rien n'était.

Je soupire, le regard fixé à nos doigts entremêlés. Il ne veut pas montrer qu'il s'est réellement épris de la fille qu'Algorithma avait désignée pour lui. Il ne veut pas révéler que le gouvernement avait en partie raison car, quelque part dans tout ce bordel, Izaak doit avoir l'air crédible jusqu'au bout. Même si, fondamentalement, il n'y a rien de mal à être ensemble. Il a seulement peur que les choses changent du tout au tout.

Sont-elles si incertaines que ça ?

Quelque part, je me demande si finalement il regrette les sentiments qu'il a nourris à mon égard ; s'il a honte de moi.

Soudain, sa main recouvre mes doigts, et de l'autre, il saisit mon menton. Je laisse mon visage pivoter vers le sien. Il est tout près. Ses iris verts plongent profondément en moi. Il y a quelques semaines, ce regard m'aurait fait tourner la tête. Aujourd'hui je m'y perds sans même m'en rendre compte.

— J'aurais voulu te l'expliquer plus tôt, et qu'on décide de ça ensemble, dit-il d'une voix douce en caressant mes cheveux. Je sais que je t'ai mise dans une position délicate, Eli… J'espère que tu ne t'es pas fait d'idées.

— J'ai vite fait le lien mais…

Je ne suis jamais sûre de personne, tout ça est frais, notre relation n'a même pas encore de nom, et il y a cette Joleen et je flippe et…

Il prend mon visage en coupe.

Mon souffle s'échappe de ma poitrine compressée.

Et il plaque ses lèvres contre les miennes.

Je ne réfléchis pas plus et entrouvre la bouche. Je n'aurais jamais cru que ses baisers me manqueraient à ce point, et en si peu de temps. J'enroule mes bras autour de son dos nu pour l'attirer à moi. Je le veux plus proche, contre moi, tout près. J'ai ce besoin irrépressible de sentir sa chaleur. De sentir qu'il n'est pas qu'une ombre qui bouge à tout-va en fonction du soleil. Mais qu'il est bien là, avec moi.

Et je déteste ce besoin.

Ses doigts crochètent mes cheveux et son souffle s'accélère.

Est-ce qu'on peut rester comme ça encore cinq minutes ? Deux heures ? Jusqu'à ce que je m'endorme ?

Quand il se détache de moi, c'est pour aussitôt m'entraîner vers son torse et me serrer contre lui.

— S'il te plaît, ne te fais pas d'idées, Eli. Rien qu'imaginer que tu puisses douter de nous… de *moi,* reprend-il en bafouillant, ça me…

Il soupire.

— Tu as compris.

Je recule pour lui faire face, sans pour autant retirer mes bras autour de son corps.

— Je comprends mieux maintenant, oui.

Il me sourit, s'écarte, et s'allonge sur le lit en me désignant la place à côté de lui.

— Viens me raconter ta journée. Je veux tout savoir. Ce que t'as pensé, ressenti… Ce qui est arrivé quand je n'étais pas là. Tout.

Le même sourire s'empare de ma bouche, et je le rejoins. Nous sommes face à face, dans la même position qu'hier soir, quand nous étions tout juste revenus de Seattle.

— Je veux bien, seulement si tu me racontes aussi ce qui s'est passé de ton côté.

— Deal.

Je lâche un petit rire lorsqu'il dépose un baiser sur mes lèvres.

Et on se lance dans une longue conversation. Pour une fois, j'essaie de moins trier les pensées qui me viennent ou de les transformer : elles sortent – presque – telles quelles de mon esprit.

Quand Izaak aborde sa discussion avec son père, je sens un frisson le parcourir, mais, pour la première fois depuis longtemps, je ne vois plus autant cette peur dévorante au fond de ses pupilles. Je vois des friselis, des vibrations, des doutes.

Mais pas de terreur monstrueuse. Mon cœur en est un peu plus léger, à tel point que j'ai l'impression qu'il lévite dans ma poitrine.

— … et donc finalement, mon entourage ne fait que partie de l'organisation, termine Izaak.

Je caresse son bras du bout des doigts et j'aperçois les poils sur sa peau se hérisser à mon contact.

Est-ce que Joleen avait la même habitude que moi quand ils étaient allongés ?

Joleen. Je ne pense qu'à elle depuis que j'ai eu la stupide idée de faire le lit d'Izaak, et de regarder le contenu de cette maudite enveloppe. Non, en réalité, depuis que j'ai ouvert la catégorie « test-paire » de son dossier Algorithma, il y a un mois.

— Du coup, Izaak, cette amie dont tu me parlais, celle qui t'a fait découvrir les Liberâmes… Elle est à Alma ? lancé-je sans réfléchir.

Pendant une fraction de seconde, son visage se fige.

— Oui, elle y est, finit-il par avouer. Elle est partie quand j'avais dix-huit ans.

— Tu ne lui as pas parlé depuis ?

— Non, pas vraiment. La communication au-delà de la frontière est assez limitée…

Ce qui explique la vingtaine de lettres qui te sont adressées, sous ton matelas, et les notes que tu avais rédigées pour elle.

Ma gorge se noue.

Peut-être que son ex et cette amie qui lui a fait découvrir l'organisation ne sont pas la même personne.

— Elle s'appelle comment ? demandé-je, d'une petite voix.

— Joleen.

Mon cœur manque un battement.

Ça y est, c'est officiel : Izaak m'a menti.

— Il y a d'autres personnes que tu as perdues de vue quand elles sont allées à Alma ? demandé-je, l'air de rien.

Il répond, mais j'entends à peine les noms qu'il cite. Car il n'y en a qu'un qui résonne dans ma tête.

Joleen, ça fait cinq ans que tu es partie à

Alma, et tu es toujours dans mes pensées, autant que le premier jour.

La dernière lettre qu'il comptait envoyer date de novembre, soit deux mois avant notre mariage. Ils n'étaient théoriquement plus ensemble, d'après ce que j'ai cru comprendre. Et cette situation avait l'air de désespérer Izaak.

Je ne sais pas si je dois lui en parler et avouer que j'ai fouillé dans ses affaires, et surtout, que je me soucie des mots qu'il a écrits. Je me sens mal car mes doutes sont peut-être disproportionnés. C'est vrai : au nom de quoi je devrais être inquiète ? Je me suis peut-être trop attachée, trop vite. Alors que, pour Izaak, tout ça… ne compte pas autant, en tout cas pour le moment.

Cette pensée me déchire le cœur.

— Tu penses à quoi, brunette ?

Il y a un sourire dans sa voix. Je lève les yeux sur son visage, empreint d'une douceur et d'une lumière qui me clouent sur place. Il enroule une mèche de mes cheveux autour de son index en me regardant, les yeux plissés. Il arrive que cette sensation inédite qui m'habite quand je l'observe, cette chaleur qui retourne mon estomac, me terrifie. Et à la fois, je l'apprivoise, je l'accepte, je l'accueille, je l'embrasse. Là maintenant, quand je vois son visage, avec toutes les questions et les doutes qui voltigent dans mon esprit, c'est à nouveau un étrange mélange des deux qui creuse ma poitrine.

— Je pense au fait que je n'ai pas pris de café de la journée, rétorqué-je dans un mensonge, tout en empruntant un air détendu. Il faut que j'y remédie.

Izaak s'esclaffe. J'aime son rire grave, un peu éraillé sur la fin.

— T'es incorrigible… Bon, je vais te faire le meilleur café de ta vie, alors, dit-il en se redressant.

— J'ai cru que cette boisson heurtait tes valeurs ?

— Oh ! mais c'est toujours le cas. C'est juste que, pour ma survie, j'ai réalisé qu'il te fallait ta dose journalière de caféine. Ceci est un acte purement égoïste.

Il attrape un T-shirt dans le sac que j'ai emporté pour lui et l'enfile.

— Je comprends mieux, moi qui pensais que les choses pouvaient changer, rétorqué-je. Quelle déception.

— Mais les choses changent ! Pas pour le meilleur, vraisemblablement.

— Sois raisonnable. Le café est la meilleure chose qui soit arrivée à cette planète.

Il pouffe.

— Ma pauvre… Enfin, disons que, si je dois sentir son odeur encore un moment… autant m'y habituer maintenant, non ?

Sur ces mots, il quitte la chambre sans me regarder.

Que vient-il de dire ?

Je reste allongée, troublée.

« Encore un moment. »

Le nœud dans ma poitrine se dénoue.

— Vous vous êtes sûrement déjà demandé pourquoi, en tant que fils aîné, auquel on promettait un avenir brillant en politique, je me suis détourné de la vie médiatique… Une seule raison : votre Gouverneur. Il n'est pas celui que vous croyez. Et je me suis tu trop longtemps.

Le regard vert profond d'Izaak balaie lentement l'assemblée. En dépit des lumières et des caméras postées tout près de son visage, il reste droit et solide dans son costume qui lui va à la perfection. Izaak à l'allure d'un politicien. Bien plus qu'Ashton, voire davantage que son père, quand j'y pense. Il a la prestance, le charisme, la chaleur humaine, l'autorité ; tout à la fois.

Le Gouverneur est resté sous silence radio malgré l'échantillon de preuve qu'Izaak lui a envoyé – une partie de la vidéo que mon père a tournée pour moi, à un moment où il mentionne le maire de Portland. Après ça, il ne peut pas encore penser que son fils bluffe… Alors qu'a-t-il derrière la tête ?

— Dans les prochains jours, vous serez au courant de ce qui salit ses mains depuis déjà des années, poursuit le brun d'un ton sûr. Sans parler de tout ce qui a été fait pour qu'il puisse asseoir son pouvoir ici, en Nouvelle-Californie…

Il marque un temps de pause solennel, en regardant la foule.

— Mesdames, messieurs, merci de votre attention.

Et il se détourne du micro alors qu'une horde de journalistes l'assaillent de questions. Les ignorant, Izaak descend de l'estrade et nous rejoint au pied de l'escalier de la scène de conférence. Le lieu est bondé de monde alors que nous n'avions pourtant convié que les représentants de quelques journaux. Les médias se sont enflammés bien plus vite que prévu… ce qui est loin de nous déplaire.

— Tu as été parfait, assuré-je à Izaak.

Et sur ces mots, je l'attire dans mes bras. Je me l'autorise malgré la présence de certains Liberâmes dissimulés dans la foule, car, en public, je reste Mme Wager-Meeka ; et, pour la première fois je crois, j'en suis sincèrement heureuse. Izaak me rend mon étreinte et caresse mes cheveux, en me remerciant au creux de l'oreille. Quand on se détache l'un de l'autre, il se tourne vers ses meilleurs amis.

— Il faut qu'on se barre. Maintenant.

Francis, habillé élégamment en garde du corps, repousse

les journalistes à nos côtés, et nous commençons à progresser dans la salle de conférences.

Je sens la main moite d'Izaak se frayer un chemin jusqu'à la mienne, qui l'est encore plus. Quand il l'atteint, il la presse fort et entremêle nos doigts.

— Des nouvelles d'Ash ? demandé-je à mi-voix quand la presse s'est assez éloignée.

— Toujours aucune… Je compte l'appeler en rentrant, répond son grand frère. J'espère qu'il prendra la bonne décision.

Le tiraillement et l'inquiétude dans sa voix me fendent le cœur.

Ashton, s'il te plaît, ne fais pas de connerie cette fois.

Revoir son visage dans mon esprit coupe un peu plus en deux mon palpitant.

— Matthew m'a envoyé un message, l'informé-je. Il m'a dit qu'il voulait me voir aujourd'hui. Je n'ai pas répondu, bien sûr.

— Il persiste…

Une partie de moi déteste Matthew pour ce qu'il a fait, et une autre, infime… ne veut toujours pas y croire. Alors j'ai envie de le voir. Je veux savoir ce qu'il a à me dire.

Nous grimpons dans une voiture noire aux vitres teintées. Maleek, un ami proche d'Izaak d'après ce que j'ai compris – celui qui a jugé bon de raconter à tout le monde ma petite crise après l'attaque terroriste – est au volant.

— J'ai suivi la diffusion en direct. T'as géré, champion.

— Merci, Maleek.

En gagnant le siège arrière, Izaak lâche aussitôt ma main qu'il tenait fermement il y a encore une seconde. Je regarde ma paume vide, en essayant de sauver la face. Je connais ses raisons et les comprends… Pourtant, ça me fait quelque chose. Et je déteste cette sensation. Avant, ma paume était vide et je m'en contentais parfaitement. Maintenant, j'ai la sale impression qu'il y manque quelque chose.

Et le fait de savoir qu'Izaak ne veut pas la combler me provoque un pincement au cœur, malgré tout.

Autant que cette situation, cet entre-deux à la con.

Nous partons en direction du logement d'un autre membre de Liberâmes. Mieux vaut éviter de rester au même endroit sachant qu'on pourrait être suivis, d'autant plus après cette conférence qui menace de faire trembler la scène politique, et bien plus.

— C'est une blague ? s'exclame Charlie.

— Tout va bien ? réponds-je, en me penchant légèrement vers le siège avant, où elle est assise.

— Regardez ce qui vient d'être publié sur N-C News !

Elle nous tend son téléphone que j'attrape, les doigts tremblants.

Un étudiant que le Gouverneur Meeka avait embauché illégalement publie leurs échanges vocaux.

Q-Quoi ?

Le portable me tombe des mains. Je reste immobile, complètement sidérée. Mais pourquoi avoir fait ça ? S'il compte me voir aujourd'hui, c'est qu'il n'a pas encore fui le pays…

Le Gouverneur va se lancer à sa poursuite, c'est évident !

Izaak récupère le téléphone et lit à son tour la une.

— L'article vient juste de paraître.

— Matthew a intérêt à être déjà loin, lâche Francis.

— Je ne pense pas qu'il soit parti…, annoncé-je. Il n'aurait pas demandé à me voir ce matin, sinon.

— Face à ton silence, il a peut-être changé d'avis.

C'est possible… Mais mon cœur bat trop fort pour que je me contente de ça.

— Matthew, c'est le type qui est venu il y a deux jours au QG, non ? intervient la voix grave de Maleek. Pourquoi il tenait tant à te voir, Eliotte ?

Merde, j'avais oublié qu'il était présent ce jour-là. Maintenant il sait que Matthew a travaillé pour le Gouverneur.

— Hum…

Autant jouer cartes sur table.

— Il a été embauché par Thomas Meeka pour récolter des infos contre moi, admets-je. Matthew a fini par arrêter de nous trahir, avant de m'avouer qu'il faisait ça pour sauver sa petite sœur. Depuis, il essaie de me contacter pour se faire pardonner. Mais je ne veux rien avoir à faire avec lui.

— J'imagine… Mais le type en a une sacrée paire. Enfin, je veux dire, publier de tels documents en étant toujours sur le territoire ? Faut le faire.

— On n'est pas sûrs qu'il soit encore là, rétorque Charlie. Ce serait stupide.

C'est vrai… Mais je dois m'en assurer.

Soudain, mon téléphone vibre. Un texto d'Izaak. Je lui lance un coup d'œil, intriguée.

Je t'accompagne.

Quoi ?

Je réponds par des points d'interrogation. Izaak attend un petit temps avant de ressortir son téléphone pour m'écrire.

Je sais que tu as envie d'aller chez Matthew pour vérifier s'il s'est vraiment cassé.

Je souris.

Tu me connais trop bien, c'est flippant.
Je vais d'abord lui envoyer un message.

Il me répond :

Sage décision.

J'étouffe un rire. Simple et efficace. Je ferme la conversation avec Izaak et en ouvre une avec Matthew.

Est-ce que tu es chez toi ? J'ai vu que tu avais publié les preuves.

Tapant du pied, je ne lâche pas du regard mon téléphone tout le reste du trajet. Mais aucune réponse de Matthew ne me parvient.

Quand nous arrivons à destination, Maleek nous dépose, avant de filer au QG.

— Je ne peux pas rester les bras croisés, Izaak, lui dis-je, la porte d'entrée à peine refermée derrière nous. J'ai besoin de savoir s'il est parti. Je sens que quelque chose ne va pas…

— C'est d'autant plus dangereux d'y aller, alors. Qui sait sur qui on va tomber ?

— Je ne prends pas vraiment de risque. Je n'ai pas fait de conférence, je n'ai menacé personne…

Izaak soupire en réenfilant son manteau.

— On y va.

— Wow, wow, wow, du calme, Bonnie et Clyde, là, s'exclame Francis. Vous allez nulle part sans nous.

Sur ces mots, il dépasse Izaak, et ouvre la porte.

— Non mais !

Charlie et moi rions en chœur devant l'expression outrée de son frère.

— T'as raison ! s'exclame Charlie. Il faut les calmer, ces deux-là.

Sur ces mots, elle me donne un petit coup de coude auquel je réponds par une grimace puérile.

Ainsi, nous sortons tous les quatre de la maison. Nous prenons un risque en nous dirigeant vers un territoire qui est peut-être aux mains du Gouverneur… mais je ne peux pas m'en empêcher. Matthew n'a toujours pas répondu, et cela fait déjà dix minutes que l'article a été publié…

Pourquoi avoir balancé ces infos, Matthew ? Pourquoi ?

Nous prenons la voiture de Charlie, qu'elle avait garée devant la maison au préalable, et partons en direction du quartier sud. Je tente d'appeler Matthew, sans succès.

Quand nous arrivons, je ne prends pas le temps de sonner ni de frapper, j'ouvre la porte de la maison et avance à l'intérieur.

— Matthew ? lancé-je dans le grand hall d'entrée au sol en marbre.

Je m'arrête net devant Sofía, sa mère, qui déboule du couloir principal.

— Eliotte, qu'est-ce que tu fais là ?

— Madame Rivera, où est Matthew ?

Elle s'apprête à me répondre, mais une silhouette apparaît brusquement à ses côtés.

— Je suis là.

Mon ancien ami a surgi devant nous, deux sacs sur le dos.

— Pourquoi avoir diffusé ces preuves ? m'exclamé-je aussitôt.

— Je comptais partir demain matin… J'ai transmis les infos à la presse en leur demandant d'attendre mon départ, mais, en voyant la conférence de presse d'Izaak, ces enflures ont dû juger qu'il valait mieux qu'elles sortent maintenant.

Alors il l'a vraiment fait. Malgré les risques. Car le Gouverneur « ne mérite pas d'être cru innocent ».

— Tu vas faire quoi, maintenant ?

— On avait prévu d'emprunter un bateau clandestin… mais son conducteur vient d'annuler notre traversée. Il dit que c'est trop dangereux pour lui.

Ses yeux saphir se gorgent d'humidité. Il retient sa lèvre de trembler en la mordant.

— Je… Je ne sais pas ce qui va se passer, Eliotte. Ni pour moi, ni pour ma mère.

Non, non, non…

Je me tourne vers Izaak.

— Ils doivent partir avec nous à Alma.

— Quoi ? Mais t'as pété les plombs !

— Alma ? répète Matthew. Ça existe ?

— Eliotte, tout le monde ne peut pas y aller…, me dit doucement Charlie. Encore moins des personnes qui ne sont pas de Liberâmes.

— Ils savent que le système est pourri… Ils pourront nous être utiles ! rétorqué-je. Mme Rivera a travaillé de près avec le Gouverneur et connaît le système comme personne. Matthew peut servir dans les forces armées.

Mon regard parcourt le groupe, qui reste interdit. Izaak fait non de la tête, dépité.

— Ils n'accepteront jamais qu'ils viennent…, murmure Francis. C'est trop risqué.

— Mais qui sait ce qui va leur arriver ? m'écrié-je. Ils sont contre le Gouverneur, ils sont de notre côté.

— Ce n'est pas aussi simple… On a certes un ennemi commun, mais pas les mêmes ambitions.

— Et ça ne relève pas de nous, dit Charlie. Il y a des quotas à respecter. Pas plus d'un certain nombre de passagers par saison.

Ma tête pivote vers les Rivera. Sofía est au bord des larmes, tandis que Matthew me considère, abattu.

— Merci de plaider notre cause, murmure-t-il, mais… c'est perdu d'avance. Surtout avec ma venue avant-hier au sein de votre QG. On va… On va trouver un endroit. On va s'en sortir.

Il passe un bras autour des épaules de sa mère, qui finit par se réfugier contre le torse de son fils, avant d'éclater en sanglots.

— On ferait mieux de partir pour les laisser finaliser leur départ, dit Francis. L'horloge tourne, les minutes sont précieuses pour les fugitifs.

En entendant ce mot, Sofía pleure de plus belle.

Ma gorge se noue. Je me sens tellement impuissante… et j'ai peur. J'ai peur pour eux.

— Un conseil, Matthew : ne quitte pas Portland maintenant, lui dit Izaak. Ils chercheront en priorité à la frontière du Grand-Texas et dans les villes alentour. Tu dois te planquer quelque part ici.

— Oui, mais où ? demande-t-il d'une voix faible.

— Près de l'ancien port, il y a des bicoques abandonnées, l'informe Charlie. Ça pourrait faire l'affaire.

Matthew opine du chef.

— Faites attention, dis-je en retenant les tremblements de ma voix. Bon courage. Et merci pour les preuves.

Ses yeux bleus me scrutent un instant. J'y perçois une lueur de reconnaissance, engloutie dans un désarroi écrasant. Izaak me prend doucement la main pour me diriger vers la sortie, et je revois pour la dernière fois le visage de Matthew Rivera.

6. Le choix est fait

— Bon sang, c'est *enfin* l'heure, dit Francis en fermant le zip de son sac. Ça fait des années que j'attends ça…

— On va revoir papa et maman ! s'exclame Charlie. Fini les lettres !

— N'empêche, la liberté va me manquer.

— Vos parents sont à Alma ? demandé-je.

Je suis assise à côté d'Izaak sur le canapé du salon de l'appartement de son ami. Nous finalisons les derniers préparatifs et sommes censés prendre la route au milieu de la nuit pour arriver aux aurores sur la plage de départ.

— Ils ont été transférés il y a un peu moins de six mois, explique Francis. Il n'y avait que trois places disponibles. Alors on a préféré rester ici avec Charlie en attendant la prochaine croisière !

— Tu parles d'une croisière, marmonne sa sœur en fermant un sac à dos.

— Comment sait-on combien de places il y a ? m'enquiers-je.

— Leur nombre est annoncé à l'avance au début de chaque saison et dépend des risques, des provisions à Alma…

Ça fait sens : nous partons pour une ville autonome ; un écosystème fragile qu'il ne faut pas bouleverser avec trop de bouches à nourrir et de gens à loger du jour au lendemain.

— Avec Charlie et Izaak on a pris nos places en avance au début de l'année, m'informe Francis. Pour être sûrs qu'on parte, cette fois…

— Mais disons que les plans ont failli changer, lance Charlie d'un air moqueur, en considérant Izaak. Hein, joli cœur ?

— C'est faux.

— Mais si…, affirme Francis. Et, oh, voilà que vous rougissez, Lord Izaak !

L'intéressé regarde ailleurs, comme s'il n'avait rien entendu. Ses joues sont, en effet, légèrement teintées de rose.

— Tu débloques, cingle-t-il.

Francis s'esclaffe en chœur avec sa sœur. Leurs rires tonitruants, loin d'être mélodieux, m'en arrachent un aussi.

— Je ne sais pas comment, reprend le frère en couinant, mais Izaak a réussi à avoir deux places en plus pour cette traversée.

Une pour moi.

Et une pour Ash.

— Je ne sais pas ce qui est le plus pénible : ton rire ou me retenir de t'étrangler, rétorque le brun.

Amusée par leurs chamailleries, je laisse mon regard dériver loin du capharnaüm sonore. Nos sacs qui jonchent le sol, les derniers équipements à empaqueter éparpillés sur le tapis… Ça y est, c'est l'heure. Je n'arrive pas à y croire. Je vais quitter les États-Unis.

— Il y a pas mal de personnes qu'on va retrouver à Alma, dit Charlie. Des amis, de la famille…

Des ex.

Je serre le coussin dans mes mains, en sentant mon ventre se contracter. D'après les lettres que j'ai lues, Joleen est à Alma.

Et ce n'est peut-être pas qu'une ex.

Je n'ai pas encore trouvé le courage d'en parler à Izaak. Je ne sais pas si je dois le faire.

Il est sans doute trop tôt pour que j'aborde son passé amoureux.

Même si une jalousie dévorante est née il y a une semaine – ou peut-être même dès lors que j'ai appris l'existence de cette fille –, je ne peux pas la légitimer en lui en parlant… La vérité, c'est que j'ai peur de sa réaction. De sa réponse à mes questions.

Je sens la main d'Izaak serrer un peu plus la mienne. Je tourne la tête vers lui. Il regarde ailleurs, en mordillant l'intérieur de sa joue. Le fait que son pied tape frénétiquement le sol depuis qu'on s'est assis ne m'a pas échappé. Il est stressé. On attend l'appel d'Ashton depuis des jours…

— Hey, Izaak…

Il me présente son visage en esquissant un semblant de sourire.

— Je suis sûre qu'Ashton fera le bon choix, murmuré-je.

Je ne peux pas te dire que j'ai peur pour lui, moi aussi. Que je ne sais pas à quoi m'attendre.

— Et puis, tu le connais…, murmuré-je, malgré tout. C'est une tête brûlée : il prend toutes ses décisions à la dernière minute.

Il soupire.

— Eli, je ne sais pas ce que je ferai dans le cas où je devrais regarder la rive s'éloigner sans lui…

— Tu ne regarderas pas. Parce que tu ne peux pas te retourner. Tu sais pourquoi tu fais tout ça, Izaak. Il n'y a pas d'autre option pour toi et, au fond, tu en as conscience.

Il hoche la tête, les yeux perdus par-dessus mon épaule, avant d'attirer ma tête contre son torse. Il me serre contre lui tandis que je hume son parfum. J'entends Charlie et Francis faire des allers-retours dans la pièce pour terminer de plier bagage.

— Et toi ? Tu ne regrettes pas de partir sans ta mère ?

Je suis allée la voir, hier, pour lui annoncer mon départ. Car, même si durant les années passées j'ai eu l'impression d'être un fantôme à ses yeux, même si elle n'a pas toujours su trouver les mots justes, même si les dernières paroles qu'on a échangées étaient pris dans une tempête de larmes… je suis incapable de partir comme ça. Cette femme est ma mère. Je ne peux *pas* tout balayer d'un revers de la main.

Il y a des années, du jour au lendemain, ce n'était plus qu'elle et moi. Et, quelque part, c'est encore un peu le cas. Je serai là pour elle, même si nos chemins se séparent. C'est ça la famille.

C'est justement pour cette raison que, avant de toquer à la porte à moitié défoncée de notre appartement, je craignais que cette rencontre ne me fasse ressentir une toute nouvelle appréhension quant à mon départ. Des regrets de dernière minute. Mais, lorsque l'on s'est vues, elle et moi… il n'y a eu que de l'apaisement.

— Je ne pense pas, réponds-je. Elle m'a bien fait comprendre qu'elle ne pourrait pas quitter Karl, ni l'Amérique, en fait. Je ne lui en veux pas… et elle non plus. Savoir que je fais ça pour mon père, ça… ça lui procure une forme de paix, je crois.

En allant la voir, je tenais aussi à lui parler de mes découvertes… Je me devais de lui dire la vérité au sujet de la disparition de mon père, de l'homme qu'elle a aimé. Elle a été meurtrie… mais la vérité, d'une manière ou d'une autre, doit prendre sa place dans notre vie. Et c'est ce dont manquait cruellement ma mère pour enfin faire son deuil. La vérité.

— Tu fais aussi ça pour toi, Eli, rétorque Izaak.

Il glisse les doigts sous mon menton pour le relever vers lui. Je me laisse faire et nos regards s'aimantent en un instant.

— Tu as la rage de vivre, de te battre pour ce que tu crois juste. Je l'ai vu dès le jour où je t'ai rencontrée.

— C'est l'impression que je t'ai faite au café ? dis-je dans un sourire, en repensant à notre premier *date* imposé par Algorithma.

— Je m'en suis rendu compte quand tu t'es empressée de finir ton cappuccino pour me remonter les bretelles dans ma jeep, en te brûlant sûrement la langue au sixième degré… Mais avant ça, déjà. Tu sais, le jour où on s'est croisés la nuit, à la villa. Tu sortais de la chambre d'Ashton pour rentrer chez toi.

Je hausse les sourcils en étirant mon sourire.

Oh ! je m'en souviens.

C'était l'une des premières fois que j'étais restée dormir chez Ashton. On devait avoir seize ou dix-sept ans, pas plus.

Je marchais en catimini dans le couloir, priant pour qu'on ne m'entende pas. Il fallait que je sorte sans me faire repérer par les gardes devant la villa…

Alors que je parcourais le premier étage, j'aperçus un balcon.

Bingo.

Je m'y dirigeai sans plus réfléchir.

— Qu'est-ce que tu fous là, toi ? lâcha Izaak en apparaissant devant moi comme un mauvais esprit.

Je sursautai et retins un cri. Ce mec n'est pas humain, putain !

— Mon père va tuer Ashton, ajouta-t-il.

— Je sais, je cherche la sortie.

Sur le moment je n'avais pas tilté qu'il était vêtu en habits de ville. Pourtant, je l'avais vu entrer dans sa chambre avant qu'Ashton et moi, on aille dans la sienne pour « bosser sur un travail de groupe ». Il avait donc fait le mur.

— Tu ne peux pas juste « sortir » comme ça d'ici. Il y a des gardes du corps, un système de sécurité.

— Et ? Il y a bien un moyen de sortir sans s'attirer des ennuis, non ?

— On est dans la putain de maison du Gouverneur.

— Je m'en doute, mais il faut que je sorte d'ici. Je vais trouver une solution.

Son regard glissa furtivement derrière moi.

— Attends… Ne me dis pas que tu comptais sauter par la fenêtre ?

— Je… J'allais d'abord évaluer la hauteur.

Il lâcha un long soupir dans l'air chaud.

— T'es vraiment folle… Allez, viens.

Il ouvrit la marche sans plus d'explication et je le suivis sans hésiter.

— De toute façon, avec tout le boucan que vous avez fait, il a sûrement dû entendre - et les voisins aussi.

— Quoi ?

— Vous avez failli péter le mur avec vos conneries.

Je devins rouge de honte. Il en faisait certainement des caisses pour m'embarrasser.

On parcourut la villa, sans un mot. Quand j'aperçus la porte arrière, je me dirigeai naturellement vers elle, avant qu'il ne saisisse mon poignet.

— Tu ne peux pas sortir, ici. Je vais d'abord désactiver les lasers de sécurité, Eliotte.

— Tu connais mon prénom ?

— Outre le fait que mon frère l'ait hurlé pendant une heure, oui. Il l'a mentionné plusieurs fois.

— Ah bon ? Il te l'a avoué ?

— Évidemment, je suis son grand frère…

— Et tu n'es pas contre ?

— Toi non plus, apparemment… Et mes idées ne regardent que moi.

— Oh ! Monsieur a des idées.

— Oui, beaucoup.

— C'est marrant, les gens les plus limités que j'aie croisés disaient la même chose avant de se mettre à déblatérer des conneries.

Il allait rétorquer, mais s'en empêcha en serrant le poing.

— Il est 3 heures du matin, je n'ai pas le temps pour une joute verbale.

— C'est toi qui as commencé.

Je roulai des yeux de façon exagérée. Soudain, Izaak dit :

— *Il t'aime bien, tu sais.*

Ash…

— *… alors ne t'avise pas de lui briser le cœur. Parce que je connais ton prénom. Ton nom de famille et ton adresse ne seront pas plus compliqués à trouver.*

— *Vu que c'est toi qui me menaces, là c'est sûr, je ne ferai jamais rien.*

Il me répondit avec un sourire ironique avant de désactiver je ne sais comment le système de sécurité pour me laisser partir et épargner des emmerdes à son petit frère.

Alors que je m'apprêtais à sortir, sa voix me retient.

Hey ! attends.

Quoi ? dis-je en me retournant lentement.

Tu habites où ?

— *Alors c'est comme ça que tu comptes obtenir mon adresse ? Quand je disais que tu me rappelais étrangement toutes les personnes limitées que j'ai croisées dans ma vie…*

Il me dévisagea, un rictus sur les lèvres avant de lâcher, d'une voix glaciale :

Il est tard. Je vais te déposer.

Hors de question. Tous les scénarios de mauvais films d'horreur commencent comme ça.

Il roula des yeux, avant de passer devant moi, comme ouvrant la marche.

Il souhaite réellement me déposer ? Il ne déconne pas ?

Malgré ce pressentiment qui retournait mon ventre, le même qui apparaissait quand une personne m'approchait de trop près, je décidai, et je ne sais comment, de suivre Izaak Meeka jusqu'à sa jeep.

Jusqu'au moment où il m'invita explicitement à grimper à l'intérieur de sa voiture, je crus à une mauvaise blague de sa part : il ne pouvait pas se montrer aussi serviable. Ce type était pour moi aussi insaisissable que froid.

Je lui donnai une fausse adresse – quelques rues avant la vraie – afin qu'il ne sache pas réellement où j'habitai. Pas par peur que je puisse un jour voir sa silhouette dans ma chambre à trois heures du matin, mais parce que je refusais qu'il sache dans quel quartier mal famé j'habitais – lui, oui, et quiconque d'autre. J'avais trop honte de mon immeuble insalubre.

Le tintement de ses clés. le ronronnement brusque du moteur moderne de sa vieille jeep. Et un autre son :

— Mets ta ceinture.

— Hum… Oui, répondis-je, prise au dépourvu.

Je m'exécutai sous ses yeux attentifs avant qu'il ne se concentrasse sur la route. Et nous partîmes. Les lignes de sa mâchoire anguleuse ressortaient dans le clair-obscur de l'habitacle. Ses yeux verts, pourtant si froids, brillaient sous la lumière des lampadaires de Portland.

— Je ne referrai pas ça deux fois, lâcha soudainement Izaak.

— Me menacer de mort ou être aussi agréable ? répondis-je avec ironie.

Alors qu'il s'apprêtait à répondre, je le devançai :

— Je ne t'ai jamais demandé de me déposer.

— Je faisais référence au fait de t'avoir si gracieusement offert mon aide pour sortir de la villa sans te faire prendre. Tu te serais défénestrée, sans moi.

Son outrecuidance et son ton sec m'excédaient ; j'étais à deux doigts d'ouvrir la portière et de me jeter sur le goudron pour lui échapper. Que lui avais-je fait, bon sang ?

— Je serais sortie d'une manière ou d'une autre dans tous les cas, rétorquai-je.

— Et si mon père était tombé sur toi, hein ?

— Je lui aurai expliqué que j'aime son fils. C'est tout.

— Sans test-paire à l'appui ?

Je manquai de rouler des yeux. S'il savait…

Et si, moi, j'avais su à l'époque, qu'en réalité lui-même ne croyait pas un mot de ce qu'il disait.

— On compte en passer un dans un an ou deux, répondis-je l'air de rien. D'ici là, votre père devra accepter qu'Ashton et moi ce n'est pas négociable.

Il pouffa. Je ne sus dire si c'était de la condescendance ou autre chose qui teintait son rire sibyllin.

— Vraiment ?

— Oui, vraiment. Quand je veux quelque chose, je recule difficilement.

— Alors tu veux mon petit frère ?

— Oui.

Son air satisfait conclut pour lui la conversation. Au fond de moi, je souhaitais, sans même le réaliser, que notre discussion se poursuive. Si cet idiot était détestable, il m'intriguait.

Mais il n'en fut rien. Izaak demeura silencieux, et moi aussi.

Au bout de longues minutes, il freina doucement.

— C'est ici ? dit-il enfin, en me désignant d'un geste du menton la rue derrière ma vitre.

— Oui.

— Bien. Tu peux déguerpir, maintenant.

— Toujours aussi agréable ?

— Toujours.

Il ne me regardait même pas. Sa voix monocorde, et son regard cynique activèrent une source chaude en moi.

— Tu n'es pas croyable, sifflai-je, en retirant ma ceinture.

— Et moi, je ne sais vraiment pas ce qu'il te trouve.

— Quoi ?

— *Agréable et honnête. Que veux-tu, je suis parfait.*

J'ouvris d'un geste brusque la portière, et sautai hors de cette maudite jeep.

— *Crétin.*

Il soupira, indifférent.

J'eus à peine le temps de poser un pied sur la chaussée défoncée, qu'il démarra.

— *Et tu conduis comme un ivrogne, mec ! m'écriai-je alors qu'il était déjà loin.*

Pour toute réponse, il sortit son bras de la fenêtre, et me fit un doigt d'honneur.

On en a parcouru du chemin depuis, lui et moi.

— Je me souviens de ce jour comme si c'était hier, dis-je. Tu étais… *marquant.*

Comment ça ?

— Tu te rappelles ce que tu m'as dit avant que je ne quitte ta voiture ?

Il plisse les yeux, un air d'embarras s'emparant de son visage.

— « Je ne sais pas ce qu'il te trouve », répété-je. Ça m'a marqué !

— Vraiment ?

— Oui… Je ne comprenais pas pourquoi tu étais aussi méchant avec moi alors que je ne t'avais rien fait.

Il soupire, les yeux dans le vague.

— Maintenant, avec le recul… je réalise que, je ne faisais que verbaliser ce que j'aurais voulu penser.

— C'est-à-dire ?

— Plus tu me parlais et me remettais à ma place, et plus quelque chose s'électrifiait en moi. Mon cerveau disjonctait. Une sorte de dissonance cognitive : tu ne pouvais pas être aussi audacieuse, aussi drôle, aussi ferme dans tes convictions…

— Ah, oui ? Pourquoi ? Tu avais des préjugés à mon égard ?

— Oui, un seul : que je ne puisse pas te trouver appréciable.

Il acquiesce.

— Et puis, j'étais sacrément con avant vingt ans.

On s'esclaffe en chœur. Pendant un instant, Izaak me sourit, le regard posé sur moi, avant d'embrasser mon front.

— Je suis tellement heureux qu'on parte ensemble à Alma. Tu n'imagines pas à quel point.

— Moi aussi, Izaak.

Je me penche un peu plus vers lui pour déposer un baiser sur ses lèvres, mais la sonnerie de mon téléphone m'arrête.

Matthew.

— C'est qui ?

Je pourrais répondre « ma mère », mais… je crois qu'avec lui, depuis bien longtemps, le mensonge n'est plus un réflexe.

— C'est Matthew.

Son visage s'assombrit.

— Qu'est-ce qu'il te veut ?

Je me détache de ses bras avant de quitter le canapé.

— Je ne sais pas… On verra bien.

Je m'en vais m'isoler sur le palier désert, et accepte l'appel, le corps tendu.

— J'ai reçu tes messages, dit-il. Désolé de ne pas avoir pu répondre… Ma batterie était morte, j'ai dû trouver un endroit où charger mon tél.

— Je veux juste savoir si toi et ta mère êtes en sécurité, réponds-je en essayant de contrôler ma voix.

Je ne dois pas paraître amicale. Tout ce que je souhaite, c'est m'assurer qu'il va bien avant que je prenne le large.

C'est plus fort que moi.

— O-On n'a encore rien trouvé. On va de motel en motel depuis quelques jours, mais on va manquer de cash. Ma mère ne veut pas qu'on utilise nos cartes bleues, elle pense que le Gouverneur regardera la localisation de nos transactions en premier.

— Merde…, murmuré-je sans me contrôler. Et vous avez essayé d'aller du côté des baraques au nord du fleuve ? À l'église ? Ou peut-être chez un ami…

— Eliotte, fait-il tout à coup. Panique pas comme ça. On tient le coup…

— Vous êtes à la rue et possiblement recherchés !

— Je ne vais pas te mentir : les temps sont durs. On a essayé beaucoup de choses, même de recontacter le mec auprès duquel j'avais loué un bateau. Clairement, on est seuls. Mais on tient le coup…, répète-t-il. On va s'en sortir. On doit le faire.

Mon abdomen se contracte. J'ai le souffle court.

Il dit ça pour me rassurer mais… je sais qu'il est terrifié.

— Je vais te laisser, je dois économiser ma batterie.

— Attends, Matthew… On peut trouver une solution.

— Je… Je vais me creuser la tête, dit-il à voix basse. Ne t'en fais pas pour moi. Tu peux partir le cœur léger.

Non… bien sûr que non.

— À l'aube, sur la plage de Jetty Road, débité-je.

— Quoi ?

— Notre départ pour Alma. Viens avec ta mère. Peut-être qu'on peut te faire passer dans le bateau… C'est risqué m-mais… Il faut qu'on essaie.

— Je… Je ne sais pas quoi dire.

— Alors ne dis rien. Juste, pointe-toi avec ta mère.

Silence.

— OK…, me répond-il finalement. OK, on y sera. Merci, Eliotte.

— Tu me remercieras quand tu seras sur le bateau.

— Non. Merci, maintenant.

Mes doigts se crispent autour de mon téléphone.

— Je vais te laisser. À tout à l'heure, Matthew.

Je raccroche aussitôt, sans attendre sa réponse.

Je reste figée sur un coin du palier, le dos appuyé contre le mur. Je prends une longue inspiration.

Je ne sais pas ce que je viens de faire, mais je l'ai fait.

Pourvu que je n'aie pas fait une connerie…

— Eliotte ?

Je sursaute, et découvre Charlie à quelques mètres.

— Tu devrais venir… Ashton est en conférence de presse. On a allumé la télé.

— Quoi ?

Bouche bée, j'ai une microseconde de retard avant de me jeter dans le salon. Je cours jusqu'au canapé, sur lequel sont assis Francis et Izaak. Je les rejoins, en retenant mon souffle. J'attrape la main d'Izaak, en tournant mon regard sur le visage d'Ashton qui apparaît à l'écran.

— Il n'a rien dit pour l'instant, précise Francis.

Pitié, Ash… Sois des nôtres.

— Mesdames, messieurs, fait-il d'un ton grave.

Sa mâchoire se contracte alors qu'il considère l'assemblée devant lui. Avec le temps, j'ai appris à reconnaître ses tics d'angoisse, quand bien même il a l'art de *maestro* de les cacher sous le feu des projecteurs. Aujourd'hui, il n'essaie même pas. Son angoisse est frappante.

— Je souhaite m'exprimer en réponse à la prise de parole de mon frère Izaak, en début de semaine.

En entendant son prénom, ce dernier serre un peu plus ma main.

— Izaak, poursuit Ashton, a fait de graves allusions au sujet de notre père, le Gouverneur Meeka. Le scandale qui a éclaté à l'égard de notre famille ne peut rester en suspens. Je me dois d'y répondre avant tout en ma qualité de fils, de frère, et de membre de la famille Meeka.

Il déglutit en regardant une seconde le plafond, avant de se replacer devant son micro. Il souffle dessus maladroitement, avant de prendre une inspiration.

— Mon frère, Izaak, ne s'exprime que rarement. Vous le connaissez pour son panache et ses interventions laconiques. Alors, s'il s'est permis de prendre la parole l'autre jour, aussi solennellement, vous vous doutez bien, mesdames, messieurs, que cela était réfléchi de sa part… Et pour une bonne raison.

Mon cœur manque un battement.

Ashton…

Je me tourne vers Izaak, suspendu aux lèvres du blond sur l'écran. La main de Francis est posée sur son épaule.

— Comme vous le savez, il n'a jamais caché son désamour vis-à-vis de notre héritage familial ou de la politique. Il a toujours été en marge. Mais je me dois de vous avouer une chose…

Mes paumes moites se pressent sur mes cuisses. Je ventile.

— Izaak est d'une très grande instabilité, comme il en a donné la preuve ces dernières années. Il nourrit une haine sans nom pour notre famille, depuis trop longtemps déjà, et cela a pris des proportions inimaginables, et surtout, inacceptables. Les accusations qui ont été formulées contre le Gouverneur sont de toute évidence fallacieuses et fondées sur sa seule rancœur à notre égard. J'accorde donc mon plus ferme soutien à mon père. Vous êtes priés de croire qu'il est meurtri par les mots qui ont été prononcés à son propos. Nous ne pouvons…

Mon sang ne fait plus qu'un tour.

Putain, non… Tu ne peux pas nous faire ça.

Tu ne peux pas lui *faire ça.*

Mon regard vire à droite, sur le profil d'Izaak. Il fixe le sol, le visage fermé. Rien. Absolument rien ne demeure sur sa face, ni dans ses yeux. Le vide le plus total. Le néant le plus lugubre.

Soudain, il lâche ma main. Se lève lentement, marche vers la télévision, et l'éteint.

— Je vais terminer de nettoyer la chambre d'ami, lâche-t-il.

Sur ces mots, il disparaît.

Francis, Charlie et moi nous regardons tour à tour. C'est comme si on avait tous une marque rouge sur la joue. La trace de la putain de claque qu'on vient de se prendre. Pourtant, je ne m'attendais à rien : Ashton m'en a fait voir de toutes les couleurs ces dernières semaines. Je sais mieux que quiconque à quel point il est versatile. Mais la chose étant que… il a toujours été constant avec Izaak.

Il nous a tourné le dos.

J'ai envie de briser le premier objet qui me tombe sous la main, j'ai besoin de hurler. Je crois même que je suis à deux doigts de pleurer.

Mais, surtout, je suis abattue pour Izaak. Je n'imagine pas un instant ce qu'il ressent.

Est-ce que je dois aller le voir maintenant ou lui laisser du temps pour encaisser ? Est-ce qu'il me repoussera ? Est-ce que…

Et puis merde.

Une force insondable pousse mes jambes hors du salon. J'ouvre doucement la porte de la chambre d'ami, la gorge sèche.

Izaak est en train de faire le lit. Il retire d'un geste sec la couette, et la fourre à l'autre bout de la pièce.

— Mon tarsier chéri ? lancé-je.

J'essaie de détendre l'atmosphère de la plus pitoyable des manières… Je suis bête. J'ai les pensées en ébullition. Je ne sais même pas quoi dire, quoi faire, comment ni quand.

— Oui ? répond Izaak en ôtant brusquement le drap du matelas.

Allez, Eliotte.

J'avance dans la pièce et me place en face de lui, de l'autre côté du lit. Je l'imite et l'aide à placer sur le matelas le drap propre qu'il vient d'apporter.

— Hum… Tu… Tu veux en parler ?

— Parler de quoi ?

— Tu sais bien.

Il hausse les épaules et saisit un oreiller.

— Izaak, si tu veux que je te laisse, tu peux me le dire. Je comprendrais.

— Non mais… c'est juste qu'il n'y a rien à dire. Je le savais.

Il retire violemment la taie, en mordant sa lèvre inférieure.

— Je savais pertinemment qu'il allait… qu'il allait…

Sans crier gare, il balance l'oreiller à l'autre bout de la pièce.

— Je savais qu'il allait se ranger du côté de notre putain de père ! Encore une fois !

Il prend un autre oreiller, mécaniquement.

— C'est tout Ashton, ça… Son cerveau est complètement bousillé ! Complètement bou-si-llé ! Il allait faire ce choix ! Bien sûr qu'il allait le faire !

Ses mains embrasées tiennent à moitié sa prise. Elles tremblent.

— Mais il a fallu que… pendant une seconde… je croie le contraire.

Un murmure inaudible voltige dans l'atmosphère et…

Un sanglot perce l'air.

Izaak s'effondre sur le matelas. Il explose dans un spasme qui me fait vibrer tout entière.

Et, là, il pousse un cri désespéré et furieux contre un oreiller. Ses doigts agrippent la taie comme si c'était tout ce qui lui permettait de rester à la surface.

— Putain, pourquoi il n'a pas voulu m'écouter ? hurle-t-il. Pourquoi ?

Ses épaules se secouent, alors que ses doigts s'agrippent aux draps. La vision brouillée par les larmes, je m'assieds à ses côtés. Ses pleurs sont étouffés par le tissu en coton, et pourtant, ils me transpercent très nettement, à m'en lacérer la poitrine.

Je lève la main, hésitante, avant de me décider à la poser sur sa tête, tandis qu'il se déchire les poumons en laissant échapper des sanglots enragés contre l'oreiller.

— Je suis sûre qu'il ne s'est même pas écouté lui-même, Izaak… Ce n'est pas ta faute.

— Mais… qu'est-ce que je vais faire, bordel ? Qu'est-ce que je vais faire sans lui ?

Je caresse ses boucles doucement. Je suis incapable de répondre, mes lèvres tremblent trop.

— Je… Je l'ai perdu. Mon petit frère, Ash. Je n'arrive pas à y croire…

Moi non plus.

— Eliotte, je te jure je… j-j'ai tellement mal à la poitrine. Tellement.

Il se déplace pour poser sa joue sur ma cuisse. Ses doigts se plantent dans mon jean, alors que son autre main se pose sur son torse, comme pour arrêter le saignement.

— J'ai l'impression que mon cœur va exploser, dit-il de façon presque inaudible, entre des inspirations saccadées. Je ne peux pas croire qu'il ne m'ait pas soutenu… Il a même dit que j'étais instable et plein de haine.

— Il ne le pense pas, j'en suis certaine. C'est juste le discours qu'on lui a demandé d'apprendre par cœur.

— Pourquoi est-ce qu'il n'a pas refusé ?

Un long silence s'empare de la pièce.

Je l'entends renifler, puis sangloter à nouveau, en boucle. Je laisse mon dos se reposer contre la tête du lit, et renverse la tête en arrière.

Ne pleure pas toi aussi. Ne pleure pas.

Les lèvres serrées, je m'efforce de ne rien laisser couler. Je ne peux pas en rajouter. Je dois être forte.

Je continue mes caresses dans ses cheveux, jusqu'à ce que ses sanglots se calment.

— Je n'arrive pas à y croire…

Il regarde dans le vide, toujours blotti près de moi.

— Mon frère est devenu mon ennemi.

7. Orages

Je fixe les vagues qui s'écrasent violemment contre les rochers. Il est tôt, on est au mois de mars, mais je ne pensais pas que l'océan serait aussi déchaîné.

Est-ce que c'est un signe ?

— Je viens de parler à Alex, dit Charlie. On ne peut pas repousser la traversée. C'est maintenant ou dans six mois.

— Il n'a jamais été question de la repousser…, dit Izaak, le regard perdu sur l'horizon orageux. On y va.

Il ouvre la portière de la voiture. Il a dû laisser sa jeep derrière lui, et je crois que ça lui a réellement fait mal. Il a insisté pour passer devant le loft avant de partir pour la plage, et a regardé son véhicule de longues secondes.

Nous le rejoignons sur le sable, pour nous en aller vers le petit groupe qui s'est formé à l'autre bout de la rive. Une rafale de vent me fout une claque et des grains de sable me fouettent le visage. Je regarde autour de moi, le souffle court. Le ciel est si sombre.

Je ne sais pas si on fait vraiment bien de prendre le bateau par ce temps…

Avant qu'on s'approche du reste des Liberâmes, Izaak m'attrape le bras.

— Je t'avais supplié de mettre une écharpe, bougonne-t-il en dénouant la sienne. Tu vas attraper la crève.

Il la place autour de mon cou, les sourcils froncés.

— Izaak, on est sur le point de traverser une tempête, et tu te préoccupes sérieusement d'un potentiel rhume, là ?

— Chut, noue l'écharpe et arrête de négocier.

Sur ces mots, il prend les bords de ma capuche rabattue autour de mon visage et les attire à lui. Il dépose prestement un baiser sur le bout de mon nez, avant d'arborer un air soucieux.

— Au fait, je voulais te dire… je sais que tu as peur de l'océan et des orages, mais je te promets que ça va bien se passer. Je serai là, à côté de toi. Il ne t'arrivera rien.

Je souris instinctivement, touchée par ses mots. Il pense à tout. Il pense à moi.

Avant d'arquer un sourcil.

— Attends, mais comment tu sais pour ma peur ?

— La simulation *Pavor-Amor*. Pendant ton rêve lucide, tu as pensé à ta phobie, et on a atterri dans un océan lugubre. J'ai fait le lien.

Cette simulation… c'était tellement réel. Étrangement, son souvenir me fait sourire.

Izaak m'en voulait terriblement et m'avait promis de ne plus jamais m'adresser la parole… Pourtant, il a fait tout ce qui était en son pouvoir pour me protéger tout du long.

— Merci, Izaak.

— C'est normal, brunette.

Un clin d'œil et il finit par se détacher de moi et marcher vers le groupe. Je noue l'écharpe comme il m'en a suppliée, afin de le rassurer, tout en le regardant s'éloigner. Même si c'est moi qui suis censée être la plus angoissée, je sais qu'Izaak est énormément stressé – plus qu'il ne veut l'admettre. Il faut dire que cette météo fait vaciller nos plans… et que le départ est imminent. On ne peut plus reculer. Ça y est. Nous partons pour Alma.

Sans Ashton.

Et peut-être sans Matt.

Je regarde mon téléphone. Toujours aucun signe de sa part. Il m'a dit qu'il devait bientôt arriver sur la plage. Mes yeux balaient les environs à la recherche de Matt et de sa mère. Il fait si noir, entre l'orage et l'aurore qui pointe à peine dans le ciel. *Il pourrait être n'importe où, de toute façon, on n'y voit que dalle.*

On rejoint le groupe qui forme un cercle près du lieu d'embarquement. À mesure que j'avance, les contours d'un petit bateau se dessinent dans la brume du matin près d'un ponton en bois.

— Nous prendrons le large dans quelques minutes et naviguerons durant plusieurs heures, avant de débarquer dans une ville de l'autre côté de la frontière, annonce Rita. De là, nous ferons le reste du chemin à pied jusqu'à un lieu de rendez-vous où des voitures nous attendront… Un autre trajet, et nous serons à Alma, mes amis !

Des exclamations et un chahut joyeux animent le groupe. Je les regarde se prendre dans les bras, leurs visages heureux éclairés faiblement par des lanternes.

— Une fois arrivés, nous pourrons enfin travailler plus activement à libérer les âmes des Américains de leurs fausses « sœurs » !

D'un geste synchronisé, ils portent leur poing à leur poitrine et scandent en chœur :

— Liber-âmes ! Liber-âmes !

Oh mon Dieu, ils ont vraiment un cri de ralliement.

Je ne peux pas m'empêcher de laisser échapper un rire. Heureusement, il se perd dans le brouhaha général.

Izaak me lance un regard à la dérobée. Il m'a entendue. Malgré son air réprobateur, j'ai la ferme sensation qu'il est à deux doigts d'éclater de rire. Je m'approche de lui et chuchote :

— Vous avez aussi un chant traditionnel ?

Il se pince les lèvres.

— Vous portez des toges cérémonielles à chaque soir de pleine lune ?

Il monte le haut de son col roulé, pour cacher sa bouche.

— Et rassure-moi, ajouté-je pour le faire craquer, vous n'égorgerez aucune chèvre en l'honneur de Cupidon une fois sur le bateau ?

Un rire lui échappe mais il l'étouffe aussitôt de la main.

Bingo.

Je souris en le regardant, à mon tour au bord de l'hilarité.

Ne ris pas, ne ris pas.

J'essaie de ne pas croiser son regard, car je sais que, dès que je le ferai, on ne pourra plus se retenir, comme deux collégiens. Izaak s'en va près de Maleek, à quelques mètres de moi, et fuit mon regard.

Tu as peur que je te fasse encore rire. Mauviette.

Je fixe le sable collant à mes bottes.

Ne ris pas.

Une autre rafale nous fouette le visage. Je ferme les yeux en attendant que le vent se calme. Je n'arrive pas à croire qu'on va prendre le large sous ce temps.

— Nous ferions mieux d'embarquer dès maintenant, lance Alex. Allons-y !

Le groupe se dirige vers les rochers au bord de l'océan, derrière lesquels est dissimulé le ponton. J'en profite pour sortir mon téléphone.

Oh ! merci mon Dieu.

Matthew m'a écrit.

06 : 52

On est cachés derrière des rochers, on vous voit.

07 : 03

Pourquoi ils hurlent le nom de leur groupe comme des joueurs de football enragés ? Dis-moi que je ne suis pas le seul à trouver ça gênant.

Je ne peux pas refréner le sourire qui apparaît quand je lis son dernier message. Mais il ne devrait pas exister. Matthew et moi ne sommes plus amis. Il ne peut pas me parler comme si de rien n'était.

— Eliotte ? me lance Izaak. Tu viens ?

— Hum…

Je lui fais signe d'approcher.

— S'il te plaît, ne te mets pas en colère.

Il se passe une main sur le visage en soupirant.

— Qu'est-ce que t'as encore fait ?

— Matthew et sa mère sont ici.

Ses yeux s'écarquillent.

— Dis-moi que c'est une autre blague, Eliotte ? Tu n'es pas sérieuse ?

— Si…

— Mais t'es complètement malade ! Tu leur as révélé notre position de départ !

— Je ne pouvais pas les laisser derrière ! Ils sont en danger !

Il pousse un long soupir en mordant sa lèvre inférieure. Il reste interdit pendant de longues secondes qui me cisaillent l'estomac avant de dire :

— Ils sont où, là ?

— Cachés quelque part sur la plage. J'attendais de t'en parler pour les faire sortir.

— Mais tu sais seulement ce qu'on risque, maintenant ? Toi et moi ?

Je pince les lèvres, sans savoir quoi répondre. La déception et l'incrédulité dans ses yeux me pétrifient.

— Comment est-on censés les faire embarquer ? poursuit-il comme je reste silencieuse. Et puis, admettons qu'ils arrivent à monter sur le bateau, malgré le fait qu'il y ait une personne chargée de dénombrer les passagers pour être sûr qu'on respecte le quota mensuel… une fois à bord ils font quoi ? On va reconnaître Matthew ! Tu sais ce qu'il risque ?

— Mais…

— Eliotte, dit-il en posant les mains sur mes épaules, tu ne réalises pas que, une fois à bord, il n'y a plus de lois. C'est nous et notre code. Le credo de l'organisation : tout faire pour qu'elle ne soit *jamais* en péril. Alors, s'ils estiment collectivement que Matthew met en danger les Liberâmes, je te laisse imaginer le nombre de façons qui s'ouvrent à eux pour le faire disparaître.

— I-Ils ne peuvent pas tuer un homme comme ça, Izaak !

— Non, tu as raison : on n'est jamais allés jusque-là… Mais je préfère t'exposer toutes les possibilités.

J'ai les membres congelés. Et le vent glacial qui s'engouffre dans les plis de mes vêtements n'y est pour rien.

Putain, mais c'est quoi ce délire ?

— Matthew a tout quitté pour dénoncer le Gouverneur, il a des raisons d'être cru ! Et quand bien même, il ne mérite pas ce sort ! On est où, là ?

— C'est pour ça que je vais t'aider à le faire embarquer.

Je soupire, et étire mes lèvres en posant instinctivement ma main sur son torse.

Il ne me rend pas mon sourire.

— Tu aurais dû m'en parler avant, Eliotte. Tu saisis l'ampleur de la décision que tu as prise, *seule* ?

— Je n'ai pas fait ça volontairement, ce n'était pas prévu…

— Mais pourquoi ne pas m'en avoir parlé ?

— Tu venais d'apprendre pour Ashton. Je ne voulais pas en rajouter.

Il contracte la mâchoire.

— On en discutera plus tard. Le temps presse. Demande-lui de t'envoyer sa position.

Face à son visage dur, une lourde culpabilité s'enchaîne autour de mon abdomen. C'est vrai qu'on risque énormément, lui et moi. Par ma faute. J'ai révélé un emplacement secret à une personne extérieure au groupe.

Si on doute de Matthew, on peut douter de moi et refuser que j'embarque avec tout le monde. Alors, je resterais là et forcerais *de facto* Izaak à faire un choix. J'essaie de reprendre mon souffle, mais il reste coincé dans ma gorge.

J'espère que je n'ai rien fait foirer.

En essayant de calmer ma respiration, je prends mon téléphone pour écrire à Matthew, et découvre qu'il m'a déjà envoyé sa position. Il se trouve à trente mètres de nous. Je l'indique à Izaak, et nous allons le retrouver, près de la falaise entourant la plage, sans échanger un mot de plus.

Grâce à la simple lumière de mon flash, j'aperçois le visage de Matthew, près d'un grand rocher. Je me statufie. Ses yeux sont rouges et creusés par la fatigue. Sa mère est tout aussi épuisée. Elle grelotte dans son fin coupe-vent noir.

— J'ai un plan, déclare Izaak, sans attendre. Vous allez gagner le bateau en grimpant par la coque avant.

— Quoi ? s'exclame Sofía.

— Tout le monde intègre l'embarcation en allant directement

dans la cale, en passant par l'ouverture arrière. Vous, vous allez directement arriver sur le pont.

— OK, mais comment est-on censés gagner la coque et y grimper ? dit Matthew.

— C'est risqué mais pas plus que de vous faire prendre… Vous allez nager en contournant le bateau. Je vous attendrai sur le pont avec l'échelle d'urgence en cordage.

— Et une fois qu'ils sont sur le pont, qu'est-ce qu'on fait ? demandé-je.

— On prie pour que personne ne les voie, jusqu'à notre deuxième point de rendez-vous.

— Waouh, d'accord, répond Matthew, le visage déconfit.

— Je parlerai à Alex, d'ici là. Il y a des chances qu'il m'écoute… Enfin bref, ne perdons pas de temps. Vous avez vingt minutes pour nager jusqu'à la coque avant. Je vais allumer les phares de ma voiture pour que vous puissiez vous repérer dans l'eau.

Matthew lance son regard vers l'océan : les flots sont encore plus déchaînés qu'il y a cinq minutes.

— Les gars, je vais mourir. Je vais mourir.

— Matt ! s'exclame sa mère.

— Mais non, je vais mourir… ça y est ! C'est ce soir ! Putain ! s'exclame-t-il en regardant le ciel. J'ai à peine fêté mes vingt et un ans !

Je fais un pas vers lui et attrape le col de sa veste pour le ramener à nous.

— On risque énormément ce soir. Tous les quatre. Alors concentre-toi, retire ton sac à dos et tape-moi un plongeon !

Je me tourne vers Sofía.

— Ce n'est pas l'idéal, mais c'est la meilleure solution qu'on ait. Vous n'avez que quelques mètres à parcourir à la nage, et avec le peu d'éclairage qu'il y a, vous ne serez pas repérés. Vous grimperez facilement l'échelle. Vous serez sains et saufs sur le pont.

Mon regard retrouve celui, terrifié, de Matthew.

— Nage, Matt. Contente-toi de nager, nager, nager. Pour ce qui est du reste, on s'en occupe.

Soudain, j'entends une voix au loin. Je me crispe.

— Lord Izaak ! crie Francis. Vos sujets vous attendent près du yacht !

Je soupire de soulagement. Il continue de nous appeler. Sa voix se rapproche.

— On est là, Fran…

Putain de merde.

Francis est là, avec sa sœur.

Et Maleek.

Ce dernier nous dévisage, avant de se concentrer sur les Rivera. Il plisse les yeux en inspectant Matthew.

— Je te connais, toi. T'es le type qui a hurlé comme un dégénéré dans tout le QG ?

— Euh… non.

— Mais si ! Si, c'est toi ! s'exclame Maleek, plus sûr de lui.

Son visage s'assombrit. Il pivote vers Izaak.

— C'est quoi ce délire ? Pourquoi il est là ? Et elle ? dit-il en parlant de Sofía.

Le brun se redresse légèrement. Francis et Charlie me regardent, le visage crispé par la contrariété. Je viens de mettre en danger leur meilleur ami. Notre traversée. Tout le plan.

Bordel…

Je serre les poings en essayant de détendre ma respiration qui s'accélère à une vitesse folle.

— Il est recherché par le Gouverneur, dit finalement Izaak. Il est en danger ici.

— Mec, tu ne peux pas faire ça…

— Maleek, je te jure qu'il peut nous être utile, rétorque Izaak même si je suis certaine qu'il n'en croit pas un mot. Il a tout risqué pour exposer le Gouverneur. Il est des nôtres.

Le Liberâme en face de lui soupire.

— Alex est au courant ? Et Rita ?

— Je…

Maleek pose une main sur sa bouche, éberlué.

— Mais t'es vraiment un ouf, mec… T'es *vraiment* un ouf.

— Maleek, s'il te plaît, ne dis rien ! débite Charlie en lui prenant le bras, affolée. Tu dois faire comme si tu n'avais rien vu !

— Charlie, tu ne peux pas me demander de…

— Qu'est-ce qu'on fait de mal ? Hein ? reprend Izaak. On va sauver deux vies. Deux vies qui seront utiles à notre cause.

— Mais… et le code ? dit-il en s'approchant du brun.

Ils se mettent à débattre sous mes yeux écarquillés. Je n'ose pas intervenir et soutenir Izaak : je suis celle qui a ramené tous ces problèmes, je suis la nouvelle arrivante qui a encore tout à prouver. Je suis la fouteuse de merde. J'en ai déjà trop fait.

J'ai envie de m'enterrer dans le sable. Je me sens tellement mal. Ma tête est à deux doigts d'exploser.

Je me tourne vers les Rivera. Leur expression effrayée me tord le cœur. La vérité, c'est que je ne regrette pas mon choix. J'aurais juste voulu ne pas avoir à le faire.

— OK, OK, OK ! Je ne dirai rien, finit par déclarer Maleek. Mais tu as intérêt à réussir ton coup.

Il pointe l'index contre le torse d'Izaak.

— Parce que je veux qu'on soit ensemble à Alma.

Cette phrase réveille le circuit électrique de mon corps, engourdi par le stress et le froid.

Je ne peux pas lui coûter son départ pour Alma.

— Merci Maleek, dit Izaak.

Maleek le gratifie d'un sourire, avant de s'éloigner de notre cachette.

Izaak se détend. Il souffle un grand coup en regardant partir son ami.

— Matthew, Sofía, vous feriez mieux d'y aller, dis-je, d'une voix trop timide à mon goût.

Matthew acquiesce et pose à mes pieds un sac à dos.

— Quoi qu'il advienne : merci, Eliotte.

Il tourne son buste vers Izaak, pour attraper son regard.

— Merci, Izaak.

L'intéressé ne répond rien, et les laisse partir sans un mot. Pendant quelques secondes, on n'entend que le bruit des vagues violentes qui se fracassent contre les rochers et cinglent le sable.

Soudain, Izaak s'anime, et fouille dans sa poche. Il en sort des clés de voiture et les lance à Charlie.

— Allume les phares pour que ça éclaire un maximum leur route, sans qu'ils ne se fassent repérer.

Elle opine du chef et s'exécute. Sans même réfléchir. Que ce soit bien ou mal, que ce soit ou non contre leur code, elle le fait sans poser de question. Ils ne sont pas juste complices du crime, en étant dans la même organisation rebelle. Leur lien dépasse ce credo et tout le reste qui va avec.

— Bon, c'est quoi la prochaine étape pour faire monter les deux déglingos sur le bateau ? dit Francis.

— Occupe-toi d'embarquer avec Eliotte en prenant la file d'attente. Moi je vais prétendre faire un tour d'inspection en allant sur le pont. Je retrouverai Matthew là-bas.

— Quoi ? Je ne te laisse pas faire ça seul, Izaak ! m'exclamé-je en allant vers lui.

Sa main m'arrête d'un geste.

— Ne complique pas plus les choses, dit-il d'une voix détachée, vide. Il faut que tu embarques. Coûte que coûte.

— Oui mais…

— Eliotte, si jamais ça se passe mal, tu n'étais au courant de rien, OK ? Je pourrais m'en sortir sans trop de problèmes, mais toi…

Je serre les dents. Il a raison. Je dois me faire discrète et suivre gentiment Francis pour me mettre en sécurité.

Mais c'est complètement dérisoire de croire que c'est ce que je vais faire.

— Je veux t'aider.

— Si tu voulais vraiment m'aider, tu ne m'aurais pas mis dans une situation pareille ! Ou tu m'en aurais au moins parlé avant ! Alors, s'il te plaît, embarque avec Francis et arrête ça.

Son ton direct me fout un coup de poing dans le ventre.

— On va y aller, décrète Francis.

Il donne une petite claque sur le dos d'Izaak, en lui offrant un sourire éclatant. Il a l'air si détendu.

— Ça va le faire ! C'est pas comme si c'était le premier bordel dans lequel on foutait les pieds.

Il se met à rire. Son timbre de voix, légèrement cassé, me réchauffe un rien. Izaak lui sourit vaguement et entame la marche vers le bateau. Il est stressé. Nous le suivons avec Francis en accélérant le rythme. Mes pas sont si lourds que j'ai la sensation de m'enfoncer dans le sable à chaque centimètre.

Eliotte, qu'est-ce que tu as fait ?

Je ne comprends pas comment j'ai pu ignorer à quel point je

mettais Izaak en danger. Je me sens tellement mal. Mon cœur se secoue dans ma poitrine comme un fou.

« Idiote ! Idiote ! Idiote », hurle-t-il à chaque battement.

Comment va-t-on se sortir de cette merde dans laquelle je nous ai tous foutus ?

8. Danger

Quand Francis et moi arrivons devant la petite file d'attente qui s'est formée près du ponton en bois, Izaak la dépasse immédiatement pour aller parler au grand brun, près de l'entrée : Vic. Je n'ai même pas eu le temps de lui lancer un regard. Il a déjà commencé à discuter. Il est sûrement en train de lui inventer une excuse pour pouvoir monter au plus vite sur le pont, et ne pas rejoindre les autres à l'intérieur.

— T'as du toupet, lâche soudain Francis.

— Je... Désolée, réponds-je à mi-voix pour qu'on ne m'entende pas. Je n'aurais pas pensé que ça vous mettrait dans une telle situation. Mais j'aurais dû le savoir.

— Honnêtement ? J'aime bien le toupet. Mais tu aurais dû nous mettre au courant, c'est tout.

Je baisse la tête, envahie d'un profond sentiment de honte. Mes yeux me brûlent.

— Eliotte, si tu comptes pour Izaak, tu comptes aussi pour nous. Alors, maintenant, on est une équipe. Je sais que tu es une grande solitaire, donc forcément, ce n'est pas instinctif mais... ça va le devenir.

On est une équipe.

Je relève les yeux vers lui. Pas de haine. Pas de colère.

— Merci Francis, dis-je sans même réfléchir. Merci.

Il passe son bras autour de mes épaules.

— Ça va bien se passer. Alors arrête de ventiler en regardant partout autour de toi, c'est *légèrement* suspect, là. C'est censé être le plus beau jour de ta vie : tu quittes enfin ce pays totalitaire peuplé de handicapés affectifs.

J'étouffe un rire.

— Tu as raison.

Je ne sais pas comment il fait pour être aussi optimiste, tout le temps. Je ne sais pas non plus comment il fait pour ne pas avoir envie de m'enfermer dans une voiture et de la pousser jusque dans l'océan démonté.

Quand je reporte mon attention sur Vic et Izaak… je réalise que ce dernier n'est plus là. J'ai à peine le temps de m'en inquiéter, que Charlie nous rejoint. Et c'est notre tour de monter à bord. Nous passons un détecteur de sécurité et confirmons notre arrivée en signant une feuille.

Ça y est, on l'a fait.

Une perle de sueur froide coule le long de ma nuque.

Mon cœur bat la chamade. Izaak. Izaak. Izaak.

Matthew et sa mère sont-ils arrivés devant la coque malgré l'eau déchaînée ?

Je suis un groupe, accompagnée de Francis et Charlie, avant d'arriver dans le couloir des cabines.

Ils ont réussi à grimper sans se faire voir ? Pourquoi je ne suis pas avec eux ? Pourquoi je suis là, dans cette foutue cale ?

— Eliotte ? Tu m'entends ?

Je me tourne vers Charlie, bien plus petite que moi, les yeux baissés pour croiser son regard.

— Tu dors avec moi ? Maleek, Francis et Izaak ont déjà pris leur cabine en amont.

— Oui, avec plaisir.

Francis me tend le sac de Matthew, qu'il avait pris sur la plage, et Charlie et moi nous écartons pour gagner notre chambre.

— Je suis restée longtemps à les observer nager pour être sûre que tout se passait bien, avant de vous retrouver, dit-elle en ouvrant une cabine au hasard. Malgré les vagues et le courant, ils avaient l'air de se débrouiller.

— C'est vrai ?

Quand nous fermons la porte de notre chambre derrière nous, je lance :

— Tu dois penser que j'ai déconné. Je suis désolée.

— Honnêtement ? Oui. Mais je suis d'accord avec toi : ils ne méritaient pas ce sort. Il fallait bien que quelqu'un ne soit pas égoïste. Le destin a décidé que ce serait toi, cette fois. C'est tout.

Je souris.

— Tu crois qu'Izaak va me pousser par-dessus bord si je monte sur le pont ? demandé-je en m'asseyant sur la place du bas du lit superposé.

— Oui, il le fera. N'en doute pas un instant.

— Je ne peux pas attendre ici alors qu'il prend de si gros risques, Charlie…

— Moi non plus… Mais Izaak nous en voudrait plus que tout si on se faisait prendre avec lui. Il est comme ça.

Bien sûr qu'il est comme ça… mais est-ce que c'est bien pour autant ?

— Et puis Alex l'aime énormément, dit-elle en retirant sa doudoune. Il le considère comme son fils ou son petit frère, un truc dans le style. Il l'a pris sous son aile dès son arrivée, ça fait sept ans qu'ils se connaissent. Avec un peu de chance et de bons arguments, il devrait s'en sortir indemne.

Je passe une main sur mon visage. Mon ventre est si noué que je suis à deux doigts de recracher les litres de café que j'ai bus avant d'arriver.

— N'y pense même pas, Eliotte, tranche Charlie en s'asseyant près de moi. Tu ne ferais que le stresser, si tu y allais.

Elle a raison.

Je soupire en laissant mon corps tomber sur le lit.

Au bout de vingt minutes, une demi-heure ou peut-être plus, je n'en sais rien, Izaak apparaît à la porte de notre cabine. Sa capuche encore sur la tête, il a les joues rosies par le froid. Ses boucles brunes ont été emmêlées par le vent sur son front. Quand il ferme derrière lui, je bondis du lit et me jette instinctivement dans ses bras.

— Je suis tellement désolée. Tellement, tellement, tellement…

Ses bras se referment contre mon dos, à mon plus grand soulagement.

— Matthew et sa mère sont cachés dans le cockpit, m'informe-t-il quand je me détache de lui. J'ai parlé à Alex. Il m'a dit qu'il ne pouvait pas prendre la décision seul mais que, pour l'instant, ils feront la traversée avec nous, en se faisant les plus discrets possible. Personne ne doit savoir qu'ils sont là.

La poigne de fer autour de mon cœur se desserre. Je respire enfin. Même si rien n'est gagné d'avance, une première étape est déjà accomplie. Ils sont sauvés du Gouverneur.

— Donc on n'a plus qu'à attendre.

Il croise les bras sur son large torse en reposant son dos contre le mur près de la porte. Ses lèvres sont réduites à une fine ligne. Il me regarde sans rien ajouter.

— Je vais aller voir Francis, annonce Charlie en gagnant la porte.

Elle quitte la cabine pour nous laisser assez d'intimité, c'est évident.

Dès lors que la porte se referme, je me mets à débiter :

— Si tu savais à quel point je m'en veux de nous avoir mis dans une situation pareille, ma peur a pris le dessus, je ne pouvais pas les laisser derrière, j'ai agi sans réfléchir, et je suis idiote, j-je n'aurais pas dû le faire seule et puis…

Izaak s'approche de moi, me faisant taire. Il s'assied à mon côté et pousse un long soupir.

Les secondes qui s'étirent me frigorifient.

— Je sais, Eli, finit-il par lâcher. Je sais.

— On n'est pas censés mettre en danger les gens qu'on aime. On est censés les protéger. Et ça demande de réfléchir à chacun de nos actes, pas de…

Je n'arrive même pas à finir ma phrase. Je suis tellement en colère contre moi-même. Je sais à quel point aller à Alma est important pour Izaak ; et j'ai pourtant agi comme si j'avais pris ça beaucoup trop à la légère.

Soudain, je sens le bras d'Izaak s'enrouler autour de mes épaules et m'attirer à lui. Il embrasse le sommet de mon crâne, et caresse l'arrière de ma tête.

— Tu voulais bien faire, Eli. Je ne t'en veux pas.

— Vraiment ?

Mes yeux rencontrent les siens. Il secoue négativement la tête. Je me calfeutre contre son torse et l'enserre de mes bras. Je soupire, l'oreille contre son cœur. Il bat, en rythme avec les allers-retours de ses doigts dans ma chevelure.

— Les Liberâmes sont importants pour moi, dit-il doucement. Nos membres sont précieux… mais pas plus que vous. Francis, Charlie et toi, vous êtes à part. Je réfléchirai toujours en fonction de vous. Alors si tu veux *vraiment* que Matthew soit là… je fais tout ce qui est en mon pouvoir pour que ça arrive.

Mes bras se serrent un peu plus autour de lui.

« Vous êtes à part. »

— J'aurais cru que…

Sa poitrine se soulève sous ma joue, il prend une grande inspiration.

— Tu sais Eli, je suis fidèle à l'organisation. Extrêmement fidèle. Quand je m'engage dans quelque chose, je ne recule plus. Mais en vous laissant entrer dans ma vie tous les trois, je me suis avant tout engagé auprès de vous. Vous êtes bien plus importants. Ne me demande pas pourquoi, c'est juste comme ça. Je préfère écouter mon cœur que tout le reste.

Je perçois justement ses battements un peu plus intensément sous mon oreille.

Et il n'y a que ça de vrai. Les battements de notre cœur.

Je lève les yeux et me détache d'Izaak pour lui faire face sur le lit. Je souris, en sentant mes yeux me picoter. Je ne veux pas pleurer comme ça devant lui, mais… je ne me suis jamais autant sentie entourée et rassurée. De ma vie. Peut-être pour la première fois depuis une éternité, je sais que je suis à la bonne place, au bon moment, avec la bonne personne.

— OK ? ajoute Izaak en me rendant mon sourire.

— OK.

— Maintenant embrasse-moi parce que je ne sais pas quand on pourra à nouveau se trouver tous les deux seuls.

Mes lèvres trouvent les siennes en une fraction de seconde. Il empoigne mes hanches pour me mettre à califourchon sur lui, sans rompre le contact de sa langue sur la mienne. Il n'y a que le feu qui grandit dans ma poitrine qui m'empêche de me croire au milieu d'un songe. J'ai le bout des doigts qui picotent, les pensées déjà en pagaille.

Ses mains glissent sous mon pull et attrapent ma taille. J'ai l'impression que des braises ardentes sont posées sur ma peau. Une cascade de frissons courbe mon échine, quand il presse un peu plus sa bouche sur la mienne, en retenant un râle. Mes lèvres ripent sur sa mâchoire, puis son cou. Je sens ses doigts se planter plus profondément dans ma chair, quand mon souffle s'échoue sur sa nuque.

— Eliotte…, susurre-t-il.

Je me plaque un peu plus contre lui, à la recherche du moindre espace à combler. Sa main monte le long de mon dos… et se rétracte soudainement.

Je me redresse en m'écartant de lui pour le regarder. Je halète, sans pouvoir retirer les mains de son torse.

— Si on continue, je vais avoir du mal à m'arrêter, murmure-t-il en essayant de réguler sa respiration.

— Qui a dit qu'il fallait que tu arrêtes ?

Il sourit en fermant les yeux, et renverse la tête en arrière.

— Eli… Si je sors de ta cabine dans un moment, on va bien se douter de ce que j'y faisais.

— On n'est pas obligés de faire durer ça trop longtemps, murmuré-je en traçant des cercles sur ses pectoraux. Être précipités, avides, pressés, c'est très… intéressant.

Il baisse le menton, et je découvre son petit sourire en coin.

— J'ai une tête à bâcler quoi que ce soit dans ma vie ? Je prends toujours tout mon temps… encore plus quand il est question de toi.

Je m'écarte de son torse et reprends ma place à côté de lui.

— Attendre, ne penser qu'à ça, se retenir c'est aussi très… intéressant, ajoute-t-il en imitant mon air chafouin.

— C'est vrai… Mais dès que tu auras passé le pas de cette porte, tu reviendras dans cinq minutes pour me dire que tu as changé d'avis.

— Figure-toi que je me laissais cette option de côté, mais maintenant que tu as dit ça je suis obligé de l'écarter. Je vais perdre toute crédibilité.

Un regard, et nous rions en chœur. Finalement, Izaak quitte le lit en me prenant la main. Je me mets debout, et le suis jusqu'à la porte.

— On ne va pas tarder à distribuer les repas, dit-il en me caressant la joue. On se voit dans le couloir principal.

— À tout à l'heure… mon petit tarsier chéri, ajouté-je d'un air moqueur.

— Arrête ça… Je vais sérieusement commencer à m'y habituer.

Il attrape mes deux joues d'une main et les presse pour faire ressortir mes lèvres. Il y dépose un long baiser.

— Fais attention à toi.

— Toi aussi, Izaak.

Il s'apprête à ouvrir la porte, mais je le retiens.

— Et… merci pour tout ce que tu as fait. Je n'aurais jamais voulu te mettre dans une telle situation.

— Ne me remercie pas. C'est normal, Eli.

Il tapote ses deux doigts sur sa poitrine, comme pour me rappeler les mots qu'il a eus un peu plus tôt.

« Je préfère écouter mon cœur que tout le reste. »

Un dernier regard en biais, et il ouvre la porte l'air de rien. Heureusement, il n'y a personne dans le couloir. Je le regarde quelques secondes s'éloigner avant de refermer derrière moi.

Autour de 10 heures, le vent se calme enfin. Nous sommes autorisés à sortir sur le pont. On nous a distribué des sandwichs et des bouteilles d'eau il y a une heure. Je ne sais pas si Matthew et Sofía en ont eu…

J'ai les muscles tendus, la gorge serrée.

Est-ce qu'ils parviendront à se cacher, alors que le pont est en accès libre ?

9. La liberté

Quand je pose la question à Izaak, il m'assure qu'Alex gère la situation. Je ne sais pas vraiment qui est cet homme mais il a déjà fait beaucoup pour nous. Étant donné qu'on ne m'avait presque jamais parlé de lui, j'ignorais à quel point il était proche d'Izaak. En réalité, je ne sais presque rien de son entourage.

Presque. Parce que je connais déjà ses meilleurs amis et... son ex.

J'ai pensé à lui en parler quand il a quitté la chambre. Mais dès que j'ai revu son visage, au moment du repas, je n'ai plus osé.

— Et ils se cacheront où en attendant ? demandé-je.

— Francis les a conduits dans notre chambre quand tout le monde mangeait.

— Quoi ? Je ne l'ai même pas vu partir !

— C'est Francis. Le mec a beau faire deux mètres et hurler pour un rien, quand il veut, il peut être discret.

Izaak me gratifie d'un clin d'œil.

Alors que je franchis la dernière marche de l'escalier qui mène au pont, une brise s'engouffre dans le couloir derrière moi, et caresse mon visage. Le ciel est encore gris, mais quelques rayons parviennent à percer la couche opaque de nuages.

Une grande ligne de passagers – moins d'une dizaine – est en train de se former au bord du pont. Izaak les rejoint en m'invitant à en faire de même. Je le suis, intriguée. Nous nous tenons face à l'océan, et cet horizon azur.

Nous quittons les États-Unis.

Être debout face à cette étendue me renverse. Je suis bouche bée. Et je me sens libre.

— Alors vous êtes prêts ? s'exclame Alex au bout de la ligne.

Sa petite queue-de-cheval blonde voltige dans l'air frais.

— Prêts à quoi ? demandé-je à Izaak.

— Pour le jeter d'anneaux, répond-il. C'est une tradition.

Quoi ?

— Trois… deux… un…

En synchronisation, les membres du groupe retirent leur alliance, et la balancent le plus loin possible dans l'océan, dans des éclats de rire et des soupirs de soulagement.

J'observe Izaak enlever la sienne et la regarder briller sous le soleil du Pacifique. Il me lance un coup d'œil, avant de se tourner vers Alex. Un grand sourire fend son visage lorsqu'il jette à son tour la bague que je lui ai glissée au doigt il y a deux mois et demi. Elle s'en va couler dans les profondeurs du large. Loin, loin, loin sous l'eau.

Mon cœur tangue. C'est ridicule car nous n'étions pas réellement mariés : cette alliance n'était rien de plus qu'une menotte à l'annulaire. Malgré tout, ça me fait quelque chose de l'imaginer disparaître dans l'eau salée. De voir la facilité avec laquelle Izaak l'a lancée par-dessus bord.

Sans plus réfléchir, je mets les mains dans les poches de ma veste et me défais de l'anneau en le tournant difficilement autour de mon annulaire avec mon pouce. Je ressors mes mains, complètement dénudées. Je ne sais même pas pourquoi je fais ça.

— À toi Eliotte, me dit mon « ex-mari ».

— Je l'ai laissée dans la cabine, rétorqué-je dans un mensonge. Je le ferai plus tard.

Pourquoi je tiens tant à ce morceau de métal ?

— Par les pouvoirs qui me sont conférés, clame Alex à notre petit groupe, je vous déclare officiellement libérés de votre prétendue âme sœur ! Vous pouvez embrasser la liberté !

Et ils se mettent tous à crier, traversés d'une décharge de vie impressionnante. Un garçon, dont la peau mate luit sous le soleil, se met même à hurler à l'océan :

— Va te faire foutre, Talia !

— Je préfère ta sœur, Ethan ! s'exclame une fille en s'époumonant.

— Je suis né seul, je mourrai seul !

Chacun se met à balancer des insultes et des confessions à l'océan, des secrets qu'Algorithma a fait naître dans l'ombre de leurs calculs de pourcentage. Je les observe, perplexe. Ils sont en train de parler des personnes avec qui ils ont été mariés ? Ils les ont donc quittées… sans rien leur dire ?

Je ne peux pas m'empêcher de me demander : est-ce que l'autre ressentait la même chose ? Est-ce que cette Talia va pleurer demain matin en découvrant son lit vide ? Est-ce qu'Ethan va rapporter la disparition de sa femme à la police après avoir attendu vingt-quatre heures qu'elle revienne, sans succès ?

Est-ce qu'ils ont brisé des cœurs ?

Izaak a raison : le ciel est plus bleu ici.

Nos sacs sur le dos, nous avons déjà parcouru plusieurs kilomètres sous une chaleur étouffante.

Je suis dans ce qui était autrefois le Mexique.

Mes yeux avides dansent autour de moi. Il y a des montagnes à perte de vue. Les sols sont arides, presque aucune trace de végétation.

Quelques palmiers longent une route à moitié bétonnée – un vestige des civilisations passées.

Matthew et Sofía restent discrets et se fondent dans la masse. Personne ne semble remarquer leur présence au milieu du groupe. Il faut dire que nous étions près d'une trentaine sur le bateau, et les rangs ont grossi lorsque nous avons rejoint une autre équipe qui nous attendait au premier point de rendez-vous.

Francis et Maleek se mettent subitement à chantonner sous les yeux désespérés d'Izaak. Je me joins à eux au moment où ils démarrent « Hit the Road Jack » entre deux rires. Tout en le faisant, je garde un œil sur Sofía et Matthew à quelques mètres de nous. Une fatigue évidente marque leur visage, mais la peur a quasiment disparu de leur regard. Matthew murmure même lui aussi les paroles de l'air de jazz – on l'écoutait souvent dans sa voiture, en revenant du stage.

Waouh. Le stage… ça me paraît tellement insignifiant et loin maintenant.

Parfois on se fait des nœuds au cœur, au cerveau et au ventre, à se soucier de choses qui n'ont pourtant pas le moindre sens, quand on prend de la distance. C'est fou qu'il ait fallu que je devienne une rebelle fugitive pour le réaliser.

Nous arrivons enfin au second lieu de rendez-vous. Je ne sens presque plus mes pieds. Et j'ai *si* soif. J'ai quasiment fini la gourde d'Izaak – après avoir vidé la mienne. Plusieurs 4x4 nous attendent, à l'ombre d'une rangée de palmiers.

Je souris en apercevant un modèle bien particulier.

— Izaak, regarde ça, dis-je en lui désignant une jeep encore plus moderne que celle qu'il a laissée à Portland.

Il tend le bras vers le véhicule d'un air théâtral.

— Ma bien-aimée… elle m'a suivi jusqu'ici !

Même s'il plaisante, je sais qu'au fond, quitter cette voiture s'est fait avec plus qu'un simple pincement de cœur pour lui. Il m'a confié un soir qu'elle représentait son havre de paix quand il habitait encore à la villa. La laisser, c'était abandonner une partie de la sécurité, du réconfort et de la douceur qu'il s'était façonnés adolescent pour échapper à la tempête Meeka.

Je n'aurais jamais cru penser ça, mais j'espère qu'un beau jour, mes bras procureront la même sensation que l'habitacle d'une jeep.

Nous grimpons à l'arrière d'une des voitures avec Francis, Charlie, Maleek et les Rivera. Le vrai voyage commence maintenant. Les voitures zigzaguent sur des routes arides avant de s'enfoncer dans une végétation impressionnante. Un tracé léger et une route dégagée marquent le chemin à emprunter. Des arbres immenses comme je n'en ai jamais vu peuplent les environs. Des plantes qui me semblent être des lianes s'accrochent de branche en branche, entourant une flore multicolore. Fuchsia. Violet. Jaune. Orange. Je n'avais jamais rien vu de tel. C'est hypnotisant.

Papa n'en croirait pas ses yeux…

On passe le trajet à discuter, ce qui me permet de faire plus ample connaissance avec Maleek. Matthew et Sofía, eux, dorment quasiment tout du long, et restent silencieux à leur réveil.

Le soleil se couche quand nous arrivons sur un sentier beaucoup plus dégagé et éloigné de la végétation.

C'est pas vrai. Ça y est. Elle est juste là.

Alma.

Je souris comme une idiote en sentant mon rythme cardiaque s'accélérer. Assis à l'arrière du 4x4 qui se secoue sous les irrégularités de la route, on éclate de joie. Francis pousse un cri en levant les bras.

— Nom d'un chien, on y est ! Et je suis vivant, punaise ! Merci mon Dieu !

Je regarde la grande structure de fer et de bois se rapprocher de nous ; je crois que c'est un grand mur de défense. Je tourne les yeux vers Izaak, et réalise qu'il était en train de m'observer.

— On l'a fait, murmuré-je.

Il me présente son poing et glisse à mi-voix :

— Admettons que ce soit mes lèvres.

Je lève mon poing.

— Admettons que ce soit les miennes.

Et nos phalanges se rencontrent. On agit comme le feraient deux bons amis, comme on se donnerait une accolade. Mais le regard qu'on échange n'a rien d'amical. Il y a dans ses yeux verts une tendresse et une force submergeantes, qui font tournoyer mon pauvre cœur dans ma poitrine.

Quelque temps à tenir, et on pourra arrêter cette mascarade.

Je m'accroche à cette pensée en apercevant la ville d'Alma si près de nous. Je serre les poings en sentant une poussée d'adrénaline envahir mon thorax.

Nous dépassons les postes de contrôle sans mal. Ils ne vérifient pas l'identité des passagers, seulement leur nombre. Je crois qu'Alex est déjà passé à l'œuvre car Matthew et Sofía entrent sans encombre. Mais le plus dur reste à venir : prouver aux autres qu'ils ont leur place ici.

Tout comme j'ai la mienne.

Je mords l'intérieur de ma joue, en fixant le sol sableux, parsemé de quelques brindilles d'herbe.

Mon attention est aussitôt ramenée sur la grande voix qui prend la parole. Une rousse aux cheveux relevés dans un chignon se tient droit devant le rang que notre groupe de réfugiés forme à l'entrée de la ville.

— Petit point avant qu'on entre à Alma : nous allons avoir une réunion d'information dans l'amphithéâtre dans une heure, ce qui vous laissera le temps de vous reposer et de commencer à vous familiariser avec les lieux. Vous ne pourrez pas manquer l'amphi : il est au centre de la ville.

J'ai le palpitant qui s'affole. Je n'ai qu'une envie : que les portes s'ouvrent. Que je découvre enfin ce que cette cité perdue a à nous offrir.

— Et surtout, bravo pour votre courage, pour la traversée que vous avez entreprise ! conclut la rousse dans un sourire fier.

— Liber-âmes ! scande une partie du groupe avant que tout le monde se joigne à eux, la main sur le cœur. Liber-âmes !

Ça me met mal à l'aise. Incroyablement mal à l'aise. Mais ma voix se joint à celle, unique, du groupe :

— Liber-âmes !

Izaak me donne un petit coup de coude en retenant un rire.

— Et bah alors, Eliotte ? On est sataniste maintenant ? lance-t-il l'air de rien, sans me regarder.

— Apparemment. C'est fou comme je suis en roue libre depuis que je te connais.

— Quoi ? Avec Liberâmes, je t'ai *sauvée* de l'ignorance.

— Pardon ? Je t'ai fait lire Shakespeare. C'est moi qui t'ai sauvé.

— Hum.

— Désolée, mais tu n'as rien à répondre à ça. *Shakespeare*, Izaak… Shakespeare.

— Et c'est une victoire par K-O.

Je ris.

Les portes s'ouvrent et nous entrons enfin, sous un soleil éblouissant, dans la mythique Alma.

Izaak m'a déjà appris que c'est une petite ville bien organisée, qui s'auto-alimente – tout en se faisant fournir certaines denrées comme le carburant ou les armes par l'intermédiaire de certains Liberâmes restés aux États-Unis.

Il y a de petits bâtiments faits de béton ou de briques rouges de part et d'autre du grand chemin sableux qui s'élance devant nous. Au loin, j'aperçois les reliefs des montagnes et de la jungle qui nous entourent s'élevant dans l'horizon. L'air est humide, chargé de parfums sucrés. Complètement différent de celui de Portland, qui est saturé par la pollution et le soupir de nos cœurs.

Une petite foule nous attend à quelques mètres de là, sûrement composée d'amis et de parents arrivés plus tôt.

La troupe commence à se disperser. Izaak et moi restons près de ses meilleurs amis et des Rivera. Alors que je cherche déjà des yeux l'amphithéâtre, Charlie sursaute à côté de moi.

— Oh ! putain. Maman ! Elle est là-bas !

Une grande femme à la peau brune et aux cheveux noués dans un turban rouge fait de grands gestes du bras, au loin. Le frère et la sœur s'élancent vers leur mère à toute allure. Quand ils se rejoignent, ils partagent une longue étreinte. Nous arrivons à leur hauteur, Izaak et moi, un sourire aux lèvres.

Francis soulève sa mère et la fait tourner dans les airs en riant à gorge déployée. Quand il la libère, elle pivote aussitôt vers Izaak à qui elle ouvre déjà les bras.

— Madame Bentley ! s'exclame-t-il en l'étreignant.

— Tu es là, toi aussi ! Quel bonheur !

— On est venus avec d'autres amis, dit Charlie en me désignant. Je te présente Eliotte Edison.

— Enchantée, Eliotte. Je suis Maeva.

Son sourire plein de lumière me réchauffe le cœur. Elle dégage tellement de douceur et de puissance à la fois. En la voyant, je comprends de qui Charlie et Francis tiennent leur charisme solaire. Izaak entame une conversation avec elle, le visage enjoué. Ça me fait tellement de bien de le voir aussi détendu et léger. Il *est* dans son élément.

Mon regard se dirige ensuite vers une silhouette en mouvement à côté de moi. Une fille, un peu plus grande que Charlie, mais plus petite que moi, arrive à notre hauteur. Quand Izaak tourne la tête vers elle, son expression se fige.

Et je comprends tout de suite qui elle est.

Joleen.

Je serre la mâchoire en essayant tant bien que mal de garder au calme les émotions furibondes qui tapent dans ma cage thoracique. Je ne suis pas censée savoir qui elle est. Je ne suis même pas censée être jalouse de qui que ce soit.

Elle a un teint hâlé qui paraît briller d'or sous le soleil, de longs cheveux raides d'un brun intense, et des yeux bridés incroyablement perçants. Elle dégage une énergie pleine d'assurance, qui m'engloutit déjà.

Elle est à tomber.

— Comme on se retrouve ! lance-t-elle à Izaak, une main sur la taille.

Une seconde passe.

— Tu n'as pas changé, dit-il en la toisant légèrement.

— Toi, si. Beaucoup, même.

Elle se tourne vers les Bentley.

— Par contre, vous… vous n'avez pas bougé d'un poil !

— J'arrive pas à croire que ça fait cinq ans ! s'exclame Charlie en la prenant dans ses bras.

Francis l'étreint également, mais Izaak n'en fait rien. Il est perturbé, je le vois bien. Pourtant, il s'attendait à la voir.

Je donnerais n'importe quoi pour être dans sa tête, là, tout de suite.

Soudain, je vois un petit garçon, qui était caché derrière Joleen, s'approcher de nous.

— Maman, z'est qui ? lui demande-t-il, avec un cheveu sur la langue qui m'attendrit.

Izaak arque un sourcil.

— « Maman » ? C'est ton fils ?

— Oui. Je vous présente Kaïto.

— Tu l'as appelé comme ton grand-père, remarque Francis.

— J'arrive pas à croire que tu es maman ! s'exclame Charlie, émerveillée. Et, dis-nous, où est le papa ?

Joleen n'a pas besoin de répondre à cette question, quand le petit Kaïto croise mon regard.

Je reconnaîtrais ces yeux verts entre mille.

10. Un nouveau jour

Joleen reste interdite, les yeux braqués sur son fils.

Izaak est papa. Izaak est papa.

Je serre les poings en sentant mon cœur se décrocher de ma poitrine. Je le regarde tomber à mes pieds et rebondir sur le sol sableux.

Izaak a un enfant.

Izaak dévisage Kaïto, aussi intensément que Francis et Charlie. Face à cette attention, l'enfant se cache à nouveau derrière les jambes de sa mère.

Soudain, Izaak a un mouvement de recul. Son visage se pétrifie et ses yeux verts, identiques à ceux du petit garçon, s'écarquillent.

Ça y est.

Il a compris, lui aussi.

— Quelques semaines après mon arrivée, j'ai appris que j'étais enceinte, déclare Joleen.

L'air est lourd. J'étouffe sous mon T-shirt.

— Ne me dis pas que c'est mon fils, murmure Izaak.

— Si.

— Joleen, je suis sérieux. Arrête ça.

— Izaak, c'est ton fils.

Sa mâchoire se serre. Son visage se fige.

Avant de se déformer dans une émotion indescriptible.

— Tu te fous de moi ?! Ça fait cinq putains d'années que tu me caches un truc pareil ?

— Je…

— Mais pourquoi ? Pourquoi tu m'as fait ça ?

— J'ai paniqué quand je l'ai appris et je…

— T'as paniqué pendant cinq ans ? rugit-il en s'approchant d'elle. C'est une plaisanterie ?

L'expression égarée de Joleen se mue soudain en une colère et une assurance électriques.

— Tu as refusé de partir à Alma avec moi, alors je ne comptais pas sur toi pour revenir sur ta décision : il était hors de question que Kaïto vive avec le fantôme de son père toute sa vie ! Je n'allais pas contenter mon fils de pauvres photos et d'une lettre toutes les deux semaines ! De toute façon, tu n'aurais jamais été prêt à endosser cette paternité…

— Ce n'était pas à toi d'en juger !

— Bien sûr que si. J'allais porter cet enfant pendant neuf mois. J'allais l'élever. Seule.

Silence.

— Je vais te le dire, Joleen, fait Izaak en s'approchant encore plus d'elle. T'es *complètement* tarée.

Elle le pousse légèrement, et j'ai un réflexe : je fais un pas en avant. *Reste tranquille. Pas maintenant, Eliotte. Ça n'aiderait pas Izaak.*

— Tu ne réalises pas ce que tu as fait ! dit ce dernier. Tout ce temps où on s'écrivait, tu m'as menti ! On parle d'un enfant !

— Tu veux la vérité ? Je pensais que tu n'aurais jamais les couilles de venir ici.

Il allait répondre mais elle le devance :

— Je veux le meilleur pour Kaïto, OK ? Tu ne peux pas me le reprocher !

Le ton qu'elle prend avec lui, les mots qu'elle emploie me donnent envie de l'étriper. Je tente de canaliser ma respiration en détournant mon attention de cette folle que je veux tailler en pièces.

Izaak fait volte-face et se tient la tête entre les mains, démuni. Il mord sa lèvre inférieure en inspirant fort par le nez.

Une trahison. Un enfant. C'est trop.

Tout à coup, il s'élance sur un chemin au loin, et disparaît entre les bâtiments sans qu'on ait le temps de réagir.

— Joleen, dis-moi que c'est un putain de gag ? s'exclame Francis.

— Tu ne vas pas commencer, toi !

— Si, je vais commencer, et je vais même finir. Comment tu as pu lui faire ça ? Est-ce que…

La voix de Francis devient un lointain bourdonnement. Une alarme stridente.

Izaak est papa.

Izaak vient de partir s'isoler.

Izaak est seul.

Mes jambes n'ont qu'une envie : courir le chercher.

Mais est-ce ce qu'il veut, lui ? Après la nouvelle qu'on lui a annoncée, il a sans doute besoin d'être seul et coupé de tout. Je n'imagine pas la violence de la claque qu'il vient de se prendre ; la douleur et l'angoisse qui doivent l'étreindre.

Mon regard se perd vers le chemin qu'il a emprunté, avant de se diriger à nouveau sur Francis et Charlie.

« Je préfère écouter mon cœur que tout le reste. »

Je fronce les sourcils, et me tourne vers Matthew et sa mère, restés en retrait depuis tout à l'heure.

— J'arrive. Restez avec Charlie, tout va bien se passer.

Je ne réfléchis pas plus et m'éclipse dans la direction suivie par

Izaak, en laissant Francis dans une tornade vociférante, à laquelle prend très vite part sa sœur.

Par où a-t-il pu aller ?

Les mains tremblantes, je cherche dans les ruelles sa silhouette si familière. Je sens mon cœur battre, j'ai des bouffées de chaleur.

Il est papa. Il a un fils. Un fils avec Joleen.

Essayant de faire taire cette voix dans mon esprit, je fais le tour des habitations de ce qui semble être un petit quartier, et finis par déboucher sur un grand champ et une serre – les terres agricoles d'Alma. Quelques personnes sont en train de faire des récoltes et d'arroser la terre. Un homme habillé d'un pantalon cargo m'interpelle :

— Tu cherches quelque chose ?

— Non… Enfin, vous auriez vu passer un homme brun ? Environ un mètre quatre-vingt-dix ?

Il hausse les épaules et reprend l'arrosage d'un bac de plants de tomates.

Et merde.

Je me replonge dans mes recherches et fais le tour des environs. Il n'a pas pu aller bien loin !

Je passe près d'une heure à fouiller les alentours, sans dénicher Izaak. Je finis par me rendre à l'amphithéâtre, devant lequel je suis passée au moins trois fois au cours de ma recherche.

Je le trouverai peut-être à l'intérieur.

J'entre dans l'imposant bâtiment où s'agglutine déjà une petite foule. C'est immense. Une centaine de bancs encerclent une scène sur plusieurs étages. Je repère bien assez vite Francis et Charlie, que je rejoins en empruntant l'un des escaliers.

— Alors, comment il va ? demande Francis quand je m'assieds à côté de lui.

— Si tu parles d'Izaak, je ne sais pas… Il est introuvable.

— Et merde…

J'arque un sourcil en regardant autour de moi.

— Où sont Matthew et Sofía ?

— Alex est venu les chercher un peu après que tu es partie, m'apprend Charlie.

Mon cœur manque un battement.

— Pourquoi ?

— Je crois qu'il doit discuter de leur intégration avec le reste du conseil.

Je sens mon souffle se bloquer dans ma poitrine.

Faites que ça se passe bien, pitié.

J'essuie mes mains moites sur mon jogging en essayant de reprendre mon souffle. Les Rivera, Izaak, Joleen, leur fils…

J'ai la tête qui tourne.

J'étais tellement absorbée par Izaak que j'ai engourdi ce sentiment acide et métallique, qui s'épand dans ma poitrine depuis déjà des jours.

Il m'a caché Joleen.

Et elle lui a caché un enfant.

Mes dents se plantent dans ma langue par mégarde. Du sang se répand dans ma bouche comme ce sentiment dans ma poitrine.

Je sursaute quand une voix résonne dans la grande salle. Deux hommes et trois femmes se tiennent au centre de la scène, un micro à la main – je ne savais pas qu'il en existait encore de ce type.

— Chers Liberâmes ! Bonjour à tous.

L'assemblée s'anime dans des cris joyeux et des applaudissements fusent. Je ne parviens pas à en faire de même.

Izaak. Matthew. Joleen. Sofía.

— Le fonctionnement d'Alma est très différent de ce que nous avons tous connu. Chacun d'entre vous a un rôle égal à jouer dans cette communauté, un poids, une voix et un apport certain à Liberâmes. En plus du roulement hebdomadaire des tâches communes assignées – comme la gestion de nos ressources, la main-d'œuvre en restauration ou à la construction de nouvelles habitations –, certains d'entre vous peuvent occuper des places bien précises…

— Dans une semaine aura lieu la phase de recrutement, continue une des femmes. Nous avons besoin de vous dans notre armée et dans notre équipe de stratégistes. Certains postes d'enseignants et au sein de l'équipe médicale sont également à pourvoir.

J'écoute le reste de l'intervention attentivement, en usant de toute ma force pour retenir mon esprit ici, ne pas le laisser vagabonder à la recherche d'Izaak. Je suis là, dans cet amphithéâtre. Avec les membres de ma nouvelle communauté.

Bon sang Eliotte, tu es une Liberâme. Tu es à Alma.

Mon père rêvait d'être ici. Libre.

Je sens une force grandir en moi, entre mes doutes, la peur et ces foutues hésitations. Je ne sais pas de quoi demain sera fait, mais je me sens enfin prête à l'affronter. Je suis prête à tout, en réalité.

Quand la réunion est terminée, Charlie me propose de l'accompagner chez ses parents, là où elle vivra aux côtés de Francis. Moi, je vais devoir occuper un dortoir en attendant de faire une demande de logement en commun avec une ou plusieurs personnes – Izaak, entre autres.

— Je vais aller poser mes affaires dans l'une des grandes chambres que l'on m'a indiquées et filer chercher Izaak, réponds-je. Ça fait plus de deux heures, et toujours aucun signe de lui…

— Ça marche. Si tu as besoin de nous, on sera dans la troisième maison près d'un grand champ de coquelicots. Derrière un porche rose.

— Il n'y a aucun nom de rue ici ?

— Je ne crois pas, non.

Elle s'esclaffe avant de passer affectueusement la main sur mon bras.

— T'en fais pas, Eliotte. Tout va bien se passer.

Son regard brun est si enveloppant, presque envoûtant.

— Merci, Charlie.

On se sépare dans un sourire, et je sors de l'amphithéâtre en direction des habitations partagées. Elles sont disséminées un peu partout dans la ville, d'après ce que j'ai cru comprendre.

Après avoir fait quelques pas, je retire un genre de ticket auprès d'un stand qui me permet de savoir quelle place vide je peux occuper au sein d'un dortoir. Il indique « 5-28. Bâtiment 5 ».

Je mets une bonne vingtaine de minutes à trouver l'édifice en question et à m'y rendre. Je ne réalise qu'à mi-chemin que des vélos sont à disposition pour parcourir la ville. Même si les voitures fonctionnent quasiment toutes à l'énergie solaire, on préfère garder leur utilisation pour parcourir de grandes distances autour du camp, afin d'éviter de les abîmer.

Je trouve ma chambre plus rapidement en arpentant de longs couloirs bétonnés. La lumière du soleil au zénith est filtrée par de petites fenêtres aux rideaux rouge carmin, que le vent soulève doucement. Au fond de la pièce demeure un bureau et quelques étagères encore vides. C'est peut-être le strict minimum, mais je sens que je vais m'y plaire. Je pose mon sac près d'un des quatre lits. *Je me demande avec qui je vais partager cette pièce…*

Très vite, je sors de là avec une seule pensée en tête : retrouver Izaak. Je déboule dans une allée vide et déambule entre les ruelles.

Où pourrait-il être ?

Alors que j'emprunte un chemin fleuri, un cri m'arrête.

— Eliotte !

Je me retourne aussitôt.

Izaak.

— Je t'ai cherché partout ! m'exclamé-je en accourant vers lui. Tu vas bien ?

— J'ai connu mieux.

Je ne sais pas ce qui se passe dans ma poitrine. Je suis énervée, par ses mensonges, la situation, la vie… et à la fois, j'ai terriblement mal. Pour lui. Je veux être là, le soutenir, lui donner mon épaule pour qu'il puisse s'y reposer. Malgré toute cette lave en fusion qui coule le long de mon abdomen…

C'est la douceur qui l'emporte.

Je prends sa main, mais il s'en détache prestement.

— Mieux vaut qu'on reste discrets, Eli.

Je recule d'un pas.

— Quoi ? Tu m'avais dit qu'une fois arrivés à Alma, on…

— J'ai dit ça avant de devoir demander des faveurs à Alex. D'ailleurs, il pense que je considère Matthew comme « le sang de ma veine » ou je ne sais quelle autre connerie.

Je n'arrive pas à rire.

— Donc tu préfères qu'on fasse encore semblant ?

— Il vaudrait mieux, oui… Au moins le temps que les choses se tassent.

J'ai la gorge sèche. Je ne sais pas quoi dire. Je ne m'y attendais pas. Apprendre ça. Puis Joleen, Kaïto. C'est…

— Eliotte, ça m'est insupportable de devoir mentir, de me retenir, d'être loin de toi. Tu n'en doutes pas, hein ?

— C'est juste que…

Je cache mon visage dans mes mains en soufflant.

— Izaak, tu sais très bien qu'avec ce qu'on vient d'apprendre… les choses semblent si…

— Si quoi ?

Mon regard le fuit, sans que je ne sache vraiment pourquoi, et je sens mon ventre se tordre.

— Viens, dit Izaak en passant devant moi. J'ai trouvé un endroit où on pourra être seuls. Où on pourra vraiment être nous.

Nous.

Il me regarde un instant, avant de reprendre sa marche. Je le suis jusqu'aux terres agricoles devant lesquelles je m'étais arrêtée plus tôt, au début de mes recherches. Il emprunte un chemin qui coupe un champ de blé, et nous nous perdons dans les hautes herbes, jusqu'à arriver devant un petit cours d'eau, qui contourne un cyprès de Montezuma immense.

Izaak attrape ma main. Le contact de sa paume, chaude et calleuse à certains endroits, rétrécit la boule dans mon ventre. Il m'entraîne vers l'arbre et s'assied à ses pieds avant de tapoter la place entre ses jambes, que je rejoins sans plus réfléchir. Je cale ma tête contre son torse, en reprenant mon souffle. J'ai l'impression d'être en apnée depuis ce matin. Izaak ceinture ses bras autour de moi et me serre contre lui.

— Il y a une heure, j'aurais donné n'importe quoi pour te voir débarquer ici, murmure-t-il.

— C'est vrai ? demandé-je en me retournant pour attraper son regard. Tu sais que j'ai passé mon temps à te chercher ?

Ses lèvres s'étirent en un sourire.

— Ça ne m'étonne pas de toi. Mais… avec le recul je crois que c'était mieux comme ça. J'étais dans un sale état.

Mes mains se referment autour des siennes, sur mon ventre, et je pose les yeux sur le champ devant nous.

— Tu veux en parler ?

— Je crois surtout que je te dois des explications, Eli. Tu as dû tomber des nues, et… je m'en veux tellement pour ça.

Je déglutis.

— Je n'ai pas voulu te parler de Joleen pour ne pas t'inquiéter. Je sentais que ce n'était pas le moment… mais j'aurais voulu que ce ne soit jamais le moment. Cette histoire est loin derrière moi.

— Vraiment ?

— On était ensemble quand j'avais dix-sept ans, l'année suivante, je devais partir avec elle et ses parents à Alma… mais je me suis rétracté au dernier moment. Je ne pouvais pas laisser Ashton derrière moi. À l'époque, je pensais encore que je pouvais sauver ce crétin…

Je me dégage de ses bras pour lui faire face. Ne pas voir son visage me perturbe. Je veux pouvoir attraper chacune de ses micro-expressions, et me retenir ensuite de les analyser dans mon lit une fois la nuit tombée.

J'entoure les bras autour de mes genoux repliés contre ma poitrine et l'écoute poursuivre.

— Joleen l'a très mal pris, et on s'est séparés la veille de son départ. Par la suite, je lui ai envoyé plusieurs lettres… Elle ne m'a répondu qu'au bout d'un an. On a entretenu une correspondance jusqu'à il y a encore quelques mois, sans que les choses changent vraiment. Elle avait tourné la page. Et moi aussi… mais je ne l'ai réalisé qu'après coup, en réalité.

Chacun de ses mots glisse lentement dans mes oreilles, coulent le long des canaux de mon esprit. J'aurais voulu avoir à les intégrer plus tôt.

Pourquoi me l'avoir caché, Izaak ?

Je fixe l'herbe entre nos jambes et ses doigts noués, sans rien dire. Le bruit du gazouillis des oiseaux se mêle au glissement suave de l'eau de la rivière à quelques mètres de nous, pour remplacer les mots qui devraient bondir de mes lèvres.

Je ne sais pas pourquoi je suis sans voix. Rien ne veut sortir.

— Eliotte ?

Je mords l'intérieur de ma joue.

— S'il te plaît, réponds-moi, je vais faire une syncope, là.

Mes yeux remontent sur son visage décomposé.

— J'ai lu tes lettres, lâché-je.

— Quoi ?

— Je les ai trouvées le jour où on a dormi dans ta chambre pour la première fois. En faisant le lit je les ai vues sous ton matelas. Au début, je pensais que c'était des documents liés aux Liberâmes, alors j'ai voulu regarder…

— Mais pourquoi tu ne m'en as pas parlé ?

— Parce que je savais déjà qui était Joleen.

Son visage a un mouvement de recul, et ses yeux plissés m'interrogent, avec perplexité.

— Un jour, pendant mon stage, j'ai tapé ton nom dans la base de données d'Algorithma. J'ai découvert que tu avais passé un test-paire avec une certaine Joleen Fernandez.

— Pourquoi t'as fait ça ?

— La curiosité. J'en sais rien…, fais-je en haussant les épaules.

Je me redresse et étends mes jambes près des siennes.

— Eliotte, je ne l'aime plus, déclare-t-il. Tu en as bien conscience ?

— Je crois.

Je soupire.

— Izaak… Tu me l'as caché alors même que je t'avais posé la

question. Tu m'as menti. D'abord, tu veux qu'on prétende que nous ne sommes pas ensemble, ensuite nous apprenons que tu as un fils et je… je… Je suis censée avoir conscience de quoi ?

— Eh, Eli…

Il rompt la distance entre nous et pose les mains sur mes épaules.

— Je ne veux que toi.

Ses doigts glissent jusqu'à mes joues. Il plante son regard dans le mien. Le crépitement dans ses yeux m'arrache un battement.

— J'ai besoin de toi. Terriblement. Encore plus avec t-tout ce qui s'est passé… Je sens que je vais…

Il relâche ma tête et regarde le sol. Ses mains se mettent à agripper fermement mes épaules.

Izaak…

J'ouvre les bras et l'attire contre moi dans un même mouvement.

— Tout dégringole, tout change si vite…, murmure-t-il contre mon cou. Mon frère m'a tourné le dos, on est devenus ennemis… et maintenant je suis père ?

Je frictionne son dos.

— Eliotte… Et si j'étais un monstre comme lui ?

— Quoi ? Mais qu'est-ce que tu racontes ?

— Mon père. Si j'étais comme lui ? dit-il d'une voix serrée. Et si, dans le fond, j-je lui ressemblais ?

— Tu es fou. Je t'interdis de croire une seule seconde que tu pourrais être comme le Gouverneur. Tu m'entends ?

— Mais si j'étais un mauvais père, Eliotte ? Si je…

— Tu seras un bon père. Non, tu es *déjà* un bon père. Tu es fort, doux, courageux, sage, rassurant et incroyablement aimant.

Il serre les lèvres en inspirant fort.

— Je veux prendre ma place auprès de lui. Je veux être là pour mon enfant. Je veux l'assumer… Je me demande juste si j'en suis capable.

Je pose la main sur sa joue et plonge les doigts dans ses cheveux.

— Je sais que c'est effrayant. Mais tu ne peux pas douter de tes capacités. Et surtout, personne n'est vraiment prêt à être parent. Encore moins dans ces conditions…

Son expression se détend de quelques millimètres.

— Mais tu n'es pas tout seul. Francis et Charlie sont là… *Je* suis là. Je ne te lâcherai pas.

La lumière dans ses yeux humides brille un peu plus fort. Il baisse la tête et lutte pour retenir des larmes, je le vois.

Soudain, il se détache de moi pour fouiller dans ses poches. Il en sort un anneau. *Son alliance.*

Quoi ?

— Tu ne l'as pas jetée ? demandé-je.

— Non… Même si elle ne représente rien en soi, je n'ai pas réussi à le faire. Je crois que c'est parce que c'est avec ça que tout a commencé pour nous deux.

Sans ce mariage, cette colocation forcée et la mascarade qu'on a menée pendant plusieurs semaines, je crois que nous n'aurions jamais découvert cette force irrépressible entre nous.

Il prend ma main, et place l'anneau au creux de ma paume.

— Je veux que tu le gardes. Pour te rappeler que, peu importe comment j'agis, peu importe ce que je dis, je suis lié à toi. Et je ne peux pas jeter cette vérité dans l'océan.

Je sens ma gorge se nouer alors que je regarde la bague scintiller dans ma paume.

Soudain, une décharge me traverse.

J'allais oublier !

Je plonge les doigts dans ma veste et sors mon alliance.

— Je ne l'avais pas laissée dans ma cabine. Je l'ai cachée parce que j'étais aussi incapable de la jeter. Et j'ai eu du mal à comprendre pourquoi… Tout ce que je sais, c'est que c'était impensable.

Je lui tends mon alliance, et il sort de sous son pull une petite chaîne en argent.

— Tu veux bien la passer dedans ?

Je souris bêtement, et m'exécute. Je sens le poids de son regard sur moi quand je me penche tout près pour ouvrir le crochet du collier. Ses mains se posent sur ma taille. Je frissonne. Une fois l'anneau passé, Izaak le cache sous son T-shirt à manches longues, et me regarde. Sans rien dire.

Quand je le vois devant moi, j'ai à nouveau cette sensation qui grandit en moi. Ce besoin. Je vois ces liens au poignet que je me suis moi-même noués, en acceptant mes sentiments à son égard.

Mais aurait-il pu en être autrement ?

Tout ce que je sais, c'est que je veux plus que tout qu'il reste là, avec moi. Je ne veux pas le voir partir.

Tout à coup, Izaak s'avance et me prend dans ses bras. Je le serre fort contre moi, en retenant mon souffle. Il cale sa joue près de mon cou ; l'arête de son nez chatouille ma peau.

Nous restons l'un contre l'autre, caressés par un vent chaud. L'air est chargé d'odeurs douces et intenses. Le citron. La terre humide.

Je ferme les yeux en écoutant le cours de l'eau.

Je crois que je ne réalise pas encore à quel point ma vie a basculé en l'espace de deux jours, de deux heures. À quel point rien ne sera plus jamais comme avant.

11. La rage

— Argh Francis ! m'écrié-je en me massant la hanche.

— Tu ne prends pas assez d'élan, Eliotte ! Ça fait trois fois que je te le dis ! rétorque-t-il en venant à moi.

Il me tend la main pour m'aider à me relever. Je fixe mon flanc en soupirant. *Et de six.*

— Ça fait à peine une semaine que t'as intégré l'armée des Liberâmes et t'es à deux doigts d'être hospitalisée, lance-t-il en ricanant. Ça doit être ton centième bleu.

— Mon sixième, à vrai dire.

Il attache ses tresses en un chignon flou avant de me donner une grande claque dans le dos.

— Allez, on recommence, ma vieille. Je vais pas te laisser t'en tirer comme ça.

Je fixe la structure en bois sur laquelle je dois atterrir d'un bond en sautant depuis celle sur laquelle je me tiens, quelques mètres plus loin. Elle est beaucoup trop haute et glissante, je vais assurément mourir, cette fois.

Cela fait quelques jours que je me suis engagée en tant que soldate. J'aurais pu choisir une position au camp qui ne demande pas un entraînement intensif, quasi journalier… mais je ne me voyais pas ailleurs. Je veux *littéralement* détruire le système, sentir ses cendres glisser entre mes doigts, pouvoir donner moi-même des coups de pied dans ses décombres. Et ce n'est pas en donnant des cours d'histoire aux enfants d'ici ou en allant cultiver la terre que je pourrais le faire. Il y a peu – sans doute au moment où j'ai compris ce qui était réellement arrivé à mon père –, j'ai découvert qu'une férocité, une rage sourde sommeillait en moi. Je ne la sens exploser et me libérer que lorsque je tape du poing contre un sac de sable ou que je transpire, les muscles douloureux. Cette rage me porte, me pousse toujours plus loin et, à la fois, emprisonne ma poitrine. C'est un moteur autant qu'un poids ; je voudrais parfois retrouver mon insouciance, mon cœur léger. Mais il y a trop de choses qui comptent à présent, trop de sujets qui me révoltent et me donnent envie de hurler.

Je grimpe l'échelle pour me remettre sur la structure, et me positionne face à la seconde, celle sur laquelle je dois atterrir. Je prends une grande inspiration, et remonte la fermeture Eclair de ma veste sans manches, jusqu'en dessous du menton. *Comme si ça allait me protéger de l'impact...*

Je cours de toutes mes forces le long de la plaque de bois, prends de l'élan, et bondis en l'air.

Seigneur, je suis en vie.

J'ai réussi à attraper l'arête de la seconde structure, mais mes pieds glissent. Je ne trouve aucun appui.

Ne tombe pas, ne tombe pas, ne...

— Oh ! putain ! elle était belle celle-là, commente Francis, mon coach incroyablement encourageant.

Je reste étendue sur le matelas en mousse, haletante. Je suis tombée comme une merde.

Et de sept bleus.

Une silhouette, plus petite que celle de Francis mais aussi costaud, s'approche de moi. Je tourne brusquement la tête vers elle.

— Ça t'a fait mal quand t'es tombée du ciel, petit ange ?

Ses fossettes se creusent alors que son regard bleu électrique me sonde.

— Matthew, qu'est-ce que tu fais ici ? l'interrogé-je en me redressant.

Depuis avant-hier, il fait enfin officiellement partie des Liberâmes. D'après ce qu'Alex a raconté à Izaak, son intégration s'est faite non sans vague au sein des Cinq – les personnes à la tête de notre groupe. Mais la majorité l'a emporté.

J'ai beau avoir sauté de joie en l'apprenant, je ne peux pas faire comme si tout allait rentrer dans l'ordre entre nous. Quelque part, il y a toujours cette blessure dans mon cœur qui ne veut pas se refermer, malgré tout le soin que j'y porte. Quand bien même il a essayé de se racheter, Matthew m'a trahie ; pendant des semaines, il me mentait alors que je croyais être en train de me faire mon premier *vrai* ami, malgré cette voix dans ma tête qui me disait « protège-toi, fuis ».

— Comment se passe ta séance de tir ? demande Francis.

Matthew porte la même veste moulante sans manches que moi. Je ne peux pas nier qu'elle lui va beaucoup mieux : alors qu'il me reste des heures de renforcement musculaire à effectuer pour être au niveau, lui pourrait largement s'en passer. Je n'avais jamais vu les tatouages au-dessus de son coude. Tout son bras droit en est recouvert, tandis qu'à gauche, il n'a qu'une manchette d'encre.

— Justement, j'allais vous en parler… Mon coach…, déclare-t-il. La fille qui m'a été assignée est…

— Elle est quoi ? s'exclame une voix au loin, qui résonne dans le grand gymnase.

Une fille, de notre âge environ, arrive à notre hauteur. Je crois qu'elle s'appelle Jenna. Un foulard noir entoure son visage bien dessiné, dissimulant ses cheveux. Les pans sont rabattus derrière ses épaules, mettant en valeur son port de tête élégant. Elle est vêtue d'un T-shirt à manches longues et d'un grand pantalon cargo vert. Elle est magnifique.

Ses yeux émeraude foudroient le dos de Matthew.

— Alors ? dit-elle, impatiente.

Il pince les lèvres en retenant sa respiration, compte jusqu'à trois de façon inaudible, et fait soudain volte-face vers elle :

— Elle est beaucoup trop incroyable pour moi, bien sûr !

— Matthew, si tu tiens tant à changer de coach, va faire une demande au service approprié. Je me passerai très bien de toi comme élève, sache-le.

— Je n'ai jamais dit ça.

— Mais tu l'as insinué.

— Non.

— Si.

— Non.

— Comme tu veux.

— Je suis pas fan du comique de répétition, mais : non.

Elle roule des yeux, et se concentre sur nous.

Soudain, son visage s'illumine.

— Je suis Jenna, dit-elle en me tendant la main. Mais tu peux m'appeler Jen.

— Enchantée, moi c'est Eliotte.

Je lui rends son sourire et hésite une seconde avant de lui serrer la main, surprise. J'ai toujours trouvé les présentations extrêmement embarrassantes, mais il y a cette lumière éclatante sur son visage qui me détend tellement.

— Je vous laisse continuer votre entraînement. Bon courage !

Elle salue chaleureusement Francis, avant de tourner les talons.

Une partie de son foulard flotte dans l'air, accompagnant son mouvement gracieux.

— Je vais dans la salle de tir, Matthew, lance-t-elle. Si tu n'es pas là-bas dans cinq minutes, je me casse.

L'intéressé la regarde partir, sans esquisser un geste. Francis lui donne un coup de coude.

— Quoi ? rouspète Matthew.

— Rien.

Le regard de Francis en dit pourtant long.

— Elle… Elle est impressionnante, lâche alors Matthew. Très impressionnante. Très belle aussi, et souriante – sauf avec moi. Et vous n'avez pas vu son crochet du droit.

— Mais…

— J'ai dit à quel point elle était impressionnante ?

— J'avoue qu'elle est craquante, dit Francis en soupirant.

— Elle est hors de ma catégorie… et de la tienne, mec.

— Elle me préfère quand même à toi.

— Tu rêves, pouffe Matthew.

— On a assisté à la même scène, mon gars ?

— Sa haine n'est pas réelle… c'était une parade nuptiale.

Une envie de rire me chatouille la gorge. Mais je me retiens. Je ne peux pas rire. Je ne peux pas montrer à Matthew que tout est comme avant, car ce n'est pas le cas.

Même si je le voudrais. Je le voudrais terriblement.

Je secoue la tête et m'écarte du groupe, faisant mine d'étudier la structure que je m'apprête à grimper à nouveau. Si j'écoute leur conversation, je vais forcément craquer et finir par éclater de rire.

Francis s'entend incroyablement bien avec Matthew. Ça a étonné Charlie, qui pensait que, par « solidarité » pour Izaak, son frère tourneraît le dos à Rivera. Il a peut-être essayé deux heures avant d'avoir un fou rire avec lui, au cours d'un débat sur les insectes.

Je fixe la structure face à moi, en essayant de me visualiser dessus pour savoir où je dois poser les pieds. Peut-être que je devrais prendre moins d'élan, mais sauter assez fort pour ne pas tomber une nouvelle fois.

Je me passe une main sur le visage. Je suis lamentable.

Je sens s'activer cette source chaude au creux de mon ventre. Cette rage.

Je dois y arriver. Je dois être la meilleure possible. Je ne lâcherai pas.

Après notre entraînement, que j'ai fait perdurer jusqu'à réussir à me hisser sur cette foutue structure, Francis et moi nous dirigeons vers le réfectoire. Matthew et Jenna nous rejoignent, très rapidement suivis par Charlie. Nous sommes assis autour d'une table en bois, près d'une grande baie vitrée sur laquelle du lierre grimpe timidement.

Je n'ai toujours pas vu Izaak. On s'est croisés brièvement au détour d'un couloir alors qu'il accompagnait Alex à une réunion. Il a à peine eu le temps de me sourire. Je pense qu'il aurait préféré être mon coach assigné, mais il a directement intégré l'aile stratégiste de l'armée des Liberâmes en arrivant aux côtés de son mentor – Alex. Ces derniers occupent d'ailleurs une maison avec Maleek, à l'est d'Alma, non loin des champs de coquelicots. Moi qui espérais qu'on soit au moins dans le même bâtiment de dortoir… C'est raté. On se voit en coup de vent, et, quand on prend le temps de passer un moment ensemble, c'est le plus souvent en public. On ne peut être « Eliotte et Izaak » que sous la lune, ou à l'ombre de l'arbre près de la rivière.

— Liberâmes va prendre le contrôle d'un média dans peu de

temps, dit Charlie en mangeant son porridge. Des bruits courent selon lesquels on hésiterait entre le *New York Times* et *Channel 9*.

— Comment cela va-t-il s'organiser ? demande Jenna.

— La milice présente sur place est trop peu nombreuse pour un coup pareil, donc on hésite à faire participer des gens d'ici.

— Surtout que la phase « manifestation et normalisation » a été enclenchée, entre les grandes marches organisées dans les rues, l'intrusion au Bureau de la Santé et du Bien-Être…, lancé-je. Il ne faudrait pas perdre l'engouement des gens.

— C'est ça, ajoute Alex qui était resté interdit jusque-là.

Malgré sa volonté de s'effacer, avec ses silences, je ne crois pas qu'on puisse vraiment oublier sa présence.

— On manque de personnes dans les rangs de nos manifestations, et les tentatives d'opérations de communication ne sont pas toujours assez bien encadrées par manque d'hommes, ajoute-t-il.

— Je suis désolé de vous interrompre, mais c'est toujours aussi dégueulasse à la cantine ? lâche Matthew.

Il s'essuie la bouche avec une serviette en papier – à moins qu'il n'y crache une bouchée de sa salade.

— Plutôt que de faire des attentats, vous ne voudriez pas plutôt voler des épices, du cheddar ou un truc dans le genre pour nous les apporter ici ? Ce serait un acte patriotique incroyable.

Francis s'esclaffe.

— Toujours en train de te plaindre, toi ? lance une voix à ma gauche.

Je sursaute.

Izaak.

Il se tient derrière moi, un plateau à la main. Son pantalon cargo est mouillé jusqu'aux genoux, et il a les cheveux en bataille.

Où était-il ?

Joleen apparaît très vite à son côté, suivie de Kaï, leur fils. Mon ventre se contracte.

— Bonsoir tout le monde, lance Izaak à la tablée, avant de s'asseoir sur mon banc, à une distance raisonnable de moi.

Alors que d'autres places sont libres, Joleen décide d'occuper celle à la droite d'Izaak. Ce dernier attrape le bout de pain, près de mon assiette, mais je l'arrête.

— Pas touche, c'est le mien.

— Toujours aussi tendue, Eliotte ? siffle Izaak. Ça va, tu as réussi à ne tuer personne aujourd'hui ?

Il arbore cet air condescendant que j'ai longtemps vu quand nous n'étions encore que des colocataires qui ne se supportaient pas à Portland.

Quand on ne doit pas prétendre s'aimer, je crois qu'il est plus facile pour lui, comme pour moi, de nous détester.

Je souris, amusée, avant de prendre un air outrecuidant à mon tour.

— Non personne. Mais ça pourrait commencer dès ce soir si tu continues encore à me taper sur le système.

— Commencez pas vous deux, lance Francis, en rentrant dans notre jeu. Vous ne pouvez pas vous voir en peinture, on a compris.

— Alex tu as bien prévenu les Liberâmes de l'individu particulier, pour pas dire complètement dérrangé, qu'on a récemment recruté ? demande Izaak. Il faut qu'ils restent sur leur garde. On ne sait jamais à quoi s'attendre avec elle.

Je me retiens de rire, et m'efforce de garder les artifices de haine sur mon visage.

— Izaak… dit Alex, de sa voix grave. Laisse-la tranquille.

— Non mais, t'en fais pas, interviens-je. Laissons-le parler, Alex. Ça apporte un sens à sa vie de m'évoquer. C'est une forme de bénévolat pour moi, tu vois ?

Alors qu'Izaak allait répliquer, j'aperçois Kaï quitter la place près de sa mère pour venir jusqu'à notre côté du banc.

— Ze peux me met' sur tes genoux ? demande-t-il en s'approchant de son père.

Celui-ci se fige, avant de se tourner vers le petit garçon qui le regarde avec de grands yeux. Pendant quelques secondes, ils s'observent en silence.

— Je… Bien sûr mon grand, balbutie Izaak en le soulevant.

Il le positionne sur ses cuisses en souriant. Qui aurait cru qu'un homme comme Izaak serait intimidé par un môme d'à peine cinq ans ?

Le brun lisse le T-shirt de l'enfant, et lui caresse doucement les cheveux. En le voyant ainsi, le sourire aux lèvres, épousant son rôle de père, une source chaude pétille au creux de ma poitrine. Je sais à quel point cette paternité est dure à gérer pour lui. Si seulement il avait conscience de la facilité avec laquelle il sait prendre les choses en main, à quel point tout ça est si évident pour lui – je le vois aux mots qu'il adresse à Kaï, à son regard pour lui, ses attentions. C'est limpide.

Soudain, j'aperçois la main de Joleen se poser sur l'épaule d'Izaak. Elle lui fait un clin d'œil complice en désignant du pouce Kaï. Ils échangent quelques mots, qui se perdent dans la conversation joviale du groupe. Joleen fait également partie de l'aile stratégiste des Liberâmes, mais j'ai cru comprendre qu'elle était assez polyvalente et était chargée de l'organisation de beaucoup de choses ici – son père fait partie des Cinq.

Elle et Izaak se retrouvent au moins une fois dans la journée pendant plusieurs heures, que ce soit pour Liberâmes ou pour Kaïto.

Je mords l'intérieur de ma joue, en soufflant par le nez. J'essaie de me concentrer sur Matthew qui donne une chiquenaude à

Charlie, ou encore sur Francis qui fait un schéma avec ses rondelles de carottes pour expliquer quelque chose à Jen, mais tous mes sens sont dirigés sur une chose : Izaak, Joleen et Kaï. La belle petite famille à ma droite.

Soudain, je sens les doigts d'Izaak se faufiler sous la table, jusqu'à ma cuisse. Un courant électrique me traverse. Aussitôt, je jette un regard à la tablée. Chacun est absorbé par uen vive discussion ; personne ne nous porte d'attention.

— Comment tu vas ? demande Izaak, d'une voix douce. Ton entraînement s'est bien passé ?

Je me tourne vers lui, en me retenant de me jeter à son cou. La tension dans mon thorax s'estompe. Discrètement, je pose ma main sur la sienne, à l'ombre sous la table, et trace de petits cercles sur sa peau.

— Je suis épuisée. Il va falloir que je redouble d'efforts si je veux avoir un minimum le niveau… Et c'est bien ce que je compte faire.

Son sourire s'étire.

— Je n'en doute pas une seconde.

— Et toi, ça va ? Tu étais où ?

— Après ma réunion avec Alex, Joleen m'a proposé de sortir du camp pour pêcher avec un groupe. On s'est dit que ça pourrait être un bon moyen de partager quelque chose avec Kaï.

Quoi ?

S'il y a bien une règle d'or ici, c'est alerter ses proches avant de sortir du camp. Rien n'est sûr en dehors des murs d'Alma. On ne sait pas sur quoi – ou pire, sur qui – on pourrait tomber. Izaak et moi avons mis un point d'honneur tous les deux à nous tenir au courant de nos déplacements.

— Mais pourquoi tu ne m'as pas prévenue ?

— T'inquiète, on ne craignait rien. On était plusieurs, et la rivière que nous avons choisie se trouve dans une zone familière.

Mon regard s'échoue sur mon plat à moitié entamé.

— O… OK.

Je prends ma fourchette, comme pour continuer mon dîner, la mâchoire serrée.

Je peux presque entendre son rire, mêlé à celui de Kaï quand il devait l'éclabousser avec de l'eau, aux côtés de Joleen qui lui ébouriffait sûrement ses boucles brunes pour le taquiner.

Détends-toi, Eliotte. Détends-toi.

La main d'Izaak se referme un peu plus sur ma cuisse.

— Désolé, j'ai été pris de court sur le moment…, murmure-t-il. Le groupe allait partir, je ne pouvais pas venir te chercher.

— Je comprends, rétorqué-je en prenant une bouchée de salade. C'est important pour toi et Kaï.

— La prochaine fois que je fais quelque chose avec lui, j'aimerais beaucoup que tu sois là.

Je hoche la tête, incapable de répondre, alors que je le voudrais pourtant.

— Dis « oui », mon petit tarsier.

Je souris aussitôt. Ce mot a le don de me plonger ailleurs et de me faire rire en un claquement de doigts – et il sait que c'est mon point faible.

— Oui, fais-je en lui jetant un coup d'œil à la dérobée.

Il caresse ma cuisse avant de reporter son attention sur Kaï.

— C'est quoi, ton légume préféré ?

— Z'aime pas ça.

— C'est quoi, ta couleur préférée, alors ?

— Le oranze.

— Tu veux goûter une carotte ?

Je souris, amusée, en l'observant négocier avec Kaï. Le petit est coriace, mais Izaak arrive à le convaincre. Tout le long de leur conversation, il ne cesse son geste tendre dans les cheveux de son fils. Savoir que lui-même a manqué cruellement de douceur quand il était plus jeune m'arrache un frisson.

Et dire qu'Ashton a choisi leur monstre de père à son frère.

Je fais tout pour sauver la face quand on l'évoque avec Izaak, mais la vérité, c'est que je ne peux pas l'accepter. Je refuse de croire qu'Ashton ait cédé à ce point… Une voix au fond de moi me chuchote la nuit : et s'il avait été manipulé ? Contraint de rester aux États-Unis ? De prendre la parole publiquement pour descendre Izaak et notre cause ?

J'aimerais tellement lui parler. Démêler le vrai du faux. En avoir le cœur net. Ou, au moins, tenter de le convaincre de venir ici.

Après le dîner, Izaak nous entraîne dans les jardins de la cafétéria. Des étoiles brillent dans le ciel, quelques grillons chantent.

— Kaïto m'a dit à table qu'il voulait faire de la balançoire. On doit lui en trouver une, déclare-t-il.

— Ça pousse dans les arbres, c'est vrai. Tiens, j'aimerais grimper dans cet oranger pour voir si quelques-unes y ont mûri, mais c'est un petit peu trop haut pour moi, raille Matthew.

— *Matthias*, pourquoi tu es là, déjà ?

— J'ai de quoi en faire une chez moi, dit Jenna. Une planche en bois, deux bouts de corde, quelques vis et c'est réglé.

— Je t'accompagne les chercher ? propose Matt.

– Moi aussi je peux, ajoute Francis en accoudant son ami.

— Si mon père vous voit chez moi tous les deux, il va vous tuer, vous en avez bien conscience ?

— Je ferais n'importe quoi pour la balançoire de Kaïto, rétorque Francis.

— La joie des enfants dans ce monde est tellement importante pour moi, ajoute le garçon tatoué.

Elle sourit, en levant les yeux au ciel, et ils disparaissent dans la pénombre.

Izaak étudie la structure de l'oranger en fleur devant nous. Il observe avec attention son écorce, avant de secouer une branche, comme un forcené, pendant plusieurs secondes. Des fleurs blanches voltigent dans l'air chaud, en laissant à leur suite un parfum aux notes sucrées.

— Tu fais quoi ? m'exclamé-je, amusée.

— Je vérifie si c'est solide.

Il revient vers moi, les yeux toujours rivés sur l'arbre. Sa main se pose délicatement sur mon omoplate.

— Il veut une balançoire, et il aime le « oranze ». Je vais la faire ici. T'en penses quoi ?

Une onde de chaleur se répand en moi.

C'est adorable.

— Oui, c'est une excellente idée, rétorqué-je.

— Problème : je ne sais pas planter un clou.

— Moi si, dit Joleen en s'approchant. Je t'apprendrai, t'en fais pas.

Un rire nerveux titille ma gorge. Je suis à deux doigts de m'improviser menuisière et de lui montrer comment je sais clouer des planches de bois, moi aussi.

Soudain, une ombre bouge à côté de nous. Izaak retire aussitôt sa main de mon épaule et se rapproche de Joleen.

— Alexei, ça va ?

— Je vous cherchais, toi et Eliotte, dit ce dernier en venant à notre hauteur. Vous tombez à pic.

— Ah oui ? demandé-je.

— Je ne peux pas vous en dire trop ici. Venez avec moi, une réunion va commencer au Carré.

— Je croyais qu'on ne se réunissait plus après 20 heures, remarque Izaak.

— Justement, soyez discrets. C'est une session non officielle.

Izaak et moi on se regarde avant de poser les yeux sur le sourire en coin d'Alexei.

12. Crois-moi

— « Non officielle » ? demande Joleen.

— Oui, c'est ton père qui l'organise.

— Ah… ça.

Elle hausse les épaules, un contentement vague se dessinant sur son visage. Joleen doit sûrement déjà être au courant de quoi il est question ce soir, sachant que son père est à l'origine de cette réunion.

Pourquoi ne nous en a-t-elle pas parlé ?

Izaak s'accroupit à la hauteur de Kaï.

— Je dois partir, bonhomme. Demain mission balançoire, OK ?

— Z'est nul, j'la veux maintenant.

— Il est tard, tu devrais aller te coucher…

— Z'est encore plus nul.

Izaak sourit et dévisage Kaï quelques secondes, la tête penchée sur le côté.

— On se voit demain, promis. Bonne nuit.

Kaï regarde ses baskets rouges, la mine boudeuse. Son père l'étreint quelques secondes avant de se relever, prêt à partir.

Je fais une blague sur les dinosaures au petit garçon, et son rire me fait craquer.

— Salut Joleen, dit Izaak quand j'ai fini. Bonne nuit.

— Bonne nuit, toi.

Ils échangent un regard qui me semble durer des heures, avant qu'Izaak pivote vers Alex et moi. Je déglutis, en entamant la marche avec le blond.

Nous nous en allons au Carré, le bâtiment consacré à l'organisation militaire du groupe. Son accès est assez protégé et certains étages strictement réservés aux membres haut placés.

Après avoir passé la sécurité, nous montons au dernier niveau. Je regarde autour de moi, intriguée par ces couloirs en béton. Tout est si différent ici et à la fois tellement semblable à ce que j'ai connu aux États-Unis.

— Bonsoir, dit Alex en ouvrant la porte.

Un groupe de Liberâmes entoure une longue table en bois. Je reconnais les Cinq, et deux autres personnes que j'ai dû croiser une ou deux fois au camp d'entraînement. Il y a de grands écrans au mur et plusieurs ordinateurs connectés les uns aux autres. Les rideaux sont fermés, de sorte que la seule source de lumière provient d'un néon dont l'éclat est particulièrement froid.

— Voici Eliotte Edison, dit Alex alors que j'entre aux côtés d'Izaak. Vas-y, installe-toi.

Je m'assieds sur le premier siège libre que j'aperçois, les pensées en ébullition. J'observe tour à tour chaque personne. *Qu'est-ce que je fous ici, à une réunion « non officielle » ?*

— On pense que c'est le moment de publier les travaux de ton père, lâche l'un des hommes autour de la table, comme s'il avait lu dans mes pensées.

Je hoche la tête, attendant la suite. Parce qu'il y en a forcément une.

— On pense également que ce serait une bonne chose que tu deviennes une figure médiatique, par rapport à ton histoire. On vend à tout le monde une famille parfaite alors que toi, tu as passé ton enfance à croire que ton père était parti pour une autre femme. Ce serait bien que tu racontes tout ça, en plus de parler de ses travaux.

J'arque un sourcil.

— Vous voulez que je fasse un genre de vidéo où je raconte ma vie ?

— Ou que tu ailles directement parler aux médias sur place, dit Alex. Ils ne savent pas encore que tu as quitté les États-Unis, ton retour ne serait pas problématique, tu ne risquerais rien.

— Waouh, attendez, intervient Izaak. Vous voulez qu'elle quitte Alma ?

— C'est l'idée.

Mon cœur manque un battement. Ils veulent me foutre dehors ?

— Et… je rentrerais quand ici ? demandé-je.

— On ne sait pas encore, à vrai dire. Ça dépend de la réaction des médias. Mais tu pourrais rester là-bas pour nous servir de taupe. On manque de renfort sur place. Tu nous serais d'une grande aide, Eliotte.

— Alors, si j'ai bien compris, elle prend le risque de quitter Alma, de parler publiquement contre le gouvernement, sans garantie de rentrer au plus tôt ? rétorque Izaak d'un ton tranchant. Et tout vous semble parfaitement normal ?

Une femme aux cheveux nattés prend la parole :

— Ce n'est effectivement pas sans danger, mais on ne compte pas encore aborder l'assassinat de son père, et l'implication du Gouverneur dans tout ça. Légalement, Eliotte ne risquerait rien.

— Mais Thomas Meeka sera sur mon dos, après ça… réponds-je aussitôt.

— Tu ne seras pas seule. Il y a encore tout le groupe de la Nouvelle-Californie là-bas.

Je fixe mes phalanges abîmées par les heures d'entraînement, le souffle court. Une brume compacte s'immisce dans mon esprit.

Retourner à Portland ? Laisser Izaak ? Partir combien de temps ?

— Mais est-ce qu'on est sûrs que prendre ces risques vaut le coup ? fait Izaak. En quoi elle serait une si bonne figure pour notre cause ?

J'ai envie de prouver mon allégeance aux Liberâmes, et je veux agir…

Mon cœur se serre.

… *mais je ne suis pas prête à quitter Izaak et tous les autres ici.*

— Son histoire est porteuse d'une grande charge émotionnelle, rétorque Alex. C'est pas une gosse de riche, elle est comme nous, elle a été arrachée à son premier amour, Ashton… Les gens seraient touchés par sa situation, laquelle démontre en plus à quel point Algorithma n'est pas fiable.

— Et puis on a vu à quel point elle était douée avec les mots ! C'est bien elle qui t'a aidé à écrire ton discours pour la conférence de presse, hein ?

Je hoche la tête. Izaak, lui, reste immobile. Je vois son pied taper frénétiquement le sol de béton sous la table.

Un homme me sourit.

— Alors ? Tu es partante ?

Izaak pivote prestement la tête vers moi.

Mon cœur bat à mille à l'heure. Je cache mes mains sur mes cuisses pour essuyer mes paumes moites. Je tente de réguler ma respiration. Je dois avoir l'air solide.

Je m'apprête à répondre, mais la porte grince.

Joleen.

Elle salue la tablée, et s'adresse à l'un des Cinq :

— Bonsoir, papa.

Chris Fernandez est un grand brun, dont elle a hérité la peau mate. Il est resté en retrait depuis le début de la réunion. Il y a un air sombre sur son visage, à la fois mystérieux et inquiétant.

Joleen s'assied à côté d'Izaak, l'air de rien.

— Nous étions en train de parler à Eliotte de ton idée, dit son père.

Mon sang ne fait qu'un tour. J'ai bien entendu ? Son idée ?

— C'est toi qui as proposé ça ? demande Izaak, aussi abasourdi que moi.

Mes poumons se contractent brusquement sous l'inspiration que j'essaie désespérément de prendre.

C'est elle qui veut m'envoyer loin d'Alma, dans la gueule du loup.

— On a besoin d'une action rentre-dedans pour maintenir l'intérêt médiatique qui commence à être suscité par nos actions, explique-t-elle. Mais tout dépend de ce qu'en pense Eliotte.

Son regard me trouve à l'autre bout de la table. Quelque chose crépite en moi.

— Tu sais, personne ne te forcera jamais à rien, ici, ajoute-t-elle. Ne te sens pas obligée d'y aller. N'importe qui aurait les chocottes de faire tout ça.

Tous les regards fondent sur moi. Les Cinq en personne et leurs acolytes sont suspendus à mes lèvres. Ils attendent que je fasse mes preuves. Là, maintenant.

« Les chocottes ».

— Je…

Je ferme les poings, me racle la gorge, et me redresse sur mon siège pour adopter une posture confiante et faire fuir les voix dans ma tête.

— Je n'ai pas peur de retourner aux États-Unis.

— Alors tu acceptes ?

— Je… Enfin… Oui.

Je n'ose pas pivoter la tête vers Izaak. Je ne veux pas voir sa réaction.

— Mais je veux être préparée avant d'y aller, ajouté-je. J'ai besoin de plusieurs semaines d'entraînement. Et je veux pouvoir retourner à Alma d'ici l'hiver prochain.

— Nous ne comptions de toute façon pas te faire partir maintenant. On doit préparer ton arrivée là-bas et informer nos équipes sur place…

Quelques membres du groupe sourient fièrement, semble-t-il soulagés par ma réponse.

— Je vous ai dit qu'elle n'allait pas avoir froid aux yeux, fait Alex en me regardant, les bras croisés contre son large torse.

Ses cheveux blonds brillent sous le néon blanc au-dessus de lui.

— On est fiers de toi, me lance un autre des Cinq.

Mes lèvres s'étirent timidement.

— Tu peux toujours revenir sur ta décision dans les prochaines semaines, lâche soudainement une voix grave.

Chris Fernandez.

— Tant qu'on ne met rien en place, tu as le droit de te rétracter. En revanche, une fois organisée, l'opération sera difficilement annulable.

— Je comprends, rétorqué-je. Même si je suis partante, je pense encore y réfléchir durant les prochains jours.

— C'est tout à ton honneur. Ce genre de décision ne se prend pas sur un coup de tête.

Je baisse les yeux.

J'ai vraiment dit « oui », comme ça, sans y réfléchir davantage ?

Le regard condescendant de Joleen m'a clouée sur place. J'étais prête à avancer n'importe quoi pour la contredire.

Mais c'est sûrement ce qu'elle voulait. C'était sa putain d'idée de m'envoyer aux États-Unis…

Je mords ma lèvre inférieure, en triturant mes doigts sous la table. Bien sûr que c'est ce qu'elle voulait, et je suis tombée dans le panneau en cinq secondes.

Depuis quand suis-je si impulsive, bon sang ?

Je ne me reconnais pas.

Je soupire, en reportant mon attention sur Alex qui s'anime devant un plan affiché au tableau.

La réunion se poursuit, et nous évoquons de nouvelles stratégies de communication. Je crois que je n'étais pas censée rester là une fois de nouveaux sujets abordés, mais je reste assise sur mon siège sans que les autres ne protestent. J'ose même donner une idée à la fin du meeting – comment aborder la cible étudiante qui est un peu trop laissée de côté à mon goût, alors que les étudiants sont pourtant des forces mobilisatrices incroyablement puissantes.

— Pas mal ça, Eliotte, dit Alex. Il faudrait qu'on creuse cette piste, tu as raison.

— Le mieux serait de s'adresser à quelques associations représentatives d'un mouvement politique dans chaque université. Les personnes politisées sont plus à même de s'engager, à mon sens.

Il prend son menton dans sa main, tout en faisant les cent pas.

— Et si on demandait à Charles, notre taupe de San Diego, de recenser les…

Mon attention se dissipe, aspirée soudainement par le regard d'Izaak à l'autre bout de la table. Il me considère, silencieusement… avant de détourner les yeux. J'aurais presque cru voir une étincelle dans ses iris.

À vrai dire, Izaak n'a pas pipé mot de toute la réunion. Quand nous sortons du Carré, il reste toujours interdit, mais marche à mon rythme. Nous parcourons l'un à côté de l'autre une ruelle qui conduit à mon dortoir.

J'ai toujours détesté les silences, les siens plus que les autres, mais celui-ci me frappe de plein fouet. J'en ai mal à l'abdomen.

— On peut en parler ? demandé-je.

13. J'ai perdu

— Il fallait le faire avant d'accepter.

— Je n'ai pas officiellement accepté. Et… j'ai parlé sans réfléchir.

— Tu avais l'air assez décidée, pourtant.

Je pose la main sur son bras.

— Izaak…

— Tu fais ce que bon te semble, Eliotte. Je ne suis personne pour te dire quoi faire.

— Bien-sûr que tu es quelqu'un.

— Ce sont *tes* décisions. Je ne te retiendrai jamais de faire ce que tu veux.

La mâchoire serrée, il fixe ses chaussures qui foulent l'herbe. J'ai envie de prendre sa main, de le serrer dans mes bras, l'embrasser… mais j'ai tellement peur qu'il me repousse. De voir qu'il me déteste.

— Tu veux que je te dise la vérité ? lâche-t-il.

Je hoche la tête. Mais je ne sais pas si je suis prête à encaisser cette vérité.

— Honnêtement, ça m'a choqué de voir que tu acceptais aussi facilement leur proposition, de voir la facilité avec laquelle tu étais d'accord pour… partir.

Il déglutit.

Avant d'ajouter, d'une petite voix lointaine :

— De me quitter. Comme ça.

J'ai la sensation que mon cœur s'enflamme dans ma poitrine.

— Je te jure que c'était dit dans le feu de la discussion, dis-je doucement. Je ne partirai jamais d'ici sans qu'on en parle. Je crois même que… je ne pourrais jamais partir sans toi.

Il hausse les épaules.

— Tu n'es pas obligée de dire ça. Ni de prétendre avoir autant besoin de moi, que moi de toi.

Je plisse les yeux.

Quoi ?

— Tu penses que c'est des paroles en l'air ?

— Eliotte, ils t'ont demandé, et tu as à peine hésité. La seconde d'après, tu posais même tes conditions…

J'attrape son bras pour que nous arrêtions notre marche. Parce que j'ai l'impression qu'on va droit dans le mur.

— Ils étaient tous les huit autour de moi, à attendre. J'ai sincèrement l'impression que je dois prouver que j'ai ma place ici. Et puis, tu n'arrêtes pas de me dire que tout se joue à un fil, et je ne me sens pas à la hauteur alors que je veux agir… J-J'ai paniqué ! débité-je. Sincèrement.

— Je sais que, même en paniquant, je n'aurais jamais pu dire « oui » à une telle demande qui t'impliquait, toi.

— Tu ne sais pas ce qu'il y avait dans ma tête à ce moment-là…, murmuré-je.

Je me pince les lèvres avant d'ajouter :

— Crois-moi, Izaak. Moi aussi j'ai besoin de toi. C'est bien pour ça que j'ai passé ma journée à te chercher des yeux et que j'ai eu l'appétit coupé en apprenant que tu étais sorti en dehors d'Alma sans me le dire. Avec Joleen.

Il fronce les sourcils avant d'attraper ma main. Je me rapproche de lui tandis qu'il inspecte les environs.

Mais je sais bien qu'il n'y a que nous, sous la lune de minuit. Les rues sont désertes dans ce quartier-là.

— Je suis désolée, annoncé-je en entourant mes bras autour de sa nuque.

Les traits de son visage s'apaisent. Malgré tout, je perçois de la tristesse dans son regard.

— Et tu veux que je te dise l'entière vérité ?

Je colle mon front à ses pectoraux, le regard rivé sur le sol. Mes joues s'échauffent.

— Joleen, elle…

— Elle, quoi ?

Je déglutis.

— Elle a eu cette idée de m'envoyer à l'autre bout du continent… parce qu'elle voulait prouver aux autres que je n'en serais pas capable, ou alors simplement car elle veut que je parte loin de toi.

— Attends, tu crois qu'elle a fait ça pour… nous séparer ?

Je lève la tête et découvre un visage amusé.

— Mon Dieu, t'es parano, Eliotte.

Parano.

J'ai l'impression qu'on vient de me pincer violemment le cœur.

— Izaak, s'il te plaît, crois-moi. Tu peux admettre que c'est étrange venant d'elle, non ?

— Elle te connaît à peine et elle ne sait même pas qu'on est ensemble.

— Tu devrais peut-être lui dire, alors, rétorqué-je sans même réfléchir. Je ne veux pas qu'elle s'imagine quoi que ce soit avec toi.

Izaak ne répond rien, il se contente de sourire en me regardant.

— Quoi ?

Ses bras glissent autour de ma taille.

— Tu es jalouse… Ça me fait craquer.

Je secoue la tête en approchant mes lèvres des siennes.

— Et moi ça me fait agir de façon stupide. Du genre, prendre de grandes décisions idiotes sur un coup de tête.

Je n'ose plus croiser son regard à nouveau, et comme il le sait, il saisit mon menton pour me forcer à le faire.

— Tu es la seule que je veux.

Sur ces mots, il sort mon anneau, pendouillant à sa chaîne en argent. Il passe le bout de l'index dedans pour le mettre juste sous mes yeux.

— S'il te plaît, crois-moi, Eli. Comme j'essaie de te croire sur le fait que tu as autant besoin de moi que moi de toi.

J'esquisse le début d'un sourire avant de plaquer mes lèvres contre les siennes. J'ignore si je le fais parce que je ne sais pas quoi répondre ou parce que j'y pense depuis 7 heures du matin.

Il m'a tellement manqué.

Je veux le croire de tout mon cœur, avec toutes mes tripes.

Mais je n'y parviens pas.

Et je ne peux pas lui avouer ça.

Des bulles éclatent par centaines dans mon ventre, quand il me serre encore plus contre lui. Sa langue se fraie un chemin jusqu'à la mienne, et je glisse les doigts dans ses cheveux si doux.

Quand il se détache de moi, il maintient ses mains sur mes joues brûlantes.

— Viens, on va se promener. J'ai un autre coin à te montrer.

— Dis-moi que c'est ton lit.

Il ricane, en passant un bras autour de mes épaules. Et nous commençons à marcher.

— Non, ce serait trop risqué.

— Dis pas ça, je vais me mettre à pleurer.

Il rit de plus belle, avant de cacher sa bouche pour étouffer le son. Il ne faut pas qu'on attire l'attention.

— Mais, sans mentir, reprend-il, je dois t'avouer que je repense souvent à l'occasion qu'on a eue dans la cabine du bateau… Et tu avais raison : je regrette.

— Ah ! je le savais !

— Mais on peut y remédier, ce soir.

— Je ne peux pas m'envoyer en l'air sur de l'herbe, Izaak.

— C'est bucolique.

— Et si des insectes grimpent sur moi, je fais comment ?

— Prends ça comme une expérience sensorielle inédite.

— Et c'est censé me donner envie de te déshabiller, là ?

— Après tout, on n'est pas obligés de s'allonger, dit-il. Je me souviens très bien de ta souplesse dans la douche, chez Francis et Charlie.

Sur ces mots il me donne une claque sur les fesses, et je retiens un petit cri, en pouffant.

— Je te préviens : je dois me réveiller demain à 6 heures sans trop de courbatures. Francis m'attendra de pied ferme dans la salle de boxe.

— Mais alors là, Eli, ne compte pas sur moi ! Je ne te garantis absolument rien. Ça fait une semaine que je ne pense qu'à ça.

Et moi donc.

À tout moment de la journée, des flashs de sa peau, de sa voix, de ses mains partout sur moi… me reviennent. Et ça me fait exploser de l'intérieur.

— Eh ! tu sais quoi ? lâche-t-il soudain. Demain, tu feras du tir avec Francis. C'est tout. Affaire réglée !

— Non, je dois vraiment travailler le combat rapproché.

— Tu crois que tu peux gérer un entraînement intensif *et* une nuit avec moi ?

— Bien sûr.

— Je prends ça pour un défi.

Et il me pince une fesse, en ricanant. J'essaie de le lui rendre, mais il m'évite, et se met à courir dans la rue qu'on arpente.

— Attends que je t'attrape !

— Ça fait une semaine que j'attends ça, madame !

Nous sommes en salle de tir avec Francis. Je n'ai absolument pas assumé mon réveil et encore moins mon début d'entraînement en salle de boxe. Izaak est un homme à la limite du dangereux lorsqu'il est en manque.

Et ça ne me déplaît pas.

Après une longue séance de tir, Francis a tenu à ce que l'on fasse un peu de renforcement musculaire. Selon lui, rester constant est la clé du progrès. On a retrouvé Matthew dans la salle, martyrisé par Jenna. Je crois qu'il aime secrètement pleurer de douleur, en soulevant fièrement des haltères.

Alors que je suis au sol, en position de gainage, des chaussures se plantent devant moi. Des chaussures très familières.

— Je suis déçu. Je pensais que tu serais plus fatiguée que ça.

— Izaak, ne me déconcentre pas… J'ai encore trente secondes à tenir, dis-je en gardant le regard braqué sur mes doigts liés entre eux.

— Résiste une minute de plus et je te rejoins dans les douches.

Mon cœur fait une embardée. Je contracte encore plus les muscles de mes jambes.

— Q-Quoi ? Non, tu ne risquerais jamais ça, rétorqué-je le souffle court, à cause de mon effort – ou de sa proposition, je ne sais pas.

— Allez, encore une minute et tu verras.

Pas besoin de me le dire deux fois.

Je repositionne mes bras et ferme les yeux. Je ne bougerai pas.

— Izaak, arrête de déconcentrer ma pouliche ! s'écrie Francis. Déjà qu'elle manque d'endurance…

— Pardon, Rocky, lance-t-il, en faisant référence à l'un de ses vieux films préférés.

Il se penche légèrement au-dessus de moi et chuchote :

— S'il savait à quel point tu vas me prouver le contraire dans les douches… À moins que tu ne tiennes pas encore une minute ? Hein, Eliotte ?

Mon corps tressaille.

— Tu rêves. Je ne bougerai pas. Et tu as intérêt à tenir parole, petit tarsier de mes deux.

Il éclate de rire, et s'éloigne. Bien sûr, je termine mon exercice de musculation… une minute plus tard.

Hors d'haleine, je m'essuie le visage avec ma serviette et la pose sur le banc au fond de la salle, avant de m'asseoir dessus. Au loin, j'aperçois Izaak près d'une machine servant à renforcer les dorsaux. Il se place devant celle-ci, retire son T-Shirt… et me lance un coup d'œil en passant sa langue sur la lèvre inférieure.

Nom d'un chien.

Mes yeux ne peuvent pas se détacher de ses bras et de sa peau brillante sous les lumières de la salle.

— Dieu merci, tu es assise sur une serviette.

Je me tourne vers Matthew qui gagne la place à côté de moi.

— Mon Dieu, Matt ! m'exclamé-je en lui donnant une tape sur l'épaule.

Son rire tonitruant éclate dans la salle.

— Wager, dis-moi, comment vous êtes censés faire croire aux

autres que vous n'êtes pas ensemble si tu le mates comme ça ? dit-il tout bas, malgré le fait qu'on soit suffisamment à l'écart pour que personne ne nous entende.

On a dû mettre au courant tous ceux qui savaient pour Izaak et moi, en leur demandant de ne rien dire : Francis, Charlie et Matthew.

Izaak commence de nouveaux exercices. Il tire sur les poids de part et d'autre de son corps, faisant rouler les muscles de son dos. Je ne parviens pas à le quitter du regard, un sourire aux lèvres.

— D'ailleurs c'est censé s'arrêter quand, vos conneries d'acteurs, là ? demande Matt.

Je soupire.

— On ne s'est pas donné d'échéance… On attend que les choses soient sûres. Mais ça ne devrait pas tarder.

Il acquiesce.

— Y a intérêt… Tu le vis comment ?

Je m'apprête à répondre mais secoue finalement la tête.

— Quoi ? dit-il, en prenant sa gourde.

— Je n'ai pas envie qu'on… qu'on fasse comme si tout était derrière nous, Matthew. J'en suis incapable.

Il n'y a plus rien à sauver entre toi et moi.

— Wager…

— Je sais que tu es désolé. Que c'était pour ta sœur. Je sais tout ça. Mais… je n'y arrive pas. Tu comprends ?

J'ai le cœur brisé, tu comprends ?

J'ai tellement peur de faire confiance. Tellement.

Il baisse les yeux alors qu'une veine tressaille sur sa tempe. Il murmure :

— Bien sûr que je comprends. J'ai fait une connerie impardonnable, et j'ai perdu.

Je ne parviens pas à lui répondre, ni à rester assise sur ce banc avec lui. Je me lève et rejoins Francis en sentant le regard de Matthew sur moi. Parfois, je me dis que j'aurais voulu n'avoir jamais découvert qu'il était de mèche avec le Gouverneur, et que tout reste parfaitement intact.

Mais les choses ne restent jamais intactes très longtemps.

Cela fait déjà un mois que nous sommes à Alma. Le printemps arrive à grandes enjambées, les actions des Liberâmes s'enchaînent aux États-Unis et j'essaie de me trouver une place sur ce camp.

Depuis quelques semaines, Alex accepte de me faire participer à certaines réunions avec les Cinq. Même si je sais qu'il apprécie mes idées, je me demande si Izaak, lui aussi présent à ces entrevues, n'y est pas pour quelque chose.

Nous continuons tous les deux de nous retrouver une fois la nuit tombée, de nous aimer de loin. Alors que je pensais il y a encore quelque temps que cette mascarade allait s'écourter, il m'a dit préférer faire semblant encore un moment. Je ne sais pas pourquoi. Après tout, la place que je commence doucement mais sûrement à prendre au sein des Liberâmes ne devrait-elle pas le rassurer ? Je ne peux pas m'empêcher de me dire que sa proximité grandissante avec Joleen y est pour quelque chose. Ils passent leurs journées ensemble, avec Kaï. Et, alors qu'un froid polaire régnait entre eux lorsqu'ils se sont retrouvés, celui-ci s'est bel et bien dissipé aujourd'hui. Ils ne se contentent plus d'être cordiaux l'un envers l'autre : j'ai la ferme impression qu'ils sont… amis.

— Salut vous, lance Francis en venant s'asseoir à notre table de réfectoire, aux côtés de Matthew, Izaak et Joleen.

— Mon petit fils de pute préféré ! s'exclame Matthew en le voyant.

Il lui donne une grande accolade, en l'invitant à s'asseoir. Je le salue avant de reporter mon attention sur la télé, accrochée en hauteur sur un mur au fond de la salle. Ils passent les informations avec quelques jours de décalage à l'aide d'un réseau clandestin. Le portrait d'un homme d'État, un certain « Lucas Carter », est diffusé. Il a été assassiné la semaine dernière, chez lui.

— Izaak, tu me sembles bien silencieux, lance Francis.

— Vous connaissez la chanson : il est 8 heures du mat', il ne fait pas dans le social si tôt, explique Joleen.

En entendant cette phrase, le principal intéressé ne peut pas s'empêcher de sourire avant de prendre une gorgée du thé que je lui ai apporté il y a cinq minutes.

— Tant qu'il en fait avec Kaï, moi ça me va, poursuit la mère de l'enfant.

— Il commence à me préférer à toi, Leen, répond-il.

Leen.

Ma prise se referme plus durement autour de mon mug de café.

— Tu rêves, mon gars.

— Il m'appelle parfois papa, maintenant, dit-il avec cet air narquois que je lui connais bien, celui qui m'a fait flancher. Et il adore sa balançoire « oranze ».

— Il est où, là, d'ailleurs ? demande Francis en volant une des tranches de pain de Matthew.

Celui-ci lui assène un coup de pied sous la table.

— Kaï est à l'école, répond sa mère.

— Eh oui Francis, je mets un point d'honneur à éduquer mon fils, dit Izaak en buvant son thé.

Alors que je m'apprête à intervenir à mon tour, une image à la télé attire mon attention.

C'est Ashton.

Izaak se retourne pour voir ce qui a suscité mon intérêt. Il en lâche presque sa tasse. Revoir son frère doit lui faire l'effet d'une claque d'une violence inouïe. L'autre soir, il m'a avoué penser à lui, les larmes aux yeux. Il lui manque, et à la fois, il lui en veut terriblement.

Et je le comprends.

Mais je n'arrive pas à me faire à l'idée qu'Ashton a basculé du mauvais côté : et s'il avait été forcé ? Et que tout ce qu'il attendait, c'était qu'on vienne le sauver ? Après tout, il n'a aucun moyen d'entrer en contact avec nous, encore moins en tant que Meeka, bras droit de son père.

— Nous sommes très confiants, dit-il à la télévision. La Nouvelle-Californie nous fera confiance pour ces élections districtales.

— Nous ? relève Matt.

— Je suis flatté et reconnaissant que Thomas Meeka m'ait choisi en tant que Lieutenant-Gouverneur pour cette élection, annonce Ashton.

Et merde…

— Il a pété un câble, lui, marmonne Francis en regardant Ashton avec un rictus.

— C'était évident, fais-je en touillant mon expresso. Le Gouverneur n'a pas voulu se présenter à l'élection présidentielle. Pas avec sa cote de popularité qui a baissé grâce à nos interventions et ton dernier discours, Izaak. Mais il ne laisserait jamais le pouvoir. Ashton n'est pas encore prêt à être Gouverneur, et les gens le savent… mais sa figure met beaucoup de monde d'accord. Alors lui faire briguer la position de Lieutenant-Gouverneur orientera les citoyens vers un vote en faveur des Meeka.

Je soupire en le regardant sourire à la caméra. Il est toujours le même, au détail près qu'il laisse pousser sa barbe, maintenant. Sûrement un conseil de son équipe de communication pour qu'il ait l'air plus crédible. Et dire que, il y a un an, ce garçon était mon meilleur ami.

Je ne peux pas croire qu'il ait autant pourri de l'intérieur en l'espace de quelques mois à peine.

Izaak se détourne de la télé, et termine le contenu de sa tasse en quelques gorgées.

— Je vais y aller.

Sur-le-champ, il quitte la table et s'élance vers la sortie de la cantine. Je ne réfléchis pas plus, et pars à sa suite, le pas lourd. Je le rattrape en saisissant les pans de sa veste à la volée.

— Qu'est-ce que tu fais, Eliotte ?

— Je veux m'assurer que tout va bien. Tu as besoin qu'on en discute ?

— Non… Retourne t'asseoir. C'est étrange que tu coures après moi à la suite de l'annonce. Les autres l'ont forcément vu.

— Oui, mais je m'en moque. C'est toi la priorité.

— On en parle plus tard, Eli.

Il esquisse un vague sourire, avant de me planter au milieu de la cafétéria. Je fixe son dos s'éloigner, la gorge nouée.

Il va bien, c'est le principal.

Je retourne m'asseoir auprès de Charlie et finis en vitesse mon plat. J'ai un rendez-vous avec Alex dans une salle de réunion du Carré et, comme Izaak, il déteste les retards.

— Hey, dis-je en ouvrant la porte de notre salle pour la journée.

— Eliotte. Je t'attendais.

Il sourit. Aujourd'hui il a abandonné la queue-de-cheval pour un petit chignon – Francis m'assure avoir lancé la mode depuis notre arrivée. Son haut blanc se fond à la perfection sur son teint pâle. Alex a une stature imposante, qui dégage pourtant une certaine douceur. Un réconfort. Au-delà de leurs affinités, je comprends pourquoi Izaak le considère comme un mentor, ou le grand frère qu'il n'a jamais eu.

— Regarde ça, dit-il en faisant glisser un plan à l'autre bout de la table, où je me trouve. C'est la localisation de nos trois prochaines actions.

Le papier abîmé arrive sous mes doigts, et mon regard parcourt la carte face à moi. Je souris en voyant que ma suggestion a été approuvée.

— Comme tu l'as proposé, elles ont toutes lieu dans des universités ou à côté, explique le blond. Ça interpellera les étudiants en premier.

Je pose mon index sur une gommette rouge.

— Vous allez essayer de toucher Archi University. Elle est traditionnellement orientée sur le spectre politique conservateur, on l'a surtout vu depuis le débat sur l'avortement, l'année dernière. Vous devriez aller du côté de la Floride de l'Est.

— Le problème, c'est qu'on a trop peu de recrues expérimentées là-bas pour un tel coup...

Alex fait le tour de la table et vient se placer à côté de moi. Il dégage une agréable odeur de charbon et de terre mouillée.

— Et si on allait plutôt au nord, par là, dis-je en montrant le District-État de Floride du Nord. Ceux du Grand-Texas pourraient nous envoyer des renforts. L'université de Floride serait une cible parfaite : ils ont protesté en 2155 contre la loi anti-paire qu'ils essayaient de faire passer au Congrès.

Alex acquiesce, en se prenant le menton dans la main.

Nous poursuivons notre brainstorming stratégiste durant plusieurs heures. Alex m'apprend entre autres que le plus compliqué, quand on a une idée, c'est de la tempérer entre paix et violence. Une partie des Cinq est plutôt radicale, et donc plus encline aux actes brutaux :

pour eux, la cause vaut largement les dommages collatéraux. Même si les plus grandes décisions sont soumises à un vote collectif des personnes majeures à Alma, les Cinq ont néanmoins un grand poids – si ce n'est le dernier mot. Je n'ose pas lui dire que je trouve ça déplorable de ne pas avoir importé un système de démocratie plus directe, ici. Après tout, on est une localité, on pourrait très bien gérer un système de la sorte. Que cinq personnes possèdent la majorité du pouvoir me laisse perplexe.

Après tout, en temps de révolution il faut savoir prendre des décisions efficaces, pragmatiques et rapides.

C'est Ashton qui m'avait appris ça, quand on révisait notre cours d'histoire au lycée. Ça ne voulait pas rentrer, alors il m'avait fait une antisèche à coller sous la semelle de mes bottines noires.

J'humecte mes lèvres, le sang circule à toute allure dans mes veines.

Ash…

— Je me demandais, Alex… Comment peut-on contacter les gens aux États-Unis ? À part par le biais de lettres, de quel moyen disposons-nous ?

— En réalité aucun, par souci de sécurité… Mais récemment on a lancé une ligne téléphonique. On ne l'utilise qu'en cas d'urgence, et c'est plutôt risqué. On l'a laissée dans le Bureau général, au dernier étage. Pourquoi ?

— Hum, c'est embarrassant, mais ma mère… elle me manque, dis-je en essayant de mentir du mieux que je le peux. J'aimerais bien entendre à nouveau sa voix.

— Oh… Je comprends. Mais tu la revois bientôt, non ? Tu ne nous as pas donné ta réponse définitive pour le projet médiatique.

Mon dos retombe lâchement contre le dossier de ma chaise.

— Chris m'a dit l'autre jour qu'il voudrait que je parte plus tôt que prévu pour arriver avant les élections, histoire de peut-être orienter les votes vers les plus libéraux… Mais je ne sais pas. Je ne crois pas me sentir prête.

— Je comprends.

Il hoche la tête, sans me quitter des yeux. Ces derniers glissent brièvement le long de mon corps. Le temps d'un battement de cils.

— Et puis, honnêtement, tu nous manquerais ici. Avec qui je vais faire des réunions stratégiques à toute heure du jour et de la nuit ?

Je souris.

— Enfin, rien n'est décidé, affirmé-je. Mais je vais devoir en parler bientôt aux Cinq pour les prévenir.

— Je le ferai pour toi si tu veux. Je dois aller montrer nos plans à Chris, justement… Comment se passe ton entraînement ? Étant donné que tu m'as dit ne pas te sentir prête…

— Je ne m'améliore pas assez vite. Mais détrompe-toi : Francis est un coach formidable. Je pense plutôt que le problème vient de moi…

Il pose la main sur mon épaule.

— Je ne veux plus jamais t'entendre dire ça.

— Tu préfères que je me mente à moi-même ?

— Tu es trop dure avec toi, Eliotte…

Il fronce les sourcils et adopte un air malicieux.

— Je passerai te voir à ton prochain entraînement, et je te donnerai mon avis. Attention, je suis cash.

— Ça marche. Je serai sûrement en salle de boxe demain matin.

— Parfait.

Il me fait un clin d'œil avant de récupérer ses plans en les roulant sur eux-mêmes. Il les cale sous son biceps, et s'approche de moi.

— Je te laisse un exemplaire des plans, si jamais tu cherches de nouvelles idées. Je veux bien les récupérer en fin de semaine avant ma présentation.

— C'est noté.

— Tu pourras y venir, d'ailleurs. Tu… Tu es brillante dans ce domaine. Sincèrement. Enfin, bref, je vais y aller. On se voit plus tard.

Il passe la main sur mon bras d'un geste bienveillant, avant de filer.

Je retombe sur mon siège en soupirant.

Je n'arrive pas à croire que je vais devoir m'introduire dans le bureau des Cinq pour voler leur téléphone.

Alors que je pense à un plan pour récupérer celui-ci, je décide d'aller trouver Izaak. Il est seize heures passées, il est sûrement chez lui avec Kaï, revenu de l'école. Je veux m'assurer qu'il va bien ; je sais que de revoir son frère, même sur un écran, l'a perturbé.

Plantée sur le porche, je toque à plusieurs reprises sur la grande porte blanche. Aucune réponse. Je tente une dernière fois, en vain, et décide d'entrouvrir la porte.

— Izaak ? lancé-je en restant à l'embrasure.

14. Bombe à retardement

Un rire cristallin me parvient.

— Tu m'en as mis sur le nez, Papa !

Le brun rit à son tour. Je me tourne vers la cuisine ouverte, sur le côté. Izaak se tient derrière Kaïto qui est debout sur un escabeau face à l'évier. Il aide son fils à se laver les mains, en l'éclaboussant par la même occasion de mousse. Je souris, en posant ma tête contre le chambranle de la porte.

— Maintenant que tu as les mains propres, tu peux aller manger ton goûter, lui dit-il. J'ai versé ton lait au chocolat dans ton gobelet préféré, t'as vu ça ?

Sans plus attendre, Kaï s'assied sur une des chaises autour de la petite table, dans le coin de la pièce. Dissimulée par l'angle de la porte, ils ne semblent pas avoir remarqué ma présence. Je voudrais la leur signaler mais je n'ose pas interrompre leur moment ; m'imposer dans leur connivence.

— Tu sais, les autres gens de ma claze, ils mangent ensemble le goûter à la fin de la journée.

— Oh ! vraiment ? Et tu aimerais faire ça demain ? Manger le goûter avec tes copains ?

Le petit ne répond pas, et boit bruyamment à la paille le contenu de son « gobelet préféré ».

— Alors, Kaï ? Ça te plairait ?

— Z'ai pas de copains.

Et il reprend la consommation de sa boisson.

— Quoi ? Mais pourquoi tu dis ça ?

— Ils ze moquent de moi. Ils disent que ze parle bizarrement.

Mon cœur se serre. Izaak, dont je vois difficilement le visage, reste immobile un instant… avant de changer de siège, et de prendre place près de son fils. Il lui caresse les cheveux et affirme d'une voix douce :

— Je ne comprends pas… tu parles pourtant très bien.

— Tu zais Papa, z'te jure que j'ai tous les mots dans ma tête mais ils zortent pas pareil. Y'a quelque chose zur ma langue.

— Il n'y a que de l'intelligence sur ta langue, Kaï.

— Z'est vrai ? Je crois pas qu'ils le pensent, les autres copains de ma classe… je veux dire, non, z'est pas mes copains. Z'en ai pas.

— Tu sais, je suis ton copain moi.

— Ah, oui ?

— Bien-sûr. Ton meilleur copain, c'est papa.

Les lèvres du petit garçon s'étirent timidement.

— Et toi, tu veux être mon meilleur copain ? demande Izaak, en lui chipant un quartier d'orange.

— Oui. Mais z'est possible ? Toi, t'es un grand.

— Bien-sûr que c'est possible !

Silence.

— Tu sais Kaï… Même si toi et moi on ne se connait pas depuis longtemps, je tiens fort à toi. Tu n'imagines pas à quel point. Tu es entré si vite dans mon cœur.

— Ça veut dire quoi ?

— Ça veut dire que je serai toujours là pour toi. Que tu peux me raconter tous tes secrets, tes rêves, même tes cauchemars. Tu peux aussi pleurer dans mes bras. Tu peux tout me dire.

— Pour de vrai ?

— Oui. Et, moi, je vais tout faire pour rattraper le temps perdu. Et rentrer dans ton cœur à mon tour. Parce que je veux vraiment être ton meilleur copain. Pour la vie.

— Toute la vie ?

— Toute la vie.

— Eliotte tu veux être notre copine ?

Je sursaute.

Depuis combien de temps sait-il que je suis ici ?

Kaï me considère de ses grands yeux verts, en battant des jambes. Izaak gesticule, hagard, avant de se retourner. Et il croise mon regard. Un sourire chafouin soulève la commissure de ses lèvres.

— Tu es là, toi ?

— Je… Je viens d'arriver, balbutié-je. Je t'ai appelé mais tu n'as pas répondu… je n'ai pas osé vous déranger.

— Tu ne nous déranges jamais, Eliotte.

Il m'invite à passer le pas de la porte d'un geste, et je le rejoins sur une des chaises autour de la table en bois.

— Pourquoi à la cantine vous êtes des ennemis et là vous êtes copains ?

Je considère l'enfant, à la fois amusée et hébétée.

— Parce que… les adultes sont bizarres. Et puis, papa a remarqué à quel point j'étais incroyable.

Celui-ci rit.

— Comment tu vas depuis ce matin ? lui demandé-je.

— Bien…

— Vraiment ? On n'a pas pu en parler.

Les traits de son visage se serrent.

— Je… Je préfère éviter. Je ne suis pas… prêt.

Je hoche la tête.

— Aucun problème. Sache que je suis là si tu changes d'avis.

— Eli... Je le pense tout le temps, mais parce que je suis idiot, jamais à haute voix. Alors entends-moi bien : qu'est-ce que je ferais sans toi ? Merci. Pour tout, vraiment.

Je glisse discrètement ma main sur son genou. Il pose la sienne au-dessus en souriant.

Comment je suis censée lui dire que je veux appeler son frère, maintenant ?

Je n'ose pas lui partager mon plan. Quelque part au fond de moi, je sais qu'il m'arrêterait ; pire : que je le blesserais – Ashton est un sujet bien trop sensible pour le moment, je l'ai *vu*. Et je suis incapable de lui donner de faux espoirs.

Mais, moi, je ne dormirai pas le cœur tranquille sans savoir si, oui ou non, Ashton a été contraint à faire tout cela.

Je fixe le plafond en luttant pour que mes paupières ne se ferment pas. J'ai prévu de quitter mes draps à quatre heures trente du matin, juste avant que le roulement des gardes de nuit ne se fasse, afin de pouvoir les éviter. *Personne* ne doit me voir gagner le Carré en pleine nuit.

J'entre dans le Bureau général. Je trouve ce téléphone. Et je pars. Je n'ai rien à craindre.

À vrai dire, que ce soit le cas ou non, je *dois* passer cet appel. Je ne pourrai pas rester plus longtemps dans l'incertitude.

Je jette un coup d'œil à l'horloge sur le mur d'à côté, que la lune éclaire. Il est temps que je me lève. Ma main se pose instinctivement sur le canif dans la poche de mon pantalon cargo. Après quelques semaines à Alma, j'ai réussi à m'en procurer un. Je le garde constamment sur moi, sans trop savoir exactement de quoi, ou de qui, il est censé me protéger.

J'inspire et me défais doucement de mes draps. Il n'y a que le tic-tac incessant de l'horloge qui résonne dans notre chambre. Linda et Jenny, mes colocataires-fantômes que je ne croise qu'au moment du coucher, ont un sommeil si lourd que je pourrais me mettre à hurler, là maintenant, sans qu'elles ne bougent d'un iota dans leur couverture. Avant de sortir de la pièce, j'attrape les plans qu'Alex voulait que je passe en revue – mon excuse si jamais on me surprend à rôder dans les couloirs du Carré. Le souffle court, je quitte les dortoirs, et m'enfonce dans la nuit.

Nous avons naturellement le droit de nous déplacer où bon nous semble quand nous le voulons, mais si jamais on m'aperçoit autour du Carré, je ne voudrais pas que des doutes planent sur moi.

J'entre dans le haut bâtiment en ne croisant aucune ombre, et me dirige vers le cinquième étage. J'emprunte l'escalier de secours, au fond du hall d'entrée, en m'efforçant de rester la plus silencieuse possible, malgré les semelles bruyantes de mes bottes.

Une fois que je suis arrivée au dernier étage à l'accès défendu, mon corps se fige en haut de l'escalier. Je ne peux plus rebrousser chemin. Ce que je fais est complètement fou, je suis en train de mettre en péril beaucoup de choses. J'aurais peut-être dû en parler à Izaak.

Mais… et Ash ?

On ne laisse pas derrière nous les gens de notre cœur. On n'abandonne pas à leur sort ceux qui nous sont chers. Jamais.

Je gonfle d'air mes poumons, et arpente le long couloir qui s'offre à moi, à la seule lumière des lampadaires derrière les baies vitrées.

Je pose la main sur la poignée de la porte du Bureau général, priant pour qu'elle ne soit pas fermée à clé, et l'actionne d'un geste sec.

Mon soupir de soulagement s'immisce dans l'air alors que j'avance dans les lieux.

Il faut que je trouve ce téléphone.

J'abandonne sur une chaise les plans que j'avais apportés et m'élance vers les ordinateurs dont l'unité centrale émet un bruit qui couvre mes pas. Les lumières autour de leurs câbles, et celles des boutons des claviers devant moi clignotent.

Je pose la main sur une souris reliée à un des appareils. L'écran s'allume et projette une lumière aveuglante. L'ordinateur était en veille.

Merde. Quelqu'un était là, tout à l'heure ?

Je n'ai pas le temps de m'en inquiéter, je dois me dépêcher.

Je m'apprête à éteindre l'écran, quand le titre d'un document ouvert m'interpelle.

LUCAS CARTER

Quoi ? Le type qui s'est fait assassiner chez lui ?

Je lis en diagonale la fiche devant moi. Une adresse, une heure, des preuves concernant son implication dans certaines décisions du gouvernement, son rôle au côté du Président…

Apparemment, il aurait été Liberâme avant de retourner sa veste quand sa femme est devenue haute fonctionnaire au Capitole.

Mon visage se crispe, mon corps se tend. C'est sûr : ils l'ont fait assassiner. Il n'y a aucun doute.

Vite, tu n'as pas le temps. Quelqu'un pourrait débarquer d'une minute à l'autre.

Je ferme les yeux, en soufflant lentement par le nez. Je dois me reconcentrer sur mon objectif. Je n'ai pas le droit à l'erreur.

Quel genre de téléphone ont-ils en leur possession ?

Je regarde le tableau de bord devant moi, couvert de boutons. Est-ce qu'il y en a un qui pourrait lancer un appel à distance ?

Tous ces points qui scintillent me donnent le tournis. J'ai le cœur qui bat si vite.

Et si j'appuyais sur l'un d'eux et qu'une bombe nucléaire était lancée au Grand-Texas ? Attends, ils n'ont pas de telles armes... À moins que... Oh ! merde.

Je me passe une main sur le visage, à bout de souffle.

Du nerf, Eliotte.

Bon, il faut agir. Je regarde partout autour de moi, et ouvre un placard sous le bureau.

— J'y crois pas !

Je viens de tomber sur un « combiné fixe », placé sur une pile de dossiers. J'attrape le téléphone, et passe le pouce sur les touches, bouche bée. Ils l'ont foutu juste ici.

Ça y est. C'est maintenant ou jamais, Eliotte.

Est-ce que je vais le regretter ? Est-ce que je pourrais causer du tort aux Liberâmes ? À Izaak ?

Ashton a besoin de toi. Il est peut-être perdu.

On l'a abandonné.

Je me mords la lèvre inférieure.

— Et puis merde.

Je tape à toute vitesse le numéro de téléphone d'Ashton, appris par cœur à dix-sept ans. J'aurais voulu joindre son second numéro – celui avec lequel il entrait en contact avec moi quand nous étions ex-paire – mais je ne le connais pas, évidemment. *Tant pis, on fera sans.*

Je porte aussitôt l'appareil à mon oreille, les yeux rivés sur la porte. Si on me voit faire ça, je suis *foutue*. Ma cage thoracique se compresse sous mes respirations répétées. J'ai l'impression d'étouffer.

Personne ne te grillera. Personne.

Il est 1 heure du matin en Californie. Peut-être qu'il ne répondra même pas...

Je n'ai pas d'autre choix.

Et si émettre un appel lançait un genre de signal aux Cinq ? Un signal sur une montre connectée…

— Allô ?

Je sursaute.

Putain. *Il a répondu.*

15. Va-t'en

— Ash ?

— Eliotte ? C'est toi ?

Le timbre cassé de sa voix me secoue le cœur. Je croyais l'avoir oublié.

Pire : ne plus jamais l'entendre.

— Oui, c'est moi, chuchoté-je.

— Tu vas bien ? Pourquoi tu m'appelles si tard ? Tu es en danger ?

— Non, je me porte bien. Mais écoute, je… j'ai très peu de temps, donc je vais aller droit au but : est-ce qu'on te retient de venir à Alma ? Est-ce qu'on te force ? Est-ce que tu as besoin qu'on vienne te chercher ?

— Quoi ?

Silence.

— Ash ?

Pas un mot.

Pitié, non…

— Ne me dis pas que tu es devenu comme lui, Ash ?

— Comme lui ? Comme mon père, tu veux dire ? Parce que j'ai décidé que je ne pouvais pas tout plaquer ?

Je retiens ma respiration une seconde, trop surprise par ce qu'il est en train de me dire.

— Alors… alors, c'était bien ta décision. Putain, Ash…

— Eliotte… Tu connais ma position mieux que personne. *Tu* me connais mieux que personne. Tu sais ce que je vis.

— C'est pour ça que je voudrais que tu sois là.

— Ce n'est pas aussi… simple. Toi et Izaak m'en parlez comme s'il s'agissait simplement de choisir une chemise plutôt qu'une autre en me levant le matin. Il s'agit de changer de vie. De tout quitter.

— Je le sais bien, Ash… Mais le choix me paraît si évident.

— Tu…

Il déglutit à plusieurs reprises et laisse passer un silence, comme s'il cherchait ses mots.

— Mais pourquoi tu me voudrais là-bas, d'abord ? Mon absence doit te faciliter la vie, du moins par rapport à Izaak, hein ? Je veux dire, voir le petit frère de son mec tous les jours serait sacrément gênant, non ?

L'amertume dans sa voix me serre le ventre.

— Je sais ce que tu penses de la situation… Mais sache qu'Izaak souffre énormément de ta décision. Il voudrait que tu sois à ses côtés.

— Alors il aurait dû rester. Après être tombé amoureux de toi, il aurait pu très bien se satisfaire de cette existence.

— Pas avec ses convictions et sa soif de justice. C'est un éternel idéaliste : il ne veut pas se contenter de cette vie, mais la *changer*. Tu le connais.

Il soupire dans le micro.

— Et toi, alors ? C'est pour ton père que tu fais ça ?

Sa voix est beaucoup plus douce. Fut un temps, c'est *elle* qui me berçait la nuit, quand on discutait des heures au téléphone.

— On peut dire ça.

— Honnêtement… J'ai été content d'apprendre qu'il n'est pas parti. Parce que je sais à quel point ça t'a soulagée, toi.

L'ombre d'un sourire plane sur mes lèvres. Je revois mon père, les contours flous de son visage, et ses yeux gris-bleu.

— Merci, Ash.

— Je sais aussi que tu dois être déchirée par rapport à… la vraie raison de son départ.

— C'est pour ça que je me bats ici…

Je soupire, dépassée.

— Ash, je n'arrive pas à croire que tu acceptes de travailler pour son meurtrier.

— Je… On n'a pas vraiment de preuves, Eliotte. Dans ses prétendus aveux, mon père nie clairement les faits.

Quoi ?

Je contracte le poing le long de mon corps. Je ne sais pas s'il est profondément manipulé par son paternel, ou juste complètement con.

— J'ai écouté l'enregistrement, et je ne suis pas de cet avis… Enfin, je ne t'appelle pas pour qu'on se dispute. Je voulais juste vérifier que celui que j'ai connu était toujours là. Mais je me suis vraisemblablement trompée.

— Eliotte… Je sais que je te déçois. Mais, pitié, ne doute pas de moi.

— Comment faire autrement ?

Plus un son.

J'humecte mes lèvres, et resserre les doigts autour du combiné. Je devrais raccrocher. Qu'avons-nous encore à nous dire ? Qu'avons-nous encore à sauver ?

Rien.

Pourtant, je suis incapable d'appuyer sur la touche « raccrocher ».

— Alors comme ça tu veux être Lieutenant-Gouverneur ? lancé-je sans même l'avoir commandé à mon corps. Tu la vis comment, cette campagne ?

Un pouffement salé me parvient.

— Je fais des putains de crises d'angoisse tous les soirs.

Je ferme les yeux, un instant.

— J'en suis désolée.

J'entends un craquement derrière moi.

Je me pétrifie, le souffle court.

J'écarte le téléphone de mon oreille et prête attention à ce qui se passe autour de moi. Il n'y a plus un bruit.

— Je dois y aller, annoncé-je. Mais avant, je voulais te dire… Tu es tonton, Ash.

— Pardon ? T-T'es enceinte ?

— Quoi ? Non ! C'est Joleen qui l'était avant de venir à Alma. Ils ont un fils, elle et Izaak. Il s'appelle Kaïto, en l'honneur des origines japonaises de sa mère.

— Waouh… Je… Putain.

— Tu pourrais le rencontrer si t'arrêtais tes conneries, et que tu revenais à la raison.

Silence.

— Bon, je dois…

— Attends, Eliotte ! Le petit ressemble davantage à qui ? E-Et il est bien traité ? Vous avez des écoles là-bas ? Des jeux ?

— Il… Kaï a exactement les yeux d'Izaak. Et je n'ai jamais vu un gosse aussi heureux. En tout cas, il l'est plus que nous trois l'étions à son âge.

— Tant mieux… Et… tu as besoin de quelque chose ? Je peux vous envoyer quoi que ce soit ?

— Non, ne t'en fais pas. Et d'ailleurs, n'appelle jamais à ce numéro, Ash. Tu m'entends ? Je ne suis pas censée avoir accès à ce téléphone.

— Quoi ?

— De toute façon, on ne pourra sûrement plus se contacter… surtout si tu deviens Lieutenant-Gouverneur.

— Plus jamais ?

— Non.

Je l'entends déglutir.

— Très bien… Mais je trouve ça étrange que vous n'ayez pas de moyen de contacter les gens en dehors d'Alma. Vous êtes enfermés et coupés du monde.

— C'est pour la sécurité du camp.

— Je trouve ça quand même bien étrange. Réfléchis-y.

Je secoue la tête, avant de tourner le regard vers la porte d'entrée.

— Bon, je… je dois vraiment te laisser, là, Ash.

Un nœud se forme dans ma gorge. J'étouffe. Mes lèvres se mettent à trembler.

Pitié, pas de larmes. Pas maintenant.

— Quoi, tu dois partir, là, tout de suite ?

Je m'apprête à répondre, mais il me devance, en débitant :

— « Comment vas-tu, mon âme ? Nous… »… Hum, c'était quoi déjà ? Nous… « Nous avons le temps devant nous. Ce n'est pas encore le jour. »

« Si, si, c'est lui !… c'est lui ! Va-t'en. C'est bien le chant de l'alouette, aigre et faux ! Adieu, va-t'en vite ! »

Les mots, récités mécaniquement dans ma tête, se perdent dans le brouhaha de mon esprit.

Quoi ? Je n'ai pas rêvé ?

— Tu cites *Roméo et Juliette* ? demandé-je, ahurie. Je ne savais même pas que tu l'avais lu jusqu'au bout !

— Bien sûr que si. C'est ton livre préféré.

Mes lèvres s'entrouvrent de surprise.

« Va-t'en vite. Va-t'en. »

— J-Je suis tellement désolé que les choses se finissent ainsi, lâche-t-il.

Je déglutis, mais le nœud ne descend pas dans mon estomac. Il reste coincé dans ma gorge ; aucun mot ne peut sortir. Aucun.

— Peu importe ce que la vie nous réserve, on ne pourra jamais effacer le fait que tu étais mon premier amour et moi, le tien.

Mon cœur va exploser. Mes yeux me brûlent.

— Tu… Tu vas me manquer, mon Eli. Vraiment.

Non, ne me fais pas tes adieux. Je t'en supplie.

— Tu vas me manquer aussi, Ash.

Même si, lui comme moi, savons pertinemment que c'est la seule chose à faire à présent, maintenant que nous sommes censés être ennemis, je n'arrive pas à y croire. Parce qu'il a raison : on ne peut pas effacer le fait que, il y a longtemps, nous pensions que, lui et moi, c'était pour la vie. Comme l'implique la règle du premier amour.

Mais des pourcentages, une lâcheté de première et un cœur brisé ont tout foutu en l'air.

Et c'est mieux comme ça.

— Dis à Izaak que je l'aime, s'exclame-t-il soudain. Et que je ne pensais pas un mot de ce que j'ai dit à la télévision après sa conférence de presse. S'il te plaît.

— OK…

— Il faut absolument que tu lui dises, Eliotte ! Je t'en supplie. Promets-le-moi.

— J-Je te le promets, je lui dirai.

— Très bien, murmure-t-il, d'une voix cassée – mais aussi soulagée.

Notre échange fait place à un silence de plomb, si intense qu'il semble exploser entre nos deux combinés et vibrer dans l'atmosphère.

Et soudain, un reniflement. Je ne sais pas si c'est lui ou moi qui sanglote, mais j'ai les joues trempées de larmes.

Je dis adieu à Ashton. Pour de bon. C'est sûrement l'une des dernières fois que j'entends sa voix. Qu'il me parle.

Mes paupières se ferment. Des larmes volent sur mes pommettes, et roulent le long de ma bouche.

Un sanglot strident me parvient à l'autre bout. Puis deux. Trois.

Je garde les yeux fermés, une veine palpitant dans mon cou. C'était plus facile de partir sans rien dire, sans me retourner sur tout ce que je laissais derrière moi. *Bien plus facile.*

Et puis soudain, plus rien.

Bip. Bip. Bip.

Il a raccroché.

Je regarde le téléphone un instant, éclairé par les rayons de la lune qui percent à travers le rideau du Bureau. Un courant d'air infiltre mes vêtements. J'ai l'impression que mes jambes ne tiennent plus.

« C'est le chagrin qui nous boit le sang à même les veines… Adieu. Adieu. »

J'essuie mon visage et range le combiné avant de me redresser.

Allez, va-t'en d'ici. Le jour se lève.

J'inspire fort, prends mon courage à deux mains, et je…

— Qui est-ce ?

Je sursaute.

Et merde.

16. Un brasier

— Alex.

Et Chris, qui sort de l'ombre, à sa gauche. Je me statufie net.

— Que fais-tu ici, Eliotte ? demande-t-il de sa voix grave.

Je laisse passer une seconde avant de dire, très vite :

— J'ai bossé sur les plans qu'Alex m'a montrés avant-hier. Il m'a demandé de les déposer au Carré avant la fin de la semaine. Sauf que je dois aller m'entraîner, alors j'ai pensé que ce serait mieux de les laisser dans un endroit sûr et à l'abri des regards, dès maintenant.

— Oh ! merci Eliotte, répond l'intéressé. Il ne fallait pas t'embêter.

— D'autant plus que c'est une pièce à l'accès défendu. Tu ne peux t'y rendre sans être accompagnée d'un membre des Cinq, fait Chris d'une voix froide.

— Vraiment ? Je ne savais pas… Je suis vraiment désolée.

— Il n'y a pas de mal. Maintenant tu le sais.

Je souris à demi, et m'en vais vers la porte près de laquelle ils sont postés.

— Bonne journée !

Et je quitte les lieux en priant pour ne pas me faire prendre par quelqu'un d'autre. *Est-ce qu'ils m'ont crue ?*

Quand j'arrive dans les salles d'entraînement, mon cœur tape comme un fou dans ma poitrine. Mes pieds me portent devant un sac de sable au hasard comme si c'était la seule destination possible. Je mets mes gants de boxe et commence à frapper un sac. La poulie en fer sur laquelle il est attaché émet un grincement strident à chacun de mes coups.

Ashton.

Lucas Carter, assassiné.

Izaak.

Joleen.

Ce n'est que maintenant, debout devant ce sac, que je réalise à quel point j'avais besoin de me défouler, d'évacuer toute cette putain de pression.

J'aimerais que mes problèmes et toutes les questions dévorantes se fassent la belle par les pores de ma peau, qu'à chacune de mes frappes ils prennent un peu plus la fuite.

Les Liberâmes sont-ils si bons que ça ? Est-ce qu'Izaak pourrait se réveiller un matin et me quitter pour Joleen ? Est-ce que je fais vraiment le poids face à elle ?

Ma jalousie.

Mes doutes.

Ma peur.

Je renifle et passe la langue sur ma lèvre supérieure ; j'intercepte une goutte salée.

Je pleure.

Bien sûr que je pleure…

Je frappe une nouvelle fois le sac, mais avec la jambe. La poulie grince. Une autre fois. Elle crisse sur son portant en ferraille. Je tape jusqu'à ne plus sentir mes muscles, ni même mon corps. Je tape, encore et encore. Toujours plus fort.

Merde !

Je m'écroule sur le tatami, haletante. Mes phalanges me brûlent. Je crois qu'elles saignent.

J'observe le plafond au-dessus de moi, ses poutres cabossées, la ventilation bruyante, et l'enduit qui cloque aux extrémités. Soudain, un néon grille, et je me retrouve pratiquement dans le noir. La lumière de la lune, toujours haut dans le ciel, s'étale sur moi. Je ferme les yeux, en hoquetant.

Quelle journée. Quelle nuit.

— Eliotte ? C'est toi ?

Je n'ai même pas la force de me redresser.

Je lance un regard à Matthew, qui entre, vêtu d'un débardeur et d'un jogging noirs.

— Ça va ? dit-il en venant s'installer en tailleur à côté de moi.

Il pose une corde à sauter près de lui.

— C'était une question complètement débile. T'as les yeux rouges et tu ventiles, avachie sur le sol à 6 heures 30 du matin.

Je souris malgré moi.

— Je suis juste fatiguée, je crois, dis-je d'une petite voix cassée par les larmes. J'ai eu beaucoup d'émotions d'un coup.

Il s'allonge près de moi.

— Décale-toi. Je transpire et je suis collante.

— Boh, j'ai vu pire. Je te rappelle que c'est moi qui suis venu te déposer chez toi la nuit où tu as pris une cuite à la soirée des dix-huit ans de Maggy.

Un petit rire m'échappe.

— T'as niqué mes Timberland[1] et le tapis de ma voiture, avec ton vomi. Tu me les dois toujours, d'ailleurs. Et je peux te dire que je n'oublierai jamais ça. Tu sais le nombre de personnes que j'ai pécho grâce à ces Timberland ? Et le nombre que j'ai pécho dans la voiture ?

Un autre rire fuse.

1 Marque de chaussures.

— Elles étaient trop grandes pour toi. Je t'ai fait un cadeau.

Il tape mon épaule.

— Salope.

Et il s'esclaffe avec moi. Mon ventre remue sous les éclats de rire, le reste de larmes et d' efforts. J'ai si mal à la tête et aux poings que je pourrais perdre connaissance. Mais pourtant, je reste allongée à côté de lui.

Je tourne ma tête vers Matthew, et croise aussitôt son regard bleu. Il me sourit.

— Tu m'as manqué, lâché-je sans réfléchir.

Quelques secondes passent. Un éclat brille dans ses iris.

— Toi aussi, Wager.

Et il m'ébouriffe les cheveux.

— Bon, si tu me disais ce que tu fous là, maintenant ? T'as besoin que j'aille chez Izaak et que je l'étouffe dans son sommeil ?

— Quoi ?

— Non, plutôt Joleen, alors. Il faudrait la cisailler.

Je ricane et le pousse, en disant entre deux esclaffements :

— Tu peux pas dire tout ce que tu penses à haute voix, Matt !

— Oh ! mais je ne le sais que trop bien, il y a longtemps qu'on m'aurait interné, sinon. Enfin, tu veux, oui ou non ? On a peu de temps avant que le soleil se lève. Quitte à devenir un criminel, j'aimerais ne pas me faire prendre, tu vois.

Je reporte mon attention sur le plafond et le seul néon allumé.

— Je voudrais pouvoir la voir là, près d'Izaak, mais sans avoir peur de sa présence…, soufflé-je. C'est ça que je voudrais, oui.

J'en ai assez d'avoir peur. Assez. Cette frayeur dévorante qui a grandi depuis mon enfance avec mon corps doit partir. Je refuse de m'y soumettre.

Si tu souhaites tant qu'Izaak soit près de toi, ce n'est pas parce que tu gagnes en valeur à ses côtés. Mais parce que tu le veux, Eliotte. Lui et personne d'autre.

Mes désirs et mes envies hurlaient depuis toujours au fond de moi, mais je les faisais sans cesse taire. Depuis peu, alors que je commence à les librérer je me sens vivante. Encore plus quand je les suis.

Je veux venger mon père. Je veux détruire le système. Je veux Izaak.

Matthew émet un léger grognement de frustration. Il lève le bras et clame :

— Izaak déconne ! Le mec devrait te rassurer au lieu de se pavaner comme un con avec Kaï et « Leen », en prétendant qu'il ne t'aime pas alors qu'il te mate comme un malade à chaque fois que tu bouges.

Un rire incontrôlable me prend, malgré ces fils de barbelés qui enchaînent mon cœur. Je crois que mes nerfs ont lâché, ça y est.

— Tu es plus belle, plus drôle, plus gentille, et il le sait. Maintenant, il faut que tu le réalises, toi aussi.

Je serre mes doigts entre eux, confuse. Je me sens rougir.

— Merci, Matt.

— Il serait temps qu'il se réveille, Izaak. Après tout, il n'a pas peur qu'on te pique ? Parce qu'ici, tout le monde pense que tu es libre.

Un rire chafouin et moqueur griffe ses lèvres.

— Quoi ?

— Alex, par exemple. T'as vu comment il te regarde et te parle ? Le mec veut te sauter.

— Hein ? Non. On est juste… collègues.

— Ouais, ouais, on a tous dit ça un jour… T'imagines ? Ça lui ferait un sacré choc, à Monsieur Meeka, s'il apprenait que son mentor veut se faire sa meuf. Puis s'il les voyait ensemble, très proches…

— Je ne peux pas utiliser Alex. Ce serait trop vicieux. Je… Non.

— Rah, tu es trop pure, tu me soûles. Bon, alors utilise-moi. De temps en temps, un petit regard, une phrase… Il va sûrement vouloir me tuer d'ici la semaine prochaine, mais écoute, je suis un héros.

Je me tourne vers lui.

— Et puis, ce serait judicieux pour votre couverture qu'on croie que tu en pinces pour quelqu'un d'autre qu'Izaak, ajoute-t-il. Il faut dissiper les doutes. Les gens ne sont pas naïfs… ni aveugles.

Je pose les mains sur mon ventre qui gonfle en rythme avec mes inspirations encore saccadées.

Les visages de Chris et d'Alex dans le Bureau général m'apparaissent soudain. J'étais là, juste devant eux, à deux pas du téléphone. Et ils ne sont ni naïfs ni aveugles.

Pourraient-ils douter de moi ?

Je ferme les yeux. Cette possibilité me terrifie. Je pourrais être bannie d'Alma.

Ou pire.

Soudain, c'est le visage de Lucas Carter qui prend place dans mon esprit.

— Eh oh, dit Matt en claquant des doigts. Je sais qu'aborder la possibilité qu'on fasse semblant d'avoir un faible l'un pour l'autre éveille des fantasmes, mais ressaisis-toi, Wager.

— Tellement de fantasmes, Matt, rétorqué-je d'un ton monocorde. Je te vois, toi, dans tes superbes Timberland pleines de vomi…

— Connasse.

Il me donne un coup de coude.

— Enfin, on verra sur le moment si on sent le besoin de faire ça, lui dis-je.

Je soupire.

— Enfin bref. Toi, comment tu vas ? Et ta famille ?

Matthew tourne le visage vers le plafond, en croisant ses bras tatoués derrière la tête.

— C'est beaucoup de changements d'un coup, mais je suis sincèrement heureux d'être là. Ce n'est qu'une fois qu'on est dehors qu'on se demande ce qu'on foutait en cage depuis tout ce temps…

Je souris, soulagée d'entendre ça, et roule sur le flanc pour croiser son regard.

— Tu as eu des nouvelles de ta petite sœur ?

— Elle continue son traitement en France. Mon père a été très inquiet quand on lui a appris notre départ ici… Il a même hésité à nous rejoindre, mais je lui ai dit que je le tuerais s'il laissait Gabriella derrière lui. Ou pire, s'il l'emmenait ici.

— Elle te manque ? Ta famille ?

— On se disputait souvent avec mon père avant qu'il parte en France… Mais une fois qu'il a été loin de moi, j'ai réalisé à quel point je l'aimais. Parfois on se prend la tête pour des conneries, et on n'a pas conscience que la vie, c'est tellement plus que ça. Après, je pense aussi que nos disputes étaient dues au stress induit par la situation de Gabriella. J'ai toujours été très protecteur envers elle. Quand sa santé s'est aggravée, ça m'a… déstabilisé.

Il pince les lèvres. Je vois ses yeux briller dans la pénombre.

— Ça fait deux ans que je ne l'ai pas serrée dans mes bras. Deux ans. L'année dernière, on avait réussi à obtenir le droit d'un séjour temporaire d'urgence en France pour ce printemps, mais…

Tout a été bouleversé.

— Je suis sûre que tu la reverras bientôt, assuré-je en posant la main sur son épaule tatouée.

— Ouais. Si je crève pas sous les balles d'un militaire des States.

À nouveau, Lucas Carter revient hanter mes pensées.

Ou les balles de quelqu'un d'autre.

— Ça te fait peur ? demandé-je brusquement. La possibilité de mourir ?

— Honnêtement ? Oui. Je crois en la cause, mais je ne sais pas si je suis prêt à mourir pour elle. Peut-être que, dans une autre vie, oui… Mais dans celle-ci, j'ai trop à perdre, Wager.

Ma gorge se serre. Ses mots, son amour pour sa famille, m'émeuvent. J'aurais voulu avoir trop à perdre, moi aussi, attendre un retour, et connaître *ça*… Le manque. Celui des bras étreignants, des sourires et des conversations sur notre journée, au dîner. Parce que je n'ai connu rien de tel, pour en sentir le manque. J'en ai seulement eu un profond besoin.

Matt expire profondément, avant de plonger son regard dans le mien.

— Je crois que le mec le plus sexy de la côte ouest, et d'Alma, je le précise, a besoin d'un câlin.

Mon corps se fige.

Il m'a demandé un câlin ?

Il ouvre la bouche pour se justifier mais je lui tends les bras.

— Viens là.

— Merci, Wager.

Il se glisse contre moi et cale son menton dans le creux de mon cou. Un long soupir s'échoue sur ma peau. Le bruit du moteur de la ventilation résonne dans l'espace, l'air est chaud mais pas lourd. Je ferme les yeux en sentant ma respiration s'apaiser, mon sang ralentir dans mes veines.

— Tu sais que je ne te trahirai plus jamais, Eliotte ?

Mon cœur manque un battement.

— Matt…

— T'es pas obligée de dire quoi que ce soit, ou de me faire croire que tu me pardonnes. Je voulais juste que tu le saches.

Je serre son débardeur entre mes doigts, en mordant l'intérieur de ma joue.

Je ne comptais pas te mentir.

On reste allongés sur le sol, l'un à côté de l'autre, jusqu'à ce que l'aube épande ses couleurs rosées et ocre sur nous.

Aux alentours de 10 heures, Francis et un groupe de personnes en tenue de sport – dont Joleen fait partie – nous rejoignent dans la salle. Francis semble impressionné de me voir si tôt en pleine action. S'il savait que le motif réel de ma venue ici, c'est de donner raison au mensonge que j'ai servi tout à l'heure à Alex et Chris, dans le bureau des Cinq…

On s'entraîne au combat rapproché pendant une bonne heure. Matthew et moi essayons de nouvelles prises sur Francis, qui bouge à peine. Il est immense et tellement solide, que c'est impossible de le faire tomber.

— Évite de lui casser le nez, Eliotte, lance une voix au loin.

Kaï sur les épaules, Izaak traverse la salle jusqu'au tatami sur lequel on s'exerce.

— T'as vu comme Eliotte est douée ? dit-il en regardant son fils.

— C'est une zuper-héros.

Je souris et tends le poing vers Kaï.

— Hello, toi ! dis-je tandis qu'il répond à mon geste. Je suis sûre que tu me battrais à un contre un.

— Ze te mettrais une raclée. Tu pourrais pas zurvivre.

Son air si confiant m'arrache un éclat de rire.

— Il a la modestie de son père, c'est fou, lancé-je.

— Des chevilles si grosses que j'ai du mal à le porter, répond ce dernier.

Sur ces mots, Izaak sort de sa poche arrière une petite gourde orange. Il la donne à Kaïto.

— Bois de l'eau, mon bonhomme. Tu te souviens de ce qu'on a dit ? On doit finir la gourde avant le goûter.

— Ne le soûle pas, Izaak, fait Joleen au fond de la pièce, tout en soulevant des poids.

— Tu plaisantes ? Il fait beaucoup trop chaud aujourd'hui.

— Il a quoi sur le visage ? demande Francis.

— De la crème solaire. Il a attrapé un coup de soleil sur les épaules, hier, au square.

— Mec, il fait à peine plus de vingt degrés.

— Mais tu vois bien qu'il a la peau fragile ! s'exclame Izaak.

J'observe son visage outré, et je suis attendrie par son attention. Il pose Kaï sur le sol et se lance dans un débat sur les dangers du soleil avec Francis. Maintenant que le petit est près de moi, je réalise que les bras potelés de Kaï sont également badigeonnés de crème blanche.

— T'as raison, Izaak, lui dis-je alors. Je pense qu'on n'est jamais trop prudents avec les enfants. Et puis les rayons sont plus forts, ici au Mexique, qu'en Nouvelle-Californie.

— Dieu soit loué, il y en a une ici qui est responsable. Merci, Eliotte. Tu es la seule personne digne d'être chargée de la protection de mon fils.

— Quoi ? Tu ne me le confierais pas, à moi ? proteste Francis, en fronçant le nez.

— Je crois que je penserais d'abord à demander à Matthew.

— Hum… Je ne sais pas si je dois être content ou vexé, commente ce dernier, les bras croisés contre son torse.

— Ze vais voir maman, décrète Kaï avant de courir vers le fond de la pièce.

Izaak me glisse à l'oreille, sans pour autant le quitter des yeux :

— Je t'ai observée pendant une partie de ton entraînement. De un, non, ma santé mentale va très bien, je ne suis pas un obsédé. Et de deux, je vois à quel point tu t'améliores, Eli. Tu peux être fière de… Non, Kaï ! Ne touche pas à ça, tu vas te blesser !

Il m'offre un regard désolé.

— Je reviens dans deux minutes.

Et il accourt vers son fils qui est en train de jouer avec l'étagère sur laquelle sont rangés les poids. Je mets une main devant ma bouche, apeurée. *Merde, il aurait vraiment pu se faire mal.*

— Pauvre môme, fait Matthew. Il fout de la crème solaire partout, t'as vu ça ?

— J'en ai trop vu, justement, répond Francis. Je vais devenir médisant. Izaak va m'entendre et je vais perdre la vie.

— Je trouve que c'est un très bon père, moi, déclaré-je en reportant mon regard sur les garçons.

— Mais t'es tout sauf objective, Wager ! Il est en mode *daddy*, là.

Je sens mes joues chauffer, et me retiens de regarder Izaak.

— Non, il…

Je perds mes mots devant le visage de Matt qui s'assombrit.

— Qu'est-ce qu'il y a ? demandé-je, perplexe.

— Rien, dit-il en reprenant ses gants de boxe. Viens, on s'entraîne.

Son regard froid passe au-dessus de mon épaule une nouvelle fois, avant de se poser sur le sac de sable devant lui. Je me retourne aussitôt pour découvrir ce qu'il observait.

J'ai l'impression qu'on vient de me foutre un coup au ventre.

— Wager, lâche Matthew, en me tirant vers lui.

Je n'arrive pas à me laisser faire. Je reste debout, à observer Joleen et Izaak, la poitrine en feu. Le brun l'aide à s'étirer, le sourire aux lèvres. Debout derrière son dos, il appuie sur ses omoplates du plat de la main, alors qu'elle touche ses orteils du bout des doigts. Son rire m'écorche les oreilles.

— Dis-moi que tu ne comptes pas aller les interrompre, chuchote Matthew derrière moi.

Je serre les poings.

— Mais non… je n'oserais pas. Ils veulent sûrement de l'intimité – et pourquoi pas aussi une boîte de préservatifs.

— Elle a dû se faire mal. Ou peut-être que…

Je secoue la tête, sans parvenir à les quitter des yeux. Une masse tombe dans mon ventre, et me cloue au sol.

Pourquoi est-ce qu'il faut qu'ils aient toujours l'air si proches ?

Soudain, mon menton est saisi par la main puissante de Matthew, qui fait pivoter mon visage vers lui.

— Arrête de les fixer. On dirait que tu es à deux doigts de leur envoyer des haltères en pleine figure. Voire de lancer ton canif dans leur direction. Eh oui, j'ai remarqué que tu en cachais un dans ta poche.

— Comment tu fais pour lire dans mes pensées ?

J'ai envie de sourire, mais mes zygomatiques ne répondent pas. À vrai dire, plus rien ne fonctionne dans mon corps.

— Laisse tomber, Eliotte. Ne te prends pas la tête.

Le problème étant que je n'y arrive pas.

Ce sourire. Ce regard. Cette position.

J'aimerais être aussi indifférente que je le devrais, mais ces vibrations ardentes qui circulent partout sous ma peau et ce goût de fer dans ma bouche me hurlent le contraire.

— On s'est assez entraînés pour aujourd'hui, déclare-t-il, en prenant mon bras. Viens, on se casse. J'ai la dalle.

Il m'entraîne en dehors du tatami, en grimaçant.

— Hep, hep, hep, c'est moi qui décide, lance Francis. Je suis le coach.

— Tu peux décider que c'est l'heure de manger, alors ?

Francis regarde à son poignet une montre imaginaire et déclare :

— En avant, mes mignons.

Nous nous dirigeons vers les douches. Je fais tout pour ne pas regarder à ma gauche, et avance en gardant la tête droite. Matthew entoure mes épaules de son grand bras et marche d'un pas fier, en lançant un rapide coup d'œil vers le fond de la salle. Il ne m'en faut pas plus pour comprendre que son geste est adressé à Izaak.

Je tourne le menton vers celui-ci.

Il est immobile à côté de Joleen, qui lui parle, et il a les yeux braqués sur Matthew. Quelque chose flambe dans ses iris verts.

Est-ce que lui aussi a le ventre qui se tord quand il me voit proche de quelqu'un d'autre ? Un putain de goût métallique sur la langue ?

C'est malsain, je le sais. Pourtant, je ne peux pas nier que voir cette étincelle dans son regard me réjouit un tant soit peu. Cela signifie qu'il y a un feu en lui, qui brûle, jusqu'à remonter au bord de ses iris. Un feu.

Juste pour moi.

Nous nous retrouvons à la cafétéria de longues minutes plus tard, à notre table habituelle, près des fenêtres sous une ampoule qui clignote parfois. Matthew est installé entre Francis et moi. Nous débattons sur un sujet idiot jusqu'à ce que Jenna et Maleek arrivent. Aussitôt, Matthew change de ton, et prétend être intéressé par la faune et la flore locales. Il essaie de paraître calme mais les inflexions de sa voix et sa gestuelle le trahissent à des kilomètres. Je me retiens de rire. Alors que j'allais intervenir dans la conversation, une ombre bouge devant nous.

— Vous avez filé sans nous attendre ? dit Joleen en s'asseyant à notre table.

Izaak apparaît la seconde d'après, avec Kaïto.

— J'étais affamé ! s'exclame brusquement Matthew.

— Ma parole, t'es une pile électrique ! fait Francis, en lui donnant un coup. Après mes entraînements hautement performants, t'es censé ronfler, pas frétiller.

— Que veux-tu ? Je suis de ceux que le sport ne fatigue pas mais excite.

— J'ai cru comprendre ça, cingle Izaak en lançant un regard plein de sous-entendus dans ma direction.

— Mais la prochaine fois, tu ne partiras pas si tôt, le réprimande Francis. Toi et Eliotte avez manqué vos vingt minutes de cardio.

— Oh ! ça… t'en fais pas, on les rattrapera à un autre moment.

Izaak a un mouvement de recul.

— Ah bon, Matthew ?

— Mais oui, on s'entraîne beaucoup pour être au niveau, rétorque-t-il en posant une main vigoureuse sur mon épaule. On trouvera bien un moment à allouer au cardio… Après tout, on passe des journées entières au gymnase, elle et moi.

Izaak ne détache pas son regard de la main tatouée de Matthew sur moi, avant de lâcher :

— C'est peut-être pour ça que tu n'avances pas assez vite, Eliotte. Se complaire avec et dans la médiocrité n'est pas ce qu'il y a de mieux.

— La médiocrité ? répété-je, d'un ton sec.

— Tu as une bonne ouïe, dis donc.

Je hoche la tête, la mâchoire serrée, avant de prendre le pichet de jus d'oranges fraîchement pressées.

— J'ai rarement aussi bien travaillé qu'avec Matthew. Je suis entre de si bonnes mains…

— J'aurais plutôt dit « dans le déni », mais comme tu veux.

— Mais pas du tout. Les résultats sont là, absolument *tout le monde* les voit. Ils sont *flagrants*. Matthew me pousse toujours au-delà de mes limites ; il sait tenir ses objectifs, alors ça m'encourage à en faire de même. Il a la niaque. Et il me permet de ne pas me laisser distraire.

— Tu es toujours aussi concise ?

— Ah, et j'ai oublié : faire mes étirements avec lui est un gain de temps fou.

— Pas de café aujourd'hui ? s'exclame d'un coup Francis en regardant mon mug, dans un sourire nerveux.

— Ils n'en ont plus, réponds-je.

— Oh ! je comprends mieux ton sale caractère, alors, lance Izaak. Tu n'as plus de quoi te détendre.

Mes yeux remontent sur son visage narquois.

— J'aimerais essayer le thé mais, vu les effets sur toi, merci mais je renonce.

— Quels effets ?

— Tu sais, cette passion soudaine pour la critique. Ou encore ce penchant irritant que tu as pour étirer… les conversations. Tu les étires beaucoup. À tel point que tu sembles flirter constamment avec… ton ego. Tu débites tellement de choses. Et je ne parle même pas de ce ton monocorde que tu adoptes systématiquement quand tu t'adresses à nous.

Un sourire altier soulève la commissure de ses lèvres.

— Waouh. Tu m'écoutes si attentivement… J'en suis ému.

— Ne te lance pas des fleurs.

— Non, jamais, à quoi bon ? Tu le fais déjà pour moi.

— Tu planes.

— Dit-elle.

Je roule des yeux.

— Vous feriez mieux de trouver du café quelque part dans Alma, fait Izaak, autrement je crains pour nos vies à tous…

— Et toi, tu ferais mieux de changer de table car il n'y a vraiment qu'une seule personne qui devrait craindre pour sa vie, ici.

Je bois une gorgée de mon jus, sans le quitter des yeux. Lui, humecte lentement ses lèvres avant de lâcher :

— J'ai presque frissonné. Tu es convaincante quand tu y mets du tien.

Décontenancée, je me retiens de recracher mon jus, et pose lentement mon mug près de mon assiette d'œufs au plat, sans cesser de le foudroyer du regard.

Un silence s'empare de la table. Seul le bruit de nos couverts qui s'entrechoquent résonne encore.

— Euh… waouh, s'exclame Maleek.

On se tourne tous vers lui.

— J'ai rien dit… mais quelle électricité, les gars !

Et il croque dans son morceau de pain beurré, sans rien ajouter.

Électricité ?

— Sinon, Jenna, c'est quand ton tour aux champs de blé ? demande Francis. Parce que le mien est demain, et j'ai des choses de prévues. On échange ?

— Il va falloir poser sur la table plus qu'une simple demande pour échanger avec moi.

Joleen et Matthew éclatent de rire, et la conversation reprend son cours.

Soudain, je sens quelque chose près de mes pieds. Les jambes étendues d'Izaak, en face de moi. Je les pousse avec le côté de ma chaussure, l'air de rien. Mais elles reviennent. Je soupire.

Et lui assène un petit coup aux chevilles, en lui décochant un regard franc. Avant de me pencher vers mon voisin.

— Matt, tu peux me donner le…

Izaak me rend mon coup. Je sursaute sur ma chaise, et manque de perdre l'équilibre. Matthew me rattrape de justesse par la manche de mon sweat, en ricanant.

— Bah alors, je te déstabilise ? Je sais que mon charisme impressionne mais je pensais que tu t'y étais habituée depuis le temps.

— Ton charisme ? répété-je amusée.

— Oh que oui, je suis la putain de réincarnation d'Apollon.

Je pouffe.

Notre brunch dure plus longtemps que prévu entre les crises de rire et les discussions animées. Malgré tout, Izaak ne m'adresse plus la parole – ni avec la bouche, ni avec les pieds – et préfère partager son assiette avec Kaï dans le silence.

Je sors de la cafétéria, dans l'idée de rejoindre Alex. Après ce qui s'est passé cette nuit, je crois que j'ai besoin de prendre la température et de veiller à ce qu'il n'ait aucun soupçon sur moi. J'ai presque tout fait foirer.

Je n'en ai pas encore parlé à Izaak…

Alors que je traverse un couloir, je sens une main ferme se poser sur mon bras.

Quoi ?

En l'espace d'une seconde, je me retrouve propulsée dans un petit débarras.

Avec Izaak.

17. Prendre des risques

Il ferme la porte derrière lui en y appuyant le dos. Il me considère de toute sa hauteur, les bras croisés contre son ventre moulé dans son col roulé sans manches.

— Tu as la langue bien pendue ce matin.

Je suis frappée par la force de sa présence. Je lui rends son œillade les lèvres sèches, avant que mon regard ne soit attiré par la façon dont les muscles de son bras roulent quand il les serre encore plus contre son torse. Des étincelles dansent sur ma peau.

— Tu m'as provoquée.

Un mètre nous sépare. Je regarde le vide entre nos corps, avant de reporter mon attention sur lui. Il reste immobile.

Une seconde.

Deux.

Trois.

— Viens là, toi.

Et il attrape ma nuque avant de me plaquer contre le mur. Le choc de mon dos contre le béton froid m'arrache un frisson. Il faut moins d'une seconde pour que ses lèvres trouvent le chemin des miennes. Je plante mes doigts dans son biceps, en retenant un râlement.

— Je n'ai jamais eu autant envie d'étriper quelqu'un et de le déshabiller en même temps, susurre-t-il en empoignant mes hanches.

Je presse ma bouche un peu plus fermement contre la sienne.

— Tu l'as bien cherché.

— Oh ! et je ne le regrette pas…

Il mordille ma lèvre inférieure, et se colle à moi. Son genou, disposé entre mes cuisses, exerce une pression sur ma peau d'une agonie renversante.

— Il n'y a pas de verrou, quelqu'un pourrait nous voir à tout moment…, murmuré-je.

— Alors tu as intérêt à être silencieuse.

Il plonge dans mon cou et y dépose une traînée de baisers embrasés. Une décharge me traverse tout entière. Je courbe le dos, en soupirant. Il plaque aussitôt la main contre ma bouche.

— Eliotte…

Il me soulève contre le béton, et j'enroule mes jambes autour de son bassin. Ses mains agrippent fermement mes hanches.

— Je ne pense qu'à toi, chuchote-t-il contre ma clavicule. Tout le temps.

— Moi aussi, Izaak. C'est insoutena…

Soudain, un bruit sourd m'arrête. Un groupe vient de passer près du cagibi.

Izaak tend l'oreille une seconde, avant de se reconcentrer sur moi. Il ferme les yeux puis me pose sur le sol, les mains toujours autour de ma taille.

— J'ai l'impression qu'on va nous démasquer, dit-il avec un petit sourire.

Je m'apprête à me détacher de son corps, mais tout à coup, je me remémore Joleen. Je la revois près de lui, et une colère sourde pointe dans ma poitrine, se mêlant à un désir inflexible.

— Alors soyons rapides.

J'attrape le bas de son pull et le soulève précipitamment. Il s'en défait en mordant sa lèvre inférieure.

— Je rêvais que tu dises ça.

Je glousse, et il me retourne d'un geste sec. Je suis dos à lui, les mains contre le mur froid. Mes doigts sont fébriles. Mon cœur bat à toute allure, il pourrait déchirer ma poitrine.

Izaak se penche au-dessus de moi, la bouche tout près de mon oreille. Je crois que je vais m'effondrer.

— Et n'oublie pas : pas un bruit, Eliotte.

J'inspire, en sentant mon pouls s'accélérer. Sa voix grave me fait perdre la tête. C'est comme si j'étais prise dans une sorte de brouillard ensorcelant.

Ses doigts se faufilent sous mon haut, tandis que son corps se presse davantage contre moi. Je me retiens d'émettre tout bruit… sans succès, alors il plaque une main ferme sur ma bouche.

Je cligne des yeux et la moitié de mes vêtements m'a déjà quittée.

Son corps chaud s'approche et son bassin se met à onduler contre moi. En quelques secondes, mes pensées partent en vrille. Tout dégringole dans ma poitrine, dans mon bas-ventre, dans ma tête. Mes lèvres remuent sur sa paume, alors que je sens son souffle chaud s'écraser contre ma nuque et hérisser mes poils.

— Et si, là, quelqu'un rentrait ? murmuré-je, difficilement.

— Il aurait une belle vue sur mon cul.

Je ris, et il écarte sa grande main de ma bouche pour l'enrouler autour de ma chevelure. Il plaque l'autre sur le mur, près de la mienne.

— Ne pense plus à rien, susurre-t-il près de mon oreille. Il n'y a que nous ici…

Il décolle ses doigts du mur, les passe lentement le long de mon ventre et, d'un geste sec, agrippe fermement ma hanche… avant de les glisser entre mes cuisses.

— Laisse-toi aller, brunette.

Je ferme les yeux, et sens ma respiration s'accélérer sous les mouvements précis de ses doigts. Ma peau crépite. Mon cœur s'affole.

— Oui, exactement comme ça, dit-il doucement, tout près de mon oreille.

Sa main finit par se faufiler jusqu'à ma poitrine, mon oreille, mon cou ; elle se met à titiller chaque point sensible de mon être. J'halète, en me retenant d'exploser.

Je sens son corps musclé ondoyer contre le mien, à un rythme effréné, comme si sa peau était devenue la mienne.

— Bordel de merde, laisse-t-il échapper dans un grognement avant de plaquer ses lèvres sur mon cou.

Il l'embrasse, en aspirant ma peau. Mon cœur bat si vite. Je sens mes jambes trembler ; le sol se dérober sous mes pieds.

— Je ne pourrais jamais m'en passer, dit-il. Jamais.

Je voudrais lui répondre « moi non plus, Izaak », mais je suis incapable d'articuler le moindre mot.

J'esquisse un mouvement vers le brun pour me retourner, et lui faire face. Il s'écarte, et je me jette sur ses lèvres. Il m'embrasse comme si ma bouche contenait tout l'oxygène restant de cette pièce minuscule.

Il reprend ses mouvements sans cesser le contact de ses lèvres contre les miennes, ses bras enlacés fermement autour de moi. Je croirais presque sentir le plafond s'effondrer sur nous, le ciel entier nous tomber dessus. Nuages, étoiles, comètes, tout y passe.

Encore essoufflés, nous sortons du petit débarras l'un après l'autre, avec quelques minutes d'intervalle. Izaak vient me retrouver dans un couloir à quelques mètres de la cafétéria. Il décide de m'accompagner voir Alex. Je ne sais pas comment je vais aborder devant

Izaak ce qui s'est passé hier. Je voudrais lui raconter la conversation que j'ai eue avec Ashton, mais je ne trouve pas le bon moment. On a dû sortir en vitesse de notre cachette, et maintenant que nous ne sommes plus en tête à tête, je me demande quand je vais bien pouvoir lui en parler.

Je me demande surtout comment il va réagir.

Nous marchons à une distance raisonnable l'un de l'autre, comme si nous ne venions pas de faire du cardio dans une pièce de trois mètres carrés. Nous arrivons devant la salle de réunion que nous occupons habituellement, Alex et moi. Je toque avant d'entrer, m'apprête à lancer un joyeux « bonjour », mais m'arrête net.

Il est avec Joleen, Chris et un autre membre des Cinq.

— Vous voulez que je repasse plus tard ? demandé-je.

— Non, entre, me dit Chris.

Il accepte ma présence ?

Malgré les pensées qui vont à mille à l'heure dans mon esprit, j'avance dans la pièce. Alex me sourit, et je gagne ma place habituelle, près de laquelle Izaak s'assied.

— Tu ne t'es pas perdue cette fois ? m'interroge le père de Joleen, d'une voix distante.

Je déglutis.

— Je connais bien le deuxième étage, rétorqué-je.

Il hoche la tête en soutenant mon regard une fraction de seconde de trop, avant de s'adresser à la table :

— Cela fait quelques mois que nous n'avons plus eu de nouvelles de nos taupes au gouvernement. Elles devaient lancer une opération cruciale sous peu.

Izaak fronce les sourcils.

— Comment ça, plus de nouvelles ? Elles nous lâchent ?

— Elles sont introuvables, clarifie Alex.

Mon sang se glace.

— Vous pensez qu'elles se sont fait prendre ? demandé-je.

— L'année dernière, en dépit de nos attaques, le gouvernement ne faisait pas attention à nous. Il pensait sans nul doute que nous étions insignifiants. Or, depuis peu, ils commencent à se montrer plus agressifs.

L'air inquiet sur le visage de Chris et d'Adaline – l'autre membre des Cinq – en dit long. Je sens une tension grave et palpable traverser l'air soudain plus froid.

— Ils vont commencer à répliquer, c'est ça ? lance Izaak, sans langue de bois.

— On ne sait pas… On s'apprête à revoir nos stratégies, répond Alex. Notre grande ligne directrice c'est toucher la population et la sensibiliser en priorité, avant de nous tourner vers les dirigeants… mais on se demande si on ne devrait pas essayer d'œuvrer pour que la gouvernance soit remportée par les candidats les plus libéraux, afin qu'on puisse aller vers eux et peut-être trouver du soutien.

— Et, selon nos sources, il semblerait bien que ton père ait décidé de faire des Liberâmes une priorité, dit Joleen.

Le brun plisse les yeux, concentré.

— Il faut éliminer la menace au plus tôt, en faisant tout pour qu'il ne soit pas réélu, lâche-t-il.

— Les sondages ne vont pas dans notre sens, l'informé-je. Le duo Ashton et Thomas Meeka plaît à l'opinion publique. Et les élections sont dans quelques semaines à peine…

— C'est bien pour ça qu'il faut lâcher une bombe dès maintenant, décrète Chris.

Izaak émet un petit claquement de langue. Son index tapote son accoudoir frénétiquement.

La bombe, c'est moi.

— On veut faire plus que simplement utiliser l'histoire de ton père, Eliotte, poursuit-il. On veut dévoiler la sienne et celle du Gouverneur. Si on publie simultanément les travaux sur l'homosexualité, en plus de l'enregistrement des aveux du père d'Izaak, on peut *tout* changer du jour au lendemain.

— Faisons ça, alors, approuvé-je.

— On ne peut pas se contenter de les publier, on a besoin que quelqu'un porte ces accusations devant les caméras.

— Et Eliotte, en tant qu'enfant victime du système et fille endeuillée, est la mieux placée pour…

— Arrêtez vos conneries, tonne soudain Izaak. Je n'ai jamais rien entendu d'aussi absurde.

Je lui glisse un regard entendu.

Ne nous grille pas, Izaak. Ne nous grille pas.

Mais il ne me voit pas. Il se penche sur la table, les yeux dans ceux de Chris.

— Vous venez juste de dire que nos taupes étaient en danger, explique-t-il d'une voix plus tempérée. Vous pensez que, la veille des élections, après avoir accusé aussi gravement le Gouverneur, Eliotte s'en tirera sans souci ?

— C'est vrai, mais… dans un moment aussi charnière, nous n'avons pas d'autre choix que de prendre des risques, annonce Adaline.

— Il faut qu'on se décide le plus rapidement possible, appuie Chris.

— Mais on a aussi besoin d'Eliotte ici, intervient Alex. Nos dernières opérations de communication ont été menées grâce à elle, et ses derniers plans sont excellents. Ce serait dommage de la perdre dans l'équipe d'Alma.

Chris se tourne vers moi.

— Je sais que tu voulais partir sous certaines conditions, mais la cause va avoir besoin de toi aux États-Unis dans peu de temps. C'est maintenant ou jamais.

Je plante le bout de mes doigts dans mes cuisses.

— J'entends.

— Alors, que comptes-tu faire ?

Je lève la tête vers Chris.

— Réfléchir.

Il se redresse.

— Donne-moi quelques jours pour prendre une décision, ajouté-je. Je dois encore savoir si je suis prête à le faire. Je ne peux pas flancher devant les caméras, et tourner le dos à Alma.

— Très bien. Nous tiendrons notre réunion de crise dans peu de temps… Tu nous feras part de ton choix à ce moment-là.

J'opine du chef, les lèvres sèches.

— Je voulais aussi vous parler de la base du Grand-Texas, dit Chris. On hésite à l'agrandir, mais on manque de fonds…

La conversation s'agite, et j'en profite pour attraper un post-it qui traîne sur la table. J'écris à la va-vite un mot que je plie en deux et je croise les jambes, avant de le coller discrètement sur la semelle de ma chaussure. Je fais mine de griffonner encore sur un autre post-it, comme si je tentais de mettre en ordre mes pensées. Izaak comprend très vite, et glisse une main sous la table pour récupérer le post-it, qu'il cache en un clin d'œil dans sa poche.

À la fin de la réunion, Izaak et moi nous séparons comme si de rien n'était. Je gagne l'extérieur et me dirige vers le champ de blé près de la rivière, l'endroit où nous nous réfugions pour parler librement. Où nous sommes « nous ».

J'attends un petit quart d'heure, avant de voir une masse de cheveux bruns pointer entre les épis de blé au loin.

— Très astucieux, le post-it, lance-t-il.

— Mon *date* au café-librairie faisait la même chose pour communiquer sans que des scientifiques fous nous entendent.

— Il t'a fait craquer à ce moment-là, hein ?

— Non, plutôt quand il m'a hurlé dans sa jeep qu'il ne m'aimait pas et ne l'avait jamais fait.

— Sacré mec. Je l'aime déjà.

On s'esclaffe en chœur, et il me rejoint sur l'herbe, en s'appuyant contre le tronc d'arbre derrière nous.

— Je voulais te dire quelque chose, annoncé-je alors. J'ai… Hum…

J'inspire fort.

Allez.

— J'ai appelé Ashton, lancé-je d'une traite.

— Quoi ?

— J'ai volé le téléphone du Bureau général et lui ai passé un coup de fil.

Il ouvre la bouche.

— Tu plaisantes ? Qu'est-ce qui t'a pris, Eliotte ?

— J'avais besoin de savoir s'il n'était pas retenu contre son gré aux États-Unis… C'était vital, Izaak.

— Mais as-tu seulement conscience de ce que tu risquais ?

Je hoche la tête, incapable d'émettre le moindre son.

Je suis coupable.

— Eliotte, tu as mis en danger tout Alma ! Ils ont peut-être réussi à retracer la ligne et à nous localiser ! Tu n'as pas appelé n'importe qui, mais le bras droit du Gouverneur !

Je glisse les mains dans mes cheveux, accablée.

— Je sais, je sais ! J'ai merdé !

— Oh que oui ! Putain… Pourquoi tu ne m'en as pas parlé plus tôt ?

— Tu m'as dit que tu préférais éviter d'évoquer Ashton…

Izaak serre la mâchoire en regardant droit devant lui. Il soupire, les poings fermés.

— Heureusement que personne ne t'a vue.

Et merde.

— En fait… Chris et Alex étaient là. Ils ont vu que j'étais dans le Bureau général.

Son visage pivote vers moi. Il se tait pendant quelques secondes, bouche bée.

— Tu leur as dit quoi ?

— J'avais préparé une excuse en emportant les plans d'Alex… Je ne crois pas qu'ils se doutent de quelque chose. Mais, concernant ce qu'ils me demandent de faire, je crois que je devrais accepter… parce que, s'ils découvrent la vraie raison de ma venue au Bureau général, ils…

— Je sais ce qui pourrait advenir. Et c'est bien pour ça qu'on fait tout pour être sûrs que tu sois intégrée sans encombre ! me coupe-t-il. Au point de mentir à tout le monde et de se retrouver comme des cons dans des placards à balais ! Et toi, tu fous tout en l'air, Eliotte…

— Je sais. Mais pour le moment tout va bien, alors je…

— Non. Tout ne va pas bien.

Il se prend la tête entre les mains, les coudes pliés sur ses genoux.

— J'espère simplement qu'ils ne remonteront pas jusqu'à toi s'ils découvrent qu'un appel a été émis…

Son regard se pose sur moi. Il est animé par la colère, et une terreur implacable.

— Tu ne peux pas être bannie d'Alma, Eliotte… Je…

Je pose la main sur son épaule.

— Je ne serai pas bannie.

— Mais tu ne peux pas non plus repartir aux États-Unis risquer ta peau pour dissiper tout doute !

— Peut-être qu'il le faut, Izaak.

Ses yeux se plantent dans les miens. Son visage est tout près.

— Il est hors de question que tu mettes ta vie en jeu, Eliotte.

— Je serai protégée par les autres Liberâmes sur place. I-Il ne peut rien m'arriver en réalité.

— Arrête. Pitié… sors-toi ça de la tête.

— Mais comment…

— On va trouver une autre solution, me coupe-t-il. Une solution dans laquelle tu ne risques pas ta vie, ni ne pars loin de…

Il secoue la tête, en regardant le ciel, désespéré.

— Enfin, bref. D'ici là, n'en parle à personne. Pas même Matthew.

J'acquiesce.

Izaak fixe le sol, une veine tressaute dans son cou. Je ne remarque que maintenant, alors qu'il est tout près de moi, les poches sombres sous ses yeux vert anis. Il ne rase plus d'aussi près sa barbe. Ses boucles sont encore plus en bataille qu'à l'accoutumée.

Il n'est pas le seul à vivre des changements brutaux et à subir des moments d'anxiété intense.

Je passe la main sur son biceps, et le caresse lentement.

— Ça va ?

Il ne répond rien, et mord l'intérieur de sa joue.

— Tu sais… Ashton veut que je te transmette un message. Il m'a dit que…

— Je ne veux même pas savoir, lâche-t-il en se levant brusquement.

Debout sur ses jambes, il ne m'accorde pas un regard.

— J'ai besoin d'être seul.

Et il s'enfonce dans les hautes herbes.

18. Menaces

Izaak

— J'avais même pas reconnu l'arbre, lance Alex.

Je descends de l'échelle d'un bond, le sac rempli des fruits de sapote[1] qu'on a trouvés, Alex et moi. On est de garde pour inspecter ce qu'il y a hors du camp, non loin des murs d'Alma, voir quels biens comestibles nous pouvons rapporter. Car on ne sait pas ce que va donner notre prochaine récolte, ni si la cargaison de denrées attendues arrivera à bon port ce mois-ci.

— T'es tellement aux aguets et concentré, me dit-il.

Je fais semblant de l'être, nuance. S'il savait que je n'ai pas dormi cette nuit… *encore une fois*. Les ombres de mes angoisses et de vieux démons gardaient mes yeux grands ouverts, rivés sur le mur en face de mon lit. Les ronflements de Maleek, dans la chambre d'à côté, et mes inspirations étouffées bourdonnaient dans mes oreilles.

Cette fois, c'est exclusivement le prénom d'Eliotte qui revenait en boucle dans mon esprit. Avec les mêmes questions qui le suivent continuellement.

1 La sapote (ou sapote mamey) est le fruit du sapotier, un arbre pouvant atteindre quinze à quarante-cinq mètres de hauteur, poussant principalement sous les climats tropicaux, au Mexique, à La Réunion, aux Antilles et en Inde du Sud.

Eliotte s'est fait prendre ? Eliotte va être bannie ? Eliotte a parlé à Ashton ? Eliotte ressent le besoin d'être avec lui ? Eliotte va être envoyée au-delà des murs ? Eliotte va risquer sa vie ?

Eliotte,

Eliotte,

Eliotte…

— Mais, non…, réponds-je en reprenant notre marche dans la jungle. C'est juste la faim qui me rend attentif à la moindre chose potentiellement comestible à des kilomètres à la ronde.

Le rire d'Alex éclate.

— Ça creuse d'être constamment derrière une boule de nerfs d'un mètre vingt, hein ?

Une onde ignée me traverse en un instant.

Kaï.

C'est fou, il y a encore deux mois, je ne savais même pas que cette « boule de nerfs d'un mètre vingt » existait. Et aujourd'hui, la seule évocation de son prénom peut me remplir d'une effervescence renversante autant qu'elle peut me faire ressentir les émotions les plus sombres et contradictoires. J'ai constamment peur pour lui. J'ai constamment peur de ce que mon rôle auprès de lui implique.

Je suis père.

— D'ailleurs, comment ça va, toi et Leen ? demande tout à coup Alex.

Je cligne des yeux, ramené dans l'instant T. La sensation d'étouffement dans ma poitrine est pourtant toujours présente.

— Ça va, dis-je en écartant le feuillage de notre chemin.

— Ça va… comment ?

— Ça va comme « c'est la mère de mon fils ».

Alex me secoue l'épaule.

— Rah, fais pas ton chieur ! Quoique… quand tu restes silencieux, c'est bon signe. Est-ce que Leen n'entrerait pas à nouveau lentement dans ton cœur ?

Je manque de me prendre une branche dans la gueule. Je la contourne dans un soupir, en tenant fermement mon arme contre mon flanc.

— Bon, très bien, tu ne veux pas parler nanas avec ton bon vieil Alex.

— Mon « bon vieil Alex » ? Arrête de faire l'ancien, on a à peine six ans d'écart !

Il s'esclaffe, et je poursuis :

— Ce n'est pas que je ne veux pas, mais je n'ai rien à dire.

— Te connaissant, je répète : c'est bon signe.

Je roule des yeux en lui décochant un sourire amusé. Il est tenace – mais c'est ce trait de caractère que j'apprécie le plus chez lui.

— Tu fais quoi après notre garde ? le questionné-je, avant qu'il ne continue son interrogatoire.

— Tu veux changer de sujet, et tu n'es pas subtil. Mais soit. J'ai une réunion de stratégie.

— Quoi, tout de suite après ? Je croyais que la nôtre était à 20 heures.

— La réunion générale est bien à 20 heures. Là je parle d'une réunion disons… non officielle. Eliotte et moi, on trouve qu'on est plus efficaces quand on travaille à deux. On se retrouve souvent pour des brainstormings.

Mes mitaines en cuir me démangent subitement. Je prends un ton amical, et lance :

— Ah, oui ? Et depuis quand ?

Merde. Ce n'était pas du tout un ton amical. Détends-toi.

— Depuis un petit moment… Mais ne fais pas ton jaloux ! dit-il en passant son bras musclé autour de ma nuque. Je t'accorderai aussi du temps. Il en faut pour le peuple tout entier !

Je m'apprête à changer de sujet, sans doute encore avec un tact inouï qu'Alex ne manquera pas de souligner, mais il me devance :

— D'ailleurs, je me demandais… Tu crois qu'elle est avec Matthew Rivera ?

— Elle est… Elle est avec lui, tu veux dire, là, tout de suite, maintenant ?

— Non je veux dire, *en couple* avec lui.

Cette expression me donne des spasmes et des bouffées de chaleur. Et Dieu sait que je ne fais pas dans l'hyperbole.

— Non, réponds-je. Enfin pas que je sache. Mais qu'est-ce qui te fait dire ça ?

Ma gorge est si sèche qu'elle me brûle.

— Je sais pas, ils sont toujours fourrés ensemble… Et même si tu m'as dit avoir voulu le ramener à Alma parce que tu l'apprécies, je pense qu'Eliotte n'y est pas non plus pour rien. Et puis, Matthew la regarde tout le temps.

Quoi ?

Le blond serre la mâchoire, en retirant son bras de mes épaules.

— Mais bon, peut-être que je me trompe. Elle est aussi proche de Francis, et rien à l'horizon donc…

Ma paupière est prise d'un tressaillement nerveux.

Dites-moi que c'est un putain de rêve ?

— T'as un faible pour Eliotte ? lâché-je.

— Je vais faire la même chose que toi, et ne rien répondre. Tiens, et si je changeais de sujet abruptement ? Regarde-moi ces feuilles vertes…

— Alex, réponds.

Je me racle la gorge.

— Je veux dire, on est entre nous, ajouté-je d'une voix chaleureuse. Tu peux me dire les choses.

Il s'immobilise, me lance un regard en biais… avant de me décocher un sourire.

— Ouais, elle me plaît vachement. J'aimerais passer plus de temps avec elle sans que ça ne soit trop bizarre, d'ailleurs.

Tu peux toujours courir.

— Mais bon, j'ai l'impression que Matthew occupe tout son temps dernièrement.

Je ne sais pas ce qui me donne le plus envie de balancer mon pistolet à l'autre bout de cette putain de jungle : le fait que Matthew dépasse les limites et veuille sans aucun doute se taper ma copine, ou bien le fait que celui que je considère comme mon mentor soit également énervé par Matthew, parce qu'il veut sans aucun doute se taper ma copine.

Calme-toi. Reprends le masque, ne le laisse pas tomber.

Je resserre la prise autour de mon arme, à m'en blanchir les phalanges, et inspire lentement. Un… deux… tr… Non. Non, je n'y arrive pas. Je ne peux pas me calmer.

— Je ne savais pas que c'était ton genre de fille, lancé-je.

— Oh ! si, si… Elle est intelligente, drôle, rentre-dedans… et t'as vu son cul ?

Un rire nerveux m'échappe.

Je vais le dézinguer.

— Je sais que vous ne vous appréciez pas trop tous les deux mais… je trouve que c'est vraiment une fille impressionnante. Elle a quelque chose.

Oui : un mec. Moi.

— On ne discute pas les goûts et les couleurs, hein… sifflé-je.

— De toute façon, je préférerais savoir si elle est libre avant d'essayer quoi que ce soit, tu comprends.

— Oui ! m'exclamé-je, sans l'avoir contrôlé. Tu as raison. Mieux vaut attendre avant de faire le moindre pas vers elle. Ne tente rien.

Alex opine du chef, l'air ailleurs. Il se replonge dans ses rêveries… Il a dû entendre moins d'un cinquième de ce que j'ai dit.

— C'est plus prudent, ajouté-je d'un air détendu.

Mais il ne m'a pas écouté. Il regarde le ciel, la tête penchée sur le côté.

Je sais très bien quels genres d'images sont en train de défiler dans son esprit salace.

Je fourre ma main libre dans ma poche, comme pour refréner inconsciemment toute pulsion – je suis à deux doigts de lui attraper sa queue-de-cheval de merde et de le tirer au sol.

— Bon, on ferait mieux d'y aller, déclare-t-il en hâtant la marche. J'ai une réunion à ne pas manquer.

Et il me fait un clin d'œil.

Un autre rire nerveux me chatouille la gorge.

Quand nous rentrons au camp, nous passons dans la réserve déposer notre matériel et nos armes, avant qu'Alex trottine, que dis-je, *vole* jusqu'au Carré faire son « brainstorming » avec Eliotte.

Je n'y aurais jamais cru : Alexei a le béguin pour Eliotte.

Et Matthew aussi, apparemment ?

Je me pince les lèvres en serrant les poings. Quand bien même cette idée me donne envie de vomir et de briser le cou de mon ami, il ne sait pas pour Eliotte et moi. Alors, je ne peux pas lui en vouloir.

Mais Matthew ?

Mes pieds foulent à toute vitesse la ruelle qui mène à l'école d'Alma. Je vais passer voir Kaïto, ou au moins le saluer à travers une fenêtre de sa classe. J'ai besoin de me changer les idées. Son sourire me calmera.

Je m'arrête net au croisement de la rue.

Eliotte.

Elle a attaché ses cheveux en une demi-queue, et porte une chemise kaki, rentrée dans un pantalon militaire noir. Elle ne semble pas m'avoir vu. Je remarque les feuilles sous son bras et comprends aussitôt quelle direction elle emprunte : le Carré, pour retrouver Alex. Et comme toujours, elle s'escrime pour arriver en retard à tous ses rendez-vous.

Soudain, l'espace d'une nanoseconde, nos regards se croisent. Aucune agressivité. Aucune tristesse. Aucune rage. Aucun silence non plus ; j'ai l'impression qu'elle me communique une multitude de choses à travers ses iris. Mais je n'arrive pas à les comprendre.

Et elle tourne la tête, disparaissant à l'autre bout de la rue. Je ne vais pas mentir : j'aurais voulu qu'elle dise quelque chose, qu'elle me sourie ou au moins qu'elle me fasse un signe de la main. Parce que j'en ai été incapable, moi.

Je soupire en tapant dans un caillou. Les jours passent, et les doutes, les angoisses et les peurs ne cessent de s'empiler en mon for intérieur, déjà plein à craquer. Apercevoir son visage a déclenché une foule d'émotions différentes, qui se bousculent en moi à m'en faire vaciller sur le goudron.

Si c'est la peur de la sentir loin de moi qui me serre la mâchoire, et me contracte le ventre, tout cela est aussi dû à une colère sourde. Impossible de faire comme si de rien n'était après ce qu'Eliotte m'a annoncé hier soir, à la rivière. Encore une fois, elle a agi sans réfléchir, ni me tenir au courant. Se fout-elle à ce point de notre sort ?

Je dévale les escaliers de l'allée qui conduisent à la grande place où se trouve l'école. *Fait chier. Je déteste cette situation de merde.*

Mon corps heurte quelque chose.

— Désolé, fait une voix.

Je baisse les yeux sur Matthew. C'est la goutte d'eau qui vient faire déborder le putain de vase.

— Aie au moins les couilles de me dire que tu l'as fait exprès, grogné-je.

— Quoi ? Faire exprès de te bousculer ? J'ai quoi… l'âge de ton fils ?

Mes sourcils froncés obombrent mon champ de vision. Je le scrute, les muscles tendus.

Petit balai à chiottes.

Je l'attrape par la manche de sa veste d'un geste sec pour l'attirer dans la ruelle à côté, loin des regards.

— Tu crois que je n'ai pas compris ton petit numéro, sombre merde ? craché-je en le lâchant.

— Eh, à qui tu t'adresses, là ?

— Au grand fou qui essaie de me voler Eliotte. Tu peux te mettre neuf doigts dans l'œil et te faire un doigt d'honneur avec le dixième si tu crois que je vais te laisser faire ça gentiment.

— Te voler Eliotte ? Parce qu'elle est genre « à toi » ?

— Je te jure : tu ne veux pas m'énerver. Et c'est pourtant ce que tu risques de faire si tu continues ton petit jeu avec elle.

— Oh j'y crois pas, il me fait son numéro de mâle alpha…

Il renverse la tête en arrière, un sourire gargantuesque peint sur les lèvres.

— Matthew, tu penses sincèrement que je suis là pour blaguer ? Je suis à deux doigts de te rentrer dedans, pauvre clown.

— Mais fais donc ! Rentre-moi dedans, allez !

Je l'attrape par le col de sa veste et l'attire à nouveau à moi.

— C'est sérieux.

Son visage perd toute trace de l'hilarité puérile qu'il avait revêtue jusqu'alors.

— Si c'était aussi sérieux que ça, dit-il, tu n'agirais pas comme tu le fais avec elle. Tu la caches aux autres et tu joues au papa gâteau avec ton ex.

— Quoi ?

— Mec, t'as pas de froc.

Je ne sais pas ce qui se passe, mais mon poing fuse.

Je viens de mettre une droite à Matthew.

Il se met à exploser de rire, en essuyant la perle de sang qui coule de son nez.

— La vérité, ça décoiffe, hein ?

— Bien sûr que je prends Eliotte au sérieux, craché-je, et c'est bien pour ça que je veux être sûr qu'elle soit intégrée et que personne ne doute d'elle ! Mais t'es bien trop débile pour voir les enjeux qui planent sur nous tous.

— Et toi, t'es bien trop crétin pour voir qu'elle est en train de te filer entre les doigts.

Me… quoi ?

Mais c'est quoi ces conneries ?

— Je suis son ami, ajoute-t-il. Et ça me dégoûte de voir à quel point tu ne saisis pas la valeur de la fille que tu as à tes côtés.

— Qu'est-ce que tu viens de dire, idiot ? Tu ne sais pas ce qu'Eliotte représente pour moi, et tu n'as pas intérêt à lui rentrer tes putains d'idées dans la tête !

Je le pousse et le plaque contre le mur, mais cette fois, il me répond d'un coup de coude au menton. Une douleur aiguë se diffuse dans ma mâchoire. Les entraînements intensifs avec Eliotte paient, on dirait bien. *Saloperie.* Ni une ni deux, je lui balance à nouveau mon poing dans la gueule.

Mais il l'arrête avant l'impact.

— Je ne lui rentre rien du tout dans la tête, c'est elle qui m'en a parlé ! rétorque-t-il, en me serrant les phalanges. Et qui sait, bientôt elle en parlera aussi à Alexei.

Mon sang se glace.

— Quoi ?

— Pitié ! Tout le monde sait qu'il veut se la faire. À part toi, apparemment. C'est marrant, c'est pourtant toi, son mec. À moins qu'elle ne…

Je me défais de sa prise, et plaque mon avant-bras sous son cou. Son corps tape contre le mur de briques rouges derrière nous dans un claquement sourd.

— Si tu tiens à ta putain de vie, ne t'avise pas de terminer ta phrase.

— Si tu te donnais autant de mal pour sauver ton couple, peut-être qu'Eliotte ne serait pas aussi déboussolée.

— Déboussolée ?

Matthew écarquille les yeux en se retenant de pouffer.

— J'y crois pas, c'est moi qui te l'apprends, et tu te dis encore son petit copain ?

Je soutiens son regard de fer, avant de desserrer ma prise pour de bon.

— Qu'est-ce qu'elle t'a dit exactement ?

Il arrange le col de sa veste.

— Va directement le lui demander.

J'ouvre la bouche pour répliquer, mais il a déjà le dos tourné. J'entends ses pas lourds s'éloigner sur le bitume. Je porte la main à ma mâchoire, elle me lance cruellement.

Matthew parle d'Eliotte et moi comme si notre couple était au bord du gouffre. C'est l'impression qu'*elle* en a ?

Des vertiges me prennent. J'ai la sale sensation que mes pieds vont se décrocher du sol. La douleur se diffuse dans tout mon visage, puis ma poitrine.

Les mains engourdies, je continue ma marche jusqu'à l'école de Kaï. Mes membres sont tellement lourds. Je m'écroule sur le banc surplombé de rosiers en face du bâtiment où il a classe et j'attends. Pendant plusieurs heures, je reste au soleil, à guetter la sonnerie marquant la fin de sa journée.

Quand il sort, je m'accroupis pour l'accueillir dans mes bras. Je le tiens contre moi de longues secondes, avant qu'il me repousse pour que j'aille lui chercher « une glaze ». Je passe le reste de l'après-midi avec lui – et sa crème glacée. Je reste allongé dans l'herbe à le regarder jouer au bord de la rivière, près des coquelicots. J'ai l'impression d'aspirer du soufre à chaque inspiration, et que ma tête gonfle, mais je laisse un sourire vague flotter sur mes lèvres. Parce que je ne peux pas laisser entrevoir à Kaï, ne serait-ce qu'un millimètre, le bordel qu'il y a dans ma tête.

Avant l'heure du dîner, je dépose Kaï chez Joleen, et décline son invitation pour me joindre à eux. Il faut que je file à la réunion de stratégie. J'allais presque l'oublier.

— Je suis désolé, je suis en retard, annoncé-je après avoir poussé la porte.

— Nous t'attendions, dit Joshua un des Cinq.

Sa haute stature occupe une large partie de la pièce dans laquelle nous sommes réunis. Son blouson noir brille sous les lumières orangées des ampoules au-dessus de nous.

— Vous pouviez commencer sans moi, vous savez que ce n'est pas un problème.

— Ce n'est pas une simple réunion de stratégie. C'est une réunion de crise, Izaak.

19. Dynamite

— Comment ça ? lâché-je en m'asseyant sur une chaise.

Soudain, je remarque que les Cinq et chacun des représentants des différentes ailes militaires sont là. Merde, ça ne plaisante pas, ce soir.

Joshua pose les mains à plat sur la table, et parcourt des yeux le groupe.

— Nos dernières actions ont été avortées au dernier moment ou ont lamentablement échoué à cause de la présence des forces de l'ordre, déclare-t-il.

— Quoi ? lâché-je.

— Nous avions prévu de lancer des opérations dans cinq universités différentes. Pour deux d'entre elles, la police a réagi extrêmement rapidement – bien trop vite à notre goût.

— Comment ça se fait ?

— Peut-être une simple coïncidence... Ou bien on a été repérés en amont. Voire dénoncés, dit Krish, le représentant des unités de surveillance.

— Ne nous emballons pas aussi tôt.

— Non, mais il faut se rendre à l'évidence, Joshua : il y a peut-être une taupe parmi nous.

— On n'a pas assez prévu notre coup : c'était de nouveaux

terrains d'action. On ne les connaissait pas assez. Nos prochaines missions seront un succès, je vous le garantis, affirme Alex.

— Je doute que nous puissions en mettre de nouvelles en place prochainement, Alexei. On a perdu beaucoup de matériel…

— Je pense que le réel problème, c'est que celles qui ont été des succès sur le terrain ne l'ont pas été médiatiquement, balance un homme. Elles n'ont pas fait assez de bruit. À la demande de l'État, les principaux médias étouffent notre voix ou tentent de nous faire passer pour un groupe de fanatiques aux yeux de la population.

— Nos attaques ne sont pas assez percutantes, on doit passer à la vitesse supérieure, déclare Tabitha, une des Cinq.

— Qu'entends-tu par là ? demande Chris.

— On doit maintenant viser directement le gouvernement, on doit leur faire peur pour leur montrer qu'on ne plaisante plus. L'action au Bureau de la Santé était la plus réussie car la plus violente !

— Le plan a toujours été de sensibiliser la population dans un premier temps, pour lever une milice nationale, dis-je. On ne peut pas le faire en la terrorisant. Réfléchis un instant.

— Mais ils ne nous prennent pas assez au sérieux, Izaak.

— On doit avant tout se concentrer sur le fait que, selon les sondages, le Gouverneur va être réélu, intervient un des Cinq. La question est de savoir ce qu'on fait de cette nouvelle.

— Il faut l'intimider, lance Charlie. Lui montrer qu'on compte bien le mettre hors d'état de nuire s'il ne collabore pas.

— Izaak a déjà tenté, et Thomas Meeka n'a pas réagi, rétorque Joshua de sa grande voix. Il faut au plus vite publier les éléments compromettants qu'on a contre lui. Ceux qui mentionnent son orientation sexuelle et l'assassinat d'Eric Edison, le père d'Eliotte.

— Sans la présence médiatique de cette dernière, cela pourrait être compromis, tranche Chris.

Je serre le poing. *Ils persistent*…

— J'en ai longuement parlé avec Eliotte, rétorque Alex, et elle n'est pas prête. On doit réfléchir à une autre solution.

— J'y crois pas…, peste Tabitha. Ça aurait pu être un coup de maître !

— Pas sans risque.

— Il y a toujours des risques, il faut l'accepter.

— Cette réalité n'a jamais impliqué de faire pour autant de nos membres de la chair à canon, cinglé-je.

— Il a raison, appuie Chris.

— Vous parlez comme si elle allait à la guerre ! réplique Tabitha.

Elle sourit avant de se passer la main dans ses boucles rousses, comme dépassée.

— Elle va juste prendre la parole devant la presse de temps à autre, avant de retourner dans un espace sécurisé par les Liberâmes de Nouvelle-Californie. Ni plus ni moins. Vous avez le don de toujours tout dramatiser, vous trois.

— Eliotte peut toujours être une figure médiatique depuis Alma, propose Alex. Il suffit de la filmer. Voire de passer en direct. L'équipe tech a trouvé un nouveau…

— Et tu parles de risques ? le coupe-t-elle. Tu veux qu'on émette un signal radio depuis notre base, pour qu'on nous retrouve ? Tu veux qu'on crève ?

— D'ailleurs, le pôle informatique m'a dit avoir repéré un signal émis depuis Alma il y a quelques jours.

Je me crispe sur ma chaise.

Eliotte…

— On a sûrement dû déconner avec nos dernières communications, dit un homme. Il faut qu'on les réduise. On pourrait nous localiser…

— Je crains bien que tout ça ne réponde pas à notre priorité, ce soir. À savoir, le fait que notre cause s'essouffle. Que faisons-nous ?

Joshua croise les bras contre son torse, en scrutant le reste de l'assemblée.

— Les Liberâmes rencontrent de trop grandes difficultés, nous devons l'accepter, affirme Tabitha. Si nous ne prenons pas dès à présent le problème à la racine, nous serons foutus. Le gouvernement n'a aucune considération pour notre cause. Si on veut l'alarmer, on doit lui montrer de quoi nous sommes capables.

— Ce serait nous tirer une balle dans le pied, affirmé-je du tac au tac.

Toutes les paires d'yeux se tournent vers moi. Une tension palpable alourdit l'air.

Mais ça ne m'empêche pas de dire :

— Pour moi, on reste sur le plan initial : faire adhérer à notre cause le plus de monde possible.

— La priorité est de décrédibiliser le Gouverneur Meeka. Pour commencer, on sensibiliserait les Américains tout en attaquant directement les politiques, dit une fille, dans le fond. D'une pierre deux coups.

— On grillerait notre cartouche en se contentant d'envoyer les documents à la presse, répond une autre. Il faut qu'Eliotte y aille.

— Elle ne veut pas, dit fermement Alex.

— Oui, on doit trouver un autre moyen, ajoute Charlie.

Je leur lance un regard reconnaissant. Heureusement que je ne suis pas le seul à la défendre.

— Et puis merde, on lui dit de le faire, c'est tout ! s'exclame Tabitha. Ce serait l'affaire de deux semaines grand maximum pour sauver notre cause… Pourquoi refuserait-elle ?

Je vais la tuer.

Je déglutis pour refouler les émotions qui montent à une vitesse fulgurante depuis le début de leur réunion débile.

Un silence dévorant s'empare de la pièce. Chacun est en train de peser le pour et le contre, alors que la réponse me paraît si évidente : on ne fait pas partir quelqu'un qui ne veut pas. Encore moins s'il risque sa vie.

Que ferais-tu si elle était envoyée, malgré tout, à l'autre bout du continent ? Loin de toi ?

Mes doigts se plantent dans l'accoudoir de ma chaise. Cette maudite voix résonne encore dans ma tête, avec sa question à la con.

Que ferais-tu ?

— Vous ne trouvez pas ça bizarre qu'elle ne veuille pas y aller ? demande soudain Krish. Tabitha a raison : pourquoi refuserait-elle de partir quelque temps, pour sauver notre cause ?

Bizarre ?

Mon pouls s'accélère. Je n'aime pas du tout la tournure de cette conversation.

— Déjà, il n'avait jamais été convenu qu'elle ne partirait que deux semaines, répond Alex. Au départ, Chris lui a dit qu'on ne pouvait lui assurer une date de retour.

— Oui mais je trouve ça quand même étrange, moi !

— C'est vrai…, marmonne Tabitha. Et puis, ce n'est pas elle qui a proposé de faire des actions auprès des universités ?

Je m'apprête à répliquer, mais Alex répond :

— Ça a été une réflexion commune. Et l'équipe a validé à l'unanimité.

— Mais au dernier moment, tu as changé la stratégie pour aller plutôt vers le nord, non ? fait Krish. Et je me souviens bien de ce que tu as dit : « Eliotte a raison, le nord est moins conservateur. » C'était donc son idée. Si on était restés sur le plan d'origine, peut-être que l'une de nos dernières actions n'aurait pas échoué.

— Qu'est-ce que tu insinues au juste ? Qu'Eliotte est une putain de taupe ? l'interrogé-je, en haussant le ton.

— Après tout, depuis qu'elle est là, tout dégringole.

— C'est ridicule ! m'exclamé-je. Avec le passif qu'elle se traîne, une taupe ? Je te rappelle que son père est mort à cause du système. Elle est la première concernée par cette cause – et c'est bien la raison pour laquelle vous voulez l'envoyer en mission kamikaze, non ?

— Ce que tu dis n'a aucun sens, Krish, ajoute Alex.

— Ce qu'il dit n'est pas stupide, affirme Tabitha.

— Oui je suis d'accord : ce n'est pas juste stupide, c'est complètement *absurde* ! rétorqué-je.

Calme-toi.

Je ne peux pas m'empêcher de dévisager Tabitha, la bouche serrée.

— Je pense qu'on perd de vue l'objectif de la réunion, lance Chris, en s'interposant.

Il contourne la table pour se placer devant le tableau blanc devant nous. Ce dernier est encore vierge parce qu'ils ne sont pas capables de trouver des plans concrets. Ils préfèrent fabuler avec leurs théories tout droit sorties de leur froc.

— Notre groupe rencontre un moment de crise, nous sommes tous stressés, et apeurés pour la suite, mais nous devons rester lucides. Actifs. Que pouvons-nous faire prochainement ?

Dieu merci, enfin un qui réfléchit.

— On pourrait à nouveau pirater *HealHearts*, mais dans un autre District-État, propose Lena, la coordinatrice des missions au sud du pays. Le groupe du Grand-Texas m'a dit être prêt.

— Je crains qu'on manque de moyens… Ou alors, on mise

tout sur cette action. Mais dans ce cas, on revoit notre budget et nos objectifs pour les six prochains mois.

— Et si on faisait une manifestation en rassemblant les forces Liberâmes de tout le pays ? dit Charlie.

— Quelque chose de grandiose. Ça fera forcément parler de nous ! répond un homme.

J'ai la tête bien trop lourde pour porter mon attention sur la personne qui vient de prendre la parole.

— C'est trop pacifiste et inefficace compte tenu de la gravité de la situation, fait Tabitha.

— Quoi ? lâche Alex.

— Tu veux savoir ce que ça va donner ? Eh bien, on se fera défoncer à nouveau par les flics, et la moitié ira en taule pendant un mois, comme pour la manif du Grand-Texas. C'est tout. Il faut montrer les crocs.

Et c'est reparti pour un tour.

— Nous sommes une meute puissante.

Oh ! non, une métaphore de canidés, je vais hurler.

Je pince les lèvres pour me retenir de m'esclaffer.

Éliotte aurait ri, elle.

Un sourire m'échappe.

Et dire qu'ils doutent d'elle…

Une pellicule de sueur s'est déposée sur ma nuque. Je plie et déplie les doigts frénétiquement.

Ils sont au courant pour l'appel passé depuis Alma. S'ils remontent jusqu'à Eliotte… Comment se justifiera-t-elle sans qu'ils ne doutent ?

— Tabitha a peut-être raison, dit soudain Joshua. Un attentat sans victime pourrait éveiller les consciences.

Je manque de tomber de ma chaise. J'ai bien entendu ?

— Quelle bonne idée, dis-je d'une voix lasse, sans pouvoir me contrôler. On passera pour de grands malades, comme ça. C'est exactement ce dont nous avons besoin. Vous êtes si astucieux et sagaces, tous les deux.

— Izaak…

— Non, c'est vrai, si on perd le soutien de l'opinion publique, je peux vous dire qu'on est morts, confirme Alex.

Je laisse mon corps se reposer contre le dossier de ma chaise et masse mes tempes. Entre les références de loups et leurs envies d'attentats, rien ne va ce soir.

Mon regard se tourne vers Alex, à ma gauche. Il me rend mon œillade, en faisant tourner discrètement son index près de son crâne. Je lui souris.

Le débat continue, en s'enflammant un peu plus à mesure que le temps passe. Je n'ose plus y prendre part, car je sens que je vais m'emporter. Je suis bien trop à fleur de peau pour m'engager dans un argumentaire. Il faut se rendre à l'évidence : je ne vais changer l'avis de personne, ce soir. Il se fait tard, on est bien trop préoccupés, stressés et épuisés pour penser avec clairvoyance.

Au moins, plus personne ne parle d'Eliotte. C'est tout ce qui m'importe.

Quand la discussion se termine, aux alentours de minuit, je reste assis sur ma chaise, avec Alex, Charlie et Chris. Krish aussi est là, installé au fond de la salle.

— Il faut qu'on apaise les choses, Chris, dit Alex.

— Il est vrai que la situation est tendue. Nous ne sommes pas vraiment au bord du gouffre, comme le suggérait le ton alarmiste de Joshua, mais on reste en danger si on n'agit pas au plus vite.

— Moi je vous dis qu'il y a une taupe, lâche Krish.

Je déglutis avec peine.

— Arrête avec ça, Krish.

Charlie soupire avant de dire :

— On va pas se monter les uns contre les autres. On n'a certainement pas besoin de ça, maintenant.

— Quoi ? Tu m'accuses d'être un fauteur de troubles, c'est ça ? aboie Krish.

Ses joues rouges contrastent soudain avec sa peau basanée. Alex rétorque :

— T'as quand même affirmé qu'un de nos meilleurs éléments est peut-être une taupe.

— Oh ! pitié, « l'un de nos meilleurs éléments »... Elle a donné deux idées et a battu des cils, c'est tout.

Charlie pose aussitôt la main sur mon avant-bras. Elle sait que je suis sur le point d'exploser. Je plisse les yeux, en retenant un grognement de frustration.

— T'insinues quoi, là ?

— Qu'elle t'a dans la poche, c'est tout !

Alex allait répondre mais Chris intervient :

— Bon, concrètement, quelles preuves as-tu contre elle ? Dis-nous.

Je le fixe, abasourdi. Il n'est quand même pas en train de prendre au sérieux ce décérébré ?

— Au-delà du fait que ses dernières propositions ont été étrangement contre-attaquées par le gouvernement, on ne peut pas oublier qu'elle sortait avec Ashton, le bras droit du Gouverneur.

— Oui, avant qu'Algorithma ne nous force à nous marier, dis-je, la voix fumante. Une raison de plus d'être contre le système.

— Mais qu'est-ce qui nous dit qu'elle n'a pas décidé de les aider, finalement ? Par amour pour Ashton ?

Je pouffe et arbore un air outrecuidant.

— Clairement, on perd notre temps à l'écouter...

— Izaak, tu nous l'as dit toi-même : tu ne connais quasiment pas cette fille, insiste Krish. Vous vous parliez et ne vous voyiez qu'à peine quand vous étiez mariés.

— Et alors ? On peut observer les faits, dit Alex. Moi je vois une personne déterminée et douée dans ce qu'elle fait.

Krish ricane.

— Oh ! la ferme, Alex. Tu n'es pas objectif. Elle t'a pris dans ses filets.

— Ses filets ? répété-je.

— On est entre nous. Alors je vais vous dire les choses comme je les perçois : je vois clair dans son jeu. Eliotte est une petite séductrice qui manigance dans notre dos avec Ashton.

Chris avance d'un pas.

— Krish…

— Tu débloques complètement, dit Charlie.

— Non, mais avouez-le !

Je me lève de ma chaise, les poings si serrés que mes ongles se plantent dans ma paume.

— Je vais me coucher.

Des flammes hautes de dix mètres lèchent mon abdomen. Mon sang crépite. Bout. Je traverse la pièce pour aller vers la porte.

— C'est une petite conne, c'est mon avis, poursuit Krish.

Je m'arrête net.

Ne réagis pas. Tu vas vous cramer.

— Un avis infondé, crache Alex.

— Oh ! détends-toi ! On a compris, on ne touche pas à celle que tu veux mettre dans ton lit ! Figure-toi que moi aussi j'aurais bien voulu, si elle n'était pas…

— Krish, t'es vraiment con ! le coupe Charlie.

— Elle…

Je cède.

Je me tourne vers Krish qui continue à déblatérer des immondices et crache :

— Arrête. Respecte-la.

— Son père était lié au Gouverneur… Elle a sûrement quelque chose à cacher, Izaak !

— Tu dis n'importe quoi. Eliotte a tout risqué pour nous, et son père était impliqué dans la résistance.

— Je donne simplement mon…

— On s'en branle, de ton avis de rageux.

Je parcours la salle en quelques pas et me plante devant ce trou de balle. Le feu dans mon ventre remonte jusque dans ma bouche, en passant par mes tripes qui se désintègrent. Je vais exploser.

Calme-toi.

— Écoute-moi bien, commencé-je en essayant de tempérer ma voix. Il y a des choses qui se disent et d'autres qui ne se disent pas. Si tu es frustré parce qu'elle n'a pas voulu te regarder, c'est pas notre problème. Venge-toi sur quelqu'un d'autre.

— Mais tu te prends pour qui ?

— Les gars ! s'exclame Charlie en venant vers nous.

Krish se dresse d'un bond, et se place devant moi. Je le foudroie du regard.

— J'en ai rien à foutre de cette brune de merde ! Je dis juste que c'est une petite pétasse qui nous manipule tous !

— Surveille tes putains de mots ! craché-je en levant mon index.

— Qu'est-ce qui te prend ?

— Tu la traites de salope et monte tout le monde contre elle, et tu crois que je vais rester les bras croisés ?

— Qu'est-ce que ça peut te foutre ? Et tu crois m'impressionner, petit gosse de riche à la con ? Je le redis, et encore plus fort : cette inconnue n'est qu'une salope !

— Ta gueule !

— Mais tu…

Je l'attrape par le col, et m'écrie tout près de son visage :

— Doute de qui tu veux, mais pas de ma femme ! Tu m'as bien compris, sombre merde ?

— Ta quoi ?

Je papillonne des yeux. Mes mains lâchent le polo de Krish. Je suis soudain pris de vertiges, la pièce tangue.

Putain, j'ai dit quoi ?

Je tourne sur moi-même, guettant la réaction des autres. Alex me dévisage, confus. Charlie cache son visage dans ses mains, en secouant la tête.

Qu'est-ce que j'ai fait ?

— Ne me dis pas que… Oh ! je comprends mieux, maintenant ! s'exclame Krish. Tu t'es épris de la brune pendant votre mariage idiot !

— Je… Quoi ?

— Bien sûr… Tu l'as appelée « ma » femme !

Merde, merde, merde…

— Ça suffit ! vitupère Chris. Les garçons, rentrez chez vous et arrêtez ces conneries.

— Oui, on y va, dit Charlie en prenant mon avant-bras.

Je reste debout, incapable de décrocher mon regard du visage hagard de Krish.

— Attendez, le mec vient de nous prouver qu'Eliotte l'avait pris lui aussi dans ses filets !

— Arrête avec tes théories de merde, toi ! rétorque Charlie. Tu vois une femme prendre un peu trop de place sur le camp, et beaucoup plus vite que toi, donc elle est forcément une manipulatrice ?

Encore une putain d'idée de mâle complexé qui veut dominer tout ce qui bouge.

— Tu peux te les garder, ces idées de féministes à la con.

— Je remercie le ciel d'être lesbienne exactement pour ça, Krish ! dit-elle en le désignant.

Charlie tire plus fermement sur mon bras, et je me décide à lui emboîter le pas. Mon rythme cardiaque n'a jamais été aussi rapide. Mon cœur frappe si fort contre les parois de ma poitrine qu'il pourrait s'en décrocher à tout moment.

J'ai déconné. J'ai tout foutu en l'air.

— Qu'est-ce qui t'a pris ? chuchote-t-elle quand on sort de la salle.

— J'ai pété un câble. Je ne pouvais pas me contrôler… Tu l'as entendu ?

— Justement !

— Charlie, c'est pas le moment de me faire la morale… Je suis à bout de nerfs et épuisé.

— Izaak, je ne voulais pas…

Elle resserre sa prise.

— De toute façon on n'était que tous les quatre. Chris et Alex étaient de notre côté pendant le débat à la réunion. Ça ne sortira pas d'ici. Et même si ça se savait, où est le problème, dans le fond ? Vous n'avez rien fait de mal.

J'aimerais lui sourire, mais mes lèvres restent immobiles. J'apprécie qu'elle essaie de me réconforter malgré tout.

Mais ça ne fait pas effet.

Soudain, je sens qu'on me saisit par les épaules.

— Attends, Charlie ! Je dois lui parler.

Je tourne les talons pour faire face à Alexei qui me relâche. Les traits de son visage fatigué sont empreints de déception.

Charlie me consulte d'un coup d'œil, avant que je lâche :

— Je vais rentrer avec lui. Bonne nuit, Charlie.

— Bonne nuit, Izaak.

Elle m'étreint quelques secondes, en me gratifiant d'un sourire serein, comme pour me dire « t'en fais pas, tout va bien ».

Mais rien ne va.

Notre route se sépare, et Alex et moi marchons en direction de notre habitation. Dès que nous sommes en tête à tête, il déclare dans le vide de la nuit :

— Ta femme ?

Je pourrais mentir, et lui dire que je suis juste très attaché à Eliotte, voire que ce n'est pas réciproque et ne jamais avouer qu'on a manigancé un plan pour cacher notre relation à tout Alma.

Mais je n'en fais rien.

— Je suis avec elle.

— Tu te fous de ma gueule ?

— Alex…

— J'arrive pas à croire que tu m'aies pris pour un con comme ça ! On en parlait encore cet après-midi, bordel ! Et moi je t'ai…

Il ne finit pas sa phrase, et se mord la lèvre inférieure.

— J'ai pas osé te le dire, avoué-je.

Je connais Alexei depuis mes seize ans. Il a toujours représenté pour moi la révolte dans son état le plus brut, il incarne à lui tout seul le poing levé. C'est lui qui m'a poussé à me donner corps et âme pour atteindre mes objectifs. J'éprouvais un malaise viscéral à la simple idée de lui dire : « Oui, Alex, je suis tombé amoureux de la personne qu'Algorithma a choisie pour moi alors que je me bats contre le système. » Et je ne veux même pas savoir pourquoi cette vérité m'a autant perturbé, au point de lui mentir.

Même si Alex est proche de moi, il reste fidèlement lié à la cause coûte que coûte. Et il ne décidera jamais de mettre ses intérêts personnels - les gens qu'il aime - au-dessus de ses convictions.

J'avais également peur qu'il puisse se tourner contre moi, c'est vrai.

Alors pourquoi a-t-il accepté de cacher Matthew sur le bateau, alors même que cela mettait en péril la cause ? Hein, Izaak ?

Je pousse un long soupir en fermant les bras autour de mon torse. L'air s'est refroidi nettement.

— Tu aurais dû me tenir au courant, lâche Alex. Pourquoi tu me l'as caché à moi ?

— J'avais peur.

— Merde, Izaak, peur de quoi ? C'est moi !

— Je sais bien…

— Ça nous aurait épargné un malaise pas possible.

— Si tu parles de ce que tu m'as dit dans la jungle, c'est déjà oublié.

— J'y crois moyen. Surtout après t'avoir vu à deux doigts de castrer Krish.

— Je suis à fleur de peau, aujourd'hui…

— Ah bon ? J'aurais jamais cru.

Son sarcasme pointu me désarçonne.

— Mais la raison pour laquelle tu as préféré ne rien dire sur votre relation m'apparaît plus clairement maintenant, après la réunion de ce soir, dit-il alors. Je dois avouer que je n'aurais pas pensé qu'Eliotte était autant sur la sellette, malgré l'histoire de son père.

— Moi non plus, à vrai dire… J'ai surtout décidé de mentir par prudence. Tu me connais, je suis parano, et je refusais que sa présence à Alma soit ne serait-ce qu'une seconde compromise.

Il opine du chef.

— Mais j'étais loin d'imaginer qu'on la soupçonnait d'être une taupe parce qu'elle essaie d'être active, qu'elle est l'ex d'Ashton et qu'elle a la présence d'esprit de refuser de retourner aux États-Unis se faire décapiter.

— Le lien entre l'échec de nos dernières actions et ses conseils stratégiques ne va pas non plus en sa faveur.

— Tu ne doutes pas d'elle pour autant.

— Non. Il est sûr que Krish a pété les plombs ce soir. Peut-être que Charlie a raison et qu'il est réellement complexé par Eliotte.

Je mords l'intérieur de ma joue en réfrénant l'agitation en moi. *Repenser à ses mots, revoir son visage, ça me… Putain.*

— Et qu'est-ce que tu vas faire, maintenant ? me demande Alex.

Le vent soulève quelquesmèches de sa queue-de-cheval et me donne la chair de poule.

— Je ne sais pas.

— Si tu veux mon avis, tu devrais voir ça avec Eliotte.

— Je préfère ne rien lui dire de ce qui s'est passé ce soir. Toi non plus, ne lui en parle pas. Je ne veux pas l'inquiéter. Et…

Je me tais tandis que nous arpentons un chemin sableux, les yeux baissés sur nos chaussures.

— Quoi ?

— Je sais qu'elle serait capable de les écouter et de retourner à Portland pour incarner leur figure médiatique.

Ou leur martyre.

— Elle est du genre à provoquer. Et elle veut prouver à tout prix qu'elle a sa place dans l'organisation.

Silence. Je n'entends que le vent et le crissement du sable sous nos semelles.

— Bien, dit enfin Alex. Je ne dirai rien.

Je lui offre un sourire pincé, qu'il me rend avec le même embarras. La situation est délicate, après son aveu dans la jungle, ce matin. On peut dire ce qu'on veut ce soir : nous savons pertinemment qu'il a un faible pour la fille qui m'a donné son cœur, et qu'il était même prêt à passer à l'action.

J'espère simplement que ce malaise va vite se dissiper. Je ne peux pas perdre Alex.

Alors que nous approchons du croisement qui mène à notre habitation, je m'arrête.

— Je vais faire un tour avant de me coucher.

— Ça marche.

Il tapote mon bras, avant de me saluer d'un vague geste de la main.

Tandis qu'il prend le chemin de droite, j'emprunte celui de gauche, et ne tarde pas à m'enfoncer dans les hautes herbes. Je regagne ma cachette, sous le cyprès de Montezuma, et observe les reflets de la lune onduler sur la surface argentée de la rivière.

Qu'est-ce que je vais faire ? Qu'est-ce que je vais dire, maintenant ?

Réfléchis. Tu as toujours eu un plan. Pourquoi flanches-tu maintenant ? Réfléchis, bon sang.

Il faut que j'anticipe au mieux ce qui va se passer demain matin. Que ce soit au réfectoire, à la salle d'entraînement ou au détour d'une rue, je vais recroiser Chris, Alex et Krish, et je devrai leur expliquer ma position. Quels mots utiliser ? Quel ton employer ? De quelle excuse user ?

Soudain, je défais la fermeture Eclair de ma veste, parce que j'ai la putain d'impression d'étouffer, et plante mes doigts dans l'herbe froide. Il doit faire moins de dix degrés, mais mon corps fume.

Dans quelle merde je me suis encore fourré ?

— Izaak ?

Je sursaute.

20. Les non-dits

Eliotte

— Eliotte ?

Le visage à moitié dissimulé par la capuche de mon sweat-shirt, je le regarde, et je reste à une bonne distance de lui.

— Qu'est-ce que tu fais ici ? demande-t-il, à mi-voix.

— Je cherchais un coin tranquille. J'avais besoin de respirer.

Il doit être plus d'1 heure du matin. Je n'aurais jamais cru croiser quelqu'un ici.

— Bon, eh bien vu que ce coin n'est pas tranquille, je ferais mieux d'y aller.

Je m'apprête à tourner les talons, quand sa voix grave m'immobilise net :

— Non, reste. Je peux partir si tu veux.

Je ne réponds pas. Alors, il me désigne du menton un endroit ombragé à quelques mètres de lui.

— Ce coin-ci m'a l'air tranquille.

Je scrute le tas d'herbes, avant de décréter :

— Oui, ça paraît bien.

Je vais m'y asseoir, sans rien ajouter. Penchée au-dessus de l'eau, je laisse le bruit du courant, accompagné du chant des grillons, me bercer.

— Mince alors, lance tout à coup Izaak. Avec ces cigales, le coin n'est plus tranquille. Tu sais, à la place juste à côté de moi, on ne les entend presque pas.

— J'aime bien les écouter. D'ailleurs, ce sont des grillons, rétorqué-je d'un ton distant.

Le fait qu'il m'ait ignorée toute la journée m'a sincèrement blessée. Même lorsque l'on s'est croisés, il a préféré détourner les yeux. Je regrette sincèrement de nous avoir mis en danger en appelant Ashton… mais est-ce une raison pour réagir de la sorte ?

— Tu es bien sûre ?

— Le son qu'ils produisent s'appelle la stridulation. Les cigales émettent ce qu'on nomme la cymbalisation.

— Et en plus, elle est entomologiste… Waouh. Incroyable. Je fonds.

Je lui accorde un regard bref, avant de baisser les paupières. Je sens mon cœur pulser dans ma cage thoracique.

— Je pense que je devrais me rapprocher. Juste pour bien entendre les grillons. Ils sont si loin de moi que je les ai confondus avec des cigales, quand même. C'est pas croyable.

Je me retiens de sourire. C'est lui qui n'est pas croyable.

Malgré mon silence, Izaak glisse sur l'herbe et s'assied en tailleur à mes côtés. Nos coudes s'effleurent.

Les secondes s'écoulent lentement.

— Maintenant que je suis proche, je maintiens ce que je disais, en fait, lâche Izaak. Ce sont des cigales.

— Des grillons.

— Mh-mh. Des cigales.

Je tourne le visage vers lui et Izaak me caresse des yeux.

Je ne parviens à lui offrir qu'une ébauche de sourire, avant de me reconcentrer sur l'eau. Peu importe le nombre de mots que je contiens, ni depuis combien de temps, je suis toujours incapable de les laisser s'échapper. Je préfère les laisser hurler au fond de moi, jusqu'à ce qu'ils s'amuïssent, plutôt que de les libérer.

Et je me déteste pour ça. Je voudrais tout dire à Izaak, la moindre de mes émotions, dans les moindres détails.

Je perçois toujours ses yeux rivés sur moi, sur les contours de mon profil, sur mes lèvres qui palpitent sous mes inspirations saccadées par le stress.

— Qu'est-ce qui nous arrive, Eli ?

Sa phrase me frappe de plein fouet.

— Qu'est-ce qu'on ne se dit pas ?

Je serre la mâchoire.

— Matthew m'a parlé aujourd'hui et… il m'a perturbé, poursuit-il. Sincèrement. Si les choses paraissent aussi tendues entre nous, ce n'est pas qu'à cause d'hier soir, je me trompe ?

Je ne suis capable que de faire non de la tête.

— Alors parle-moi. Dis-moi ce qui ne va pas.

— Ce… Ce qui ne va pas ?

Je prends une grande bouffée d'air frais.

— J'ai le cœur lourd.

— Pourquoi ?

— Je…

J'ai tellement peur de te perdre. De te sentir partir, toi aussi.

— Izaak… Ça fait presque deux mois que je suis… je… C'est dur.

— D'être ici, loin de tes repères ?

— D'une part, oui. Mais ce n'est pas ça le pire.

Sa main se pose sur ma nuque et la masse doucement.

— Dis-moi, Eli.

J'ai envie de tout vider au bord de la rivière ; mes craintes, mes doutes, mes torts. Mais je… je n'y arrive pas. J'en suis incapable.

Il n'y a que la moitié de la vérité qui arrive à esquisser un chemin entre mes lèvres :

— Je… Je réalise que tu me manques, Izaak. Tous les jours. Énormément. Et je ne sais pas si c'est…

Réciproque.

— Normal ? propose-t-il.

— Oui, mens-je en essayant de m'ajuster. Enfin… Toi, tu as l'air de gérer la distance qu'on s'impose entre nous en faisant semblant. Alors je me questionne.

— Ce n'est pas parce que je ne le montre pas forcément, que je ne pense pas à toi, chaque seconde, de chaque putain de journée.

— Je…

— Tu sais quoi ? J'ai failli tuer trois personnes aujourd'hui. Matthew, mais ça ce n'est pas une surprise, un mec débile qui parle mal, et Alex. Mon Alex. Tu imagines ? Je te jure qu'il allait finir unijambiste si je ne m'étais pas retenu.

— Quoi ? Mais pourquoi ?

— Parce qu'ils pensent pouvoir t'avoir. Et ça me rend dingue. Je pars en vrille rien qu'en y pensant… Je ne me reconnais même pas.

Il pousse un long soupir.

— Depuis qu'on se connaît, je fais des choses qui ne me ressemblent pas. J'ai dépassé les limites que je m'étais fixées, je me suis mis à jouer des conversations en boucle dans ma tête avant de dormir, j'ai le cœur qui gonfle rien qu'en prononçant ton prénom.

Son regard est perdu sur l'eau.

— Eliotte, murmure-t-il. Eliotte… Voilà, ça le refait. Ça gonfle. J'ai des picotements aux mains, et je te veux près de moi.

J'ai envie de hocher la tête, et de simplement savourer ses mots, ses paroles qui me font tant de bien.

Mais un sentiment me bloque. Un sentiment qui ne m'est que trop familier.

Une alarme. La bonne vieille sonnerie qui résonnait à chaque fois qu'une personne s'approchait trop près de moi, puis trop près de mon cœur.

Mais j'avais réussi à l'étouffer jusqu'aujourd'hui – en pensant naïvement que je l'avais éteinte. Mais elle résonnait depuis tout ce temps, à me faire saigner des oreilles.

Eliotte, tu avais promis de te protéger.

Tu avais promis de ne plus te laisser abandonner.

— Izaak, je…

— S'il te plaît, crois-moi, Eli.

Tu t'étais promis de prendre soin de ton cœur.

Et te revoilà à côté d'un homme, avec le cœur au bord du précipice.

Oui, mais il…

Ma poitrine me paraît si compressée, que c'en est douloureux.

Je me lève, la tête si remplie que je titube presque sur l'herbe.

— Je devrais aller me coucher.

J'ai à peine le temps de faire volte-face qu'Izaak bondit pour me rattraper.

— Eliotte, attends ! Non, reste là…

Sa main chaude se referme sur mon poignet.

— J-J'ai besoin de toi, Eliotte… C'est assez clair ?

L'air de souci sur son visage m'arrache un battement.

— Je ne te laisserai pas partir, poursuit-il. Tu comptes plus que n'importe qui.

J'ai la gorge nouée. Rien ne parvient à sortir.

— Eliotte ?

Je déglutis, les larmes aux yeux.

— Réponds-moi, pitié, Eli.

— Toi aussi, tu comptes tellement…

Je me jette dans ses bras, incapable de le regarder dans les yeux. Ses bras me plaquent davantage sur son torse, et il murmure, tout près de mon oreille :

— Quand ça ne va pas, je t'en supplie, dis-le-moi. On ne peut pas se laisser dans le noir, à attendre que les choses passent. Parle-moi.

— Je ne sais pas *parler*. Je n'ai jamais appris à le faire. Il n'y a jamais eu personne en face pour m'écouter.

— Je sais, souffle-t-il contre ma tempe. Je le sais, brunette.

Je ne le fais pas également parce que, parler, c'est voir la vérité se matérialiser dans l'air avec ma voix. C'est la voir grandir, se dresser devant mes yeux écarquillés, et me dire « regarde-moi, j'existe ».

Mais je ne veux pas qu'elle existe. Pas même une seconde.

— Dors chez moi, ce soir, lâche soudain Izaak.

— Mais… on risque de me voir demain.

— Tant pis, dit-il en se détachant de moi. Alex et Maleek ne diront rien si je le leur demande. Et même s'ils parlent…

Il hausse les épaules en soupirant, avant de prendre ma main. Nous longeons alors les champs de blé, sous la lune.

— Je suis à peu près sûr que ce sont des cigales.

J'éclate de rire. Celui d'Izaak se perd une seconde après dans les étoiles.

— Des grillons.

— J'ai un double master en matière quantique-physique subatomique *et* en biologie.

— Et tu as eu ton diplôme comment, du coup ? Parce que ce sont des grillons.

Il me donne un coup de coude avant qu'on s'esclaffe à nouveau.

— Je voulais te dire…, reprends-je. Je suis désolée d'avoir agi sans réfléchir avec Ashton. Je sais que ça nous a mis en danger.

Une ombre passe sur son visage.

— C-C'est rien. Je connais les raisons qui t'ont poussée à le faire… Les mêmes que celles qui t'ont motivée à aider Matthew. Tu veux tendre la main aux autres. Je ne peux pas t'en blâmer.

— La prochaine fois, je te tiendrai au courant de tout.

— Il y aura une prochaine fois ?

Il me sourit, tout en passant un bras autour de mes épaules.

— Et tu prétends me connaître, mon tarsier chéri ? lancé-je ironiquement. D'ailleurs… tu veux savoir ce que m'a avoué ton frère ?

Il acquiesce.

— Il m'a dit qu'il était désolé. Qu'il ne pensait pas un mot de ce qu'il a déclaré à la conférence de presse… et qu'il t'aimait.

Izaak soupire.

— Si c'était le cas, je ne sais pas si on en serait là, Eli.

— Ne doute pas de ses sentiments. Il t'aime réellement.

— Les mots sans les actes, ne sont que des lettres agglutinées entre elles. Tu ne peux pas aimer, sans agir en conséquence.

Je baisse les yeux. Je le comprends, et il a sans doute raison. Mais j'ai la profonde conviction que l'amour que ressent Ashton pour Izaak va bien au-delà des mots ou des actes. C'est familial. Instinctif. Codé dans leurs gènes.

Soudain, Izaak arrête de marcher.

— On est arrivés.

Je regarde la petite maison peinte de crépi blanc, et ornée par des buissons de dahlias rose et violet. Quand on passe le pas de la porte, l'odeur musquée de ces derniers nous parvient très distinctement. Je laisse Izaak me conduire vers sa chambre d'une main posée sur mon dos. Nous ne sommes éclairés que par la clarté vespérale, filtrée par les carreaux.

Izaak s'écroule sur son lit en expulsant tout l'air contenu dans ses poumons. Il retire ses chaussures et croise les bras derrière sa tête. Je me déchausse à mon tour avant de me défaire de mon sweat, bien trop chaud pour l'intérieur, et rejoins Izaak sur la couette moelleuse.

— C'est injuste, clamé-je. Nos lits ne sont pas comme ça dans les dortoirs.

— Une autre raison pour que tu viennes ici plus souvent, alors.

Il embrasse ma tempe et je place ma tête sur son torse. Ses doigts caressent aussitôt mes cheveux. La chaleur de sa peau, qui traverse le tissu de son T-shirt, se propage partout en moi.

Je bats des cils, en traçant des cercles sur son ventre.

— Algorithma avait raison, alors ? lâché-je. Pour nous ?

— Mmh…

Sa main quitte le sommet de ma tête pour glisser sur mes omoplates.

— Il y a quelques mois encore, j'aurais donné n'importe quoi pour affirmer le contraire, dit-il *sotto voce*. Je ne pouvais pas concevoir le fait que ces gens aient raison. Mais… quand je suis avec toi…

Il soupire.

— Je ne peux pas nier l'évidence.

Je lève le menton vers son visage, pour attraper son regard vert.

— Et je ne sais pas quoi en conclure vis-à-vis d'Algorithma, lâche-t-il d'une voix douce.

— Moi, j'ai espoir que le système ne soit pas fondamentalement mauvais. Car, dans le fond, l'idée est noble : que les gens soient heureux.

— L'idée ou le prétexte ?

— Ah ! ça…

Je me décale, pour m'étendre à son côté, en glissant mon bras sous le coussin près de son visage.

— Je n'ai pas cru à la fiabilité d'Algorithma car je pensais que mon père nous avait quittées... mais il ne pouvait pas trouver son âme sœur avec une machine homophobe. Il manquait quelque chose à l'équation. Et pour Ashton, je...

Izaak roule sur le flanc et pose sa grande main sur mon abdomen.

— Et quoi, pour Ash ? Après ce que vous avez vécu, tu es encore un peu attachée à lui... non ?

Je n'arrive pas à déchiffrer l'émotion dans sa voix.

— Il m'a énormément déçue, sur tous les points. J'ai perdu le respect que j'avais pour lui, aussi... Mais je lui porte une certaine affection, oui. En dépit de tout ce qu'il a fait..., avoué-je sincèrement.

Je laisse passer quelques secondes avant d'ajouter :

— Je ne sais pas si c'est le cas parce qu'il a une personnalité attendrissante, ou parce que je l'ai rencontré à un moment de ma vie où j'avais besoin de quelqu'un comme lui, et étant intrinsèquement lié à une époque où j'étais en détresse, je l'associe aujourd'hui à tout ce qu'il pouvait représenter à ce moment-là de ma jeunesse. Du réconfort, de la chaleur.

— Raconte-moi, demande Izaak de sa voix douce et granuleuse.

Sa main cajole le tissu de mon T-shirt dans de petits cercles flous.

— J'avais seize ans, je commençais une crise existentielle, je cherchais des réponses au sujet de mon père, et essuyais tous les refus de ma mère. Elle m'envoyait chier continuellement, plus ou moins brutalement. Mon monde partait en lambeaux. Et j'ai rencontré Ashton pile à ce moment-là... ou plutôt, j'ai décidé de le laisser entrer dans ma vie parce que j'avais besoin de chaleur humaine. Il était là. Malgré le fait que je repoussais absolument tout ce qui s'approchait de moi. Il m'a donné l'attention et l'amour dont je manquais cruellement à cette période. Et moi je lui ai apporté le soutien et le refuge qu'il attendait dans ce monde qui allait à deux cents à l'heure sous la pression des Meeka. Je crois qu'il y a toujours une part de hasard dans ce qui nous arrive, et on s'est trouvés grâce à la force du destin… Mais il n'y a pas que ça.

— C'est-à-dire ?

— S'il y a le hasard de nos cœurs, il y a aussi les plans, parfois inconscients, de nos esprits. Pour survivre à ce moment-là de notre existence, Ashton et moi avions besoin de soutien. Alors on s'est choisis mutuellement. Je crois que, dans ta théorie de l'amour, tu aurais appelé ça… « l'amour naturel », je crois.

Il hausse les sourcils.

— Tu t'en souviens ?

— Ça m'est resté en tête quand je décortiquais les relations humaines autour de moi. J'ai trouvé que tu n'avais jamais tort, finalement. Tu es brillant, tu sais.

J'embrasse le bout de son nez et il revêt un sourire que je ne lui connaissais pas. Petit, timide. Izaak a l'air profondément touché. Il ne dit rien pendant quelques secondes, perdu dans mon regard, avant de se reprendre.

— Hum… oui, oui, c'est ça. L'amour naturel, l'affection primitive… ou quand on se lie à l'autre pour survivre. Parce que c'est dans notre nature. Il n'y a rien de plus normal. C'est instinctif.

Izaak expire par la bouche et se remet à caresser mes cheveux. Il me couve des yeux, le visage empreint de calme et d'apaisement.

— Mais si je devais répondre à ta question clairement, murmuré-je, non, je n'aime plus Ashton. Il est encore quelque part dans les souvenirs de mon cœur, mais pas littéralement présent à l'intérieur.

— Je vois, répond-il à voix basse.

Je m'approche de lui et murmure à son oreille :

— Je peux te dire un secret ?

Je m'écarte de lui, alors qu'il adopte un regard espiègle.

— Oui, tu peux.

— Ce que nous vivons tous les deux, ce n'est pas « naturel », chuchoté-je.

C'est de l'amour à l'état brut. Quelque chose qui dépasse nos propres instincts de survie.

Selon sa pensée, cet amour est rare, précieux. Et on ne peut aimer qu'une seule fois comme ça.

Peut-être que j'énonce les choses à demi-mot, mais au moins elles sont avouées ; je les sens flotter entre nos deux visages. Izaak s'écarte un peu pour me faire face. Une mèche de ses cheveux s'échoue sur son front, près de ses yeux qui ne m'ont pas lâchée.

— Je suis d'accord, susurre-t-il.

Il me scrute quelques secondes de plus avant de déposer ses lèvres sur les miennes. Nos langues se rencontrent, et je me presse contre lui, comme si ses bras étaient le seul endroit possible où me blottir, que tout le reste n'était que matière noire et poussières de supernova. Il passe la main dans ma chevelure et attrape ma nuque avant de se détacher de mes lèvres. Un frisson courbe mon échine, et je grimpe à califourchon sur lui. Je place les mains de part et d'autre de son visage et…

C'est quoi, ça ?

J'extirpe un objet caché entre deux oreillers.

Une chaussure.

Dans le lit.

— Alors, elle était là ! s'exclame Izaak.

Je souris, amusée, et balance la sandale à scratchs en dehors du matelas.

— Kaï a fait sa sieste ici… Il n'ose pas encore dormir la nuit seul avec moi.

— Un beau jour, il te suppliera de le faire, dis-je en me repositionnant à côté de lui.

Je laisse une de mes jambes pliée sur les siennes, et pose la main sur son torse. Un profond soupir soulève ce dernier.

— Tu sais…

— Hum ?

— Je déconne avec toi, avec vous tous… Je suis distant, je m'isole et je reste seul avec mes pensées. Et je m'en veux. Mais, c'est juste que... aujourd'hui je suis confronté à une situation à laquelle je n'étais pas préparé. Tu vois, je n'étais pas préparé à tomber amoureux de toi, mais je savais au fond de moi que je pouvais gérer cet amour, et prendre soin de toi. Mais là, je suis en train de tomber amoureux d'un petit être, et j'ai l'impression de tout faire de travers… Qu'est-ce que je dis ? J'ai déjà tout fait de travers pendant cinq ans en n'étant pas auprès de Kaïto. Et, parfois, j'ai l'impression que c'est trop dur, trop compliqué pour moi, et je craque. J'ai… j'ai tellement peur, si tu savais, Eliotte…

Il plisse les yeux.

— … à l'idée d'être comme lui, ajoute-t-il dans un murmure presque inaudible.

Son propre père.

— Ne dis pas n'importe quoi, Izaak. Tu n'as *rien* de semblable à cet homme. Tu es incroyablement doux et aimant avec Kaï. Tu le combles.

Ses iris verts sont rivés au mur d'en face, sur lequel est projetée l'ombre dansante des arbres dehors.

— Parfois il ne m'écoute pas et je pète un câble dans mon coin. Je ne lui montre pas mais… qu'adviendra-t-il si un jour je craque devant lui ? Que je hurle ou que je me mette à chialer ?

— Il verra simplement pour la première fois que son père n'est pas un super-héros mais juste un humain.

— Et si… s'il ne m'aimait pas vraiment ? Et si un jour, au contraire, je perdais son amour ?

Je glisse la main sur sa joue.

— Izaak, ne pense pas à ton père. Oublie cet homme qui n'avait rien d'un père, d'un mari ou de toute autre chose. Tu n'es pas comme lui. Pas une seconde. Tu es fou de croire ça, bon sang !

Il entremêle ses doigts aux miens, que j'ai perchés sur sa pommette.

— J'ai perdu cinq ans avec Kaï. Cinq années pendant lesquelles j'aurais pu prendre ma place auprès de lui… Je n'ai même pas vu ses premiers pas ni entendu ses premiers mots… Tu sais, la première fois que Kaïto m'a appelé papa, j'ai pleuré en rentrant chez moi. Joleen m'avait présenté comme tel au bout de quelques semaines, mais Kaï n'avait pas tilté, et puis un jour il a hurlé « où est papa ? Où est papa ? ». Joleen a compris qu'il me cherchait. Il est venu à moi et m'a demandé « papa, tu peux me pousser sur la balançoire ? ».

Mes lèvres s'étirent, et des perles d'humidité naissent au coin de mes yeux.

— J'en suis tellement heureuse pour toi, Izaak… J'aurais donné n'importe quoi pour vivre ça avec toi, murmuré-je.

— Moi aussi, Eli. J'aimerais tant que tu sois avec moi, à chaque fois. Que Kaï sache que tu partages ma vie.

— Tu sais que je serai toujours là, avec toi. Tu n'es pas seul, Izaak.

Il sort sa chaîne de sous son T-shirt, avec mon anneau au bout.

— Je le regarde souvent. Quelque part, ça me rassure, je crois.

Je l'imite en découvrant mon collier.

— Moi aussi.

On regarde nos anneaux l'un à côté de l'autre briller au clair de lune. Il y a encore quelques mois, je les voyais comme deux belles menottes qui me pourrissaient la vie. Maintenant ils sont la seule chose qui me rassure quand la comédie d'Izaak devant les autres est parfois trop convaincante.

Il se penche et m'embrasse doucement, avant de basculer au-dessus de moi. Dans son mouvement, le lit grince bruyamment.

— Merde… Il ne faut pas qu'on les réveille. Maleek est dans la pièce juste à côté.

— Alors c'est lui ? Moi qui croyais qu'un tracteur était en marche de l'autre côté du mur.

Il pouffe.

— Alex ne veut pas échanger. J'ai tout tenté.

— Il est coriace… À chacune de nos réunions, on peut débattre d'une idée pendant plusieurs dizaines de minutes. Quand il campe sur ses positions, il campe.

— C'est tout lui… Enfin, je dirais même que c'est un trait commun à tous les Liberâmes. On est assez butés.

— D'ailleurs, je voulais te parler de quelque chose…

Toujours les bras de part et d'autre de mon visage, il me scrute.

— Qu'est-ce qu'il y a ?

— Je… Quand je me suis introduite dans le Bureau général, un des ordinateurs était en veille et j'ai découvert que l'assassinat du politicien Lucas Carter a… a été perpétré par notre organisation.

— Pardon ?

— Je ne sais pas quoi en penser, Izaak… On est des rebelles, certes… mais des meurtriers ? Le pire, c'est qu'il était un ancien Liberâme. Il a tourné le dos à la cause et vendu des informations au Gouverneur.

Izaak se tétanise.

— Qu'est-ce qu'il y a ?

— Les Liberâmes… tuent les taupes qu'ils découvrent ?

— Je ne sais pas s'il faut généraliser de la sorte, mais franchement, je ne suis pas d'accord avec ces méthodes.

— Moi non plus, brunette… Parmi les Cinq, deux d'entre eux sont particulièrement radicaux. Ils veulent prendre des mesures de plus en plus drastiques. Je suis allé à une réunion ce soir, à laquelle on a suggéré de faire des putains d'attentats non meurtriers. Et je ne parle pas d'une intrusion comme au Bureau de la Santé. Mais de réelles opérations pour terroriser les gens.

— Tu plaisantes ?

— On a vite calmé Tabitha, mais elle semblait en avoir convaincu plus d'un.

Je passe une main dans mes cheveux, en secouant la tête.

— Ça commence par « des attentats non meurtriers » et ça finit en bain de sang…

— On n'en arrivera jamais là, Eli.

— Izaak, je te le dis, si jamais on lance des attentats, sans se soucier des victimes, j'abandonne tout. Il est hors de question que je travaille pour une organisation meurtrière.

— Tu penses que, moi, je continuerai à me battre ? Je suis d'accord avec toi, Eliotte. Je ne suis pas de ceux qui estiment que de grands changements impliquent de grands actes.

Je soupire.

— Espérons que ce soit l'avis de tout le monde.

L'idée qu'on puisse avoir un jour les mains sales me liquéfie. Jamais je ne pourrais le supporter.

— Eh, fait Izaak en prenant mon visage en coupe. Tout va bien. Pour le moment, nous sommes pacifistes et ça ne risque pas de changer.

J'acquiesce. Il s'apprête à me répondre mais un bâillement l'en empêche, et il s'écroule sur moi. Tout son poids m'écrase.

— Tu veux me tuer, c'est ça ? Déjà ?

— J'ai d'abord besoin de dormir, on verra après.

Il roule de l'autre côté du matelas, et soulève la couette pour se faufiler dessous. Je l'y rejoins en me frottant les yeux. Je suis épuisée. Izaak ceinture ma taille, et cale son menton au creux de mon cou. Son souffle s'échoue sur ma peau, me faisant frissonner.

— C'est beaucoup mieux comme ça, murmure-t-il d'une voix fatiguée. Vraiment beaucoup mieux.

Je place mes mains sur les siennes, en me calfeutrant contre lui.

— Bonne nuit, Izaak.

Il me répond en plantant un baiser sur ma joue. Je ferme les yeux, et me concentre sur les mouvements de son torse qui se gonfle contre mon dos au fil de ses respirations.

C'est bien une respiration apaisée.

Cela fait deux semaines qu'Izaak et moi avons enfin pu mettre les choses à plat. Depuis, je sens que notre relation est différente.

Toutefois, il préfère rester discret en public, et souhaite qu'on cache encore notre relation aux autres. Alex et Maleek sont au courant – ils sont entrés dans la chambre d'Izaak alors qu'on était à moitié nus un matin ; *un moment grandiose.* J'essaie de m'accrocher à la conversation qu'on a eue près de la rivière il y a deux semaines, pour faire fuir les voix dans ma tête. Mais c'est plus dur quand je le vois près de Joleen, avec qui il passe de plus en plus de temps. À vrai dire, son quotidien est partagé entre son fils et les Liberâmes : depuis peu, il est très pris par ses réunions et toutes sortes de projets. De mon côté, je suis de moins en moins invitée à y participer, même à celles des stratégistes. D'après Alex, c'est parce que les choses se tassent.

Pourtant tout a l'air si tendu, autour de moi.

Enfin, quand je croise les membres les plus haut placés au détour d'un couloir, je ne peux pas m'empêcher de remarquer leurs cernes, ou le souci qui creuse leurs traits blêmes.

Je me fais sûrement des films – comme toujours. Alex n'a aucune raison de me mentir, je dois apprendre à faire confiance.

Au moins j'ai plus de temps pour m'entraîner.

Mes progrès sont un moteur quotidien. Il faut que je donne le meilleur de moi-même, chaque jour, chaque nuit.

— Hé, Wager, me lance joyeusement Matthew avant de m'ébouriffer les cheveux. Où est Monsieur Meeka ?

Il s'assied à côté de moi, avant que Charlie et Jenna ne nous rejoignent.

— Quelque part dans Alma avec Kaï, réponds-je. Et Joleen.

Je sirote mon café et sens la boisson me brûler la langue.

— Vous avez vu Francis ? demande Charlie. Je le cherche depuis ce matin.

— Il est de garde à l'extérieur, l'informe Matthew.

Il tape dans ses mains.

— Ma toute première garde est la semaine prochaine ! Et c'est Jenna qui m'accompagne. Si ça, c'est pas une belle coïncidence !

Jenna lève les yeux de ses céréales une seconde, dévisage Matthew, et se reconcentre sur son bol. Je me retiens de rire. Le tissu pourpre autour de sa tête va à la perfection avec sa peau basanée et son pull blanc.

Mon regard divague au-dessus d'elle, vers la télévision. J'ai l'impression que c'est la seule chose qui me raccroche à ce qu'il y a par-delà ces murs. Le journal télévisé matinal présente la dernière loi qui est passée.

— C'est comme ça qu'elle cache son excitation, dit Matthew.

Non, non ! Ne nie pas, Jenna ! Ça fait presque deux mois, je te connais bien.

— T'es sûre, Matt ? dit Charlie.

— Oh ! oui. Les regards assassins, tout ça, ça va deux minutes maintenant…

Soudain, l'écran devient rouge.

— Chers téléspectateurs, nous venons d'apprendre une triste nouvelle, dit la présentatrice.

J'arque un sourcil.

— Le Gouverneur Thomas Meeka, récemment réélu, a été retrouvé mort à son domicile, ce matin même.

Quoi ?

21. Aconit

Ashton

Je n'ai pas pleuré à l'enterrement.

Que me resterait-il sinon ? Et qu'avait-il fait pour mériter ces larmes ? Pour que je m'inflige une telle douleur ?

Quelque chose en moi s'est fêlé et a libéré une force irrépressible. L'espace béant dans ma poitrine a fait un appel d'air et a tout aspiré en moi. Mes émotions. Mes souvenirs. Mes remords. Mes doutes. *Tous*, siphonnés.

J'ai changé quand j'ai compris qu'Eliotte ne reviendrait plus. Je suis devenu une autre personne quand on m'a dit de prendre la parole contre Izaak. Je me suis transformé quand j'ai pris conscience du fait que j'étais seul, maintenant. Profondément seul. Et j'ai réalisé que j'étais devenu quelqu'un d'autre quand j'ai lâché un bouquet d'aconit[1] sur la tombe de mon père sans même la regarder. Le violet pétant de ces fleurs tranchait avec la pierre tombale en marbre blanc et les lettres gravées d'or pour ce salaud – le monde était ironique, et les pompes funèbres se foutaient bien de notre gueule. Mon père était plus craint qu'aimé. Il était plus terrifiant

1 L'aconit ou casque de Jupiter est une plante herbacée aux fleurs violettes. En langage des fleurs, l'aconit signifie la colère et la haine entremêlées.

que rassurant. C'était un monstre avec une cape en fourrure et un sourire étincelant.

J'en avais assez de toutes ces saloperies. De la tristesse, de la douleur, de la faiblesse.

J'ai enterré avec mon père le petit garçon qui essayait désespérément de plaire à tout le monde. Celui qui ne s'est jamais plu à lui-même. Celui qui faisait une crise d'angoisse pour un oui ou pour un non. Celui dont les projecteurs lui carbonisaient la peau autant qu'ils étaient devenus un besoin. Celui qui marchait sans savoir où aller, sur cette route pavée de conneries.

Aujourd'hui, je deviens celui que j'aurais dû être depuis toujours.

Je suis Ashton putain de Meeka.

22. Les joies de la mort

Eliotte

Sans même que je m'en aperçoive, ma cuillère m'est tombée des mains. Le fracas provoqué par le choc de la porcelaine contre mon bol me fait sursauter.

Thomas Meeka est mort.

Tout le monde a les yeux rivés sur le petit écran au-dessus des comptoirs du buffet matinal. Un instant, les conversations se font moins bruyantes, avant qu'une personne se mette lentement à applaudir.

Clap. Clap. Clap.

Soudain, tout le monde l'imite. Les corps autour de moi se galvanisent, et la pièce est tout à coup renversée par un chahut de joie. *Le Gouverneur conservateur est mort.*

Je n'arrive pas à rire avec Matthew et Jenna, ou à joindre mes cris à ceux de la foule, qui s'épaissit au sein du réfectoire baigné de lumière. Parce que cette mort signifie une chose qui me glace le sang.

Le pouvoir revient automatiquement au Lieutenant-Gouverneur.

Le pouvoir est entre les mains d'Ashton.

À présent, lorsque des événements compromettant notre cause adviendront en Nouvelle-Californie, qui faudra-t-il blâmer ?

Ashton.

Dès lors que des mesures en notre défaveur seront portées au sein du gouvernement, qui faudra-t-il accuser en plus du Congrès ?

Ashton.

Quand des manifestations seront violemment réprimées, qui faudra-t-il pointer du doigt ?

Ashton.

Et, alors que je réalise ce que cette nouvelle position implique, je me demande si j'en suis capable. Car ce sera lui, toujours lui ; désormais, Ashton est celui qui a les cartes en main, celui qui double la mise ou se couche. Celui qui dicte les règles de notre combat.

Ashton a le pouvoir.

Merde.

Et, au milieu de toute cette tension qui grésille dans mes membres, surgit une pensée : *Izaak*. Parce que, si Thomas était le Gouverneur Meeka, l'homme dont on vient d'annoncer la mort sans plus de détail, il était aussi le *père* d'Izaak – ou son bourreau, encore faut-il laisser le soin aux médias de trancher.

Il faut que je lui annonce.

Quand bien même il détestait cet homme du plus profond de son être, qui sait, au même titre que la mort, comment le deuil va frapper ? Le corps figé sur le banc de notre table, je ne peux pas m'empêcher de m'inquiéter, d'envisager le pire et ses déboires.

Je reprends ma cuillère, qui s'était noyée dans mon porridge, et la porte mécaniquement à la bouche. Il va falloir que j'agisse au plus tôt. J'avale ma bouchée, et lance assez fort pour que les applaudissements ne couvrent pas ma voix :

— Vous avez vu Izaak ?

— Aux dernières nouvelles, il s'entraînait ce matin, dit Francis.

Charlie, à sa gauche, n'a pas participé à la démonstration de joie collective, comme moi. Les traits fins de son visage sont tirés.

— J'imagine le foutoir que ça va être…

— Où ça ? fait Matthew.

— Dans la tête d'Izaak. Son taré de père est mort, et son frère reprend le flambeau de la folie. Putain.

Il ne m'en faut pas plus.

Je quitte le banc d'un mouvement, et attrape mon plateau.

— Je reviens.

Matthew me répond d'une petite inflexion du menton, l'air de dire « fais ce que tu as à faire », et les autres me saluent. Je dépose à la va-vite le plateau sur le chariot destiné à la vaisselle sale, et entame ma course vers les grandes salles d'entraînement.

J'ouvre la porte battante de l'espace « combat » en espérant trouver Izaak – il travaille beaucoup ses techniques de lutte en ce moment. Mais je ne vois aucune silhouette lui ressemblant. Que des types debout, en train de s'acharner sur des sacs de sable.

Dans la zone d'entraînement au tir : personne. Au gymnase : pareil. Dans la salle de musculation : idem.

Où est-il, bon sang ?

Je quitte les locaux militaires, et m'en vais vers la maison qu'il partage avec Alex. Elle est à une petite trotte d'ici, alors je saute sur le premier vélo en libre-service que j'aperçois.

Arrivée devant la maison, je jette le malheureux tas de ferraille sur le porche et toque à la porte. Je sonne, aussi. Tout cela en même temps.

Je n'attends même pas la réponse, et ouvre la porte.

— C'est Eliotte ! Il y a quelqu'un ?

Je passe la tête dans l'embrasure et aperçois, assis sur le canapé, Alexei.

— Tu as appris pour le Gouv' ? dit-il.

— Oui. Je cherchais Izaak, justement.

— Un mec a débarqué là où on était et a hurlé « l'autre con a canné, les gars ! ». On a tout de suite compris qu'il parlait de Papa Meeka.

— Comment est-ce qu'Izaak a réagi ?

— Il a continué son training, sans un mot.

Merde.

Quand Izaak agit comme si de rien n'était, c'est tout sauf le cas. Comme lorsqu'il a regardé la conférence de presse d'Ashton et qu'il a voulu aller « ranger la chambre d'ami » après.

— Où est-il, là, maintenant ? demandé-je, avec une pointe de tension dans la voix.

— Dans sa chambre.

Ni une ni deux, je m'élance dans le couloir et m'enfonce vers sa chambre.

Izaak est allongé sur son lit, un livre à la main. Je remarque que le titre est en russe. *Depuis quand comprend-il cette langue ?*

— Ça va ?

Sans détacher les yeux des mots imprimés devant lui, il répond un petit « hum ».

Alors, j'avance dans la pièce, dont l'air est particulièrement lourd et humide. Il a laissé la fenêtre ouverte – toute la fraîcheur de la nuit s'est envolée.

— Tu veux parler de… de ton…

— Eliotte, m'interrompt-il, ce salaud est mort, c'est tout.

Et il tourne la page de son livre.

— Je… Oui, bredouillé-je. Mais j'ai pensé que tu voulais peut-être en discuter.

— Il faut arrêter d'en faire des caisses.

— Je n'en fais pas des caisses. C'est juste que ce n'est pas un événement anodin, alors je me suis dit que…

— Oui, eh bien, à défaut d'aller faire la fête avec tous les autres, je lis, me coupe-t-il à nouveau. C'est ma manière de vivre ma réjouissance.

Même si tout me crie de faire quelques pas vers son lit, la froideur de sa voix me pousse à dire :

— O-OK. Donc tu veux que je te laisse ?

— S'il te plaît.

Je hoche la tête, sans réussir à ajouter quoi que ce soit.

— J'ai eu un entraînement intensif, je suis épuisé, ajoute-t-il.

— Je comprends, c'est normal. Sache en tout cas que je suis là si besoin, dis-je d'une voix douce. D'accord ?

Il lève à peine les yeux de son livre, juste assez pour croiser mon regard. Le sien porte un épuisement profond. Mais aussi un lourd désarroi.

— Tu es sûr que tu veux que je m'en aille ? lancé-je, la main sur la poignée de la porte.

— Je préfère lire tranquillement.

— Très bien…

— Merci.

Je reste plantée derrière la porte entrouverte, à guetter son regard… mais il est déjà replongé dans sa lecture.

Je réfrène un soupir, avant de partir. Je parcours le long couloir, le cœur lourd.

Du russe, putain. Du russe !

À tous les coups, c'était le livre d'Alexei.

— Il t'a envoyée chier, toi aussi ?

Celui-ci est toujours là, vautré sur son canapé. Il pèle une clémentine tout en m'invitant à prendre place à côté de lui. Le pas traînant, je m'exécute. L'odeur acidulée du fruit qu'il tient me monte vite au nez.

— Oui, lâché-je.

— Ça va, tu as duré trois minutes. Moi, dix secondes.

Sur ces mots, il met un morceau dans sa bouche, avant de m'en tendre un autre, que je décline poliment. Je noue et dénoue inlassablement mes doigts moites entre eux.

J'aurais sûrement dû insister, comme lorsqu'il a appris qu'Ashton l'avait abandonné. C'était un événement encore plus troublant, à mon sens, et j'avais pourtant persévéré pour qu'il s'ouvre à moi. Et là…

— Ça ne t'inquiète pas ? interrogé-je Alex.

— Son père est mort. Il s'isole, normal.

— Il était très froid.

— Normal, répète-t-il.

— Non mais j'aurais peut-être dû insister.

— Arrête de te prendre la tête, Eliotte. Tu lui as montré ton soutien, tu as essayé d'être là pour lui… Maintenant, il ne reste plus qu'à lui laisser du temps.

— Tu as raison… Il digère la nouvelle.

— Voilà, exactement.

Mes dents se plantent dans la chair de ma joue.

J'aurais dû insister.

— Allez, viens. On va s'entraîner, décrète le blond en se levant.

— Quoi ? Là, maintenant ?

— Oui. Ton stress bouche mes voies respiratoires, je suffoque à côté de toi. Il faut que tu penses à autre chose et que tu laisses Izaak dans sa bulle.

Je serre les lèvres, soutiens son regard bleu… et finis par lui obéir. Tout en ignorant cette voix qui me hurle de rebrousser chemin vers Izaak, j'emboîte le pas à Alex, en direction du complexe sportif. La tête baissée, je fixe mes pieds qui devraient être partout sauf en train de fouler un chemin à l'opposé d'Izaak.

— Eh, Eliotte, dit soudain Alex en m'attrapant l'épaule. C'est normal de s'en faire pour les gens qu'on aime… Mais parfois, le meilleur moyen d'être là, c'est d'être loin.

L'ennui, c'est que j'ai toujours voulu sentir quelqu'un près de moi quand tout allait mal. Parce que j'en ai cruellement manqué, j'ai toujours cru que le summum de l'amour, c'était la *présence*. Même silencieuse.

Alors je veux être là, et tout près. Pas loin.

Mais l'espace d'une seconde, le sourire rassurant d'Alex fait flancher ces idées, alors moi aussi, je lui souris.

La journée passe, le soleil se couche, et aucun signe d'Izaak. Je vais à nouveau chez lui, mais ne le trouve pas dans sa chambre, alors je me dirige aussitôt vers son lieu de prédilection pour avoir les idées au calme : notre coin, sous le cyprès de Montezuma. Mais encore une fois, personne. Je ne trouve que l'ombre des roseaux et des épis de blé qui dansent avec le vent.

Avant de rejoindre mon dortoir, je décide même d'aller jeter un œil aux salles d'entraînement. Mais Izaak est introuvable.

Alors que je suis installée dans mon lit, enroulée dans ma couette, le sommeil ne vient pas me trouver. Mon esprit agité rejoue en boucle les scènes d'aujourd'hui, alors que des voix envahissantes et pessimistes me parasitent toujours plus.

Et Ashton… Il doit être meurtri, et si anxieux à l'idée de devoir porter officiellement toute la dynastie Meeka sur les épaules.

Même s'il a voulu tout cela, même s'il l'a cherché depuis l'adolescence, je suis tout bonnement incapable de ne pas le prendre en pitié. J'espère qu'il tient le coup.

À quoi va ressembler la Nouvelle-Californie, dans un an, avec lui à sa tête ?

Le lendemain, dans le réfectoire, je cherche Izaak de mes yeux à moitié fermés, à cause de la fatigue. Et ce, pendant plusieurs minutes, en vain. Mon ventre se tord. *Il n'a mangé ni au déjeuner, ni au dîner hier… Hors de question qu'il en soit de même aujourd'hui.*

Alors que Charlie et moi discutons de tout et de rien, une masse passe près de moi, et va s'installer à une table au loin. Mon attention se réveille. Je reconnais des cheveux en bataille et un T-shirt d'un blanc éclatant.

Il est là.

Mon cerveau arrête de fonctionner. Je quitte aussitôt ma place, et vais le rejoindre. Au même moment, un rayon de soleil vient taper pile sur moi, à travers la vitre, et m'éblouit.

— Bien dormi ? demandé-je en m'asseyant en face d'Izaak.

— Hum… Et toi ?

Son ton est toujours aussi distant et glacial qu'hier – si ce n'est plus.

— Ça peut aller !

Le brun porte sa tasse à la bouche.

Mince, je n'ai même pas pris mon plateau avec moi. J'ai l'air d'une sangsue collante, devant lui, les mains vides – ou au mieux d'une grosse débile.

Izaak reste muet, et sirote ce que je devine être du thé.

— Quoi de prévu aujourd'hui ? fais-je, pour combler le vide.

— Je suis fatigué, j'ai du mal à tenir la conversation, Eliotte. Je préfère être seul.

Je…

— C'est pour ça que je me suis assis là, ce matin, poursuit-il.

Traduction : casse-toi.

Mes ongles tapotent le bois de notre table.

— Écoute, je vois bien que ça ne va pas. Et je m'inquiète.

— Tu te fais des idées.

Je soupire et me tais…

Avant de revenir à la charge.

— Comment je peux être là pour toi ?

— En retournant auprès des autres.

La violence de ses paroles me fait hausser les sourcils. Il semble aussi remarquer que son ton a été un peu trop rêche, puisqu'il ajoute aussitôt :

— S'il te plaît.

Le menton baissé sur mes mains jointes, je ne réagis pas immédiatement ; le temps que les informations glissent dans les bons tuyaux, grincent à certains endroits, et arrivent jusqu'à mon cerveau qui tourne à plein régime.

— OK. Je suis là, si besoin. Souviens-t'en.

Sur ces mots, je quitte la table. Je crois entendre un « merci » avant de faire volte-face. Ça me déchire le cœur de le laisser derrière moi alors que, bon sang, ça crève les yeux : il va mal. Je crois qu'il emmagasine trop d'annonces négatives depuis déjà un moment. À moins que ce soit autre chose, qu'il ne m'ait pas communiqué… Et ce doute me paralyse alors que je rejoins les autres.

Au-delà de l'embarras monstre qui me gagne – il est clair aux yeux de tous qu'Izaak m'a envoyée valser –, je suis profondément troublée par ses agissements. *Pourquoi est-il si distant ? Si renfermé ?*

Et dans ce trouble demeure l'inquiétude. Je n'avais jamais connu cela. Cette angoisse incessante pour le bien-être de quelqu'un. L'impression de ne pas en faire assez. La culpabilité.

Le garçon que j'aime est en deuil, et je suis assise sur un banc, les bras ballants.

Le reste de la tablée ne commente pas mon retour, et fait semblant d'agir comme si le monde tournait rond. Je leur en suis reconnaissante.

Matthew, à sa place éternelle à côté de moi, m'explique à quel point il a hâte de faire sa première ronde de garde. *Avec Jenna.* La précision a toute son importance. Son excitation est comparable à celle d'un labrador de deux mois donc, forcément, elle déteint un rien sur moi, et mes lèvres s'étirent.

— Pas de tour de garde de ton côté, Eliotte ? demande-t-il.

— On ne m'en a assigné aucun…

— Bizarre, ça, intervient Francis. Tu es bien sûre ?

— J'ai demandé à ceux qui sont chargés de la répartition des rangs, et ils m'ont dit que je n'étais pas sur la liste ce mois-ci…

Une décharge me traverse.

— Je devrais m'en inquiéter, selon vous ?

— Mais non. Les effectifs sont juste répartis comme ça sur cette période, répond Francis. Ton tour arrivera, ma vieille, et tu ne t'en réjouiras pas !

— C'est vrai, dit sa sœur. Passer deux heures sous le soleil – ou dans le froid de la nuit – à tourner dans la jungle, je te le jure, ça ne fait rêver que Matthew.

— J'ai le sens des responsabilités, que voulez-vous ? répond l'intéressé.

— Le sens des *opportunités*, je dirais ! rétorque Francis. N'est-ce pas, le futur coéquipier de Jenna ?

Matthew met la main sur son cœur, et arbore une expression outrée.

— Comment oses-tu porter de telles accusations envers ma noble et bonne personne ?

— Vile créature.

— Calomnieur. Arrêtez-le !

Nous nous esclaffons en chœur. Mais mon rire sonne creux à mes oreilles.

Pendant tout le reste du repas, je ne peux pas me retenir de lancer des coups d'œil sur une table bien précise, au fond du réfectoire. Izaak la quitte tôt, mais au moins, son plateau est vide. C'est déjà ça.

Cela fait moins d'une semaine qu'on a appris la mort du Gouverneur. À la télévision, on affirme que c'est un suicide.

La culpabilité aurait-elle étreint Thomas Meeka au point de l'empêcher de vivre ?

Quelque part au fond de moi, un autre scénario persiste : et si c'était un assassinat déguisé ? Vu le nombre d'ennemis que cet homme a dû se faire au cours de sa vie, et son ambition colossale, j'ai du mal à l'imaginer renoncer à tout, quand les choses s'annonçaient brillantes d'un point de vue politique. Surtout avec Ashton à ses côtés.

Quoi qu'il en soit, toujours aucun signe d'Izaak. Quand je le croise et lui demande comment il va, il me répond vaguement, en m'accordant à peine un regard. C'est tout juste si j'existe quand je passe devant lui.

Je ne le reconnais plus.

Et je ne lui en veux même pas, au contraire ; j'étais inquiète il y a une minute, mais maintenant je suis terriblement angoissée. Izaak doit être *bouleversé*. C'est d'autant plus étonnant sachant qu'il abhorrait son géniteur.

Peut-être qu'il se surprend à éprouver une tristesse et un vide pendant ce deuil, et que, justement, ça le perturbe plus qu'autre chose.

J'aimerais tant lui dire que c'est normal, qu'il peut vivre les choses comme il l'entend, et qu'on est là pour lui. Mais encore faut-il pouvoir le croiser, et l'arrêter plus de trois secondes. La seule personne à qui il adresse la parole est Kaïto.

Malgré les idées noires qui pullulent dans mon esprit, je m'en vais d'un pas entraînant au Carré, en cette fin d'après-midi. Cela faisait un moment qu'Alex ne m'avait pas conviée à une réunion avec lui. Je ne sais pas s'il fait ça pour me faire plaisir – car la tension est palpable à Alma, actuellement – ou parce qu'il a vraiment besoin de moi. Je ne sais pas non plus ce qui me toucherait le plus, au fond.

Je m'arrête net en entrant dans la salle de réunion.

Ce n'est pas Alex que je vois debout devant le tableau blanc, mais Izaak.

Mon cœur tressaille quand nos regards se croisent.

23. Sois honnête

Peu importe les récents événements, ça me fait un bien fou de voir son visage, de l'avoir si proche de moi.

— Salut, lancé-je en allant poser mon bloc-notes et mes crayons sur la table.

— Salut, Eliotte.

J'aurais donné n'importe quoi pour qu'il ressente la même chose. Ou du moins qu'il le montre.

J'étale des feuilles en carton roulées qui étaient posées là, et fais mine de les étudier. Ce sont les plans d'accès des locaux de diffusion de Cable News Network, à Atlanta, dans lesquels on compte s'introduire pour faire passer notre propre message sur les chaînes télévisées. Le soleil couchant projette ses rayons orangés sur la table, tout près de mes mains que je sens déjà moites.

— Tu bosses sur quoi ? demandé-je soudain.

— Le plan d'évacuation de notre prochaine opération.

Je lève la tête de la carte devant moi pour me concentrer sur le tableau qu'Izaak n'a pas lâché des yeux depuis mon entrée ici. Il est couvert de mots.

— Tu es là depuis quand ?

Il passe une main dans ses cheveux, toujours dos à moi. Je m'approche de lui, de quelques centimètres.

— Je sais pas… Trois ou quatre heures, répond-il. Mais je vais bientôt y aller. Alex ne va pas tarder à venir récupérer la salle.

— Tu peux rester, bien sûr.

— J'ai des choses à faire…

Il tourne les talons, et se heurte à mon corps. Mes hanches se calent contre l'arête de la table. Il recule prestement, un de ses marqueurs toujours en main.

— Izaak, ça fait longtemps que je ne t'ai pas parlé… murmuré-je. Les choses sans toi ne sont pas les mêmes.

Tu me manques. J'ai peur pour toi.

— Comment tu te sens ?

Il ferme les yeux en prenant une grande inspiration.

— Je sais, j'insiste, ajouté-je.

— Ah bon ?

Ses yeux m'ont retrouvée. Ce n'est pas de l'agressivité qui tourbillonne rageusement dans ses pupilles, mais un profond éreintement.

J'attrape son bras, mais il se dégage de ma prise.

— Par pitié, laisse-moi respirer… J'apprécie ton inquiétude, mais merde, il faut arrêter d'en faire tout un plat. C'est juste la mort du Gouverneur !

— Alors pourquoi tu t'isoles ? Pourquoi es-tu si différent ?

— Je veux simplement qu'on me foute la paix, OK ? Est-ce que c'est trop demander ?

— J'ai du mal à rester les bras croisés en sachant que tu vas mal.

— Mais je vais bien !

Derechef, il se dirige d'un pas furibond vers la sortie. Je le suis sans plus attendre, et saisis son épaule pour l'arrêter.

— Izaak…

Il fait volte-face, et se penche vers moi.

— Je. Veux. Être. Seul, murmure-t-il en détachant ses mots. Lâche-moi.

Ma main se défait de son épaule comme si sa peau brûlante faisait fondre la mienne. Cette fois, je n'arrive pas à répondre. Cela le contente, puisqu'il tourne les talons, et disparaît.

Un poids immense comprime ma gorge, à tel point que j'ai du mal à respirer. Ma poitrine m'est douloureuse. Inexorablement douloureuse. Il ne m'avait jamais parlé comme ça. Avec des mots aussi secs, un ton aussi glacial.

« Lâche-moi. »

Mon corps se dirige de lui-même, lentement, vers la table où j'ai abandonné mes plans. J'essaie de concentrer mon regard sur les lignes rouges et bleues qui représentent les rues d'Atlanta, mais elles se floutent tout doucement. Je ne vois bientôt plus rien, la vision embuée.

Tout va bien. Il est juste chamboulé, il faut le comprendre.

J'essuie mes yeux, avant d'aller ouvrir la fenêtre au fond de la pièce. La rumeur du vent qui souffle porte avec elle l'odeur sucrée des fleurs d'oranger à l'entrée du Carré. Je me délecte des chatouillements de cette brise sur ma peau ardente, en essayant de réguler ma respiration.

Les choses vont finir par s'arranger. Je ne dois pas m'apitoyer sur mon sort, c'est lui *qui vit un moment traumatisant et douloureux.*

— Je sais à quel point t'as envie de t'arracher les cheveux devant la carte que j'ai laissée, mais s'il te plaît ne saute pas.

Je pouffe, et reste devant la fenêtre pour ne pas me présenter de face à Alexei, de peur que mon visage ne soit trop bouffi par la tristesse.

Mais le blond m'a déjà rejointe, et s'accoude au rebord de la fenêtre.

— Sympa, la vue.

— Je confirme.

L'espace d'un instant, les gazouillis des oiseaux comblent le silence entre nous.

— Je me demandais, Alex… Pourquoi ça fait si longtemps que je ne suis plus présente aux réunions ?

Ses lèvres pleines s'entrouvrent une seconde, comme d'étonnement. Ma question le prend de court.

Pourquoi ?

Comme à l'accoutumée, un sombre pressentiment me guette. Paranoïa ou instinct, je n'ai jamais su trancher.

— Jusqu'à il y a encore quelques jours, je ne travaillais que sur la gestion d'Alma. Maintenant que je reprends du poil de la bête en stratégie, j'ai besoin de toi ! dit-il en faisant glisser son coude sur le rebord de la fenêtre, pour cogner le mien.

Quoi ?

Je plisse les yeux.

— Oui, mais qu'en est-il des réunions avec les autres membres de l'aile stratégiste ?

— Hum… je… je ne sais pas…, bafouille-t-il. Enfin, ce n'est pas important.

— Alex, quelque chose ne va pas ?

— Quoi ? Pas du tout. Tout va bien.

Ses yeux fuyants me hurlent pourtant le contraire.

— Dis-moi.

— Il n'y a rien à dire, Eliotte.

Il s'écarte de la fenêtre, et m'offre un sourire.

— Allez, viens, on a du pain sur la planche ce soir.

Je me retourne, et croise les bras contre ma poitrine.

— S'il te plaît, Alex. Sois honnête avec moi.

Il me toise, sans oser prendre la parole, avant de s'agiter d'un coup. Il frotte son visage de ses mains.

— Pitié, n'en parle à personne. Surtout pas à Izaak.

Un air de souci marque ses traits. Il s'en va fermer la porte et, quand il revient, il dit tout bas :

— Une réunion de crise a eu lieu, il y a presque un mois, avec les Cinq et quelques militaires gradés.

Je hoche la tête, suspendue à ses lèvres. Mon sang bouillonne dans mes veines.

— Nos actions perdent en impact et en crédibilité. On s'est dit qu'on devait absolument faire sortir l'affaire de ton père et du Gouverneur. Mais le fait que tu ne veuilles pas aller aux États-Unis en a interpellé plus d'un…

— Et qu'est-ce qu'ils ont dit ?

— Eh bien…

Il pince les lèvres.

— Alex, pitié, accouche !

— Certains pensent que tu es une taupe, débite-t-il. Voilà.

Je manque de tomber par terre.

— Tu plaisantes ?

— Mais on t'a défendue. Izaak, Chris, Charlie, moi… Ils étaient une minorité à penser ça, et on a vite changé de sujet.

Il y a trois semaines…

— Tu sais que, depuis, je n'ai plus participé à *aucune* réunion de stratégie ?

— Vraiment aucune ?

Alex renverse la tête en arrière.

— Ils font peut-être ça par prudence.

— Mais comment ça, par prudence ? Je suis une Liberâme, et je me bats tous les jours ici pour que notre cause gagne !

Je prends leurs agissements comme une forme de trahison. Quand bien même je me savais être dans une position délicate – en partie parce qu'Izaak me l'affirmait –, j'ai redoublé d'efforts sur le camp pour gagner leur confiance.

Et maintenant je suis une putain de taupe ?

Mon cœur fait une embardée.

Lucas Carter.

S'ils me réservent le même sort…

— Eh, du calme, Eliotte. Les choses se tassent. Ils finiront bien par comprendre que les raisons qui les ont poussés à croire que tu mènes un double jeu ne sont pas valables.

« Les » ?

— Il y a d'autres raisons que ma volonté de me rétracter vis-à-vis de mon départ aux États-Unis ?

— Les dernières idées que tu as mises sur la table ont été avortées, parce que les forces de l'ordre étaient présentes sur les lieux des missions. Certains pensent que tu les aurais prévenues, tout en nous amenant à gâcher du matériel dans des opérations qui n'ont jamais vu le jour.

— Hein ? m'exclamé-je. Mais c'est du pur délire !

— Je comprends ta colère, Eliotte… mais je suis sûr que c'est du passé.

Sans même m'en rendre compte, je commence à faire les cent pas.

— Donc, quoi, j'aurais dû dire amen à leur idée de « figure médiatique » ?

— Il faut prendre en compte le fait que tout cela a été dit parce qu'on voyait ce plan comme celui qui sauverait notre cause.

Je m'arrête net.

— Notre cause est en péril, à ce point ?

— Honnêtement ? Ça fait un mois qu'on fait tout pour garder la tête hors de l'eau.

— Quoi ? Je n'en savais rien. Enfin, je me doutais que les choses n'étaient pas au beau fixe, mais de là à imaginer qu'on s'écroulait…

Alex s'assied sur la table.

— Quoi qu'il en soit, laisse tomber, Eliotte. On sait que ce sont des conneries.

J'arrête de remuer et pivote le buste vers lui. Un sourire timide étire mes lèvres asséchées.

— Merci d'avoir pris ma défense, Alex. Et surtout, de ne pas douter de moi.

— Je sais reconnaître une bonne recrue.

Il me fait un clin d'œil.

J'aimerais être aussi calme que lui, et me concentrer pour commencer notre réunion, mais, merde, mon corps est en feu. Je n'arrive pas à croire qu'on me prend pour une foutue taupe ! Qu'on estime que je n'ai pas fait mes preuves. Qu'on ne veut pas que je sois plus active au sein du groupe, alors que j'en crève. J'ai tellement d'énergie à revendre, de rage à expulser, de choses à dire.

C'est ma seule raison de continuer à avancer.

Pour mon père, pour tous ceux qui, comme Ashton, sont manipulés par le système et qui le subissent un peu plus, jour après jour, jusqu'à mourir.

— Très bien…, soufflé-je.

Le blond me dévisage, sceptique.

— Je vais aller aux États-Unis, Alex. Et je serai la figure médiatique qu'ils aimeraient que j'incarne depuis mon arrivée ici.

24. Les choix

Tant pis pour les risques, les emmerdes qui pointent déjà le bout de leur nez, et la peur qui me dévore l'estomac. Je crois bien qu'il n'y a plus rien d'autre à faire. Pour sauver ma place ici, et peut-être même pour sauver notre cause.

— Il faut que j'en parle à Chris, décrété-je.

— Tout de suite ?

— Oui. Il faut publier au plus tôt les travaux de mon père et les preuves qu'on a contre le Gouverneur… D'autant plus que, maintenant qu'il n'est plus dans le tableau, il n'y a plus de raison de s'inquiéter autant.

Alex reste figé.

— Je ne sais pas si… si c'est la meilleure chose à faire, dit-il enfin.

— Pourquoi ?

— Il y a des risques… Tu partirais, comme ça, du jour au lendemain ?

— Si c'est pour peu de temps, oui.

— Il faudrait que tu en parles à Izaak.

Quoi ?

— Mais qu'est-ce qu'il a à faire là-dedans ? C'est genre, mon tuteur légal ? Il faut qu'il signe un papier avant que j'embarque sur le prochain bateau ?

— Non, mais j'ai lancé ça comme ça ! Moi j'en aurais parlé à mon partenaire, si j'avais été à ta place. C'est un départ qui n'est pas sans conséquence… d'autant plus qu'il est en deuil, Eliotte.

Il…

Je serre les lèvres, en sentant mes yeux me piquer à nouveau.

— Ça fait une semaine qu'il me repousse sans cesse. Je ne crois pas qu'il ait besoin de moi.

— Pas maintenant, mais, à un moment ou à un autre, il va se réveiller de son coma émotionnel, et il lui faudra ton soutien.

Son coma émotionnel.

Il ne fait qu'engourdir la douleur, en repoussant tout ce qui s'approche de lui. Comme moi, il y a déjà plus de cinq mois, quand je me sentais encore seule au monde et méfiante.

Je me détesterais si jamais j'apprenais un jour qu'Izaak avait besoin de quelqu'un, mais qu'il n'a trouvé aucune épaule, aucune oreille sur laquelle s'épancher. Alors que pourtant j'existe, quelque part sur ce continent.

Mais, et la cause ? Le système ? Les Liberâmes ?

Que faire ? Quelles décisions prendre ?

J'aimerais parler à Izaak, de tout mon cœur, mais où est-il ? Quand acceptera-t-il de m'adresser la parole ?

« Lâche-moi. »

C'était clair. C'était net.

Si jamais je prends cette décision seule, bien qu'elle m'appartienne, il le prendra comme un abandon, j'en suis convaincue – et je sais ce que ça représente, mieux que quiconque. D'autant plus qu'il n'est pas dans son état normal. Pour rien au monde je ne souhaiterais qu'il se sente abandonné.

— On peut en parler à Chris, mais juste à lui, dit Alex. Et on avisera plus tard.

— Très bien.

Alex saute de la table.

— Si ça se trouve, les plans ont peut-être changé, et ils veulent simplement que tu passes en direct à la télévision depuis Alma, par exemple. Dans ce cas, tu n'auras pas besoin d'aller sur place.

— Tu as raison…

Alex marche jusqu'à la porte, et s'arrête devant :

— Chris est au dernier étage. Je t'accompagne ?

Je souris.

— Allons-y.

Nous avançons dans le couloir principal, et nous dirigeons vers la cage d'escalier qui mène à l'étage sécurisé.

— Je trouve ça noble de ta part que tu veuilles tout risquer pour Liberâmes, m'affirme Alex en passant devant moi.

Je le regarde s'éloigner et monter quatre à quatre les marches, envahie d'un sentiment de gratitude mêlé à de la gêne.

— Sinon, toi, comment ça va ? lancé-je. Pas trop angoissé par…

La lumière du couloir vient de s'éteindre. Nous sommes plongés dans une semi-pénombre.

Je m'apprête à poursuivre, mais un bruit infernal m'interrompt. Une alarme stridente résonne dans tout le bâtiment.

Non, dans toute la ville. Elle provient des mégaphones accrochés à chaque lampadaire que je vois par la fenêtre du couloir. Bordel, qu'est-ce qui se passe ?

Alex dévale les escaliers pour revenir vers moi.

— Putain de merde, Eliotte, c'est un code noir ! On doit aller dans les bunkers !

— On est attaqués ?

Il me prend la main et m'entraîne dans sa course effrénée.

— Possible… On doit y aller, vite !

Alors que nous traversons les couloirs sombres, plusieurs groupes de personnes ouvrent les portes de part et d'autre du chemin pour nous imiter. Une vingtaine de Liberâmes nous ont rejoints lorsque nous déboulons dans la rue principale.

— Il y a deux bunkers, m'informe-t-il. Le plus proche est à l'amphithéâtre. Je te laisse avec le groupe, je vais m'assurer que les autres suivent le mouvement.

— Je reste avec toi, Alex !

— Non, tu avances !

— Mais…

— On aura aussi besoin de personnes à l'intérieur pour coordonner la foule… Allez, vas-y, l'héroïne.

Il passe la main sur mon bras, avant de s'éloigner en sprintant vers un bâtiment au loin. L'alarme qui résonne dans les rues me perfore les tympans. Nous parcourons les quartiers sombres, à la seule lumière des derniers rayons du soleil. Les luminaires extérieurs se sont éteints, les volets de chaque maison sont fermés.

C'est une intrusion ? Est-ce qu'on est attaqués ?

Je me laisse porter par la masse, et me retrouve en un rien de temps dans les sous-sols de l'amphithéâtre. Je balaie des yeux les lieux à la recherche d'un visage familier mais ne trouve personne.

J'espère qu'ils vont bien…

Soudain, on me ceinture le corps, par-derrière.

— Seigneur, Wager ! T'es là ! Je t'ai cherchée au Carré, sans succès !

Matthew me secoue dans tous les sens avant de me laisser pivoter vers lui. Le nœud dans ma poitrine se desserre légèrement.

— Tu as croisé les autres ?

— J'étais avec Francis quand l'alarme a sonné, il est parti chercher sa sœur. Pour ce qui est d'Izaak, Jenna ou encore Maleek… pas de signe de vie.

— Où se trouve ta mère ?

— En train de rassurer des enfants qui cherchent leurs parents, et des parents qui cherchent leurs enfants, quelque part dans ce bordel.

Il pose la main sur mon épaule. Les personnes autour de nous tournent en rond, agglutinées les unes aux autres. Certaines se prennent la tête entre les mains, se cachent sous les poutres, ou dans le pli de leurs bras. Quelques pleurs me parviennent, des enfants hurlent.

— On va tous canner, bordel, lâche Matt.

— Mais non…

— Alma est en mode *shut down*, on essaie d'avoir l'air invisibles. Tu parles ! On est au milieu du désert mexicain et de la jungle ! On ne voit que nous.

— Donc on a été repérés ?

— J'ai entendu dire qu'ils avaient perçu des signaux radio provenant d'avions de chasse à trente minutes d'ici… On saura bien assez tôt s'ils sont là pour nous.

Alma est une ville paumée sur une partie abandonnée et radioactive de l'Amérique. Si des avions sont là…

Bien sûr qu'ils le sont pour nous.

Mon cœur palpite, alors que mon regard parcourt à nouveau la salle.

Si Francis est à la recherche de Charlie, qui se préoccupe d'Izaak ?

Ça devrait être nous.

Moi.

— Elle est là ! s'exclame soudain Matt derrière moi. Jen ! Jen !

Il accourt vers cette dernière, qui est entourée de sa famille.

Et Izaak ? Où est-il, bon sang ?

Je me dirige vers la sortie du bunker d'un pas décidé. Il n'est clairement pas ici, j'ai analysé chacun des putains de visages présents. Il doit être dehors ou dans le second bunker. J'ai encore de bonnes dizaines de minutes avant le *shut down* complet, je vais bien pouvoir le retrou…

— Eh, oh, tu vas où comme ça ?

— Francis ! Tu es là !

— En chair et en os.

— Je vous demande à tous de vous asseoir en tailleur dans la pièce pour qu'on puisse commencer à vous compter ! hurle une voix d'homme. S'il vous plaît, en tailleur !

— Tout va bien se passer ! dit une autre voix. Tout est sous contrôle ! Nous procédons à un code noir pour une simple question de prudence !

J'en doute fort.

— Je cherche Izaak, dis-je à Francis.

— La ville doit être déserte dans moins de dix minutes ! Tu ne bouges pas.

Il se place devant moi, me bloquant l'accès à la porte.

— Tu vas m'empêcher de passer alors qu'on ne sait pas où il se trouve ?

— J'ai croisé Alex, il est à sa recherche.

— Il faut qu'on l'aide ! Qui sait comment réagira Izaak en entendant l'alarme ? Il est peut-être resté allongé dans son lit, à lire son putain de roman russe ! Allez, pousse-toi, Francis !

— Izaak va me tuer s'il sait que je t'ai laissée partir !

— Il ne pourra pas te tuer s'il est mort, imbécile ! m'exclamé-je en attrapant les manches de sa veste.

Je cale mon genou entre ses jambes, et le pousse d'un coup sec. Il trébuche sur mon pied, me laissant suffisamment de temps pour m'extirper de là. Je cours vers la sortie du bunker, non sans ignorer les avertissements des personnes autour de moi.

Je grimpe l'escalier qui mène à l'amphithéâtre, et sors par l'une de ses grandes entrées.

Quelques derniers rangs se forment en direction de la pièce dont je viens de sortir. Mon regard vogue de visage en visage.

Où es-tu ? Où es-tu, Izaak ?

— Ma parole, tu es intenable ! hurle Francis derrière moi.

Charlie et Matthew sont là aussi.

— Qu'est-ce que vous faites là ?

— On ne va quand même pas te laisser mourir seule ! répond Matt.

— On trouve Izaak, et on se barre au plus vite, c'est compris ? me dit Charlie en pointant un index menaçant contre ma poitrine.

Je souris devant le groupe, attendrie par leur venue. Soulagée, aussi. *Je ne suis pas seule.*

— On va vérifier au second bunker ? propose Francis. Il est près de la zone agricole.

Nous traversons la rue en courant, jusqu'à trouver des vélos en libre-service. Nous parcourons ainsi la ville en direction des terres cultivées. On manque de tomber plusieurs fois dans la quasi-obscurité, de se prendre des poteaux en pleine face. Une légère pluie me frôle le visage.

— Ça me fume, on dirait le générique d'une série pour ados ! lance Matthew.

— Les quatre teenagers semi-dépressifs en train de faire du vélo pour rejoindre leur cabane dans la forêt, confirme Francis.

Malgré le poids qui pèse sur moi, je ne peux pas m'empêcher de sourire en entendant leur conversation.

Alors que nous sommes à mi-chemin, une voix au loin nous parvient :

— Eh ! Vous ! Non mais je rêve, retournez au bunker !

Alex.

Le freinage fait crisser nos pneus sur le goudron mouillé. On abandonne aussitôt nos vélos sur le sol et courons vers lui. Je n'en crois pas mes yeux : Izaak est là, près d'Alex.

Je vais vers lui et, sans réfléchir, saute dans ses bras. C'est plus fort que moi.

— On te cherchait, dis-je en me détachant de lui.

— Vous auriez dû rester dans le bunker. Il nous reste à peine quelques minutes avant de…

Alors qu'Izaak regarde autour de lui, il se statufie net.

Et reprend :

— Où est Joleen ?

Il se tourne vers ses deux meilleurs amis.

— Vous n'avez pas cherché Leen ?

— Elle était dans le bureau de Chris avant l'alarme, se justifie Francis. On a préféré chercher ceux qu'on n'avait pas vus.

— Putain… Vite, il faut la retrouver !

— Izaak, on doit se mettre à l'abri, dit Alex, on n'a le temps d'aller à aucun des bunkers.

— Je m'en fous, je ne bouge pas sans Leen !

— Mais il te dit qu'elle est avec Chris !

Izaak part en trombe vers les champs. La pluie commence à se faire plus intense. Des rafales nous fouettent le visage.

Je ne sais pas ce qui me trouble le plus : qu'il m'ait à peine regardée quand je suis arrivée, ou qu'une des seules phrases de notre échange ait été tournée vers « Leen ».

Les doigts tremblants, je fourre mes mains dans les poches de mon sweat noir. Je ne sais pas ce qui m'arrive. La pluie qui s'abat sur nous me paraît être de la lave en fusion.

— On ne va pas le laisser partir seul, dis-je sans même l'avoir commandé à mon corps. À vélo on est à combien de temps du bunker ?

— Dix minutes, m'informe Alex. Mais le *shut down* sera lancé dans à peine cinq…

— Il va falloir être rapides, alors. Et où est Kaïto ? Vous l'avez laissé au bunker ?

— Non, c'était son grand-père, Chris, qui le gardait ce soir, dit Charlie.

Kaïto est avec Joleen et Chris, alors.

J'inspire et rejoins Izaak, suivie du groupe. Bien sûr, qu'il est en panique : Kaï est quelque part dans Alma sans qu'on sache où… Même si son comportement m'a blessée, je le comprends mieux à présent. Il est question de son fils.

Nous trouvons sur la route deux autres vélos pour Izaak et Alex, et nous nous dirigeons vers le bunker à toute allure. Nous donnons tout ce que nous avons pour y arriver avant le *shut down*.

Mais, alors que j'aperçois la trappe du bunker, j'entends un bruit sourd fendre l'air. Une hélice, un moteur, ou une explosion, je ne saurais pas dire.

Alex, le visage tourné vers le ciel, s'immobilise. Mon corps tremble.

— Oh ! non… Un avion de chasse.

Mon sang ne fait qu'un tour.

— S'il a une caméra thermique, on est grillés, décrète Matt.

— Il n'est pas trop tard, dépêchons-nous ! crie Charlie.

Nous sautons de nos vélos et courons à toute vitesse vers la trappe du second bunker. Izaak garde celle-ci ouverte avec Alex pour nous permettre d'entrer. Nous dévalons un petit escalier qui débouche sur une salle semblable à celle de l'amphithéâtre, mais beaucoup plus petite.

— Joleen ! s'exclame Izaak dès lors qu'il pose un pied à terre.

Il l'a repérée. Et il est déjà en train de se précipiter vers elle. Il ouvre les bras, et attrape fermement Kaï – qui était bien heureusement là, nous avions vu juste. Il le serre contre lui en embrassant sa joue. Le soulagement adoucit les traits d'Izaak, jusqu'alors déformés par la colère, ou complètement éteints. Je souris, moi aussi soulagée de voir Kaï ici, et son père un peu plus détendu.

— Papa, z'ai même pas peur, dit l'enfant.

Izaak ne répond pas, mais porte son attention sur Joleen, toujours postée devant lui. Avec Kaï, calé contre sa hanche, il se penche vers la brune.

— Tu vas bien ?

— Comment ça se fait que tu n'arrives que maintenant ?

— Je devais m'assurer que tout le monde était en sécurité…

— T'es con ! s'exclame-t-elle en lui donnant une claque sur le bras.

Et là, elle le prend par la nuque et l'attire à elle. Elle l'étreint pendant ce qui me semble durer un siècle.

— On a eu tellement peur, Izaak !

— Moi z'ai pas peur, z'ai dit ! grogne Kaïto.

Izaak et Joleen rient, en couvant des yeux le petit garçon, entre leurs deux corps. Tandis que moi, j'observe toute cette scène, de loin. Et je sens mon cœur tomber à mes pieds. Rebondir sur le sol crasseux et froid du bunker. Et se faire piétiner par la foule en mouvement.

« Tu vas bien ? »

Je devrais me détacher de tout ça, m'élever au-dessus du vacarme dans ma tête et arrêter de tout analyser, de tout ramener à moi.

Mais c'est beaucoup trop puissant : un liquide bouillant, corrosif, pulvérise toutes mes pensées, les justifications toutes faites que je lui trouve et tout ce qui va avec. Je ne vois qu'une chose : elle, lui, son inquiétude, et ses silences face à moi. Cet ensemble. Cette évidence.

Le regard braqué sur le sol, je fais mine de me mêler au groupe et d'agir comme si je ne sentais pas un trou se creuser en plein milieu de ma poitrine.

Suivant les consignes d'une femme au centre de la pièce, nous nous asseyons en tailleur. Je pose la tête contre l'épaule de Charlie, assise dans le petit cercle que forme notre groupe. Izaak finit par nous rejoindre, la main dans celle de Kaïto.

Tout à coup, un coup de tonnerre éclate. Ou plutôt, le même son que tout à l'heure.

— Ils nous ont repérés ? chuchote Matthew. On va crever ? Ça y est ? Les gars, prions tous ensemble…

— Ta gueule, mec ! répond à mi-voix Francis en lui assénant un coup sur le bras. Arrête de paniquer, tu me fais paniquer !

J'allais répondre, mais un autre bruit sourd retentit à l'extérieur. Je sursaute, en serrant les mains autour du bras de Charlie, qui est solide comme un roc. Elle ne bronche pas, malgré la ribambelle de sons violents qui résonnent dehors.

Merde, qu'est-ce qui se passe ? Est-ce qu'il y a encore des gens dehors ? Est-ce qu'ils détruisent notre Alma ?

Cette pensée me plonge dans un intense mal-être. Une tristesse soudaine. Rude.

Je ne peux pas imaginer les orangers élagués, les champs de blé saccagés, les maisons en béton et crépi détruites, ni les braises s'enflammer sous la brise. Cet endroit… c'est chez moi, désormais. Je ne sais pas si j'y ai ma place, mais, lui, trouve une place en moi.

Une heure passe. Deux. Peut-être trois. On reprend timidement la conversation, mais la pièce empeste le stress et l'attente. Izaak reste silencieux. Je le regarde tout le temps, incapable de détacher mes yeux de lui. Parfois, nos regards s'attrapent, avant que le sien se reconcentre sur Kaïto.

Il a besoin d'être seul, Eliotte. Il faut l'accepter.

Oui, et malgré ses récents agissements, il s'assied avec nous pour montrer qu'il tient quand même à notre petit groupe.

Nous sortons du bunker autour de 3 heures du matin et sommes priés de regagner nos habitations, sans plus de précisions. A priori, la ville est intacte. Je penche pour un repérage des lieux, ou, si la chance est de notre côté, de simples avions perdus en Amérique centrale. J'ai aperçu Alex et Chris marcher ensemble hors du bunker. Évidemment, une réunion de crise va avoir lieu dans quelques minutes. Je donnerais n'importe quoi pour y participer.

Je n'ai même pas pu parler à Chris de ma volonté de retourner aux États-Unis.

Je soupire en levant le regard vers la lune. Je voudrais avoir la certitude que c'est le bon choix. À vrai dire, je voudrais être sûre de quelque chose, n'importe quoi. Rien qu'un détail, peu importe lequel. Car il y a tellement d'incertitudes qui gravitent dans ma vie, en ce moment. J'ai presque oublié ce que cela fait que de croire violemment, avec ferveur, en autre chose qu'une cause ou un idéal. En quelque chose de concret, qu'on peut toucher ou sentir se mouvoir en nous ; aussi réel et palpable que les murs en béton devant lesquels je passe.

Le lendemain, une odeur de soufre et de cendre plane dans l'atmosphère. Le tracas. La tension. J'accoste Alex au déjeuner pour avoir des nouvelles. Les Cinq pensent, comme je l'avais pressenti, que les avions sont bel et bien venus faire un repérage des lieux. Quand bien même je m'y attendais, ça me glace le sang.

Mais je sens qu'Alex ne me dit pas tout. *Faut-il qu'on s'attende à être attaqués, alors ? Qu'envisage-t-on pour notre défense ?*

— Comment nous ont-ils trouvés ? demandé-je.

— On ne sait pas trop… On penche pour nos signaux radio. Ils peuvent être détectés par les personnes qui s'y connaissent un minimum, surtout avec la technologie de pointe qu'ils ont là-haut…

Des signaux… comme ceux qu'un appel pourrait émettre ?

Je déglutis difficilement en essayant tant bien que mal de dissimuler mon désarroi.

Mais tu peux réparer tes erreurs. En allant aux États-Unis.

Est-ce pour autant la chose à faire ?

— Tu vas toujours parler à Chris ? me questionne soudain Alex, comme s'il lisait dans mes pensées.

— Je le veux, oui. Au moins pour savoir comment les choses se profilent.

Le blond masse sa nuque.

— Vu ce qui s'est passé hier, la situation semble compliquée. Alors il se pourrait bien qu'ils t'envoient au plus tôt, et je ne sais pas pour combien de temps.

— Tu crois ?

— Oui… Enfin, à moins que…

— Que ?

— Qu'ils croient que tu es impliquée dans tout ça. Ce ne serait pas bizarre que tu acceptes tout à coup de revenir sur ta décision ?

J'ai un mouvement de recul.

Merde, il a raison.

— Mais s'il y a un moyen de sauver Liberâmes…

— Écoute, je tâte le terrain avec Chris, et je reviens vers toi.

J'acquiesce.

— Merci, Alexei. De mon côté… je devrais en parler à Izaak. Comment va-t-il depuis hier, au fait ?

— On a échangé plus de mots qu'avant-hier. Donc je dirais… mieux ?

Sa moue grincheuse m'arrache un petit sourire.

— Et toi, tu as pu un peu discuter avec lui ? Au bunker ?

— J'ai essayé, mais tu étais là : il m'a à peine calculée.

La commissure de ses lèvres se baisse.

— Enfin, il était dépassé par le stress, ajouté-je. Je le comprends.

La tristesse vagabonde que je vois sur son visage me met mal à l'aise.

— Tu sais où il est ? lancé-je alors.

— Avant que je vienne déjeuner, il était chez nous… J'imagine que ça ne sert à rien que je te propose de venir manger à ma table, maintenant ?

Je souris.

— Je vais lui parler, et je reviens.

— Ça marche. Tout ira bien, t'en fais pas.

Comme à son habitude, il tapote mon bras, avant de filer remplir son plateau. Je me retrouve en moins de vingt minutes devant la maison des garçons. Je toque à la porte pendant quelques secondes.

Peut-être qu'il n'y a personne…

Je fais le tour de la bâtisse, pour aller à la fenêtre qui donne sur la chambre d'Izaak. Mon regard s'immisce dans la petite fente entre les deux pans de rideaux fermés.

Et je me fige.

Izaak est allongé sur son lit, la joue contre l'épaule de Joleen. Cette dernière peigne ses cheveux de ses doigts, en remuant les lèvres. Je donnerais n'importe quoi pour savoir ce qu'elle dit.

Je ne vois pas distinctement les traits de son visage, mais je perçois nettement qu'il la regarde, le menton levé vers elle.

Mais… mais qu'est-ce que ça veut dire ?

Je sens un craquement, puis une grande fêlure découper mon cœur en deux.

Ça fait des jours qu'il me repousse, qu'il dit vouloir être seul… pour mieux laisser Joleen entrer, en fin de compte ?

C'est elle qu'il veut à ses côtés. Tu le vois bien.

Mes lèvres tremblent. Je ne lâche pas du regard ces mains étrangères qui cajolent le garçon dont l'alliance pend à mon cou.

Ne te voile plus la face. Depuis le début, il n'a été question que de Joleen.

Qu'est-ce qui m'arrive ?

« J'étais avec Joleen à la rivière. »

« Vous avez vu Joleen ? »

« Je ne bouge pas sans Joleen. »

Pourquoi est-ce que j'ai l'impression que ma peau me brûle, que ma chair est en ébullition ?

« Lâche-moi. »

Sans même que je le réalise, je fais des pas en arrière. Lentement, je recule, je m'enfuis, je me barre le plus loin possible de ce qui me donne envie de m'arracher le cœur de la poitrine, parce qu'il est sur le point d'exploser, et de tout réduire en poudre.

Je cours de toutes mes forces, jusqu'à me retrouver devant le bâtiment des dortoirs, et monte dans ma chambre en trébuchant sur une marche d'escalier.

Que se passe-t-il, bon sang ?

Je repense à sa main sur le bras de Joleen, et je sens mon ventre se tordre. La douleur est si forte que je suis à deux doigts de vomir mes tripes sur la moquette.

Il n'y a que l'amour pour faire mal à ce point.

Oui, Eliotte, c'est ça. Ne te voile pas la face. Tu l'aimes et ça te tue.

Tu l'aimes.

Tu es encore tombée.

Je sens ma poitrine se déchirer, et un sanglot me secoue. Je laisse tomber mon front contre mon bras plié sur le mur, les doigts en feu, le ventre en feu, la poitrine en feu. Tout me brûle, tout part en fumée. Je me suis emprisonnée dans un putain d'incendie. Je me déteste tellement d'être encore tombée sans assez réfléchir. Un sourire, une caresse sur la joue, et toutes les alarmes dysfonctionnaient, je n'entendais rien. Avec lui, le problème est que je ferme les yeux par réflexe quand j'ai mal ; je les ferme, et je ne vois plus rien. Je ne me rends pas compte de ce qui se passe, de ce qui se trame, de ce qui se déroule sous mes yeux.

J'aurais dû me protéger. J'aurais dû être là pour moi.

Je m'effondre sur mon lit, et m'y roule en boule. Je déverse tout ce que j'ai en mon for intérieur sur l'oreiller, à en avoir la gorge qui se contracte, les muscles qui se tétanisent.

Il y a cet incendie, et moi je suis immobile comme la plus parfaite des imbéciles.

Il n'y a que toi pour te sauver, Eliotte.

Que toi.

J'essuie mon visage dégoulinant, en essayant de canaliser en vain les spasmes qui me secouent. J'aimerais reprendre l'amour que je lui porte, rien qu'un peu, pour le diriger sur ma propre personne. Parce que là, maintenant, je me hais tellement. Je m'étais promis de faire attention, de prendre soin de moi.

Je me suis trahie.

Je ne sais pas combien de temps je reste allongée sur mon lit, la tête plongée dans mon oreiller trempé. Mais quand le crépuscule transforme les couleurs du ciel, je tressaille et décide enfin de quitter cette putain de chambre.

Je vais faire ce que j'aurais dû accomplir depuis le début.

Je m'en vais toquer au bureau des Cinq, en espérant qu'ils soient tous là. Pour m'entendre haut et fort.

Quand j'ouvre la porte, je tombe nez à nez avec Chris et les autres. Alex est également là, installé près d'un garçon à la peau mate. Il me semble qu'il s'appelle Krish, si ma mémoire ne me joue pas de tours.

— Bonsoir, tout le monde.

— Tu n'es pas censée être à cet étage, lance le fameux Krish.

— C'est urgent.

— Qu'y a-t-il, Eliotte ? demande Chris.

— Je suis prête à aller aux États-Unis.

Sur ces mots, j'entre dans la pièce et ferme la porte derrière moi. Alex me dévisage. Les autres restent muets, comme pris de court.

— Nous sommes clairement en danger, nous avons besoin d'une action choc, dès maintenant, déclaré-je.

— Il est vrai que c'est l'une de nos dernières cartes à jouer, dit une femme.

— OK, mais pourquoi maintenant, Eliotte ? rétorque Krish. Qu'est-ce qui t'a fait changer d'avis ?

— Tu étais où quand les avions ont survolé Alma ? cinglé-je.

Son expression méprisante, accompagnée de ce foutu ton condescendant, me hérisse les poils. Qu'est-ce qui lui prend, à celui-là ?

— Que pense Izaak de ton idée ? crache-t-il.

Lorsqu'il prononce ce prénom, j'ai la sensation qu'une lame remue dans mon ventre. Je compte répondre mais Alex fait un pas en avant.

— Krish, lance-t-il, d'un ton menaçant. Ne mélange pas tout.

L'intéressé passe sa langue sur les dents, en me foudroyant du regard. Une jeune femme lui accorde un regard équivoque avant de se tourner vers moi.

— Tu partirais dans très peu de temps, Eliotte.

— Je l'entends.

— Tu sais ce que cela implique ? m'interroge Chris. Tu pourrais être une cible.

— Je le sais bien. Mais je pense que mon témoignage, joint à la publication de nos documents, permettront de bouleverser l'échiquier politique. Et nous n'avons jamais eu autant besoin de cela qu'à présent.

— C'est vrai qu'on a gardé bien trop longtemps les preuves contre le Gouverneur… C'est maintenant ou jamais.

— Il faudra que quelques membres partent avec elle, dit Alex.

Ses mots sont chargés d'une sorte d'électricité, qui m'interpelle.

— Mais est-ce qu'ils pourraient nous attaquer, sachant la bombe qu'on va lâcher ? intervient un homme. Ils connaissent peut-être notre position exacte. Ils pourraient très bien répliquer.

— Si on craint des représailles ici, on ne pourra plus jamais agir là-bas, dit quelqu'un d'autre d'une voix gutturale. Il faut leur montrer qu'on ne joue pas. Tabitha n'arrête pas de dire qu'on ne nous prend pas au sérieux… C'est le moment, les gars.

Ses yeux sombres se posent sur moi. Ils sont teintés d'une détermination à la fois apeurante et galvanisante.

— On prépare ton départ dès ce soir. On convoque l'aile militaire demain.

Un frisson me parcourt.

Ça y est.

— Quoi ? Alors c'est décidé ? s'exclame une rousse. On n'a même pas voté !

— Il n'y a aucune décision à prendre, Tabitha ! La situation est trop tendue pour manquer notre coup.

— Joshua, à ce que je sache, on a autant notre mot à dire que toi.

Sur ces mots effilés, elle bondit de sa chaise pour lui faire face.

— Il faut qu'on réfléchisse posément.

— Posément ? C'est toi qui dis ça, Tabitha ? Tu voulais qu'on soit plus violents, qu'on frappe plus fort… Pourquoi n'es-tu pas satisfaite, hein ?

Sans même que je m'en sois rendu compte, Alex s'est placé à côté de moi. Il me jette un coup d'œil entendu.

Je comprends alors que cette Tabitha fait partie des personnes qui pensent que je suis une taupe. Ce mot me donne la chair de poule, et à la fois, me donne envie de hurler.

Moi, mener un double jeu ? Ils sont complètement fous…

— Bien, lâche Chris d'une forte voix.

Nous nous tournons tous vers lui.

— Eliotte, les choses sont quasiment lancées, mais nous devons éclaircir un dernier point. Merci de ta visite.

Je le gratifie d'une inflexion du menton pour toute réponse, balaie des yeux la salle et quitte la pièce, la tête haute.

Je traîne un cœur lourd sur ma route jusqu'à la rivière et le cyprès de Montezuma. J'ai besoin de respirer.

Je viens de m'engager pour rentrer aux États-Unis.

Je prends place sur l'herbe couverte d'une fine pellicule d'humidité, face au courant d'eau. Je déteste le fait que cet endroit soit « le nôtre ». Qu'il me rappelle tout de lui, dans un moment aussi cruel. Mais je n'ai nulle part d'autre où aller si je veux être seule avec mes pensées ce soir.

Peut-être qu'il l'a aussi amenée ici.

Je mords ma lèvre inférieure pour refréner un sanglot. Pourquoi est-ce qu'il me fait ça ?

La mort du Gouverneur n'a été que l'apothéose de leur rapprochement ; tout était déjà bien assez profond entre eux.

Tu vas partir aux États-Unis. Le laisser derrière toi.

Mes doigts s'agrippent aux brindilles sur le sol. Il faut accepter les choses : Izaak n'a pas besoin de moi. Il n'a *jamais* eu besoin de moi.

Quand cette vie pleine de tumultes nous a engloutis, j'ai essayé de tout mon soûl de sauver la face, pour ne pas ajouter à ses préoccupations ; comme si je comptais. J'ai essayé d'être là pour lui, que mes bras puissent lui procurer le réconfort qu'il trouvait dans l'habitacle de sa précieuse jeep, comme si je comptais.

Mais je me faisais des putains d'idées.

Je me suis trahie.

La ligne est fine entre être engourdi et tout ressentir. Et ce soir, je titube constamment entre les deux.

Je suis tellement fatiguée. De penser aux autres, de m'inquiéter, d'avoir peur, et de me faire rejeter. Une fois de plus.

Soudain, j'entends des pas frotter l'herbe.

Je regarde par-dessus mon épaule, les yeux embués.

Izaak.

25. Les seuls

Il reste debout, et me détaille un instant.

— Tu veux être seul, c'est ça ? demandé-je.

Je tourne la tête, pour sécher mes larmes sans qu'il me voie.

— La journée a été longue, murmure-t-il toujours à quelques mètres de moi.

C'est sûr qu'en la passant dans les putains de bras de Joleen…

Il ne prononce plus un mot. Pourtant, je donnerais n'importe quoi pour l'entendre dire que je lui ai manqué, ou qu'il me veut près de lui.

Même après tout ça.

Et je me hais de penser ainsi.

— Tu sais…, lâché-je soudain.

Silence.

Et ça me donne tout le courage manquant pour lui déclarer sans trembler :

— Je pars aux États-Unis dans quelques jours.

— Quoi ?

Je me lève pour lui faire face.

— Quand est-ce que… mais… Je ne comprends pas, balbutie-t-il.

— C'est simple, pourtant. La cause est bien trop en difficulté pour qu'on reste les bras croisés.

— Mais…

Je le scrute, à la recherche d'une lueur de tristesse sur son visage, quelque chose qui prouve qu'il tient à moi, que je pourrais garder au creux de ma paume, pour raviver la lumière en moi.

— Alors tu veux partir ? Loin d'Alma, loin de… moi ?

— Mais Izaak, tu es déjà loin de moi.

J'aurais voulu que ma voix ne soit pas aussi cassée, aussi faible.

— Qu'est-ce que tu racontes ?

— J'avais déjà cette impression, dès notre arrivée, que tu t'éloignais de moi. On ne se voyait que rarement, et quand tu étais là, tu étais collé à Joleen. Et aujourd'hui…

Les choses sont beaucoup plus claires. J'ai essayé de le retenir désespérément auprès de moi, mais… il n'y a rien à retenir. Parce que je crois qu'il n'a jamais été à moi. Il était à Joleen depuis le début. Son premier amour.

Je n'étais qu'un pansement.

— Qu'est-ce que tu veux me dire ? m'interroge-t-il, d'une voix distante.

Une décharge me parcourt instantanément.

— Izaak, ça fait des putains de jours que je fais tout pour te soutenir, mais tu m'envoies chier ! Une alarme retentit dans tout Alma, et toi, tu cherches Joleen ? Je viens encore une fois à toi, et je te trouve comment ? Dans ses bras, bordel !

— Elle était là au moment où j'ai craqué, point barre. Tu ne vas pas me reprocher d'avoir accepté la main qu'on m'a tendue ?

— Non, jamais, mais il n'y a qu'elle, admets-le, putain !

— Non, c'est faux, répond-il froidement.

— Je me fais des idées, peut-être ? Pourtant elle est toujours là, quelque part, en train d'échanger un regard complice avec toi.

— C'est… Non, c'est faux, répète-t-il.

— Si, Izaak. E-Et tu as un fils avec elle, comment je suis censée…

Faire le poids.

— Tu me repousses constamment et je flippe, je…

— Eliotte, m'arrête-t-il.

Il fait un pas vers moi.

— T-Tu… tu n'es plus le même ! m'exclamé-je. Et j'en ai plus qu'assez d'avoir mal !

Mes yeux se gorgent d'eau en un instant. Les bords de ma vision deviennent si flous.

— La vérité, c'est que t'es juste comme eux, Izaak ! Malgré tes mots… tu vas finir par partir toi aussi. Tu es déjà loin, en fait.

— Je t'ai dit que j'étais là ! rétorque-t-il.

Son agressivité me donne envie de m'enfuir en courant.

— Ashton m'a dit la même chose et aujourd'hui où est-il, hein ? clamé-je en écartant les bras. Où est-il ?

— Ne me parle pas de ce con !

— Mais la réalité est là : tu *es* comme lui !

— C'est des conneries !

— Mais merde, Izaak, tu ne t'en rends même pas compte ! Tu es en train de partir ! Où seras-tu demain ? Putain, où es-tu, aujourd'hui ?

Son regard de pierre, aussi reptilien qu'à notre rencontre, me transperce.

— Tu sais très bien ce que je vis, en ce moment…

— Mais avant ça ? Qu'est-ce qui se passait ?

Il serre la mâchoire.

— Les choses sont compliquées, depuis bien avant la mort de mon putain de père, OK ? crache-t-il. Je ne peux pas… Je ne peux pas tout gérer !

— Donc je suis une putain de « chose à gérer », c'est ça ?

Je prends ma tête entre les mains en reculant.

— Admets-le, Izaak… Admets-le, tu t'éloignes de moi ! Parce

qu'il y a Joleen, et ton fils et… et le temps va passer, les choses se feront d'elles-mêmes. Tu te tourneras vers ton premier amour, tu auras une famille unie, tranquille, parfaite et je… je serai…

— Non, Eliotte. Non.

Ma gorge se serre, et je sens les larmes monter. Je les sens pointer dans mes yeux en feu. Izaak reste loin de moi à me regarder, le visage pâle. Son silence me cisaille. Il est une réponse claire à tout ce que je viens d'avouer, tout ce que je tapis en moi depuis une éternité et que je n'ai pas osé laisser sortir jusqu'à ce soir.

Il se tait.

— Le pire dans tout ça, murmuré-je malgré la douleur dans mon gosier, c'est que je ne pourrai pas supporter ton départ, je suis déjà trop enchaînée à toi… mais je sais qu'il arrivera.

Mon père.

Ashton.

Et Izaak.

C'est ainsi que ça doit se passer. L'histoire n'est qu'une putain de boucle narrative.

— Alors quoi, bordel ? tonne-t-il. Tu veux partir pour éviter que je le fasse, c'est ça, Eliotte ? Tu préfères fuir les problèmes et te barrer à l'autre bout du monde ?

Il esquisse un pas en avant. Sa silhouette massive projette une ombre sur moi. Je me sens tellement petite, insignifiante.

— C'est *toi* qui veux m'abandonner ! poursuit-il. Et tu cherches des putains d'excuses… Parce que, maintenant qu'il y a Kaï dans l'équation, que c'est nous deux ou rien ; maintenant qu'il y a trop de putains de problèmes qui remontent à la surface, avec mes foutues brûlures d'enfance et mes remords, c'est trop de responsabilités à gérer ! C'est trop pour toi !

Je veux juste qu'il me dise qu'il m'aime. Qu'il me rassure.

— Qu'est-ce que tu racontes ? m'exclamé-je en avançant vers lui. Je te prends comme tu es, et tu le sais pertinemment ! Je voudrais pouvoir te le répéter tous les jours, mais impossible quand tu n'es pas là, ou que tu me repousses !

— Parce que je vais mal ! Voilà ! s'exclame-t-il en ouvrant les bras. Rien ne va plus !

— Je le sais ! Et je veux être là pour toi !

Je tente de poser la main sur son bras, mais il recule.

— Tu…

— Ose me dire que je n'ai pas essayé d'être là depuis notre arrivée ? le coupé-je. Alors que toi, tu ne te demandes même pas comment je vais. Tu n'es pas le seul à souffrir sur cette foutue planète, Izaak ! Tu n'es pas le seul. Et on est censés se soutenir ! C'est à ça que sert l'autre, merde ! Et je… j'en ai marre de te supplier de rester. J'en ai marre d'être abandonnée, d'être laissée pour compte.

— Oh ! tu crois que je n'ai pas aussi eu mon lot de trahisons ? Que pendant toute ma vie, on ne m'a pas fait comprendre que je n'étais qu'un putain de chiffon interchangeable ? Que je ne valais rien ?

— Je te…

— Mon frère, comme ma mère, m'a abandonné plus d'une fois pour un monstre qui nous a foutus en l'air, lance-t-il rageusement en se penchant vers moi. Et il n'y a que toi qui as peur d'être abandonnée ?

— Izaak, je veux juste que tu…

— Je croyais que tu étais ma putain de famille, Eliotte ! Le dernier membre qui me restait.

Je pince les lèvres, sans trouver la force d'esquisser le moindre mouvement, la moindre parole.

— Eh bien pars, Eliotte. Je ne veux pas de ta putain de présence fantôme. À quoi ça sert de t'avoir en sachant que tu peux me lâcher à tout moment ? Que tu n'es pas assez solide pour moi… solide comme une famille ?

Une larme roule le long de ma joue, je la sens tracer un sillon sur ma peau brûlante.

— Tu… Tu veux que je parte ?

— Tu ne comptes pas rester, de toute façon, alors oui. Pars. Casse-toi, articule-t-il.

— Mais…

Je voulais juste qu'il me dise qu'il m'aime.

Et il me fout à la porte.

— Allez, Eliotte, vas-y ! Pars ! Tu n'attends que ça !

Il tend la main vers le chemin obscur par lequel nous sommes arrivés tour à tour.

Je voulais qu'il me retienne. Qu'il me prenne dans ses bras et qu'il me dise que je suis tout pour lui.

Mais il ne le fera jamais. Car Izaak n'est pas du genre à mentir.

Je reste tétanisée un instant face à son visage moulé dans la colère, et ses yeux brillants.

Et puis, je m'en vais. Je cours, cours, cours entre les hautes herbes. À chaque fois que mon coude percute quelque chose, j'ai l'impression pendant une seconde que c'est Izaak qui me rattrape.

Mais non, ce n'est jamais lui. Ce ne sont que des putains d'épis de blé dans cette putain de ville de merde.

Je n'ai pas l'énergie suffisante pour gagner les dortoirs, à l'autre bout d'Alma, alors je m'arrête au bout d'une rue complètement déserte. Je glisse le long d'un mur, laisse tomber ma tête contre mes genoux repliés sur ma poitrine.

Et j'explose.

Un torrent se déverse sur mes joues.

Que vient-il de se passer ?

Je m'en suis profondément voulu d'être tombée amoureuse d'Izaak, mais en le voyant arrivé près de la rivière, en commençant à lui parler, j'ai vite réalisé qu'il ne pouvait pas en être autrement. Alors j'ai préféré vider mon cœur et… et…

Et lui m'a dit de partir.

Je place les paumes contre mes paupières enflées, en essayant de canaliser ma respiration chaotique. Pourquoi ça devait se passer ainsi ? Pourquoi est-ce qu'il vou…

Je sursaute.

C'était quoi, ça ?

Je redresse la tête. Des pas grattent le chemin de sable sur lequel je me suis arrêtée.

26. Engourdi

Izaak

J'arpente un chemin sableux, les mains dans les poches. Je ventile, comme si je venais de courir un marathon. Mon sang palpite, j'ai des sueurs froides.

Tout a dégringolé si vite.

Absolument tout, putain.

Tout.

Je marche depuis des heures. J'ai regardé Kaï dévorer son petit déjeuner avant de le déposer à l'école. Et je me suis mis à parcourir la ville. Je ne suis pas allé à ma réunion, ni à la salle d'entraînement, ni à la deuxième réunion de la journée.

À chaque fois que j'aperçois une silhouette féminine surmontée de cheveux bruns, mon corps se pétrifie, avant que je me rende compte que ce n'est pas *elle*.

Je craignais de la croiser au réfectoire mais, Dieu merci, je ne l'ai pas vue. Je n'ai pas pu m'empêcher de jeter des coups d'œil à la dérobée à notre groupe attablé, durant tout le petit déjeuner.

Tu n'as pas pu t'empêcher de la chercher des yeux.

J'accélère la marche. Je m'en contrefous. Elle peut être où elle veut, elle a pris sa décision. Eliotte m'a tourné le dos.

Dire que tu t'en contrefous montre à quel point tu t'en soucies. C'est ridicule.

Comme je l'avais fait il y a trois semaines, je m'arrête près du banc en face de l'école et j'attends Kaï. Quand je pense à lui, il arrive qu'une bouffée de chaleur m'envahisse. J'ai alors la ferme sensation qu'on étrangle mon cœur. Tout comme, parfois, un sourire gauche lève la commissure de mes lèvres quand l'image de mon fils se faufile dans mon esprit. Et le tourment réside dans le fait que ces pensées contradictoires sont foutrement aléatoires. Et rien ni personne ne peut les changer. Un jour oui, un jour non. La veille je me sens comme un super-héros, le lendemain j'ai l'impression de me noyer à des mètres de profondeur dans un océan glacial. Et obscur. Aux eaux si troubles que personne ne peut voir que j'y coule ; que moi-même, parfois, ne réalise pas être en train d'y sombrer.

Le lendemain, je passe ma journée cloîtré dans la salle de combat. Je pensais que frapper un sac de sable comme un dégénéré allait me permettre de me changer les idées, mais pas du tout. J'ai juste manqué de me péter le poignet et je me suis égratigné les phalanges. Ça ne marche que dans les putains de films, de se défouler en frappant dans quelque chose. *À vrai dire, je ne sais même pas ce qu'il y a à extérioriser.*

— Eh, toi !

Cette voix manque de me provoquer une attaque.

Peut-être que je devrais juste changer de cible. J'ai la ferme sensation que ça pourrait me détendre de dégommer *Matthew.* Je ne daigne même pas me tourner vers lui, et réajuste les bandages autour de ma main.

Il traverse la salle et vient jusqu'à moi.

— Je te parle !

— J'ai pas le temps pour tes conneries, craché-je. Dégage.

— Je n'ai pas vu Eliotte de toute la journée d'hier, et elle reste introuvable aujourd'hui, répond-il avec le même mordant. Elle est où ?

Quoi ?

— Si elle ne veut pas qu'on la trouve, c'est sans doute pour une bonne raison. Et moi aussi, alors casse-toi.

Il se glisse entre le sac de frappe et moi, puis lance :

— Écoute, ton numéro de dépressif de merde marche peut-être avec tes amis, mais pas avec moi. J'en ai rien à branler que ton père soit mort ou je ne sais quoi. OK ? Alors quand je te demande où est Eliotte, tu réponds.

Je serre la bande de gaze de coton à m'en blanchir les phalanges.

— Tu n'es pas au courant ? Elle part aux États-Unis, sombre crétin. Elle a sûrement déjà embarqué sur un bateau à l'heure où on parle. Maintenant, bouge.

— Quoi ? Elle se barre ? Impossible qu'elle ne m'en ait pas parlé avant de partir.

— Elle est pleine de surprises, hein ?

— Alex s'inquiète aussi, elle aurait loupé un meeting avec les Cinq. Elle ne peut pas avoir filé sans passer par eux !

Ma prise autour de mes bandes se défait, d'un coup. La bouche ouverte, je reste un instant à contempler mes mains.

— Elle est forcément quelque part. Laisse-la tranquille.

— Mais je te dis que…

Un grognement de frustration lui échappe avant qu'il reprenne, enragé :

— Abandonne-la si tu veux, mais je ne le ferai pas.

C'est moi qui l'abandonne ?

— Oui, c'est ça… Allez, dégage, maintenant. Je ne vais pas le répéter.

— T'es qu'un petit merdeux capricieux… Va te faire mettre, Meeka !

Un regard assassin et il me tourne le dos.

Quel trou du cul, un gouffre sans fond, je vais le…

Je balance violemment mon poing sur le sac et me démonte le poignet. Je mords l'intérieur de ma joue pour contenir la douleur lancinante. Je me défais de mes bandages à peine installés et me dirige à grands pas vers les douches. Je me place sous un pommeau au hasard et ferme le rideau derrière moi d'un geste sec. Une eau tiède, presque froide, commence à couler le long de mes muscles engourdis.

Elle doit être planquée dans un coin près de la rivière…

Et si elle était sortie du camp ? Dans un accès de colère, elle a peut-être…

Non. Elle ne ferait pas ça. Elle doit être en train de préparer son grand retour sur sa terre natale. La brave Liberâme.

Mais elle aurait assisté à sa réunion dans ce cas.

Je laisse tomber mon front contre les dalles froides du carrelage en face de moi, et tente d'effacer de mes pensées un de ces scénarios horrifiques que j'improvise à la moindre occasion de stresser.

Eliotte va bien. Elle se porte à merveille. Elle ne…

Mes yeux me piquent.

Du shampoing.

Impossible, je n'en ai pas encore mis.

Soudain, je sens tout mon torse vibrer, puis mes lèvres.

Eliotte, pourquoi tu me fais ça ? Tu veux que je m'inquiète pour toi, alors que tu m'as très clairement fait comprendre que tu me lâches ?

Je ne sais pas ce qu'elle veut, mais c'est réussi. Mon cœur bat la chamade. Et, putain, j'ai *peur.* L'océan m'engloutit à nouveau en son cœur froid et salé, et j'étouffe. Je tousse. J'ai l'impression de suffoquer.

Je coupe l'eau de la douche précipitamment et sors m'habiller. En deux temps trois mouvements, je m'en vais trouver Matthew, Francis, ou n'importe qui, bordel. J'arpente les rues et aperçois la maison des Bentley. Je frappe brutalement contre la porte en bois, plusieurs fois d'affilée.

— Waouh ! Du calme ! me sermonne Francis. Elle ne t'a rien fait, mon vieux !

— Il faut qu'on trouve Eliotte.

Son regard perd toute agressivité.

— On était en train d'en discuter avec Charlie et Alex. Entre.

Les deux concernés sont dans le salon, assis sur le canapé rouge qui trône au fond de la petite pièce. Je reste près de la porte d'entrée, que Francis vient de fermer derrière moi.

— C'est quand la dernière fois que tu l'as vue, Izaak ? me questionne Charlie.

J'humecte mes lèvres.

— On... On s'est parlé avant-hier. Tard le soir.

— Tu es le dernier à l'avoir croisée, alors. Comment elle allait ?

Je suis incapable de les regarder dans les yeux. Repenser à son visage, c'est comme laisser une poigne de fer se refermer vigoureusement autour de mon cœur.

— On s'est disputés.

— Elle a manqué le meeting avec Chris pour parler des conditions de son départ, dit Alex. Ça ne lui ressemble pas...

— À moins qu'elle se soit rétractée, suppose Francis.

— Oui, mais elle ne serait pas introuvable si tout allait bien...

— Vous êtes sûrs d'avoir fouillé chaque recoin ? demandé-je en m'approchant d'eux.

— Bien sûr, répond Alex. On a même traversé les champs agricoles, et longé la rivière. Personne d'autre ne l'a vue depuis qu'elle a quitté le Carré – en dehors de toi.

Je tape frénétiquement du pied en essayant de reprendre ma respiration.

Elle doit être là, quelque part.

— Ceux qui sont de garde aux frontières de la ville n'ont fait sortir personne ?

— J'ai demandé, dit Charlie. Personne.

Merde, merde, merde…

— Et sa chambre est vide ? Ses colocataires l'ont entendue rentrer hier soir ?

— Matthew a demandé, elles n'ont rien vu. Son lit était légèrement défait, mais c'est tout.

C'est pas vrai.

— Pourquoi n'y a-t-il pas un putain de message diffusé dans chaque mégaphone du camp ? clamé-je. Il faut qu'on en parle à Chris !

— Vous savez bien qu'elle est soupçonnée d'être une taupe par Krish, Tabitha et peut-être même Joshua, commence Charlie. Je me demande si ça ne les arrange pas qu'on n'entende plus parler d'Eli.

— Oh ! putain, lâche Alex en écarquillant les yeux.

— Quoi ? lancé-je en m'approchant de lui.

— J'ai surpris une conversation entre Tabitha, Joshua et une autre personne au Carré, il était minuit passé, c'était un rassemblement non officiel… Il a eu lieu juste après qu'Eliotte a annoncé qu'elle souhaitait se rendre aux États-Unis.

— Ils ont dit quoi ? le questionné-je, fébrilement.

— Tabitha parlait de se défaire d'un poids, et du fait qu'elle était trop méfiante pour risquer de mettre en danger la cause. Sur le moment je n'ai pas vraiment compris de quoi elle parlait, et j'étais derrière la porte blindée, j'entendais un mot sur deux. Je ne sais pas ce que Joshua a répondu exactement mais… il a évoqué pour sûr « l'extérieur » et le fait de « se débrouiller ».

Charlie se penche vers le blond.

— Tu crois qu'ils…

— Impossible, murmuré-je. Non…

Les Liberâmes n'ont pas pu kidnapper Eliotte pour la foutre en dehors des frontières, la livrant à elle-même. Ils ont des doutes, mais de là à…

Mes muscles se tendent.

— Peut-être que je me trompe, dit Alex. C'est juste ce que j'ai entendu, et de manière vague. Après tout, Joshua parlait aussi d'un appel et d'ondes radio ou je ne sais quoi…

Un appel ?

Non. Pitié, non. Ne me dites pas qu'ils ont découvert qu'Eliotte avait contacté Ashton.

Leurs doutes à demi confirmés se seraient d'autant plus décuplés après qu'elle a demandé à retourner aux États-Unis du jour au lendemain… S'ils ont été prêts à assassiner Lucas Carter, ils ont très bien pu laisser Eliotte au beau milieu de nulle part.

Je n'arrive pas à y croire.

Je ne veux pas y croire.

— Il faut qu'on aille parler à Chris, décrété-je en me dirigeant vers la porte.

— Waouh, Izaak ! Reste là ! s'exclame Charlie en me rattrapant par le bras. Si les Cinq sont derrière tout ça, tu penses qu'on peut leur demander de l'aide ?

— Chris n'est pas comme eux, c'est le père de Leen. Vous le connaissez.

— Je suis du même avis, lance Alex, pour me soutenir. De toute manière, il faut bien en parler à quelqu'un, au plus vite. Parce que, si Eliotte est dans la nature hostile depuis deux jours déjà…

Mon sang se glace.

Et je me défais de la prise de Charlie avant de m'élancer vers la porte d'entrée.

— Attendez ! Attendez ! s'écrie Francis. Il faut qu'on ait un plan !

— On le trouvera en route, réponds-je en ouvrant la porte.

27. Cendré

Eliotte

Est-ce qu'on m'aurait griffé le visage avec des couteaux chauffés à blanc ? J'ai l'impression que mes joues ont été écorchées. Et, bon sang, ma tête me fait un mal de chien…

Je bats des cils, pour essayer de voir quelque chose, mais ma vision est toujours aussi obstruée. Il n'y a que des taches de couleurs disparates sur l'écran de ma rétine. Mon œsophage me paraît sec, mes lèvres gercées. De l'humidité pointe dans mes yeux, sous l'effet des battements de cils et de l'activation de mes glandes lacrymales.

Qu'est-ce qui m'est arrivé ?

Je lève la main pour m'essuyer les yeux, mais je n'y parviens pas. J'essaie encore, mais mes biceps se contractent à m'en faire mal, sans que je ne puisse libérer mes mains, elles…

Attends, quoi ?

Je suis ligotée.

Mon regard voltige partout autour de moi. Oui, je suis *ligotée*, allongée sur le sol.

Qu'est-ce que je dois faire ? Et d'abord, où est-ce que je suis ? Je ne vois rien. Je n'entends rien. Il n'y a que les « boum boum » effrénés de mon palpitant qui résonnent dans la pièce. La sueur froide qui roule le long de ma nuque.

Je renifle l'air ambiant et perçois une odeur de sable, mêlée à des effluves de tabac et d'essence – à moins que ce ne soit de l'alcool. Mon corps gesticule pendant plusieurs minutes, en vain. Mes poings comme mes chevilles sont liés.

Et soudain, ça me frappe.

J'ai été kidnappée.

Qui ? Pourquoi ? Quand ? Comment ?

Finalement, des petits points blancs percent mon champ de vision, et lentement, je recouvre la vue. Je suis dans un bureau. Un élégant bureau. Un fauteuil en cuir camel trône à ma gauche ; à ma droite, une table transparente sur laquelle est déposé un bouquet de lys. Et face à moi : un long meuble en chêne derrière lequel s'étendent des mètres de livres rangés dans une bibliothèque.

Merde, où je suis ? Pourquoi est-ce qu'on m'a foutue là ?

Rien dans la décoration des lieux, ou dans les éléments autour de moi ne me permet de décrypter ma localisation. Je ne saurais même pas dire quelle heure il est, ni quel jour nous sommes.

Mes yeux scannent tout ce qu'il y a autour de moi à la recherche d'une échappatoire. J'aperçois une fenêtre et une porte, derrière moi. Mais rien d'autre.

Peut-être que, si je fais tomber ce pot de fleurs, je pourrais couper mes liens avec un morceau de porcelaine brisée ?

J'essaie de me redresser, mais les nœuds à mes pieds m'empêchent de garder l'équilibre. Je m'écroule contre le fauteuil, en me faisant mal aux bras. Finalement, je décide de m'asseoir à même le siège. *Quitte à être kidnappée, autant profiter des lieux, je ne vais pas rester éternellement sur ce maudit tapis.*

Mes poignets moites se frottent inlassablement contre la corde qui les maintient attachés l'un à l'autre ; j'en ai mal à la peau. Un poids me comprime le thorax. Cette foutue pièce manque d'air. Je ventile.

Tout va bien, je vais m'en sortir. On va me retrouver, ou je m'enfuirai moi-même. Oui, je vais forcément trouver un moyen de…

— Je vois que tu t'es mise à l'aise, dit une voix grave dans mon dos.

Je me statufie.

Est-ce que c'est bien qui je crois ?

Des pas font craquer le parquet… et une silhouette apparaît.

Je ne le reconnais pas tout de suite.

Il a un visage plus creusé, marqué par le passage du temps, du deuil et de la colère. Il est tout de noir vêtu, dans un élégant costume qui lui va à la perfection. Sa stature est plus imposante que jamais. Elle dégage une force, une présence qui ne s'ignore pas. Ses cheveux ne sont plus en bataille, mais soigneusement peignés ; toutefois, cette mèche rebelle de toujours titille son front. Debout devant moi, il cale ses hanches contre le bureau, les mains dans les poches.

Son regard me trouve et me saisit, sans me laisser une seconde de plus pour reprendre mon souffle. Une étincelle crépite dans ses yeux, entre les craquelures vertes et brunes. Ils sont profonds, lugubres. Abyssaux.

Je suis frigorifiée, une fraction de seconde. Avant que le feu qui bout en moi depuis des heures ne se réanime et me brûle la gorge.

— Pourquoi m'avoir kidnappée ? m'exclamé-je. Qu'est-ce qui te prend ? T'as pété les plombs ?

Sans dire un seul mot, Ashton plonge la main dans la poche arrière de son pantalon et en sort un briquet. Il ouvre ensuite le pan de sa veste, et attrape un paquet de cigarettes.

Sans même me regarder, il en allume une. Il avait pourtant

abandonné cette sale habitude il y a trois ans, troquant la nicotine pour les anxiolytiques.

— Je te trouve bien ingrate.

— Quoi ?

— Non mais c'est vrai, tu m'as donné du fil à retordre, Eliotte, dit-il en calant la cigarette dans sa bouche. J'ai quand même envoyé deux avions de chasse pour te trouver. Qui ferait ça, hein ? D'autres personnes se sentiraient privilégiées : le Gouverneur lui-même, qui t'envoie un jet privé…

Je reconnais à peine cette voix grave, imprégnée par les effets du tabac.

— Mais tu te fous de ma gueule ? Je suis ligotée, et j'ai mal partout !

— Tu n'as pas voulu coopérer. Et encore, je leur ai dit de te sortir de ta cellule pour que tu te réveilles ici. Admets que le décor est largement plus agréable. Ne me remercie pas, surtout.

En disant cela, son regard passe sur les lieux avec une outrecuidance qui me noircit les idées. Qu'est-ce qui lui prend ? Qui est-il ?

— Te remercier ? Mais de quoi, au juste ? Et où on est, là ?

— *Welcome to America,* chérie. La terre de tous les possibles.

— Mais… Pourquoi tu m'as amenée ici ? Ashton, je ne comprends rien… Qu'est-ce que tu me veux ? C'est quoi tout ce cirque ?

Il aspire son bâtonnet de nicotine, et se détache du bureau. Il marche sur moins d'un mètre avant de dire :

— C'est fou la mine d'informations à laquelle on a accès quand on récolte quelques votes à une élection. Et tu veux savoir ce que j'ai appris ?

Il laisse échapper un nuage de fumée, et un pouffement sardonique le prend.

— Non, j'en ai complètement rien à cirer, craché-je. Détache-moi.

— J'ai appris que mon père avait truqué nos tests de compatibilité par deux fois.

Quoi ?

— En demandant à une certaine Sofía Rivera, la salope de mère de Matthew, de changer nos résultats. Nous étions compatibles à 56 %, toi et moi, la première fois. Et à 64 % la seconde.

Je manque de tomber du fauteuil. C'est… Non, impossible. Je ne peux pas y croire !

On s'aimait tellement. Ce n'était pas logique d'obtenir de tels résultats ; et on le savait pertinemment.

— Pour ce qui est de ton test avec Izaak, tu connais la vérité. On ne pouvait pas truquer un tel résultat : toute la direction a été prévenue de ce miracle sitôt que les calculs ont été faits.

Il regarde dans le vide, sa cigarette entre deux doigts.

— Waouh… 98,8 %.

L'ironie dans sa voix est déconcertante.

— Toutefois, tu n'aurais jamais découvert ça, si on avait eu le vrai résultat de nos tests à nos dix-huit ans… Les choses auraient été radicalement différentes.

Il se met à ricaner en prenant une nouvelle taffe.

— On aurait eu un golden ou un labrador ? Tu crois que je t'aurais mise en cloque dès la première année de mariage ?

Un autre rire sarcastique grince dans sa gorge, alors que son regard est toujours perdu dans le vide.

— C'est dingue, marmonne-t-il.

Je reste figée, les lèvres entrouvertes.

Je suis aux États-Unis. Parce qu'Ashton m'a kidnappée. La même personne que j'ai aimée, avec laquelle je suis apparemment compatible, et que je… Non, c'est trop. Beaucoup trop.

Il passe la main dans ses cheveux blond cendré.

— Mon père a aussi modifié les codes d'accès de certains dossiers confidentiels quelques jours avant son assassinat… C'est fou. Ce salaud m'aura compliqué la vie jusqu'au bout.

Son assassinat ?

— Tu… Tu le détestes, alors ? dis-je plutôt, en gardant dans un coin de ma tête cette information.

Je sens qu'il y a des choses à dire maintenant, et d'autres à évoquer plus tard – pour peu que je reste en vie…

Ashton souffle, et une fumée blanchâtre se disperse dans la pièce au mobilier raffiné.

— Tu sais, Eliotte, il y a une chose que j'ai toujours trouvée étrange avec les gens qu'on aime. Ils sont paradoxalement les seuls êtres sur Terre qu'on peut haïr de la manière la plus profonde, avec la plus grande des violences. Tu ne peux pas détester complètement quelqu'un que tu n'as pas aimé. Et, aussi tordu que cela puisse paraître, j'aime mon père autant que je souhaite qu'il n'ait jamais existé.

Son visage pivote vers moi. Ashton reste interdit un instant, avant de lâcher soudain :

— Qu'est-ce que je t'ai détestée. Je t'ai tellement haïe, Eliotte, après que tu es partie. Dès le début, j'ai *su* que tu allais choisir mon frère plutôt que moi… mais j'aurais voulu que tu me viennes me trouver, que tu me regardes dans les yeux et que tu me dises : « Ashton, tu ne fais pas le poids. »

— Arrête de projeter ton complexe sur moi ! Je n'ai pas choisi Izaak, les choses se sont faites d'elles-mêmes et il…

— Bla bla bla… l'amour, la magie, les champs de pâquerettes. Pitié.

— Tu ne crois plus en l'amour ?

— Peu pertinente, cette question, Eliotte.

— Alors permets-moi de t'en poser une autre, *monsieur* Meeka, dis-je en lui volant l'ironie de sa voix.

— C'est Gouverneur, maintenant. Gouverneur Meeka.

Je roule des yeux.

— Pourquoi tu fais tout ça ? Pourquoi ?

— Parce qu'ils n'ont pas été foutus de le faire il y a dix ans quand les Liberâmes ont commencé à se réveiller. Je ne vais pas passer par quatre chemins comme ces bras cassés l'ont fait. Je vais éliminer la menace efficacement.

— Quoi ?

— Dans moins d'un mois, nous serons débarrassés de ces parasites.

— Ashton, tu ne ferais jamais ça… Tu en es incapable.

Un sourire soulève la commissure de ses lèvres.

— Je ne suis plus celui que tu as connu. Il ne reste plus de moi que l'homme qui doit faire des choix.

— Le monstre, plutôt. Tu n'as pas de cœur.

— Oh ça, c'est sûr… Ça m'encombrait.

Il esquisse un mouvement vers moi, et vient se placer près du fauteuil sur lequel je suis assise. Il penche le corps pour être à ma hauteur.

— Je suis un Meeka. Ça a toujours été comme ça. Et ça ne changera pas. Que tu le veuilles ou non, je suis ce que je suis.

— C'est faux. Tu n'es pas comme ça.

— J'ai dû le devenir.

— Arrête de parler comme si tu n'avais pas eu le choix.

Il aspire le tabac avant de soupirer près de ma joue. Mes narines me piquent.

— Eliotte, bien sûr que j'ai eu le choix. Et j'ai choisi de me débarrasser de mon cœur, cette connerie qui m'a causé trop de problèmes. Je n'étais qu'un gosse pathétique. Un lamentable chiffon.

— C'est faux.

Je serre les lèvres en secouant la tête.

— Ce que tu appelles un chiffon, moi, je l'ai aimé, ajouté-je. J'en suis tombée amoureuse.

Il s'approche d'un pas brusque. Son visage est tout près. Il plante son regard dans le mien, et saisit mon menton.

— Eh bien, je te présente toutes mes condoléances. Il est mort.

J'écarquille les yeux.

Qui est devant moi ? Ça ne peut pas être celui à qui j'ai donné ma confiance et mes sentiments il y a trois ans. Ça ne peut pas être Ash.

— Tu ne sais pas ce que tu dis…, murmuré-je.

— Écoute attentivement : mon père est parti. Izaak est parti. Alors Ash est parti. Point barre.

Il se dirige vers la porte d'entrée. J'essaie de me retourner pour tenter d'apercevoir ce qui se trouve derrière ; mais son corps bloque mon champ de vision.

— Et surtout ne t'en fais pas, Eliotte… tu as toute ta place dans mon plan.

— Quoi ? Quel plan ? Ashton !

Je bouge sur le siège et tombe sur le sol.

— Ashton ! Reviens !

Mais il a déjà fermé la porte.

28. Une prison bas de gamme

Eliotte

Plutôt que d'entendre le familier clic de la porte qui se referme, une série de bruits métalliques et digitaux me parviennent. Un ensemble de loquets et, je crois bien, des infrarouges.

Dans quel genre de prison m'a-t-il foutue ?

Je fronce les sourcils en retenant un grognement de frustration.

Je devrais maintenant remuer ciel et terre pour me libérer ou au moins commencer à élaborer une stratégie, un plan d'évasion, que sais-je… Mais mon cerveau est complètement endolori. Comme si on venait de le rouer de coups.

C'était vraiment Ashton, ce type cynique entouré d'une aura sombre et froide ? Il a un plan ? Pour anéantir les Liberâmes ? Et lui et moi… on serait compatibles ?

Je ne crois pas que cela ait le moindre sens aujourd'hui, ni même la moindre importance… mais pendant un moment, une brèche s'ouvre, une cavité dans le temps se creuse. Il aurait fallu deux autres chiffres l'un à côté de l'autre pour changer *in extenso* ma vie. Un pourcentage différent, et le bouleversement aurait été autre. Je n'aurais même pas été ligotée ici dans cette pièce étrange, je n'aurais pas le cœur en miettes à la seule pensée de l'aîné de la fratrie Meeka, je n'aurais peut-être pas appris la vérité sur le départ de mon père – je n'aurais même pas cherché –, j'aurais été une citoyenne lambda, avec des convictions secrètes, un avis tranché, mais dissimulé.

Je reste immobile plusieurs minutes dans le fauteuil, les pensées entortillées. Plonger la tête la première ne serait-ce qu'un instant dans ce « si », dans ce qu'aurait pu être ma vie avec des chiffres divergents, me donne le vertige. Parce que cette réalité parallèle est si lointaine.

Une décharge me traverse, et je me redresse lentement, les membres toujours attachés. Je me dandine comme une poule jusqu'à la fenêtre la plus proche. Je dois savoir où j'ai atterri. Je glisse difficilement la tête sous le rideau, et regarde par la vitre.

Et merde !

Une vive lumière m'éblouit. Je ne vois qu'un halo jaunâtre pendant quelques secondes, avant que ma vue ne se stabilise à nouveau. Il ne s'agit que d'un écran led, qui imite la lumière du soleil : je ne peux même pas savoir à quel moment de la journée nous sommes.

Le salaud.

Il faut que je me détache d'abord.

Je ne sens plus mon canif dans la poche de mon pantalon cargo. Évidemment, ils me l'ont pris. Très bien, je ferai sans. Je reviens m'asseoir sur le tapis et donne un grand coup à la table pour faire tomber le vase. Il chute sur le sol dans un fracas et, aussitôt, je récupère un morceau de porcelaine. Je m'y prends à plusieurs fois pour le placer entre mes doigts, m'égratignant la paume de la main au passage, avant de commencer à couper mes liens.

Mais ça ne bouge pas.

Peut-être que la porcelaine n'est pas assez tranchante.

Mes yeux dansent partout autour de moi à la recherche d'un autre outil… et s'arrêtent sur la table en verre. Il faut la briser.

Sans hésiter, je me mets encore une fois debout et décide de me jeter sur la table, en espérant la briser de mon poids.

Bordel de merde !

Un râlement de douleur m'échappe. C'est du béton ou quoi ?

— Madame Wager, nous vous prions d'arrêter, lance une voix robotique.

Je sursaute. D'où ça venait ?

Bien sûr que je suis observée. Il a foutu des caméras partout...

— Dites à Ashton de revenir ! m'écrié-je. Il doit revenir tout de suite !

— Le Gouverneur est très occupé. Nous vous demandons de rester calme pour votre sécurité.

— Ma sécurité ? Mais vous vous foutez de moi ? Je vous jure que, quand je sors de là, vous devrez plutôt vous en faire pour la vô...

Un bip sourd résonne avant que la communication ne coupe.

Ils peuvent aller se faire voir.

Je me redresse malgré mon épaule qui me fait souffrir, et tente encore une fois mon coup, et une autre, et encore une autre...

J'abandonne l'idée du verre et m'en vais vers le bureau. Quand bien même je suis observée, je ne peux pas rester les bras croisés, ça me démange. J'ai mis sur pause toute ma rationalité, je ne pense qu'à une chose : sortir, sortir, sortir. Mon instinct de survie me hurle d'aller plus vite. Dos aux tiroirs du bureau, j'essaie de les tirer avec mes mains liées. Mais ils sont fermés à clé.

— Fait chier ! m'exclamé-je en m'éloignant du meuble.

À part la bibliothèque, il n'y a rien qui puisse m'être utile. Et encore, je ne peux pas m'enfuir avec de foutus livres.

Je me tourne vers les morceaux de porcelaine, et reprends là où je m'étais arrêtée. Pendant plusieurs dizaines de minutes je tente de trancher sans relâche les cordes rêches qui me cisaillent le poignet… avant de me rendre à l'évidence : Ashton a tout calculé.

Je ne peux pas sortir d'ici.

Je tressaille en levant la tête. La porte s'ouvre. Je manque de trébucher en essayant de me relever et cours vers l'entrée – ma sortie.

Ashton pénètre les lieux avec deux personnes, et le trio me barre aussitôt le passage. Un homme me maintient par les bras, pour me tenir éloignée, et, avant même que j'aie le temps de commencer à me débattre, une voix sévère tonne :

— Ne la touchez pas. Il me semble pourtant avoir été clair, non ?

Je fusille Ashton des yeux.

— Dis-leur de me détacher.

— Pas la peine. Tu vas être déplacée.

— Comment sommes-nous censés la faire sortir si on ne peut pas la toucher, Gouverneur ? demande un homme.

— Elle a des jambes, et une tête. Elle sait marcher autant qu'elle comprend que ce n'est pas à son avantage de vouloir s'enfuir, n'est-ce pas ?

Et il penche la tête vers moi, avec un léger sourire. Son regard ambré me donne des pulsions de violence. Il fait bien de me ligoter ; il y a longtemps que j'aurais claqué son visage impudent, sinon.

Je désigne du menton mes fameuses jambes et la corde autour de mes chevilles.

— Tu veux me voir sautiller comme un môme jusque je ne sais où ? Intéressant, ton sens de l'humour.

Il claque des doigts et les deux zigotos sont à mes pieds ; ils défont les nœuds à mes chevilles avec empressement. Quand elles sont enfin libres, je fais craquer mes articulations en esquissant des cercles avec la pointe de mes pieds pendant quelques secondes.

Puis, je redresse mes épaules, et là, je fais la première chose qui me vient en tête. Je fous mon genou dans l'entrejambe d'Ashton.

Il se penche en avant en retenant un grognement de douleur.

Les deux hommes se jettent sur moi, et j'ai à peine le temps de gesticuler pour me défaire de leur prise qu'Ashton s'exclame :

— J'ai dit de ne pas la toucher !

D'un geste, je suis à nouveau libérée de leurs mains sales. Le blond reste un moment immobile, comme pour ravaler la douleur causée par ce que j'ai déjà envie de refaire. *Il l'a bien mérité.*

Ashton lisse les bords de sa veste de costume noire puis toise ses hommes de main dans un silence de plomb… et il ouvre la marche. Il a toujours émané de lui une forme d'autorité ; on avait envie de suivre Ashton Meeka parce qu'il inspire l'admiration – pas la crainte. Mais la frontière est mince ; et, sans crier gare, il devient facile de confondre ces émotions. Surtout face à un tel regard. C'est là toute la tragédie de la vie politique et du sort dans lequel les masses se sont abandonnées, sans même s'en apercevoir. On croit admirer et suivre les règles parce qu'on y adhère, mais on est juste terrorisé, en réalité.

Ce ne sont pas pour ces raisons que je lui emboîte le pas. Pas une goutte d'admiration, ni de crainte à l'égard d'Ashton ne circule dans mon sang.

Je parcours le couloir dans lequel nous nous engouffrons les bras derrière le dos. De grandes baies vitrées couvrent les murs. Derrière celles-ci, je découvre une forêt qui s'étend à perte de vue.

Ce ne sont pas ses locaux officiels, alors.

Le bureau du Gouverneur se situe dans le centre-ville de Portland. Ashton ne veut donc pas qu'on sache que je suis ici.

Ou alors il veut m'isoler le plus loin possible, car il sait que je pourrais m'échapper.

Ou qu'on pourrait venir me chercher.

Je ne comprends pas ce que je suis censée faire, là, maintenant. Je sais seulement que je n'ai qu'une envie : prendre mes jambes à mon cou. *Mais pour aller où ?* Il faut d'abord que j'observe. Que je comprenne ce que je fous là. Ce qu'Ashton a derrière la tête.

Je ne dois pas oublier que, il y a encore six mois, j'étais la personne qui le connaissait le mieux au monde. Je dois m'en souvenir et en tirer profit.

— À quel moment de ta vie tu t'es dit que tu allais me kidnapper ? lâché-je. C'est un pari perdu ou tu es sous traitement ? Est-ce que ça tourne rond là-haut ?

— À quel moment de ta vie tu as décidé de suivre une bande de rebelles en carton vers un Eldorado à la con ? De tomber si bas ? *Quoi ?*

Je pouffe, outrée.

— Oh ! mais tu sembles boiter, lancé-je avec le même ton hautain. Mon coup était trop fort ? J'aurais peut-être dû être plus douce.

— Ils t'ont ensauvagée, en plus.

— Ils t'ont abruti.

Il porte la main à son cœur.

— Tu es si violente aujourd'hui. Je retiens mes larmes, Eliotte.

Son sarcasme me stupéfie sur le moment. C'est si rare, de sa part. Sur le plan rhétorique, je l'ai toujours connu rentre-dedans ou, au contraire, plein d'arabesques – selon les personnes, les journalistes, se trouvant face à lui.

J'ai engagé la conversation avec lui pour tâter le terrain, mais je garde un œil alerte sur mon environnement : il n'y a que des murs blancs ou des baies vitrées. Rien d'autre. Un couloir désert. On semble être dans un espace à l'accès restreint, puisque nous n'avons croisé personne jusqu'ici.

Nous finissons par nous retrouver au pied d'un escalier.

— Ashton, où est-ce que tu m'emmènes ? demandé-je, à voix basse, comme si j'invoquais l'intimité que nous avions autrefois connue – pour peu qu'il en reste entre nous.

Il pose une main sur mon dos pour m'inciter à monter. Je m'exécute et il retire ses doigts – Dieu merci.

— Arrête les questions, rétorque-t-il en me suivant.

— Mais je…

— Les Liberâmes ne t'ont-ils pas appris à te la fermer et à ne pas questionner l'autorité ?

— Tu confonds les mots « gouvernement américain » avec « Liberâmes », maintenant ?

— Ce n'est pas moi qui ai lancé un appel clandestin à 4 heures du matin. Pitié, Eliotte, vous n'aviez même pas le droit au téléphone… C'est une prison bas de gamme, perdue au milieu de la jungle, composée de captifs volontaires. Je n'ai jamais vu un aussi grand cirque. De vrais clowns.

— Donc, quoi ? Tu es mon sauveur, c'est ça ?

— Je pensais que c'était limpide quand je t'ai rappelé de me remercier, tout à l'heure.

Un rire altier éclate dans ma gorge. Il se fout de qui ?

Nous sommes face à un croisement entre deux couloirs. Alors que nous empruntons celui de gauche, je lance mon regard vers celui de droite. Un tunnel blanc, aux lumières diaphanes.

Un couloir de trente mètres environ ; un escalier puis deux autres couloirs.

Un escalier puis deux autres couloirs, je répète comme un mantra pour créer un plan des lieux dans ma tête. Si seulement j'avais une mémoire visuelle plus performante que ça.

— Tu n'es pas croyable…, ajouté-je. Aux dernières nouvelles, c'est toi qui me retiens ici, ligotée, contre ma volonté.

— Roh, Eliotte ! mais tu parles trop !

— La vérité est toujours de trop dans ce pays.

Comment se fait-il qu'il n'y ait pas un garde tous les deux mètres pour surveiller les alentours, si on me retient ici ? Pourquoi n'y a-t-il pas plus de sécurité ?

— Très bien, donc j'aurais dû te laisser croupir à Alma ? demande Ashton.

— J'y étais heureuse. Tu n'avais aucun droit, ni aucune raison d'intervenir.

— Je reformule : n'est-il pas toujours judicieux de libérer une personne, même si elle se dit heureuse dans sa prison ?

— Loin de moi la volonté de jouer à ton petit jeu philosophique, mais la réponse me semble si évidente que ça me démange de te la donner : bien sûr que non, puisque tu me contrains à être là !

— Bien… Alors pourquoi vous démenez-vous, toi et ton clan de rebelles sauvages, à vouloir « libérer » les âmes sœurs ? Les gens ne sont-ils pas heureux, Eliotte, dans leur prétendue prison maritale ? Qu'ils aient ou non choisi leur partenaire, ils sont épanouis grâce à Algorithma.

Je lève la tête pour rencontrer son regard. Le sien est déjà posé sur moi.

— On était heureux, nous ?

Son visage se fige un instant, avant qu'il serre la mâchoire.

— Ça n'a rien à voir…

— Ashton, jure-moi que tu étais heureux en apprenant que je n'étais pas ton âme sœur il y a quelques mois, au Bureau matrimonial ?

Une seconde. Deux, trois, quatre…

— C'est là que tu as tout faux. La question ne concerne pas notre vie avant le mariage, mais après. Tu n'es pas heureuse avec Izaak ? Monsieur Quasi-100 % ?

— Tu es heureux avec Emily ?

— Nous sommes arrivés, Gouverneur, lance une voix derrière nous.

Sans même nous en rendre compte, Ashton et moi avons dépassé le duo, qui s'était arrêté devant une porte – celle de ma nouvelle prison, la *vraie*.

Ashton et moi rebroussons chemin, et rejoignons les hommes. Le Gouverneur me devance, et fait basculer son corps vers l'encadrement. Je comprends tout de suite qu'il y a un mécanisme d'ouverture biométrique. Un rayon bleu analyse sa pupille avant qu'un cliquetis métallique résonne dans le couloir vide. Les deux hommes, qui m'encadrent, m'invitent à avancer en prenant soin de ne pas me toucher. Je reste immobile, et jette un coup d'œil à l'intérieur de la pièce. Une chambre bien meublée et spacieuse.

Si je dois m'enfuir, c'est maintenant ou jamais.

— Je veux qu'on me défasse de ces liens, dis-je en me tournant vers eux pour montrer mes poings joints.

— Une fois que tu seras à l'intérieur, répond un des hommes.

— Ashton !

— Ne fais pas ta capricieuse et entre, Eliotte, me répond-il.

Je serre les lèvres sans le quitter des yeux, et désigne à nouveau d'une légère inflexion du menton mes mains nouées derrière mon dos.

— Ne fais pas non plus ton imbécile à essayer de t'échapper, me dit-il pour toute réponse. Tu courras trois mètres, quatre si tu es chanceuse, avant qu'un de mes hommes te rattrape.

Je demeure silencieuse, toujours tournée vers sa haute silhouette.

— Prouve-moi qu'ils ne t'ont pas lobotomisée à Alma et fais donc preuve d'intelligence : entre, Eliotte.

— Ou sinon ?

— Ou sinon tu découvriras les pouvoirs du Gouverneur.

Je m'approche lentement de lui, dans un claquement de langue. Je lève le menton vers lui, un air de défiance placardé sur le visage.

— Tu crois sincèrement m'impressionner ? Pire, me faire peur ?

— Je ne le répéterai pas : entre.

— Ashton, il y a encore à peine six mois, c'est moi qui faisais tes nœuds de cravate avant tes putains d'événements politiques. C'est avec moi que tu bouffais en caleçon des céréales arc-en-ciel dans ton lit, tout en matant un épisode d'une de tes séries idiotes. C'est moi qui collais des putains de pansements sur tes plaies après tes entraînements nocturnes de hockey. Alors si tu penses que ton statut politique peut avoir une quelconque influence sur moi, tu te fourres le doigt dans l'œil.

L'abysse dans ses yeux se fait plus sombre.

Et il claque des doigts.

— Faites-la entrer.

Soudain, on me saisit fermement les épaules et on me pousse à l'intérieur de la chambre. Je titube. Avant même que je puisse réagir, la porte se referme sur moi.

Sur nous.

Les deux hommes et le Gouverneur-de-mes-deux sont là aussi.

— Retirez-lui ses cordes, et installez le dispositif.

— Le quoi ?

Un homme glisse derrière moi et défait précipitamment mes liens, tandis qu'un autre s'agenouille à mes pieds.

Je n'ai même pas le temps de cligner de l'œil qu'un métal froid s'enroule autour de ma cheville, et s'incruste profondément dans ma peau. Je serre les dents pour ravaler un cri de douleur. J'ai l'impression qu'on m'a amputé le pied.

Ashton, le dos contre une cloison, m'observe de loin, les mains dans les poches. J'ignore ce qui a pris place sur son visage. Une torpeur entrecoupée d'une rage silencieuse, peut-être. Ce dont je suis sûre, c'est que c'est glacial, sombre, et profondément nouveau.

À moins que…

Cela a toujours été là. Et que ce que je crois être inédit en lui n'a fait que remonter à la surface, ou alors les couches de chair qui le dissimulaient ont complètement fondu, mettant à nu une facette qui se tapissait depuis toujours.

Une facette qu'il essayait d'étouffer.

C'est peut-être le vrai Ashton que j'ai devant moi. Celui qu'il a caché désespérément au monde depuis le début.

La lumière en moi s'éteint, je ne pense plus, et je marche.

J'avance à grandes enjambées vers Ashton, je me tiens devant lui, et là, je le transperce du regard. Son expression dédaigneuse me gifle.

Je décide de faire la même chose, mais d'un revers du poignet.

Son visage pivote dans le mouvement sec de ma main.

Putain.

Je ne peux pas escamoter cette satisfaction orgueilleuse qui m'anime quand je vois sa joue rosir. Je ne réalise qu'à présent qu'un tas d'émotions pourrissaient en moi à son égard. J'ai essayé sans relâche de le sauver, même de l'aimer, et voilà ce que ça a donné… un gosse de riche au costume aussi noir que son cœur, qui croit avoir le monde entier entre les mains.

Je perçois du mouvement derrière moi, mais Ashton lève un doigt en regardant par-dessus mon épaule, et cela s'arrête net.

— Laissez-nous seuls à présent.

Les deux hommes sortent. La porte se referme. Et je suis seule avec Ashton. *Le Gouverneur Meeka.*

D'instinct, je recule.

Il se tient devant moi, la joue portant encore la marque de mon dégoût et de ma colère envers lui. Il se redresse pour me toiser de toute sa hauteur. La force de sa présence me cloue sur place ; les ténèbres dans ses yeux me liquéfient.

J'ai dit qu'il ne m'impressionnait pas le moins du monde, encore moins qu'il me faisait peur.

Mais pendant une fraction de seconde, j'ai la sensation d'avoir menti.

29. Du vrai et du faux

Izaak

Je tourne entre l'index et le pouce l'alliance qui pend à mon cou. Encore et encore.

Elle est là. Juste là. Du calme.

J'essaie de tromper mon cerveau, pour qu'il arrête de s'affoler. Parce que je sens que je commence à partir en vrille. Or, je ne peux pas réfléchir correctement si je deviens fou. Et si je ne peux pas réfléchir, je ne peux pas retrouver Eliotte. Et si je ne peux pas la retrouver, je ne peux…

— Izaak !

Le cri strident de Charlie me bouche un tympan.

— T'es censé être le plus calme de nous quatre, dit Francis. Reste concentré !

Je sais pertinemment que je ne suis pas dans mon état normal !

Et ça me donne envie de m'arracher les cheveux. Parce que, pile au moment où j'ai besoin plus que tout au monde de ma capacité à engourdir mes émotions et à réfléchir froidement, je perds pied. Mes cellules nerveuses dégénèrent. Rien ne tourne rond.

Parce que je devrais être en train de tout retourner pour la sauver !

— Eh, on va trouver une solution, dit Alex en entourant mes

épaules de son bras. Il faut juste qu'on s'organise et qu'on évalue toutes les possibilités.

— D'abord, on trouve Matthew. Il faut qu'il soit au courant, décrète Francis.

— Alors là, même pas en rêve ! s'exclame Charlie. Deux fous furieux avec nous, je vais péter les plombs ! Tu le connais, il est complètement barje depuis deux jours… Le mec est sûrement en train de coller des affiches d'Eliotte partout à Alma.

— N'importe quoi, Matthew est une personne posée. Et tu dis de la merde, on n'a même pas de photo d'Eliotte.

— Mais c'est ce que je suis en train de te dire ! Il a sûrement gribouillé sa tête sur un bout de papier et écrit « enfant perdu – récompense à la clé ».

Francis pousse sa sœur d'un mouvement de hanches.

— Les gars, c'est sérieux ! j'interviens, dépassé. Arrêtez deux secondes vos conneries et réfléchissez avec moi à une solution.

— Calme-toi, rétorque Francis. Charlie essaie juste de détendre l'atmosphère que tu as le don d'alourdir, crétin !

— Mais est-ce qu'il peut en être autrement ? On est en train de parler d'un potentiel meurtre commis par notre putain de groupe ! Eliotte est sans doute assoiffée dans le désert, ou inconsciente, à la merci d'animaux sauvages… o-ou pire encore !

— On le sait tous, assure Alex à ma droite. Et on en est tous inquiets. Mais on doit garder les idées claires, ou on est foutus.

Il a raison.

— Bon, je vais chercher Matthew, nous informe Francis, en se détachant du groupe.

Il s'éloigne alors que nous arpentons le chemin en direction du bureau des Cinq. Il faut qu'on les informe de la disparition d'Eliotte ; peu importe leur potentielle implication dans celle-ci.

Ils seront peut-être à même de nous donner des pistes, ou de se trahir en réagissant d'une certaine manière.

Je ne peux toujours pas croire qu'ils l'ont peut-être enlevée, pour la bannir d'Alma. Ça me paraît dingue.

Et pourtant, je ne vois pas d'autre possibilité. Eliotte est introuvable.

Peut-être que, si tu ne l'avais pas laissée seule cette nuit-là, elle serait encore ici.

À chaque fois que je repense à cette soirée, à ce qu'on s'est dit, à ce qu'on s'est fait, je…

— Joleen ! s'exclame Alex. Viens par là !

Mon attention s'éveille. La brune avance jusqu'à nous, l'air hagard.

— Vous êtes là, vous ? dit-elle. Vous tombez bien. Je vous signale que vous avez manqué la séance de ce matin ! Vous savez à quel point notre situation est critique.

— À ce propos, on…

— Izaak, c'est ta troisième absence, me sermonne Joleen, en coupant Charlie.

Elle coince l'une de ses longues mèches ébène derrière l'oreille. Ses yeux bridés me foudroient, tout en abritant des fragments de préoccupation, je les vois. Elle s'inquiète pour moi, malgré ce que peuvent laisser croire ses aboiements.

Je ne peux pas lui mentir.

— Eliotte a disparu, lâché-je.

— Quoi ?

— Et tout porte à croire que c'est un enlèvement. Alors, désolé, mais on sera encore absents longtemps aux réunions.

Son visage se crispe.

— On doit en parler aux Cinq, dit-elle enfin. Il faut qu'on s'organise dans le camp pour lancer des recherches à l'intérieur comme à l'extérieur.

Le fait qu'elle ne doute pas une seconde de ma parole, ou remette en question mes inquiétudes me réchauffe le cœur.

— Je pense qu'on doit d'abord en parler à ton père, nous conseille Alex.

— Pourquoi ?

Le blond m'accorde un regard en biais, comme pour me demander l'autorisation de partager nos spéculations – de graves accusations – sur le groupe.

— À vrai dire, Leen, on pense qu'il vaut mieux être dis…

— Bonjour à tous ! clame une voix grésillante.

Je pivote en direction du mégaphone le plus proche.

Ne me dites pas que…

— Eliotte Edison Wager est portée disparue ! Je répète : Eliotte Edison Wager est portée disparue ! Vous l'avez déjà sûrement vue : c'est l'ex-femme d'Izaak Meeka. C'est une brune d'environ un mètre soixante-dix, aux yeux clairs, membre de l'équipe des straté…

— Eh, toi ! qu'est-ce que tu fais là ? lance une voix lointaine, depuis le mégaphone.

— Je répète : Eliotte Edison Wager a disparu ! Vous devez nous aider à la retrou…

Des bruits étouffés et métalliques nous parviennent avant que le message soit coupé.

— Je rêve ou Matthew a pris le contrôle des mégaphones d'Alma sans autorisation ?

— Pourquoi est-ce qu'ils ne l'ont pas laissé finir son message ? questionne Joleen.

Cette interrogation a accéléré mon rythme cardiaque.

Certes, il est normal qu'on doive avoir une autorisation avant de s'exprimer de la sorte, car on ne peut pas passer des messages à tout-va… mais n'ont-ils pas vu qu'il était question d'urgence ? D'une putain de disparition ?

— Bref, on ne va pas rester les bras croisés ici ! poursuit la brune. On doit aller au Carré. Mon père saura quoi faire.

Sur ces mots, nous sommes entraînés par la fougue de Joleen jusqu'au quartier général. Sur notre route, nous croisons Matthew et Francis, qui nous rejoignent.

Quand j'aperçois Chris au fond du hall d'entrée, une énergie nouvelle crépite dans mes veines. Je ne sais pas pourquoi j'appréhende autant ce moment. Qu'est-ce qui m'arrive ?

Dès que son regard se pose sur notre groupe, il semble comprendre aussitôt la raison de notre venue. Le message de Matthew n'y est pas pour rien. Il nous invite au Bureau pour rejoindre le reste des Cinq. Les autres ne semblent pas réagir ; si ce n'est Alex qui me transmet d'un simple regard son avis : il est sceptique. Je pense qu'il aurait fallu d'abord en parler individuellement à Chris, mais tant pis. On fera sans. Je n'ai pas le temps de revenir sur ma décision puisque nous sommes déjà devant le Bureau.

— Vous avez entendu l'appel de Rivera, dit Alex à l'assemblée, aussitôt la porte refermée derrière nous. Il faut qu'on s'organise en patrouilles dès maintenant pour retrouver Eliotte.

Tabitha nous lance un regard noir.

— Eliotte a disparu depuis combien de temps ?

— Deux jours, dit Francis.

— Quoi ?

Le choc dans sa voix me rassure un peu, elle ne…

— Je crois que la situation s'enflamme inutilement, poursuit Tabitha. Vous êtes en panique pour deux petits jours d'absence ? Sérieusement ?

Je rêve ?

Mon soulagement inespéré se transforme en une colère sourde. Je m'apprête à répliquer, mais Matthew me devance, avec un élan qui me stupéfie :

— Tu trouves ça normal, toi, qu'une fille qui est active sur le camp manque à l'appel depuis plus de quarante-huit heures ? Une fille qui est une potentielle cible de nos ennemis américains ?

Je ne sais pas ce qui m'étonne le plus : qu'il la tutoie alors qu'ils ne se connaissent pas, ou qu'il lui parle comme si elle était une enfant idiote. Pour la première fois, j'avoue être fier de Matthew Rivera. Et ça heurte profondément mes valeurs de le réaliser.

— Sois sérieux, on ne peut pas mobiliser le camp alors qu'on est en situation de crise, intervient Joshua. Eliotte doit être ici. Ça ne fait qu'un jour qu'elle…

— Deux, rectifié-je, en serrant mes poings dans mes bras croisés.

— Izaak, nous avons d'autres priorités en ce moment. Je ne sais pas si tu as bien conscience qu'Alma a été localisée !

— De plus, je trouve ça personnellement surprenant que la disparition d'Eliotte survienne juste après cet événement.

— Tu vas pas recommencer avec tes idées de taupe à la con, là ! vociféré-je.

— Je cite juste un fait. Deux avions arrivent, et Eliotte n'est plus là le lendemain. Comme c'est étrange.

— On doit au moins prévenir le reste des Liberâmes, dit Leen. Ce n'est pas anodin ! Ceux qui voudront nous aider à la retrouver seront libres de se joindre à nous.

— Je crois que votre ami s'est déjà chargé de ça, rétorque Tabitha en foudroyant Matthew du regard.

— Tu veux que je te dise ce que je pense ? Je te trouve cinglée, crache-t-il. Un membre de notre organisation est en danger et toi, tu l'accuses d'être une taupe… Non, mais t'es vraiment pas bien !

— Surveille ton langage ! Je te rappelle que tu n'es pas censé être parmi nous. Sois déjà redevable que nous ayons été assez cléments pour t'accepter ici.

Cléments ?

Ça me foudroie de voir à quel point elle se sent toute-puissante à Alma.

Comme le reste des Cinq.

— Tout est une question de priorités, Matthew, intervient Chris.

— Papa, tu déconnes ? s'écrie Joleen.

— Eliotte est absente depuis quelques jours, vous êtes libres d'aller la chercher. Mais nous ne pouvons pas mobiliser des hommes pour cela, maintenant. Les temps sont durs, Leen…

— Très bien, accordez-nous au moins le prêt de quelques armes, dit Charlie, d'une voix forte, empreinte d'amertume.

Elle semble aussi déçue que moi.

— Des armes ? Pour quoi faire ? demande une autre des Cinq.

— On va inspecter la zone extérieure… Eliotte est peut-être sortie du camp, et peine à retrouver son chemin.

— On aura aussi besoin d'une voiture, ajoute Francis.

— Vous voulez épuiser nos précieuses ressources pour une fouille ? s'étonne Joshua.

J'ai l'impression de voir rouge. Mon cœur pulse. Mes tempes battent.

— Attendez, est-ce qu'on parle de la même chose ? tonné-je. Un membre précieux de notre organisation est porté disparu ! Elle a peut-être été kidnappée ! La moindre des choses, c'est de la chercher, si on prétend réellement être un groupe soudé.

— *Si* elle a été kidnappée, elle n'est certainement pas à l'extérieur, rétorque Tabitha. Donc ça ne sert à rien de s'épuiser à la chercher.

— Je partage votre inquiétude, nous dit Chris. Et je pense qu'on peut au moins vous laisser à disposition quelques armes si vous comptez sortir d'Alma. Pour ce qui est de la voiture, c'est moins sûr.

Joleen avance vers son père. Elle a beau être beaucoup plus petite que nous tous, elle est incroyablement impressionnante quand elle veut.

— Donc en gros, vous ne pouvez rien faire pour aider ?

— En tout cas pas maintenant, Leen. Sa disparition, si c'en est vraiment une, est encore trop récente pour qu'on s'alarme réellement compte tenu de nos priorités.

— Mais Eliotte n'était-elle pas l'une de ces priorités ? dit Alex, qui était étonnamment resté à l'écart de la discussion depuis le début. Aux dernières nouvelles, elle était prête à aller aux États-Unis et à sauver notre cause. Sans elle, nos plans tombent à l'eau… et ça ne vous inquiète pas ?

— Si, si… Mais nous ne comptions pas exclusivement sur elle, affirme Joshua. Depuis que notre camp est en péril, nous n'étions même pas sûrs de vraiment pouvoir l'envoyer, de peur d'être victimes de représailles directes, ici même.

J'aspire ma lèvre inférieure, en canalisant ma respiration. Les bras croisés contre mon torse, je parcours la salle des yeux.

Est-ce que c'est réellement en train de se passer ?

Les Liberâmes, une famille unie autour de nos valeurs communes, n'ont rien à carrer de la disparition d'un de leurs éléments les plus importants. J'ai envie de crier au gag, puis au scandale avant de leur rentrer dedans à tous.

Alex a raison.

Ils nous cachent peut-être quelque chose.

C'est même évident, en fait – d'autant plus avec ce que je sais sur le sort qu'ils réservent à ceux qu'ils pensent être des traîtres, comme Lucas Carter. Et je n'ose pas encore partager cette information avec les autres, de peur de semer la panique. Les Cinq ne sont pas ceux qu'ils prétendent être.

Nous sommes seuls contre tous.

30. L'iceberg

Eliotte

— Tu vas arrêter tes conneries ? tonne Ashton, en avançant vers moi.

Une dizaine de centimètres nous séparent l'un de l'autre. Mon corps se raidit. Est-ce qu'il peut voir que ma respiration s'est accélérée ? Que je me sens perdre pied ? Son visage dur, cette expression sombre marquée par ses sourcils froncés… Je me sens à l'étroit, terriblement à l'étroit dans cette pièce, face à lui.

— Eliotte, réfléchis un peu. Tu n'es pas là par hasard. Alors arrête ! Est-ce que je suis bien clair ?

Quoi ?

Il me fixe, mais je suis incapable de rétorquer quoi que ce soit. Je ne sais pas ce qui me prend.

Du nerf !

— Je ne comprends rien à ton charabia, craché-je en faisant un pas en arrière.

Il fait un pas en avant.

— Contente-toi de rester tranquille. Je reviendrai ce soir pour te…

Une sonnerie l'arrête.

Ashton recule en soupirant d'agacement, et plonge la main dans la poche intérieure de sa veste de costume. Il en sort une cigarette qu'il glisse entre ses lèvres avant de porter son téléphone à son oreille.

— Winsley, je suis là dans dix minutes, peste-t-il.

Il a l'air à la fois agacé et soucieux d'entendre la voix de ce Winsley.

— Dites à Marc d'annuler ma réunion avec le conseil administratif et de préparer la voiture.

Ashton m'accorde un unique coup d'œil, avant de poursuivre sa conversation en s'en allant vers la porte de ma chambre – *de ma prison.*

Clic.

Ça y est. Je suis à nouveau enfermée.

Je m'assieds sur le lit en expulsant tout l'air contenu dans mes poumons. Je tiens ma tête entre mes mains, les oreilles bourdonnantes. Elle pèse si lourd.

Qu'est-ce que c'est que ce bordel ?

Je n'ai même pas la force de fouiller les lieux. Mon ventre crie famine, j'ai les muscles douloureux, ma cheville qui me fait un mal de chien à cause du foutu dispositif qu'ils ont incrusté dans ma peau.

C'est sûrement pour tracer le moindre de mes mouvements. Il y a peut-être même un micro intégré.

Je me laisse tomber sur l'oreiller, épuisée. La taie est douce, soyeuse. À quoi cela rime-t-il ? Pourquoi un tel traitement de faveur ? Et puis, quel genre de chambre sécurisée est aussi bien meublée, parfumée, nettoyée ? C'est vrai, c'est spacieux. Il y a une ouverture coulissante au fond qui donne sur ce qui me semble bien être une salle de bains, d'après le carrelage opalin.

Peut-être était-ce une chambre de fonction qu'Ashton a transformée en cellule ?

Rien que le fait de penser à son visage sévère me tétanise. Je ne sais pas ce qu'il a derrière la tête, ça me rend folle.

Tout à coup, j'entends de lourds pas près de la porte. *Voilà mon cortège de surveillance qui revient, à coup sûr.*

Mon regard se pose sur le plafond blanc. Je soupire. Il faut que je découvre ce qu'Ashton manigance. Il a été mon confident, et j'ai été le sien pendant plus de trois ans. Nous avons passé ce temps, jour et nuit, l'un près de l'autre. Je sais lire en lui. Je le connais.

Mais connais-tu celui qu'il est devenu ?

Il doit rester au moins quelques bribes de sa personnalité d'avant, de sa manière de fonctionner et d'appréhender les choses, quelque part dans ce tas sombre que j'aperçois en lui.

Il va falloir que j'élabore une stratégie pour le faire parler, et une autre pour me sortir de là.

Au bout de quelque temps, la porte se déverrouille. Je me redresse d'un bond. Mon corps se détend quand je constate que ce n'est pas Ashton ; et, à la fois, une pointe de déception m'étreint.

Un homme, entouré de deux de mes gardes, pousse un chariot jusqu'au centre de la pièce.

— Voilà votre dîner.

Il pose un plateau sur la petite table, et s'en va la seconde d'après. Je me lève difficilement et m'approche des victuailles. Je regarde à peine le plat qu'on m'a servi. Hors de question que j'y touche. Je ne sais pas ce qu'ils ont pu mettre dedans. De la drogue, des sédatifs, un sérum de cortisol… Ashton est ingénieux. Et je ne sais pas ce qu'il magouille.

À présent que je suis debout, je fais un tour de la chambre. Bien sûr, aucune fenêtre, aucune bouche d'aération qui conduirait à un couloir, aucun objet tranchant – j'ai même essayé de briser le miroir de la petite salle d'eau mais c'est impossible – ni rien qui pourrait servir d'arme blanche. Ce qui me rend perplexe, toutefois, c'est l'absence de dispositif de surveillance. Peut-être que je ne suis pas assez observatrice, mais, après avoir passé au peigne fin les lieux, je suis à peu près sûre qu'il n'y a pas de caméra.

Je me défais de mes affaires sales, prends une douche, puis découvre une pile de vêtements sur une petite étagère. Des sous-vêtements, un T-shirt en coton et un jogging. Tous à ma taille. Je me change, et retourne sur mon lit, les pensées en ébullition.

Il me faut un plan. Au plus vite.

— Bonjour.

Je sursaute dans mon lit.

Hein ? Qui ? Quoi ?

Je me frotte les yeux, et me redresse aussitôt dans mes draps, aux aguets.

La lumière des néons m'éblouit un instant.

Ashton. Assis sur une chaise à quelques mètres de moi, son éternel costume noir sur le dos. Cette fois, il a troqué la cravate noire pour une autre d'un bleu pétant.

— Tu n'as pas touché à ton dîner, dit-il.

— Je ne me laisserai pas empoisonner.

Ma voix est encore enrouée par la fatigue. Je me racle la gorge.

— Si tu refuses de te nourrir, rétorque Ashton, je n'hésiterai pas à utiliser des perfusions. C'est affreusement douloureux, alors sois gentille, et mange.

Il fait glisser le plateau sur la table en direction d'une chaise disposée en face de la sienne. Il ne me lâche pas du regard, le bras posé tranquillement sur l'accoudoir.

Il va bien falloir agir.

Je quitte le lit en pandiculant, les jambes encore lourdes de sommeil, et prends place.

Je fixe la nourriture devant moi. On a remplacé le dîner d'hier par un nouveau repas ; des pancakes aux myrtilles et une tasse de café. L'odeur des baies me trouble une seconde. C'était le petit déjeuner typique qu'on mangeait ensemble, Ashton et moi, au *diner* du coin, ou les rares matins où je me réveillais chez lui. Il adore ça.

— Non merci, lâché-je en poussant le plat de ferraille.

— La perfusion. La douleur.

Je hausse les épaules, indifférente.

— Eh, je sais combien l'odeur du café te chatouille les narines, Eliotte.

Bon sang, il a raison.

Mais je ne bronche pas. Je reste immobile devant mon plateau rempli qui m'a l'air tout bonnement succulent, *bordel de merde*. Je suis affamée. Les borborygmes de mon estomac et les crampes m'ont tenue éveillée une bonne partie de la nuit.

— Tu fais chier, tu le sais, ça ? grogne Ashton avant d'attraper brusquement le plateau.

Il saisit le mug, en boit plusieurs gorgées, avant de découper un bout de pancake avec les couverts et de l'avaler à toute vitesse.

— Pas de poison, ni de médocs à la con. Que de la nourriture saine.

Il s'essuie la lèvre du bout du pouce, avant de dire d'un ton sec :

— Mange.

Je ne supporte pas le fait qu'il me l'ait ordonné.

Mais je meurs de faim.

Avec hésitation, j'attrape la tasse chaude, et en sirote le contenu. Corsé. Sucré. Parfumé.

Ça me rappelle le parfum d'Izaak.

Je déglutis, en fermant les yeux. Mes mains se tordent sous la table. J'ai rêvé de lui. Il me manque terriblement.

— Qu'est-ce qui t'arrive ?

La voix grave et cassée d'Ashton me réveille.

— Ce café me dégoûte, mens-je. J'ai mal à la tête. J'ai mal aux pieds. Ah et, léger détail, je suis retenue ici contre mon gré.

— Tu me remercieras dans quelque temps.

— Oui, bien sûr.

J'attrape d'une main fébrile la fourchette qu'il a laissée près du petit déjeuner et commence à manger. Après quelques bouchées dans un silence total, je m'arrête.

— Tu es sérieusement venu pour me voir bouffer des pancakes à l'avoine ?

— Peut-être bien, dit-il en fixant ses ongles.

— Mon Dieu, tu es déglingué.

Il soupire. Et là, il esquisse un sourire. Petit. Pendant une fraction de seconde. Mais je l'ai bien entrevu.

— Tu sais pourquoi je t'ai fait changer de pièce ?

— Parce que tu as remarqué que le fauteuil en cuir allait être un peu juste pour ma taille si j'en faisais un lit ?

— Je t'ai foutue ici parce que cette pièce, et tu l'auras remarqué j'en suis sûr, n'est pas surveillée. Pas de caméra, ni de micro.

— Qu'est-ce que ça change pour toi ?

— Tu penses que ces mécanismes de surveillance étaient là pour toi ?

Ses prunelles noisette croisent les miennes, et il fait la moue.

— Oh ! Eliotte, c'est très embarrassant… Tu penses vraiment que le monde tourne autour de toi ?

Crétin.

— Tu vas me faire croire qu'ils étaient là pour toi ? lancé-je en crissant des dents.

— Exactement. Pour moi et d'autres, aussi.

— On est dans *tes* locaux.

— Oui, mais ce sont également ceux du Conseil national. Tu sais, l'organisation qui fait office de bras droit du Président…

Je plisse les yeux.

— Je sais ce que c'est, merci. Mais je ne vois pas en quoi tu…

— C'est bien pour ça que je dis que vous êtes idiots, toi et ton groupe de rebelles, me coupe-t-il. Depuis le début, vous avez dans le viseur les mauvaises personnes. Vous pensez sincèrement que c'est moi, le Gouverneur, qui possède toutes les cartes du jeu ?

Il pouffe, en m'éclaboussant de toute cette condescendance que je ne lui avais jamais connue.

— Il y a au-dessus de nous des forces dont vous n'avez même pas idée. Nous ne sommes que des pions dans un échiquier beaucoup plus grand que d'apparence. Et le jeu que l'on mène est soumis à des règles bien différentes que celles que vous avez cru comprendre. Saisis une chose, Eliotte : des enjeux insoupçonnables pèsent sur ce plateau d'échiquier. Des enjeux qui nous dépassent.

— Qu'est-ce que tu veux dire ?

— Il y a des choses dont je ne suis moi-même pas au courant… Tout ce que je peux te dire, c'est qu'on a une belle montagne d'emmerdes à traverser si on veut tous s'en sortir.

S'en sortir ?

— Pourquoi je suis là ? demandé-je, impatiente. Et qu'est-ce que tu tenais tant à me confier sans que des micros ne nous enregistrent ou que des caméras nous épient ? Tout ce que tu m'as dit dans le bureau était faux ?

— Non. Pas tout.

Il passe la main dans ses mèches blondes.

— Tout ça est incroyablement complexe, Eliotte. On marche sur des putains de mines à chaque seconde… Et vous pensez, vous les Liberâmes, que tout va se résoudre en un claquement de doigts grâce au pouvoir de l'amour.

— Tu es à côté de la plaque. Nous savons ce que nous faisons.

— Vous savez tellement ce que vous faites qu'il a fallu à peine plus de deux avions pour vous localiser…

Je déglutis.

— Tu te demandes comment on vous a retrouvés ? dit-il.

Je hoche la tête.

— L'appel que tu m'as passé tard dans la nuit.

Et merde.

— La vraie question concerne plutôt mon enlèvement, Ashton. Qu'est-ce que je fous là ?

Il fait glisser le plateau de pancakes vers lui, et en découpe un morceau qu'il porte à sa bouche.

— Ils veulent attaquer votre camp.

Quoi ?

Une vague glaciale retourne mes organes.

— Non, impossible… Vous n'allez pas…

Ce qui me sidère le plus, c'est cet air désinvolte, placardé sur son visage froid. Il est en train de bouffer un tas de pancakes tout en me disant, d'une voix lasse, qu'ils s'apprêtent à pulvériser une ville et ses habitants avec.

Un éclair me traverse.

— Qu'est-ce que mon enlèvement a à voir là-dedans ?

— Je crois pouvoir empêcher le cataclysme. Et mon plan commence par toi…

— Attends, attends… Tu m'as kidnappée pour empêcher une attaque qui a été possible parce que *tu* as laissé localiser l'appel ?

— Je t'arrête tout de suite : ce n'était qu'une question de temps avant qu'ils ne vous retrouvent. Nos technologies s'améliorent de jour en jour. L'affaire de quelques mois tout au plus, et on savait parfaitement où vous étiez.

— Foutaises.

— De toute manière, je n'avais pas d'autre choix ! Il y a des gens beaucoup plus puissants au-dessus de moi, je te l'ai dit. Comprends-le, mon père n'était qu'un pantin… Mais vous, vous vous concentrez inlassablement sur la surface. Ce que vous croyez avoir compris n'est que la partie visible d'un putain d'iceberg.

Il prend la tasse de café chaud, et lâche :

— Ce qui est sûr, c'est que vous ne pourrez jamais détruire un système aussi complexe avec vos plans à deux balles.

Et il boit quelques gorgées.

— Nous au moins, nous ne sommes pas des pantins, craché-je. Tu l'as dit toi-même, tu n'es ni plus ni moins que la marionnette d'un État autoritaire.

— Nous sommes tous la marionnette d'un système quel qu'il soit. La liberté est une illusion. Nous ignorons tout des causes qui nous déterminent.

— Oh ! pitié, la ferme, Spinoza ! Je suis bel et bien *libre*. Et de toute manière, si tu n'étais pas d'accord avec ce système et ses dirigeants, pourquoi ne pas être venu à Alma directement pour nous aider ?

— Parce que je ne soutiens pas votre cause. Le principe de ce système est bon. Le fond est valide, et légitime. Je crois *fermement* en la science. J'ai foi en un monde lumineux, et cela n'est possible que s'il repose sur des bases aussi solides que celles que peuvent garantir les lois scientifiques. Et pour ce qui est de la liberté… Elle ne pourra *jamais* être totale, certes, mais j'ai une part de pouvoir dans tout ce bourbier. J'ai une marge de manœuvre qui me satisfait. J'ai trouvé un équilibre.

— Si je comprends bien, tu n'es qu'un pauvre pion, mais en fait, tu as quand même du pouvoir. Tu es soumis à des règles spécifiques, mais tu peux quand même les dicter voire les contourner… Tu racontes vraiment que des conneries !

Je pose brusquement le poing sur la table.

— Tu n'es pas devant une caméra, ou devant un public que tu dois amadouer ! Sois clair… sois sincère, ajouté-je plus doucement.

Je dois contrôler mes émotions. Je dois pouvoir rappeler le garçon que j'ai connu. Il est encore quelque part.

— Je ne te raconte pas de conneries, répond-il froidement. Moi, je veux juste sauver mon frère et empêcher que tout dégringole… Dans peu de temps, les Liberâmes pourraient ne plus être qu'un tas de poussière. Je ne sais pas si je peux les arrêter… Mais, ce dont je suis sûr, en revanche, c'est que je ne peux pas les laisser continuer à faire tout ça.

Mon cœur tressaille.

— Donc tu t'opposes au système ?

— En un sens.

Il avale le dernier morceau de pancake à la myrtille. Je ne sais pas quoi faire de ce qu'il me dit. Je ne sais pas par quel bout prendre les choses. Comment les regarder. Comment les appréhender.

Aussi, j'ai conscience qu'il ne me dit pas tout, alors même que nous sommes *apparemment* seuls.

— Quel est ton plan ? lâché-je en faisant reculer mon siège pour avoir une meilleure vue sur lui.

Il pose sa fourchette, marquant un temps de pause.

— Izaak va venir te chercher. C'est évident.

Les contours du visage de ce dernier s'esquissent dans mon esprit ombrageux. Et je sens mon cœur saigner.

— Je suis un appât ? demandé-je alors, pour dissimuler mon mal-être.

— Plus que ça… Mais je te demande de me faire confiance.

— Tu fais dans l'humour ?

Il se lève dans un pouffement hautain, et vient jusqu'à moi. Je l'imite, incapable de le laisser m'écraser de sa hauteur.

— Il faut que tu me fasses confiance si tu veux sauver Izaak et les Liberâmes.

— Tant que je ne connais pas ton plan, je ne peux pas te faire confiance. Dis-moi ce que tu prévois.

— Chaque chose en son temps.

— Comment veux-tu que je te fasse confiance, alors ? m'exclamé-je, dépassée.

Il pose un index sur mon front et se penche vers moi.

— Il faut que quelque chose rentre là-dedans : tu es enfermée ici, Eliotte. Dans tous les cas, tu es à ma merci.

J'hallucine.

— À ta merci ?

— À ma merci, répète-t-il à voix basse. Je fais ce que je veux de toi, ici. Alors reste tranquille et collabore. Tu n'as pas d'autres choix.

D'un mouvement de tête, je décolle son doigt de moi.

— Tu débloques.

Soudain, la porte s'ouvre. Aussitôt, Ashton s'éloigne de moi et se tient face à l'entrée, les épaules droites.

— Winsley, que faites-vous là ?

C'est celui qui l'avait appelé l'autre fois… Un grand homme est posté près de la porte.

— Nous n'avons pas le temps, Gouverneur. Votre entrevue avec le Conseil débute dans quelque temps.

Comment a-t-il pu déverrouiller la porte ?

— Il me semble avoir été plus que compréhensible quand je

vous ai dit de m'attendre à l'entrée du couloir, dit Ashton d'une voix sévère.

— Je ne veux pas que vous ratiez votre rendez-vous…

— Bien, j'en avais fini de toute manière.

Son visage pivote prestement vers moi.

— Souviens-toi de ce que je t'ai dit.

Et il quitte les lieux en toute hâte, pour rejoindre un meeting avec le Conseil national. Peut-être pour décider de la suite des événements me concernant ; *ou pour leur mentir.*

31. Le méchant

Eliotte

Quand la porte se referme, je ne suis sûre que d'une chose : je ne peux pas lui faire confiance. Après réflexion, un autre élément est certain : je suis dans une merde pas possible.

Je suis incapable de discerner le vrai du faux dans son discours – parce qu'il y a forcément les deux. Souhaite-t-il réellement arrêter ces « personnes » au-dessus de nous, qui semblent contrôler le sort de nos vies ? Quel plan se cache derrière ses paroles tortueuses ? Quelles sont ses motivations ?

S'il ne voulait pas t'utiliser à bon escient pour ses objectifs, il ne t'aurait pas dévoilé toutes ces choses sur les coulisses du système.

Mais il m'aurait aussi fait part de son plan. Il a refusé de m'en dire plus. Je mords ma lèvre inférieure, jusqu'à l'entailler. Un goût amer infiltre ma langue.

Ils veulent attaquer Alma…

Je passe une main sur mon visage en essayant d'expirer.

Il a dit que c'était quasi inévitable.

Ils pourraient tous mourir.

Tous.

Tous.

Tous.

J'inspire fort, comme si j'étais au bord de la suffocation. Je ne sais pas comment je me retrouve dans la salle de bains. Je me jette sur le lavabo et rafraîchis mon visage en sueur, avec de l'eau froide, une veine palpitant dans mon cou.

Il faut que je les prévienne…

Pourquoi Ashton ne l'a pas déjà fait, bordel de merde ? Qu'est-ce qu'il attend ?

« Chaque chose en son temps. »

Si Ashton tient réellement à retourner sa veste et à contrecarrer les plans du Conseil national, il est clair qu'il ne peut pas ouvertement montrer son soutien à Alma en les prévenant d'une potentielle attaque. Mais comment compte-t-il agir, alors ?

En envoyant des avions de chasse - les moins discrets de tous ceux à sa disposition - traverser tout Alma sans problème, pour venir me chercher… Il a prévenu les habitants de la ville de la vulnérabilité de l'endroit.

Les Cinq ont bien pris la menace au sérieux, et doivent déjà se préparer au pire… Ils sont peut-être déjà sauvés. Grâce aux agissements d'Ashton.

Tu fabules, Eliotte ! Tu es en train d'inventer tout un scénario pour laisser Ashton tenir le rôle du gentil ! Tu l'as vu ? Peut-être qu'il n'a jamais pensé à tout ça en envoyant ces avions.

Peut-être. Mais, s'il y a bien une chose que j'ai apprise sur Ashton au fil des années, c'est que, sous ses airs de gentil garçon au charisme solaire, il est un fin calculateur. De son parcours universitaire, jusqu'à sa carrière politique, il a *tout* prévu – chaque étape, jusqu'aux plans B, C, D… Quoi qu'il puisse arriver, il aura toujours un coup d'avance sur les autres. Qu'on le veuille ou non, qu'on l'aime ou pas, personne ne peut le nier : il est brillant.

Et cela, en agissant.

Alors même qu'il était sous l'emprise de son père et sous la pression de la dynastie Meeka, il repoussait déjà ses limites et évinçait tous les obstacles sur sa route. Maintenant qu'il est libéré de ces chaînes, jusqu'où Ashton peut-il aller ? Qu'est-il capable de faire, animé par *ses* seuls désirs ? Cela me fait frémir autant que cela allume une lueur d'espoir en moi. C'est quitte ou double. Cela peut être une excellente nouvelle, comme le début de notre descente aux enfers à tous.

Mais pour me positionner, il va falloir que je lui tire les vers du nez, que je réussisse adroitement à le faire parler. Et notre conversation matinale m'a donné des pistes de stratégie… Je crois savoir comment le pousser à bout.

Comme je l'avais imaginé, Ashton revient dans ma cellule en milieu d'après-midi. Il s'adosse à la porte, les bras croisés contre son torse. Il ne porte plus sa veste de costume, mais simplement sa chemise dont il a retroussé les manches.

— Tu as mangé ton déjeuner ?

Je hoche la tête.

— Alors tu es prête pour la première étape du plan.

— Laquelle est… ?

Un sourire carnassier étire ses lèvres.

— Nous allons envoyer une vidéo à Alma pour revendiquer ton enlèvement.

— Qu'est-ce que tu attends d'eux ?

— Izaak viendra aussitôt te chercher.

Je serre les poings, au bord de l'étouffement.

— Je… Je n'en suis pas si sûre.

— Pourquoi ?

— Ils pourraient le retenir de faire ça… Surtout qu'ils vont penser que ce kidnapping est un piège pour les attirer ici, aux États-Unis, dis-je en dissimulant ma vraie pensée.

Izaak ne veut plus de moi dans sa vie.

— Pourquoi penseraient-ils ça ? demande Ashton en venant jusqu'à moi.

— Une partie du groupe à la tête de l'organisation affirme que je suis une taupe.

Il écarquille les yeux… et son visage se referme aussitôt. Devant moi, il ne laisse rien transparaître, rien dépasser. Tout est toujours bien en place sur ce visage aux coutures parfaites.

— Qu'est-ce que tu as fait ?

— Pas mal de conneries, dis-je en soupirant. Donc il se peut bien que personne ne souhaite déployer les moyens nécessaires pour organiser une traversée jusqu'en Nouvelle-Californie.

Ashton se prend le menton, le regard concentré.

— Izaak fera le nécessaire. Il a plus d'un tour dans son sac…

— Pourquoi tu tiens tant à ce qu'il soit là ?

— Il est indispensable, ici.

Je fronce les sourcils, perplexe.

— Oui, mais pourquoi ?

— Pour deux raisons : il faut qu'il soit en sécurité, et il a toute sa part dans le plan. Quand il comprendra ce que je veux faire… les choses couleront de source pour lui. Tu verras.

— Pourquoi elles ne peuvent pas couler de source pour moi, *maintenant* ?

— Tu es imprévisible, Eliotte, dit-il d'un ton tranchant. Une grande partie de mon plan repose sur tes agissements ici et maintenant. Je ne peux pas risquer de tout foutre en l'air parce que tu aurais décidé de n'en faire qu'à ta tête. Tu ne peux pas tout savoir.

— Quoi ? Mais tu te fous de moi ?

— Pas le moins du monde.

— Mais tu me connais ! Tu sais très bien que je ne ferais rien qui mettrait en péril ton plan, s'il sert réellement à éviter la catastrophe !

— Au contraire, tu n'as aucune notion du danger et une manière de calculer le ratio bénéfices-risques qui m'a toujours laissé perplexe. Tu n'es pas stable.

Son discours me heurte plus qu'il ne le devrait. Je ne savais pas qu'il pensait cela de moi. Suis-je vraiment si instable ? Si peu consciente des risques ?

Avec les « conneries » que tu as faites avant ton arrivée à Alma, et après, il est évident que c'est le cas.

Je baisse les yeux. Non… Non, je ne veux pas y croire.

Tout ça n'est peut-être que la stratégie d'Ashton pour que j'arrête de poser des questions.

Il dépeint avec clarté et conviction un portrait de moi, si bien que je suis censée y voir le reflet de moi-même. La réalité.

Dans le même temps, Ashton se présente ainsi comme celui de nous deux qui a les idées claires, qui est solide, à même de porter un plan d'une telle ambition. Et je suis donc censée le suivre aveuglément et dire amen à tout. Hors de question.

Mais s'il avait raison ? S'il souhaitait simplement ne pas mettre en péril son plan ? En jouant à un double jeu, il risque énormément ici. À commencer par sa vie.

Est-ce pour autant une raison suffisante pour me taire ses projets ? Pour me demander d'obéir à ses ordres sans broncher ?

Je dévisage le blond, qui reste adossé à la cloison la plus proche, la semelle de l'une de ses chaussures cirées posée à plat sur le mur. Les bras croisés, il me renvoie un regard perçant, les lèvres closes.

— Quel genre de vidéo comptes-tu envoyer ? m'enquiers-je alors.

— Tu dois faire semblant d'être en danger et désespérée. Il

faut que ça paraisse réel. Mais j'ai cru comprendre que tu étais une bonne actrice… Enfin, au moins pendant les premières semaines de ton mariage avec mon frère. Si ce n'est juste les premiers jours.

Il roule des yeux, avant de les reposer sur moi comme si j'étais la plus pathétique des personnes qu'il ait croisées dans sa vie. Son regard ne devrait pas me blesser. Pas le moins du monde.

Et pourtant…

— Pour le Conseil national, cette vidéo servirait à quoi ? reprends-je en m'éclaircissant la gorge. C'est quoi ton excuse auprès d'eux ?

— Menacer les Liberâmes de ne rien révéler à la presse concernant les travaux de ton père et les méfaits du mien. De plus, je leur ai dit que tu serais un bon moyen de pression car tu es un trop bon élément qu'ils ne risqueraient pas de perdre. Ils comptaient sûrement t'utiliser pour essayer de gagner le cœur de l'opinion publique. D'une pierre deux coups, pour le Conseil, dans ce cas.

— Donc tu leur as parlé de nos meilleures cartes ?

— Pas du tout.

— Tu étais le seul au courant, Ashton !

— Mon père les a prévenus, avant même ton départ à Alma. Je n'ai *rien* dit.

— Le salaud, pesté-je à voix basse.

— Et comment… D'ailleurs je ne comprends pas pourquoi vous n'avez pas encore publié tout ça. Ça aurait pu être décisif pour l'avancée de votre cause.

Je me le demande aussi. Je pense que c'est notre plus grande erreur à ce jour.

Mais je ne peux pas m'empêcher de me dire que c'était peut-être ma faute. J'aurais dû m'engager le plus tôt possible au lieu de rester terrifiée, pétrifiée, dans les bras d'Izaak. J'aurais dû agir. Le blâme ne s'abat pas exclusivement sur les Cinq.

Il se porte sur moi aussi.

La grande silhouette d'Ashton se décolle du mur, pour venir se planter devant moi. Il a changé de parfum. Celui-ci est beaucoup plus corsé qu'avant. Un mélange de cuir, d'effluves boisés et d'une légère odeur de tabac.

— Eliotte, tourne cette vidéo. Fais semblant d'être terrifiée. Et fais revenir Izaak ici.

— Qu'est-ce qui me garantit que tu ne lui tends pas réellement un piège ?

— Moi ? Piéger Izaak ? s'exclame-t-il, d'une voix grave.

Bingo. J'avais raison. C'est son point faible.

— Tu l'as abandonné, après l'avoir descendu devant l'Amérique tout entière… Alors pourquoi ne pas le piéger ? continué-je, pour le faire craquer.

— Je ne l'ai pas abandonné ! Et ce que j'ai dit devant les caméras ne venait pas de moi !

— Ça venait de qui ? De ces mêmes personnes qui veulent voir Izaak revenir ?

Il incline le corps vers moi. Cette fâcheuse manie qu'il a de réduire l'espace entre nous à chaque fois qu'il veut m'intimider commence sérieusement à me taper sur les nerfs.

Je lève le menton et le défie du regard.

— Qu'on soit bien clairs, crache-t-il, tout ce que je fais contre ce système et ce gouvernement, je le fais pour Izaak. Point barre.

— Je vois clair dans ton jeu, Ashton !

— Et qu'est-ce que tu vois, hein ?

— Tout ! Ne me prends pas pour une idiote !

— Mais comment veux-tu que je te prenne pour autre chose alors que tu vas tout faire foirer à douter constamment de moi ?

— Tu es en train d'essayer de soulager ta conscience en te

laissant croire que tu vas sauver ton frère, mais tu souhaites juste freiner son avancée dans notre cause et faire ce que tu veux de lui une fois qu'il sera là. C'est tout.

Il émet un claquement de langue en reculant.

— Tu ne sais pas ce que tu dis.

— Au contraire. Qu'est-ce qu'Izaak pourrait bien foutre ici ?

— Il comprendra ce que je veux accomplir. Il me connaît.

— Pas après ce que tu as fait, Ashton… Il ne te fera plus jamais confiance. Tu as brisé quelque chose d'irréparable à force de le laisser tomber constamment.

Je vois très nettement les émotions courir à toute allure sur son visage. Ces émotions qu'il essaie de contenir sans succès.

Allez, Eliotte. Pousse-le à bout. Son frère est son point faible. Il parlera, comme ça.

— Tu ferais mieux de me dire exactement ton plan si tu veux que moi, ou même Izaak, nous collaborions.

Son regard m'écorche comme s'il avait deux canifs à la place des iris.

— Je sais ce que je fais, Eliotte. Izaak comprendra.

— Tu n'as que ça à la bouche ! Mais comment tu peux penser une seconde qu'il te croira sur parole après tout ce qu'il s'est passé ?

— Parce que c'est mon frère.

— Ah, c'est ton frère maintenant ? Figure-toi qu'il vient lui-même à en douter à ce jour !

— Je te demande pardon ?

Il plante furieusement ses yeux dans les miens.

— Tu ne peux pas ignorer qu'il a souffert de tout ce que tu as dit et fait ! vitupéré-je.

— Bien sûr, mais tu étais là pour sécher ses larmes…

Allez, appuie là où ça fait mal. Fais-le parler.

— Ça ne te fait rien de l'avoir trahi ? De l'avoir abandonné ?

— Je me demande si tu lui poses les mêmes questions à mon sujet.

— Il ne t'a ni trahi ni abandonné.

Un ricanement diabolique perce l'air.

— Je n'arrive pas à y croire… Ce n'est pas ce que tu disais quand on était ensemble et que je te racontais mes emmerdes à Portland.

Je serre les lèvres.

Oui, quand il me racontait ses problèmes, j'avalais chacune de ses paroles sans me demander ce qu'il en était de l'autre côté. À tel point que je m'étais fait une image des plus détestables d'Izaak.

Et quand je l'ai rencontré, quand j'ai eu sa version de l'histoire, sa version de la vérité, les choses m'ont paru profondément différentes. À raison.

Le blond me regarde, la mâchoire serrée, avant de lâcher :

— Hein, Eliotte ? Maintenant que tu es avec Izaak, c'est lui le gentil, c'est ça ?

— Le gentil ?

— Qui a quitté la villa familiale ? Qui a quitté le pays ? m'assène-t-il. Qui est tombé amoureux de ma putain de copine ?

D'ex.

J'étais son ex, parce qu'il a été le plus grand lâche que la Terre ait jamais porté.

— Je n'arrive pas à croire que tu penses une seconde être la victime.

— Laisse-moi t'apprendre une chose, Eliotte : des victimes, il y en a partout… Nous en sommes tous une. Et, réciproquement, nous sommes tous le bourreau dans l'histoire de quelqu'un. Dans la tienne, je suis le vilain. Le méchant Ashton, le mauvais frère, le mauvais fils, le mauvais copain, le mauvais politicien…

— Donc qui est le méchant à tes yeux ? Izaak ? m'exclamé-je. Et tu veux encore me faire croire après tout ce que tu me dis que tu fais tout ça pour lui ?

— Ne mélange pas tout ! Ça n'a rien à voir. Ce n'est pas parce que je lui en veux que je ne souhaite pas le protéger.

Je sens, dans mes os, qu'il n'est pas fiable. Mais une certaine sincérité émane de ses mots. Je ne sais pas sur quel pied danser, et ça m'alarme. Il faut que je garde la tête froide. Que je réfléchisse.

Si seulement il était limpide sur ses intentions, si je pouvais le mettre plus facilement dans une case.

Mais après tout, il a raison, les choses ne sont pas aussi simples, aussi binaires, aussi manichéennes.

Je dois en savoir plus.

— Qu'est-ce que tu veux vraiment de lui, Ashton ? À part soulager ta conscience ?

— Je ne cherche pas à soulager ma conscience, arrête avec ces bêtises. J'essaie d'agir. Moi au moins, je ne reste pas cloîtré dans une ville paumée, en prétendant être maître de la situation. J'essaie de réparer les conneries de mon père, et celles de mon frère, comme je l'ai fait durant toute cette putain de vie !

— Comment je peux te croire sincère après que tu as agi comme le dernier des connards ? Après que tu lui as brisé le cœur ?

Il contracte la mâchoire et fronce les sourcils.

— Je sais ce que je fais. Et je ne te laisserai pas tout gâcher. Tu sauras en temps voulu.

Je ferme les yeux en retenant un grognement. Il persiste à tout me cacher. Et son énervement semble bien réel. Mes mots le touchent.

Est-ce qu'il est honnête quand il dit vouloir tout faire pour ne pas gâcher le plan ? Où est-ce ni plus ni moins qu'une excuse pour me manipuler ?

J'ai la sensation que mes boyaux sont noués, que mon cœur

bat trop vite. Est-ce que je dois faire cette vidéo et servir d'appât, en risquant de mettre en danger Izaak ?

Peu importe ce qu'il adviendra, Ashton m'offre un moyen de communiquer avec Alma.

Il faut que j'en tire profit.

— Qu'est-ce que je dois dire dans cette vidéo ? lancé-je.

Ashton soupire, comme d'épuisement ; je serais donc vraiment parvenu à le troubler ?

— Tu dis que tu as peur, que tu ne sais pas ce qui va se passer et que le gouvernement te retient, répond-il. Enfin, n'importe quoi de convaincant. Puis… il faut que tu prononces absolument une phrase.

— Laquelle ?

— Tu veux « emprunter son sweat rouge, celui sans la capuche ».

— Quoi ?

— Contente-toi de le dire, c'est très important. On ne pourra pas envoyer la vidéo, sinon.

Je hoche la tête.

Il veut envoyer un message à qui ? Izaak ?

Il va falloir également que je trouve un code secret pour faire comprendre à Izaak qu'Alma va être attaquée et qu'ils doivent tous partir au plus vite. Quelque chose que ni Ashton ni les autres ne comprendront.

— On a peu de temps pour faire cette vidéo, reprend le Gouverneur. Je dois retourner à mes affaires dans moins d'une demi-heure, et je veux être là quand tu seras en présence de mes hommes.

— Pourquoi ?

Pour toute réponse, il avance vers la porte au bout de la pièce.

— Ah, et avant qu'on parte, va te changer. Remets tes vêtements sales. Il ne faut pas qu'ils pensent que tu es bien traitée.

— Je ne sais pas si j'ai vraiment plus de chances d'être sauvée si on me croit maltraitée.

— Quand je dis « ils », je parlais des autres… Ils verront bien évidemment la vidéo. C'est pourquoi tu dois être en tout point *irréprochable*, Eliotte.

Mon ventre se noue.

— Très bien.

32. Un verre de cognac

Eliotte

Nous sortons de l'étrange pièce, confinée dans un sous-sol, dans laquelle nous avons filmé la vidéo qu'on enverra demain à Alma, selon Ashton. Il a volontairement choisi de réaliser ce clip dans un lieu insalubre et sombre, histoire d'inquiéter les Liberâmes et, surtout, de rassurer les membres du Conseil national. Avant de lancer la caméra, il a ébouriffé mes cheveux et m'a mis sur le visage une sorte de poudre pour me donner un aspect crasseux et négligé. Encore une fois, il me prouve qu'il pense à tout.

— C'était excellent, m'annonce-t-il discrètement alors que ses hommes marchent devant nous pour me conduire à ma cellule.

Je ne me ferai jamais à cette voix au timbre différent, à ce ton si sérieux et détaché. Il transpire l'autorité, la rectitude.

J'espère simplement qu'Izaak comprendra ce que j'ai essayé de lui transmettre.

Peut-être qu'il ne voudra même pas venir te chercher, après l'échange que vous avez eu, cette nuit-là.

Ces mots résonnent souvent dans ma tête, quand j'essaie de trouver le sommeil, ou qu'un bruit blanc crève l'air. J'y pense sans arrêt. Et je m'en veux, j'ai les larmes aux yeux, mon cœur se serre.

Puis je me souviens qu'il a voulu rester auprès de Joleen tous ces jours durant ; qu'il a souhaité que je parte.

— J'essaierai de passer ce soir, dit soudain Ashton.

— Tu m'expliqueras la suite ? murmuré-je, de façon quasi inaudible.

— Chaque chose en son temps.

Je vais m'arracher les cheveux.

— Tu sais… peut-être qu'on me récupérera, oui, mais je ne sais pas vraiment si Izaak viendra, lancé-je soudain.

— Tu as vu comment il parle de toi ? Comment il te regarde ? Il sera là d'ici la fin de la semaine.

— On s'est séparés, Ashton.

Son expression faciale se fige une fraction de seconde, son corps ralentit.

— Tu te moques de moi ?

— Je suis sérieuse… Est-ce que ça change ton plan ?

Il ne répond pas, et, avant même que je puisse insister, je réalise que nous sommes déjà devant la porte de ma chambre.

Ashton la déverrouille, et reporte son attention sur moi.

— Tu as intérêt à manger ton dîner, dit-il d'une voix forte, et à prier avant de dormir pour que tes amis rebelles viennent te sauver.

Je ne me ferai jamais non plus à cet air de morgue qui a accaparé son visage et ses mots. Je pourrais croire qu'il emprunte ce ton devant son équipe pour embrasser son rôle de Gouverneur ; mais toutes les autres fois, il n'y avait pourtant que lui et moi dans cette pièce. Cette cage.

Winsley, son conseiller ou je ne sais qui, est là. Il toise de loin Ashton, d'un œil aiguisé.

Il est surveillé lui aussi, semble-t-il.

Je retourne sans broncher dans ma chambre, en révisant le plan mental que je me suis fait des lieux. J'ai aperçu toute une partie de l'aile est des locaux. Si jamais je décide de m'échapper, je connais déjà une partie du terrain. Une fenêtre, près d'un couloir étroit, ne m'a pas paru être sécurisée, de loin. Peut-être qu'elle sera ma porte de sortie.

Pour le moment, cette dernière est censée être Ashton.

Alors que je jouais comme je le pouvais la comédie face à la caméra, Ashton fumait au fond de la pièce, les yeux braqués sur moi. En sortant, j'ai vu trois mégots à ses pieds. *Il est stressé.*

Derrière ce masque froid qu'il porte pour prétendre maîtriser la situation, il y a toujours une part de lui qui a peur. Car, même s'il est des choses qui peuvent nous changer profondément, du tout au tout, en l'espace de quelques minutes, je crois fermement au fait qu'il est également des choses bien trop incrustées dans notre chair pour que l'on puisse les balayer du jour au lendemain. Ashton est très intelligent. Ashton est calculateur. Mais Ashton est aussi quelqu'un d'anxieux. L'idée de porter la dynastie Meeka lui inspirait déjà à l'époque une terreur impitoyable… mais alors se retourner contre tout un gouvernement ? Tout un système ? Ça pourrait le tuer.

Et je dois garder ça en tête pour qu'il me dise enfin la vérité.

Je suis censée lui faire confiance… Mais sur quoi puis-je me reposer en dehors de ses mots ? Je croyais pouvoir lire en lui ; mais tout ce que j'ai, plus les secondes défilent, ce sont des doutes.

Qui est-il vraiment ?

Quelques heures passent, et on m'apporte mon dîner. Je le mange dans le silence le plus total, en attendant que le Gouverneur apparaisse soudainement, sitôt que j'aurai le dos tourné. Au moment de me coucher, il n'est toujours pas là.

Il me faut une nouvelle stratégie pour le faire parler. Et un plan B, si jamais je découvre qu'il n'est pas celui qu'il prétend.

Je me retiens de me ronger les ongles, en fixant le mur devant moi.

Pense, pense, pense…

Soudain, un éclair me traverse.

Il a réagi à la mention d'Izaak. Il m'a même dit lui en vouloir, et l'une des raisons énumérées était… moi.

Moi.

« Qui m'a volé ma copine ? »

Quand j'ai avoué à Ashton que son frère et moi on s'était séparés, quelque chose s'est agité dans ses pupilles. Je ne saurais dire exactement ce que c'était, mais il a *réagi.* Et c'est tout ce dont j'ai besoin.

Il faut que je réveille les sentiments d'Ashton à mon égard. Il faut lui rappeler que j'ai été sa meilleure amie il y a encore peu de temps. Qu'il ne peut pas me mentir. Qu'il doit être de mon côté.

Mes paupières s'ouvrent. Il fait encore nuit.

Mais qu'est-ce que…

Un halo lumineux est projeté sur le mur à côté de moi. Je me retourne pour voir d'où cela provient et je…

Waouh !

Je sursaute en laissant échapper un cri.

— C'est l'effet que je fais, dit Ashton.

Il est assis sur une chaise près de mon matelas. Il a allumé une petite veilleuse sur la table de chevet, qui diffuse une lumière orangée dans la pièce.

— Bon sang, j'ai eu peur ! Qu'est-ce que tu fous là ? C'est que tu es vraiment dérangé, pour regarder les gens dormir comme ça !

— Je t'ai dit que je passerais, je pensais que tu étais debout. Et quand je t'ai vue endormie… je n'ai pas osé te réveiller.

Je sors mon bras de sous la couette, et cale ma joue sur l'oreiller pour mieux le regarder. Il ne porte plus qu'un T-shirt qui épouse la forme de son torse, et son pantalon de costume. Sa chemise est abandonnée sur le dossier de sa chaise en bois.

— Je ronflais ?

— Non. Mais tu as bavé, à un moment.

— Je rêve… Tu m'as vraiment observée. Tu es là depuis combien de temps ?

Il regarde la montre à son poignet.

— Depuis 23 heures et quelque.

— Et il est… ?

— Bref.

Ses cheveux, nimbés d'une pellicule dorée par la nitescence de la lampe orange, sont légèrement décoiffés. Une mèche ondulée retombe sur son front.

Il étouffe un bâillement derrière sa main.

— Tu travailles beaucoup, lancé-je.

— Pas plus qu'avant, à vrai dire. Mon père m'a bien préparé.

— Et tu l'as voulue ? Cette vie de Gouverneur ?

Son torse se gonfle quand il prend une grande bouffée d'air.

— Je me le suis demandé. Et j'ai eu peur de la réponse.

— Alors ?

— Avec le recul, je crois que je ne suis pas fait pour autre chose.

Il quitte son siège et va jusqu'à la table pour apporter deux verres et une bouteille en cristal soufflé. Le liquide ambré qu'elle contient paraît être de l'or fondu quand un rayon de lumière passe à travers.

Il se sert un verre, et pose l'autre près de moi, comme pour me laisser le choix d'en prendre ou non.

— Ça nous détendra, dit-il avant d'en boire une gorgée.

Ses traits se déforment dans une légère grimace, sans doute à cause de l'âcreté brûlante du breuvage.

Parfait. Avec de l'alcool, il parlera encore plus.

— Moi je pense que tu es fait pour tellement d'autres choses, en fait, Ashton.

— Ah oui ? Et quoi donc ?

— N'importe quoi qui ne te pousserait pas à faire des choix aussi difficiles que ceux liés à cette position de Gouverneur.

— Tu ne me crois pas capable de prendre des décisions ? dit-il en posant son bras nonchalamment sur la chaise, son verre suspendu dans l'air.

— Je n'ai pas dit ça. Mais je me souviens encore de nos conversations… Tu me disais que tu en avais marre de cette pression idiote. Que tu voulais partir, loin. Découvrir le monde.

— J'étais un gamin…

— Peut-être, mais tu as aussi toujours eu un grand cœur. Un grand cœur incapable de faire certains choix.

Il regarde ailleurs, et pouffe.

— C'était il y a longtemps… Je ne t'ai pas menti dans le bureau l'autre jour quand je t'ai dit avoir changé. Ça ne faisait pas partie de ma comédie, cette partie-là.

— Alors tu t'es vraiment débarrassé de ton cœur ?

— Je te l'ai dit, cette merde est vachement encombrante.

Et il reprend une gorgée de ce que je devine – à l'odeur – être du cognac, un petit sourire aux lèvres.

— Pour répondre clairement à ta question, moi, je t'aurais vu astronome, reprends-je. Tu as toujours été fasciné par les étoiles.

Son regard revient vers moi.

— Tu te souviens de ce rêve un peu idiot qu'on avait à seize, dix-sept ans ? dis-je.

— Celui de parcourir le pays pour voir le ciel, la nuit, depuis tous les points d'observation des États-Unis ?

— Oui, celui-là.

Il sourit, une expression pensive posée sur son visage soudain rêveur.

— Qu'est-ce qu'on était cons…

Il se remémore déjà nos souvenirs. C'est parfait.

Je me redresse, et attrape la bouteille pour me servir un verre, et le siroter lentement.

Du cognac, j'avais raison.

— Tu passes tes journées avec tes collaborateurs, des fonctionnaires… et ta mère, puis Emily. C'est tout ?

— La solitude nous apprend un tas de choses, je ne m'en plains pas.

— On a tous besoin de chaleur humaine.

Il hausse les épaules.

— On te manque, parfois ? Izaak et moi ?

— Je ne sais pas si c'est ma vie avec vous qui me manque, ou…

Il ne termine pas sa phrase. Je reprends une gorgée du cognac avant de demander :

— Et Emily ?

— Quoi, Emily ? dit-il, en concentrant son attention sur moi, le visage soudain plus sérieux.

— Comment ça se passe ?

Il place son verre sous son nez et fixe le liquide, qu'il fait tournoyer.

— On n'est pas allés jusqu'au mariage.

— Mais…

— La mort de mon père est tombée à pic. En devenant Gouverneur, on gagne quelques devoirs et on en suspend d'autres.

Pour me donner pleinement à la prise de mes fonctions, on m'a autorisé à repousser l'échéance du mariage de majorité.

— Tu en es soulagé ? N'essaie pas de mentir.

— Me marier en quelques semaines aurait été comme sauter dans le vide, c'est vrai. C'est effrayant pour certains, comme ça peut être terriblement excitant.

— Oui, mais je parie que, face à une falaise, tu es du genre à faire dans ton froc.

— Pense ce que tu veux.

— Tu t'es séparé d'elle, alors ? Pourquoi ?

— Le départ d'Izaak et les révélations qui ont précédé ce moment m'ont…

Une ombre passe sur son visage.

— Les choses changent, Eliotte. Le monde bouge, et nous avec. Nous ne sommes pas figés dans le marbre. Et par conséquent, les pourcentages évoluent aussi.

— Si l'humain est une matière modelable, élastique, qui s'ajuste aux chocs de la vie… Comment être sûr de rester compatible avec la personne assignée ? Tu vois bien qu'il y a des failles.

— Algorithma fait en sorte de contenir les chocs de la vie.

— Mais elle ne peut pas prévoir la mort.

— Elle peut mettre en place un suivi psychologique et une aide pour le couple, après cela.

— Alors que s'est-il passé pour toi et Emily ?

— Je l'ai laissée partir. Elle avait un autre prétendant, à un taux de compatibilité plus élevé, et moi… j'étais déjà une autre personne. J'ai préféré…

— La libérer de ses chaînes ?

— Aimer, c'est porter des chaînes, c'est vrai. Tu vois, si le concept même que vous défendez est une prison, comment pouvez-vous le faire au nom de la liberté ?

— C'est au nom de l'amour qu'on veut être libres. Ce n'est pas la même chose. On veut pouvoir choisir à quelle personne on s'enchaîne.

— Sophisme.

— J'aurais dit « vérité », mais en politique j'ai cru comprendre que ces deux mots étaient des synonymes.

Un léger éclat de rire me parvient. Le premier depuis longtemps. Pas de condescendance, ni de moquerie. Juste lui, qui rit.

— Tu l'aimais ? dis-je en finissant d'une traite mon verre.

— Honnêtement ? Je pensais être un rien tombé amoureux d'elle… Mais quand elle m'a dit vouloir partir…

Il secoue la tête.

— Je n'ai rien senti, Eliotte. Je pensais que j'allais la détester, qu'il me faudrait un temps pour digérer l'information. Mais pas du tout.

— Pourquoi fallait-il forcément que tu la détestes pour l'avoir aimée ?

Il incline le visage. L'angle de sa mâchoire ressort d'autant plus sous les reflets chauds de la lampe allumée. Une partie de ses traits sont engloutis dans l'ombre. Ashton est chargé d'une énergie à la fois magnétique et apeurante.

— Le combustible de la haine est l'amour, dit-il à brûle-pourpoint. Tu as besoin d'avoir aimé pour vraiment détester ; sinon c'est du dégoût, de la colère… mais pas de la haine, que tu ressens.

— Mais tu ne ressentais rien, là.

— C'est encore pire.

Son soupir se perd dans l'air.

— Toi, en revanche… je t'ai détestée. Profondément. Viscéralement. Du fond de mon être.

Il boit une gorgée de son verre.

— Parce que, oui, je t'ai aimée, Eliotte… comme un fou.

J'ai l'impression que le plafond s'est effondré sur le lit, que je croule sous les débris, que j'étouffe sous le béton.

Je savais qu'il m'avait aimée.

Mais l'entendre le dire de la sorte, cela… ça me…

Je reste immobile sur le matelas, à moitié assise dans mes draps qui sentent la lavande. Il se lève soudain de la chaise, et vient s'asseoir sur le sol, s'adossant à mon matelas. Ses cheveux titillent ma couette près de ma jambe pliée.

— Et toi ? Tu as détesté Izaak quand vous vous êtes séparés ?

— Pourquoi tu ne me demandes pas si je t'ai détesté, toi ?

— J'ai déjà ma réponse.

Son ton était à la fois désinvolte, et teinté d'amertume.

— Je n'ai pas détesté Izaak. Je me suis détestée, moi. Pour être encore tombée amoureuse, alors que je pensais avoir appris ma leçon avec toi.

Ses yeux bruns me retrouvent.

— Quelle leçon ?

— « Ils partiront tous. »

Il serre les lèvres, puis pose son biceps sur le matelas, pour se tourner vers moi.

— Parfois, quand je suis sous la douche, je me souviens que j'ai ce tatouage. Et je me mets à l'observer comme un dingue.

Il tourne son bras. Ces dessins à l'encre, qui brillent sur sa peau, lui ont valu beaucoup de problèmes – quand son père les a découverts. Je touche du bout de l'index la constellation qu'il a tatouée quand j'ai eu dix-huit ans ; je sens son muscle se contracter à mon contact, avant de se détendre. Les étoiles forment un discret « E ». Il voulait « me graver sur sa peau ».

C'est dans ces moments-là que je pensais qu'on allait passer notre vie ensemble, lui et moi.

Tu devrais lui dire. Pour lui rappeler que ça aurait pu être le cas. Pour le faire culpabiliser. Pour qu'il parle et te dise tout de ses projets pour Liberâmes.

— Je trouvais que c'était une idée de génie, dit-il doucement. La constellation d'étoiles, l'anagramme de ton prénom, ma lumière dans l'obscurité du ciel, tout ça…

Il s'esclaffe silencieusement.

— Quand je te disais que j'étais un gamin con…

— Ce jour-là, après que tu m'as montré le tatouage, j'ai pleuré dans ma chambre. J'étais vraiment touchée. Et je l'ai trouvé tout sauf con, le garçon qui avait fait ça.

Il lève le menton. Son regard me trouble. Parce que, pendant une fraction de seconde, je crois revoir celui d'*Ash*. Le vrai. Débordant de tendresse, un brin effronté, aux éclats rieurs.

Je ne sais pas ce qui est en train de m'arriver, mais une sensation étrange me retourne les entrailles.

Reste concentrée. N'oublie pas ton objectif.

— Par contre celui que je trouve con, c'est ce Gouverneur qui a des plans qu'il ne veut pas partager. J'aimerais l'aider. Le soulager de ses secrets… mais il reste muet.

— Il se protège. Il vous protège. C'est mieux ainsi.

Je me penche vers lui, et le regarde droit dans les yeux, du haut des quelques centimètres que j'ai en plus grâce à ma position sur le lit.

— Tu le penses vraiment ?

— Eliotte…

— Tu sens la cigarette. Tu fumes beaucoup. Je sais à quel point tu es stressé par tout ce qui se passe…

Je pose la main sur son épaule.

— Ash… Dis-moi les choses. Fais-moi confiance.

Il ferme les yeux, avant de se redresser d'un geste sec. Mon cœur manque un battement.

— Toi et moi, je crois qu'on ne pourra plus jamais se faire confiance.

— Je n'ai jamais voulu tout ça, Ash.

— Alors pourquoi tu as fait ce choix ? Pourquoi tu m'as laissé derrière toi ?

— Non, Ashton, tu ne peux pas dire ça. Je me suis battue jusqu'au bout pour nous.

Jusqu'à presque me flinguer, si je n'avais pas trouvé la force de me relever, de me faire confiance à moi-même.

— Mais à la fin, tu…

— J'étais ton *ex*, lâché-je, alors que j'en mourais d'envie tout à l'heure, quand il a abordé les prétendues erreurs d'Izaak. Tu m'avais quitté, Ashton !

Il expire fort, le corps tendu.

— Tu crois que je l'ai voulu ? crache-t-il en se penchant vers moi. Agir comme un lâche ? Un gamin peureux ?

L'énergie brûlante qu'il dégage me submerge, soulève chacun de mes organes. Je sens qu'il bout. Qu'il est sur le point d'exploser. Il a l'air enragé… Contre quoi ? Le monde, la vie, le cosmos tout entier, semble-t-il.

Je dois en tirer profit. Je dois en…

Soudain, son visage me captive.

Il est bouffé par les remords.

En une seconde, les mains d'Ashton sont sur mes joues.

Et ses lèvres, écrasées contre les miennes.

Son souffle chaud s'échoue contre moi, alors que mon cœur sursaute.

Je ne peux pas le repousser maintenant.

En as-tu même envie ?

Je sens une énergie douloureuse m'aspirer vers ses lèvres. Et là, je comprends ; je ne peux pas m'en détacher, quand bien même je le voudrais. Parce que le souvenir, l'infâme souvenir de notre passé, m'attire vers sa bouche. Ses mains s'agrippent fermement à ma mâchoire, presque violemment, et il me plaque à la tête du lit.

— Eliotte, tu vas me tuer, murmure-t-il dans un râlement.

Sa langue mentholée, alcoolisée, amère, s'enroule autour de la mienne. Ce baiser a un parfum de cognac. Il m'écorche les lèvres, la langue, la gorge, mais il est bon. Il est impitoyablement bon. Cruel.

J'enroule les bras autour de son dos puissant en sentant mon cœur battre à tout rompre.

Je l'embrasse aussi pour le mettre en confiance. Pour lui rappeler ce qu'on avait. Pour qu'il me délivre la suite de son plan sans me mentir.

Vraiment ?

Je me pose encore la question, quand il glisse la main sous mon T-shirt.

Vraiment ?

Elle grimpe le long de mon ventre nu, me griffant légèrement la peau. Je m'agrippe à ses cheveux blonds, alors qu'il entoure maintenant mon dos dénudé de ses grandes mains. Il plante les doigts dans ma chair, dans un petit grondement.

— Je n'ai jamais pu lui faire tout ce que je te faisais… Elle n'a rien de comparable à toi.

Emily.

Qu'est-ce qui se passe ?

Le plan. Les informations. La vérité. Tu ne peux pas le repousser.

Qu'est-ce que je fais ?

Sa main libre se défait de mon dos, puis s'enroule autour de ma nuque.

Et il m'attire d'un geste sec, encore plus près de lui.

Nos corps se plaquent l'un contre l'autre dans un mouvement violent et incontrôlable. Sa bouche finit par glisser sur mon cou. Toujours la main autour de ma nuque, entre quelques mèches de cheveux, il murmure tout près :

— Elle n'a jamais été sur le point de me tuer quand je la voyais nue. Elle… elle ne m'a jamais fait l'effet que tu me fais. Elle n'est pas toi.

Il passe la langue sur la peau brûlante près de ma mâchoire, sans manquer la veine qui palpite dans mon cou.

— Personne ne peut l'être. Tu comprends ça, Eliotte ?

— Ashton…

— Tu étais à moi, j'étais à toi. Et… j'ai été un pauvre *lâche*. Je ne crois pas t'avoir mérité.

Sur ces mots, il plante ses doigts enragés encore plus fermement dans mon dos. Ce dernier se cambre instinctivement.

Qu'est-ce que je suis en train de faire ?

Qu'est-ce qu'on est en train de faire ?

— Ashton, susurré-je.

Je me détache de lui, dans un vertige qui fait tourner la pièce. Le blond retire sa prise dans un mouvement vif et se lève du lit en le faisant tanguer.

Il secoue le visage, haletant. Le blond reste immobile pendant de longues secondes, les cheveux en bataille, assis sur le lit.

Avant de se ressaisir :

— Je… Hum… Bonne nuit.

— Bonne nuit, Ashton.

— Oui, bonne nuit, répète-t-il. Demain… j'aurai besoin de toi.

Il attrape sa chemise et s'en vêt. Il la boutonne à moitié, dans des gestes précipités, avant de se diriger vers la sortie et de s'enfoncer dans les ténèbres du couloir extérieur.

Mon corps s'écroule sur le matelas encore chaud.

J'aurais dû insister. Lui poser plus de questions.

Je voulais lui rappeler le souvenir de notre « nous » ; qu'il culpabilise, qu'il sache qu'il peut compter sur moi… Mais c'était tellement simple. De retomber dans *ça*.

J'ai si mal à la tête, et j'ai la nausée. J'ai envie de vomir cette soirée. Mon index glisse sous le col de mon T-shirt. Ma chaîne n'a pas bougé. Il y a toujours l'anneau d'Izaak, qui pend près de mon cœur. Tout à coup, je sens des larmes pointer. Je soupire, et les retiens en regardant la bouteille de cristal, remplie d'alcool.

Attends, quoi ?

Ashton a laissé ça derrière lui. Du verre. Brisable. Tranchant.

J'ai une arme. Je peux m'échapper, maintenant.

Oui, oui, oui… je dois m'échapper.

Parce que rien ne me garantit qu'Ashton est avec nous ; qu'Izaak sera là pour me délivrer ; qu'il a compris mon message secret. Alma est en danger, et il faut que je les prévienne. Il faut que je parvienne à les contacter directement, moi-même, en trouvant la salle de communication.

Je me suis trop reposée sur Ashton et Izaak, en leur confiant le sort d'Alma. Il faut que je m'assure, *moi-même*, qu'ils se protégeront au plus vite.

Le temps nous est compté.

33. Mon meilleur ennemi

Izaak

Et de quatre.

Quatre maudits jours sans Eliotte.

Quatre maudits jours que je me ronge les sangs. Que mes pensées explosent comme de la dynamite. Que les choses dégringolent.

Notre conversation avant-hier avec les Cinq nous a plongés dans une incompréhension totale. Joleen peine à croire que son père puisse avoir joué un rôle dans la disparition d'Eliotte, mais ne rejette pas pour autant l'implication de tous les autres membres des Cinq. Ma théorie, c'est que Chris n'est pas au courant. On a chargé Joleen de le travailler au corps pour qu'il s'inquiète davantage et puisse nous aider.

Juste après avoir échangé avec les Cinq, on a fait un premier tour dans la jungle jusqu'à ce que la pénombre nous contraigne à nous arrêter. Matthew et moi sommes quand même restés quelques heures supplémentaires avec des lampes-torches, précieuses ressources que Charlie a réussi à voler dans la cave où est disposée une partie du matériel. On ne s'est pas dit un mot de toute cette période de recherche nocturne, Matthew et moi. On se faisait du tracas dans le silence total, accaparés par nos angoisses et les pires scénarios possibles. Le voir chercher éperdument dans les feuillages la moindre chose appartenant à Eliotte m'a, pendant un instant, apaisé.

Parce que j'ai compris qu'elle n'était plus toute seule, qu'il y avait d'autres cœurs près du sien, que d'autres veulent la protéger coûte que coûte.

Que je sois là ou non, ces gens-là seront toujours à ses côtés.

Le lendemain, on a refait la même fouille. Et rien. Absolument rien. Toujours rien.

Où es-tu, Eliotte ? Est-ce qu'ils t'ont vraiment enlevée ? Est-ce que tu t'es juste perdue dans la jungle ?

— Inutile de te demander de venir avec moi à la réunion de ce soir ? demande Alex.

— Je ne veux plus voir leur gueule, réponds-je en pliant mon bras sous ma tête.

Je m'enfonce sur le canapé de Francis. Alex se prépare pour y aller mais j'en suis tout bonnement incapable. Je n'ai ni l'énergie ni le temps pour eux. Peut-être qu'Eliotte n'est pas leur priorité, mais elle est la mienne.

— Si tu te montres distant, ils comprendront qu'on se doute de quelque chose, dit Francis.

Est-ce qu'Eliotte a faim ? Est-ce qu'elle a peur ?

— Peut-être, mais j'en ai rien à carrer. Ça commence à me faire chier de devoir leur sourire alors qu'ils lui ont sûrement fait du mal, ou en tout cas, qu'ils ne veulent même pas lever le petit doigt après tout ce qu'elle a fait pour eux.

Matthew, qui était parti se servir un verre d'eau, revient dans le salon. Il m'écoute attentivement, l'épaule calée contre le chambranle de la porte.

Combien de litres de larmes a-t-elle pleurés jusqu'à aujourd'hui ?

— Je devrais être en train de les étriper, plutôt que de rester là à les éviter…

— C'est vrai, ça ! s'exclame tout à coup Matthew. Pourquoi est-ce qu'on ne les affronte pas ? Pourquoi est-ce qu'on ne fout pas la merde ?

— Qu'est-ce que tu veux dire ? demande Francis.

— On reste silencieux en pensant qu'on établira un meilleur plan comme ça… Mais on devrait aller les voir, les pousser à avouer. Et s'ils ne disent rien, on lance des rumeurs dans le camp.

— Tu veux la guerre civile ? rétorque Francis en lui assénant une claque dans le dos.

— Pourquoi pas ? Il faut les dégager, ces Cinq. Je ne comprends même pas comment vous faites pour accepter que ces types aient autant de pouvoir… Je n'aurais pas imaginé une seconde qu'Alma, le QG des révolutionnaires, serait une sorte de dictature à l'américaine, *made in Mexico*.

Ses mots, imbibés d'une violente conviction, s'insinuent lentement en moi.

On se bat pour la liberté, contre un système autoritaire… On ne peut pas agir *en étant nous-mêmes* dans un régime autoritaire, ça me semble évident. Mais, de l'extérieur, ça ressemble diablement à ça, pourtant. Une bande de demeurés comme Tabitha qui, d'un oui ou d'un non, nous dictent les règles à suivre, déterminent les priorités, si une personne mérite ou non d'être sauvée.

Ça me dégoûte.

— Matthew a raison, annoncé-je en me levant. Je vais aller leur dire le fond de ma pensée.

Alex attrape mon bras à la volée.

— Eh ! du calme. Si tu les accuses de telles choses à tort, je ne te raconte pas la merde dans laquelle tu vas te mettre.

— Je m'en branle.

Et je reprends ma route vers la sortie de la maison des Bentley.

— Izaak ! s'exclame Francis en venant à moi. Tu ne peux pas dire n'importe quoi aux Cinq, réfléchis !

Je me retourne brusquement vers lui, et il se heurte à moi.

— C'est qui au juste, ces mecs ? Hein ? Ils n'ont pas de pouvoir sans nous. Il faut qu'ils redescendent sur terre. Ils ne sont *personne* pour moi.

— Je t'accompagne, Izaak, lance Matthew.

— Non. Je ne veux pas qu'ils te prennent pour cible, alors que tu es encore nouveau dans l'organisation. On ne sait pas de quoi ils sont capables contre les nouvelles recrues…

Un sourire étire ses lèvres. La blancheur de ses dents contraste avec son teint hâlé.

— Quoi ? Alors maintenant tu t'inquiètes pour moi, pauvre con ?

Et il me donne un coup de poing à l'épaule.

— Tu délires, Rivera.

— Je savais que tu finirais par me kiffer.

— Calmez votre ami, les gars ! dis-je en me tournant vers Alex et Francis.

— J'arrive pas à croire qu'on va…

Bam ! Bam ! Bam !

— Izaak ! s'écrie Joleen de sa voix stridente en débarquant dans le hall.

J'arrive à sa hauteur en un battement de cils. Elle est pantelante, et ses joues ont rosi.

— Que se passe-t-il ?

— Il faut que tu voies ça. Ils ont reçu… un truc ce matin… mais mon père…

Elle reprend bruyamment sa respiration en se pliant en deux.

— Mon Dieu, Leen, tu es une bonne combattante mais putain, qu'est-ce que ton cardio craint ! fais-je, impatient.

Allez, parle, parle, parle.

— C'est à propos d'Eliotte ? ajoute Matthew en basculant à sa hauteur.

— On a reçu une vidéo d'elle, débite-t-elle. Aujourd'hui. Ils ne voulaient pas te la montrer, mais mon père s'y est opposé.

— Quoi ? Quelle vidéo ? Quand ? Elle est où ?

— Viens au Carré.

Ni une ni deux, nous sommes de retour dans ce foutu bâtiment, le château de *leurs majestés.* Quand j'ouvre grand la porte de leur bureau, un courant d'air mugissant s'engouffre dans le couloir. Je me tiens droit comme la corde d'un arc et prends le temps de les considérer un instant. J'espère qu'ils voient tous nettement le dégoût que j'éprouve à leur égard. Comment je n'ai pas pu m'indigner plus tôt de l'évolution de la politique ici ?

— La vidéo, aboyé-je.

— Je tenais à ce que tu sois au courant des événements, s'exprime Chris. Nous n'avons encore décidé de rien.

— La situation est plus critique qu'on ne le croit, ajoute Maryam, une des Cinq.

— On peut voir la vidéo ? demande Matthew, fébrile.

D'un geste du menton, Maryam désigne l'écran sur le mur du fond. Il s'allume aussitôt.

Eliotte.

La vidéo est mise en pause sur son image. Son visage éreinté est pâle, couvert d'une couche de saleté. Elle a la lèvre fendue, les cheveux emmêlés.

Qu'est-ce qu'ils t'ont fait, brunette ?

Soudain, la vidéo est rembobinée, et remise en marche.

— Je… Je suis Eliotte Edison Wager, et le gouvernement américain m'a kidnappée il y a trois jours. Je suis retenue dans une cellule et…

Elle s'humecte les lèvres. Ses yeux brillent de fièvre.

— Ils veulent que vous ne révéliez pas ce que vous savez sur le Gouverneur Thomas Meeka, ni sur les travaux de mon père. Aussi longtemps que vous obéissez, ils disent qu'ils ne me feront rien.

Quoi ? Ils comptent la garder ?

— S-S'il vous plaît, faites ce qu'ils disent… Je…

Elle s'essuie les yeux, et reprend de cette voix fragile et fatiguée qui me brise le cœur :

— Je voulais aussi transmettre à Izaak que je pense à lui et que… que tout ira bien.

Un petit sourire étire ses lèvres.

Rien n'ira bien.

— Il faut que tu restes fort. Tu te souviens de cette phrase que Roméo dit à Juliette, quand les Capulet attaquent le château des Montaigu sans crier gare ?

Je lève brusquement la tête.

— « Amour, donne-moi ta force, et cette force me sauvera », cite-t-elle. La situation est difficile, pourtant Roméo et Juliette gardent espoir, par amour pour l'autre. Reste fort pour moi, s'il te plaît Izaak. Et fais ce qu'ils disent. Tout ira bien.

Quoi ? Mais…

— Je ne vais pas te mentir, j'ai mal au ventre, à la tête et… et il fait froid ici. Je donnerais n'importe quoi pour t'emprunter ton sweat rouge, celui sans la capuche. Et ils…

Je perds l'équilibre pendant une fraction de seconde. Le monde se met sur pause. Je n'entends plus rien.

À part *ça*.

« Emprunter ton sweat rouge, celui sans la capuche. »

Elle n'a pas pu dire cette phrase d'elle-même. Impossible.

Il n'y a qu'une personne qui sait que j'ai horreur des sweats sans capuche, donc que je n'en possède pas, et qui demanderait à me l'emprunter. Il n'y a qu'une personne qui sait que c'est un code secret pour dire « papa est énervé aujourd'hui, évite-le ».

Ashton.

Quand je me concentre à nouveau sur l'écran, la vidéo est déjà terminée. Il faut que je l'analyse. Chaque angle, chaque parole, chaque expression faciale. Ashton et Eliotte sont de mèche… Elle a mentionné un passage de Roméo et Juliette qui n'existe pas. Elle n'a pas pu se tromper : elle veut me dire quelque chose.

Je demande qu'ils la jouent encore une fois, et commence à la décortiquer seconde par seconde, en reportant sur un bloc-notes les choses qui m'interpellent. Les autres restent silencieux.

Au bout du troisième visionnage, Tabitha finit par dire :

— Bon, ça suffit, Izaak.

— Vous allez faire quoi ? demande Matthew.

— On va faire ce qu'ils disent…, soupire Chris.

— Et voilà, on a perdu une de nos meilleures cartes, peste la rousse, parce qu'on a hésité bien trop longtemps à publier ce qu'on savait…

— Est-ce que vous avez pu localiser le point source de la vidéo ? demande Joleen.

Les Cinq se regardent tour à tour, avant que Chris, agacé, dise :

— Oui, nos informaticiens ont réussi… Mais c'était particulièrement facile.

— Donc, on sait où elle est ? m'exclamé-je, en levant le nez de mes notes.

— Oui, Izaak. Mais tout porte à croire que c'est un piège qu'ils nous tendent.

— Ils veulent sûrement qu'on envoie une équipe, ajoute Joshua. Et qu'on se jette dans la gueule du loup.

— Si vous pensez une seconde que je vais rester les bras croisés alors qu'on sait où elle est, vous vous mettez le doigt dans l'œil, décrété-je.

— Voilà ! s'exclame Tabitha. Je vous avais dit de ne pas lui montrer la vidéo !

— On peut sauver notre « meilleure carte » *et* un membre des Liberâmes, dit Matthew en s'asseyant sur la table.

— C'est vrai, appuie Alex. C'est l'affaire d'une petite équipe entraînée, quelques préparations… On ferait comme la fois où on a libéré des membres de la prison du Grand-Texas, après la manif.

— Il n'a pas tort, affirme Maryam, une autre des Cinq. On peut réussir notre coup et sortir d'affaire Eliotte *et* nos informations.

Alors qu'ils débattent, mes yeux sont attirés par mes notes.

4 jours

Retenue dans une cellule

« Amour, donne-moi ta force. Et cette force me sauvera. »

Qu'est-ce qu'elle a voulu me dire ?

Tu te souviens de cette phrase que Roméo dit à Juliette, quand les Capulet attaquent le château des Montaigu sans crier gare ?

Quand les Capulet att…

Oh ! merde.

— Ils vont attaquer Alma ! m'écrié-je en sautant de ma chaise. Dans mon mouvement abrupt, elle manque presque de tomber sur le sol.

— Qu'est-ce que tu racontes ? s'enquiert Joshua, perplexe.

— Eliotte a mentionné un passage de notre livre préféré qui n'existe pas. Les Capulet n'ont jamais attaqué les Montaigu. Si elle a précisé ça pour me citer une réplique… c'est forcément pour nous prévenir d'une attaque.

— Tu es bien sûr de toi ?

— Eliotte ne se tromperait jamais sur *Roméo et Juliette*. Elle veut forcément nous prévenir.

— Pourquoi avoir kidnappé Eliotte, s'ils comptent nous attaquer ? se demande Chris.

— Pour qu'on ne se doute de rien… Ils veulent noyer le poisson avec Eliotte ! L'attaque est proche, c'est évident.

Tout me semble si clair.

Eliotte, Ashton, le kidnapping, tout…

— Comment l'aurait-elle su ? demande Maryam.

— Elle a peut-être surpris une conversation, propose Francis.

— Non, c'est Ashton qui le lui a dit.

— Ton frère est derrière son kidnapping ?

— Il est de notre côté.

— Tu rigoles, c'est le Gouverneur, jappe Tabitha.

— Je suis convaincu qu'Ashton est avec nous… Il me l'a fait comprendre.

Peut-être qu'il se présente comme notre ennemi, mais c'est mon frère. Il n'y a pas meilleur ennemi possible. Je veux croire que ce qu'on a, lui et moi, malgré tout le mal qu'on s'est fait, dépasse toutes ces considérations, ces stratégies, ces rapports de pouvoirs…

Je connais mon petit frère.

— On doit récupérer Eliotte et mettre à l'abri les membres d'Alma, avant que l'attaque arrive, décrété-je.

— Je pense que c'est un piège, affirme Joshua.

— Ça ne sent pas bon, dit un autre. Je vais te le dire franchement, Izaak : pour moi, Eliotte est avec le Gouverneur. Ils ont organisé ça ensemble. Ils veulent que tu les rejoignes, justement. Sinon ils n'auraient pas laissé la séquence émotion dans la vidéo ! Depuis le début, ils…

— Qu'on soit bien clairs : je n'en ai absolument rien à battre de votre avis, le coupé-je. Eliotte est en danger, je vais la chercher. Point barre.

— Eh bien ce sera sans nous, tranche Joshua. Hors de question que tu gâches notre matériel et nos hommes pour une mission suicide.

— Vous n'êtes pas sérieux ? dit Alex.

— Réfléchis deux secondes, Alexei : rien dans cette affaire, absolument rien, n'est logique. C'est bien trop louche. Ils ont à peine protégé la localisation de leur serveur en envoyant la vidéo. On sait où elle a été tournée, quand… Il est limpide qu'ils nous veulent là-bas.

— Oui mais… si on se trompait ? dit Maryam. En laissant un membre s'engager pour notre cause, on a promis de le protéger au péril de nos vies.

— Oui, justement : si Alma va vraiment être attaquée, on ne peut pas jeter par la fenêtre nos ressources, répond Tabitha, si sûre d'elle.

— Tu considères que sauver un membre des Liberâmes, en plus de nous assurer qu'on puisse publier nos informations, c'est jeter par la fenêtre nos ressources ? demandé-je, offusqué.

Je passe une main dans mes cheveux, à bout de souffle, de nerfs, de tout !

Je parle à des sourds ?

Je me dirige vers la rousse, les poings serrés.

— Écoute-moi bien, Tabitha… Écoute-moi attentivement. Que tu le veuilles ou non, on va partir, on va sauver Eliotte, et on va revenir.

Parce que vous ne pouvez pas nous contrôler. Vous n'avez pas le moindre putain de pouvoir sur nous.

— Tu veux t'opposer à notre avis ?

— Je fais ce qui est juste. Si votre avis ne l'est plus, alors oui, je m'y oppose.

— C'est pas vrai, une nana t'a complètement fait débloquer ! Et pour elle, tu vas mettre en danger tout le monde, incluant tes amis. Et tu te dis juste ?

Peut-être que je suis injuste, oui. Mais si c'est pour Eliotte, l'injuste devient juste. Le mauvais devient bon. Le mensonge devient vérité. C'est comme ça, et pas autrement.

— Ils sont libres de me suivre, eux et les autres Liberâmes qui voudront me rejoindre, rétorqué-je.

— Pardon ? Tu ne peux pas divulguer ces informations aux autres membres. Cette conversation est strictement confidentielle.

— Très bien, je ne leur dirai rien.

Je vais tout leur dire.

Matthew a raison. Il faut semer le désordre.

— Tu comptes partir, alors ? lance Joshua. Sache que, si tu le fais, pas la peine de revenir.

— Qu'est-ce que tu dis ? tonne Chris.

— De toute façon, peu de chance que je revienne dans cette ville tant qu'elle sera dirigée par des assassins, craché-je.

— Pardon ? s'exclame Tabitha.

— Je sais ce que vous avez fait à Lucas Carter.

Ils répondent tous dans un brouhaha assourdissant, mais mon attention est déjà reportée sur mon groupe. Je ne peux pas rester une seconde de plus ici ou je vais lancer une bagarre générale.

Je quitte la pièce, suivi de près par les autres. Les Cinq restent à l'intérieur, à élaborer je ne sais quel plan pour nous arrêter. J'espère qu'ils prendront au sérieux la menace qui plane sur Alma. Plus je repense à ce qu'a dit Eliotte, et plus je suis certain que c'était un message codé.

— Lucas Carter ?! s'exclame Francis, quand on est assez éloignés du Carré et des oreilles indiscrètes. C'est quoi ce délire ?

— Eliotte a découvert un document dans l'ordinateur général. Ce fameux Lucas était un traître… mais il ne méritait pas pour autant d'être assassiné par les Liberâmes.

Le visage d'Alex se décompose.

— Alors, que va-t-il se passer ? s'enquiert Charlie.

— T'es bien sûr qu'on ne doit rien dire à personne ? ajoute Matthew.

— Si, ils doivent être au courant. Ils sauront qu'Alma va être attaquée, et que la majorité des Cinq nous défend d'aller sauver Eliotte, qui est une fidèle Liberâme en plus d'un élément crucial dans la réussite de notre combat. Concernant le meurtre de Lucas Carter, sans preuve à l'appui, le reste du camp pourrait douter de nous et penser qu'on ment seulement pour semer la zizanie. Mieux vaut taire cette information… pour le moment.

— Et dire que mon père est impliqué dans tout ça… murmure Joleen.

— Si on commence à parler, soyez conscients que les choses vont s'envenimer, prévient Alex. On pourrait déclencher des émeutes, semer la discorde, mettre en danger les membres de notre groupe…

— Ils ont tous le droit de savoir ce qui se prépare… et qui les dirige.

Alex passe un bras autour de mes épaules, en soupirant près de ma joue.

— Je n'arrive pas à croire qu'on va foutre le bordel ici et aux États-Unis.

34. Mission suicide

Izaak

Je me réveille en sursaut. Je suis vautré sur le canapé. Francis n'est pas à côté de moi.

Il est quelle heure ?

L'horloge indique 11 heures passées. J'ai donc dormi à peine cinq heures. Après avoir vu la vidéo et la mollesse aberrante des Cinq, nous sommes allés tous les six chez moi pour définir un plan d'action. On tenait à peine dans notre petit salon. Francis s'est endormi sur le canapé, mais il a vraisemblablement filé après que Joleen est partie auprès de Kaïto qui était resté chez sa grand-mère. Nous avons veillé jusqu'au petit matin.

Je me change et me débarbouille en vitesse pour aller au réfectoire. Le premier service du déjeuner a déjà commencé.

Mon plateau à la main, je constate que notre table habituelle est vide. Il me faut peu de temps pour apercevoir notre groupe, assis à une table plus excentrée. C'est bon signe : ils doivent être en train de parler stratégie. Maleek et Jenna sont là également. Je les salue tous et rejoins la place à côté de Joleen.

— Matthew nous a expliqué ce qui est en train de se passer, m'informe Jenna.

— J'ai mis au courant une dizaine de personnes concernant

Eliotte et la menace qui pèse sur le camp, dit l'intéressé. Dans moins de dix heures, tout Alma saura.

— J'ai entendu du raffut ce matin, au Carré, fait Alex. Apparemment, quelques personnes sont allées poser des questions aux Cinq. Les gens s'agitent déjà.

— D'ailleurs, Maryam et mon père commencent à revenir sur leur position vis-à-vis d'Eliotte, dit Joleen, la bouche encore pleine. Il dit que c'est risqué, mais qu'il faut qu'on agisse pour elle.

— On doit miser sur cette scission au sein des Cinq, décrété-je. On ne pourra pas aller aux États-Unis s'ils ne nous donnent pas le matériel nécessaire.

— On peut toujours le voler, remarque Matthew.

— Cette scission dont tu parles, Izaak, a toujours existé, dit Leen. Joshua et Tabitha sont les plus radicaux, et récemment les débats sont de plus en plus houleux. D'ailleurs, j'ai demandé des explications à mon père hier soir, au sujet de Lucas Carter. Il m'a juré s'être opposé à son assassinat avec Maryam… mais la majorité l'emporte toujours chez les Cinq, et ce jour-là, c'était au nom de la protection du camp. Depuis cet évènement, les choses sont assez tendues dans leur groupe. On a toutes nos chances de les diviser, à présent.

— Il va falloir qu'on prenne une décision rapidement, pour savoir qui part avec nous, et comment protéger la population de l'attaque imminente, lance Alex.

— Maleek et moi sommes de la partie, dit Jenna. Je pense que je peux convaincre deux autres personnes.

— On n'a pas besoin d'être plus de dix, avancé-je. Il faut un petit groupe pour faciliter nos déplacements. D'après mes calculs, si toi et Maleek nous rejoignez, on sera assez.

— Qu'en est-il du matériel de départ ? Il nous faut au moins un 4x4 et, forcément, un bateau.

— Pour le bateau, je m'en charge, dit Alex. J'ai mes contacts.

— Tu crois que ton père pourra nous donner accès à la réserve d'armes ? demande Charlie à Joleen.

— Je vais lui en parler.

— Eh, Izaak ! m'interpelle Tim, une connaissance, en passant près de notre table. Il paraît que tu t'es frité avec les Cinq et que tu as pété le nez de Tabitha ?

— Hum…

Je lance un coup d'œil à la table. Matthew se cache le visage.

Le con.

— Je ne suis pas d'accord avec leurs méthodes, réponds-je. J'estime que, si Alma est en danger, on doit pouvoir se protéger les uns les autres.

— Je suis d'accord.

Il me gratifie d'un sourire avant de poursuivre sa route.

— Matthew, tu as raconté quoi exactement ?

— Disons que, pour captiver mon public, j'ai dû… hum… pimenter tout ça.

— Et puis tu as *presque* pété le nez de Tabitha, c'est du pareil au même, le défend Francis.

Je hausse les épaules.

— Tant qu'ils se réveillent et poussent les Cinq à agir pour protéger la ville, ça me va.

Je pose les mains sur la table, en sentant le creux de mon abdomen pétiller. Les choses se mettent en place.

On arrive, Eli.

— Bon, il nous faut une date.

— Si mes contacts sont réactifs, on peut partir demain soir, propose Alex.

— Ça me semble bien. Et à vous ?

La tablée acquiesce.

Nous partons demain soir.

— Vite les gars, on a cinq minutes avant que les gardes reviennent ! lance Matthew dans un chuchotement.

Avec l'un des sacs d'armes sur l'épaule, je trottine jusqu'aux premières portes de la ville, qui ne sont pas surveillées, d'après Matt. Francis est allé faire diversion pour nous laisser la voie libre. Il nous rejoindra dans peu de temps.

Comme prévu, nous passons sans encombre pour rejoindre le reste du groupe, qui nous attend. Alex est sorti plus tôt, en volant un véhicule ce matin, à l'aube. Il l'a garé assez loin du camp, à la lisière de la jungle – notre point de rendez-vous.

— Izaak ! Attends !

Cette voix.

Je me retourne.

— Qu'est-ce que tu fous là, Leen ?

— Vous n'allez pas partir sans moi ?

Quand elle arrive à notre niveau, elle m'assène un coup à l'épaule.

— Tu penses vraiment que je vais te laisser venir ? rétorqué-je.

— Je veux vous aider à sauver Eliotte. Tu sais à quel point je suis bonne pour les missions de sauvetage.

— Leen…

Je baisse le regard sur les lacets de mes rangers, noués à la va-vite.

— Tu dois rester auprès de Kaï. Je… Je ne sais même pas si je reviendrai.

— Tu ne vas pas laisser Alma derrière toi !

— Non, jamais. Mais, entre nous, Leen…

Je soupire en retrouvant son regard tenace.

— C'est peut-être une mission suicide. On est réalistes, les chances de réussir sont minces.

— Ne dis pas n'importe quoi !

— Peu importe les risques, je suis obligé de partir. Pas toi.

— Mais…

— Embrasse Kaï de ma part. Une centième fois ne lui fera pas de mal.

— Izaak…

Penser au visage de mon fils, que je peux ne plus jamais revoir, me donne envie de vomir mes tripes sur le sable. Mes yeux me piquent.

— Très bien… Je comprends, finit par lâcher Leen. Reviens en vie.

— J'y compte bien.

Elle ouvre les bras et m'étreint fort contre elle. Je ferme les paupières comme si c'était la seule chose à faire pour m'empêcher de pleurer.

— On doit partir, me dit Matthew. Désolé…

Je me détache de Joleen, en serrant les dents.

Ne pleure pas. Reste fort.

— À bientôt, Leen. Dis à Kaï que je l'aime.

— Oui. Allez, file.

Et je reprends ma course effrénée avec les autres jusqu'aux portes d'Alma, jusqu'à l'extérieur, jusqu'au 4x4.

— Vous en avez mis du temps, les merdeux ! nous admoneste Alex en roulant vers nous. Montez !

On saute dans la voiture, le cœur battant. Alex, Charlie et Jenna sont déjà en place. Matthew, Maleek et moi restons à l'arrière, sur la banquette extérieure. Francis arrive peu après nous, et… ça y est.

Il est minuit, et nous voilà partis pour l'Amérique.

Pour sauver Eliotte. Pour sauver les Liberâmes.

Je ne sais pas ce qui nous attend là-bas, ni si je vais revenir. Je n'ai pas menti à Joleen en disant que c'était une mission suicide. C'en est bien une. Mais il n'y a rien d'autre à faire. Se soumettre aux Cinq et abandonner Eliotte : c'est déjà mourir.

Grâce à Chris et Maryam, nous avons pu obtenir la localisation exacte d'Eli. Elle se trouve dans un bâtiment paumé au milieu de la Mont Hood Forest. C'est une ancienne base militaire secrète, d'après les informations qu'on a récoltées. Avant de nous y rendre, nous partons au QG de Nouvelle-Californie, pour trouver des plans dans la base de données nationale piratée par nos informaticiens, il y a déjà six mois. On rase les murs, on évite les regards.

Bon sang, je n'arrive pas à croire que je suis à nouveau à Portland, cette ville de merde.

J'étais pourtant sûr d'avoir dit adieu à cette maudite métropole, pour de bon. Mais m'y revoilà, en tant que fugitif. Fugitif aux yeux des États-Unis *et* d'Alma.

Grâce à Vic, qui nous a également aidés à venir jusqu'à Portland depuis la plage de débarquement, nous pénétrons dans le QG sans encombre, sans que les autres nous repèrent. On ne peut pas leur dire ce que nous trafiquons, pour le moment.

Confinés dans une salle de l'étage, le bon vieux bureau d'Alex, nous réfléchissons à un plan pour récupérer Eliotte. L'odeur iodée et métallique qui plane dans l'atmosphère m'apporte une sensation de confort. Je ne pensais pas que cet endroit, où j'ai passé plusieurs années de ma vie, m'aurait autant manqué.

— Il y a une faille, selon moi, dis-je en pointant du doigt un élément du plan numérique, projeté sur le grand tableau amovible.

Cette fenêtre. Elle est sur le toit et semble donner sur les cuisines de la base. On entrera par là.

— Comment trouvera-t-on Eliotte ?

— D'après la vidéo elle est sûrement dans un sous-sol, suppose Charlie.

— On n'en sait rien, en réalité, dit Alex en passant la main sur sa nuque. Ils l'ont peut-être déplacée pour la filmer.

— Il faudra que je trouve un moyen de contacter Ashton pour mettre tout ça au clair. Si ça se trouve, il pourra même nous aider à entrer sans problème.

— Tu crois qu'il risquerait de te venir en aide, alors qu'il est Gouverneur ? fait Matthew.

— Je pense vraiment qu'il attend un message de ma part.

— Comment le lui transmettre ? On ne va quand même pas se rendre à la villa, dit Francis.

— J'ai laissé mon téléphone dans la boîte à gants de ma jeep. Je vais lui écrire.

Matthew décolle son dos des briques rouges fissurées de la salle de réunion.

— Je suggère que quelqu'un parte avec moi récupérer le téléphone d'Izaak pendant qu'on finalise notre plan d'évasion.

Je gratifie Matthew d'un regard appuyé.

Je ne savais pas ce petit idiot aussi efficace.

— J'y vais, dit Francis en rejoignant ce dernier déjà prêt à partir.

— J'ai garé la jeep près de la gare abandonnée, les informé-je. Les clés ont été confiées à Vic avant mon départ.

Ils me font un petit signe et partent aussitôt.

Je n'arrive pas à croire que je vais revoir ma jeep.

Et Eliotte.

Le cœur battant, je me reconcentre sur le plan qui ne représente que *très* superficiellement les lieux de détention. Si Ashton ne répond pas à ma prise de contact, on foncera peut-être droit dans le mur. Mais je ne veux pas le leur dire. Si on ne garde pas constamment espoir, les yeux rivés vers un horizon de possibilités, nous courons à notre perte.

— Je pense qu'il va falloir qu'on aille sur les lieux faire un premier repérage, dis-je. Il est impossible qu'on s'introduise avec des plans des lieux aussi peu précis, si on ne connaît pas *a minima* notre terrain.

— C'est à trente minutes d'ici, remarque Charlie. On peut partir dès maintenant.

— Je me demandais…, intervient Jenna. Si jamais on parvient à s'introduire dans le bâtiment et qu'on ne trouve pas Eliotte, on fait quoi ? Rien ne nous dit que le lieu du tournage de la vidéo est aussi le lieu où elle est retenue.

J'ai évalué cette possibilité. Mais je me suis résolu à partir quand même, car je ne peux pas supporter l'idée de passer à côté de l'opportunité de sauver Eliotte.

— Je pense qu'ils ont volontairement peu protégé la localisation de la vidéo, à la demande d'Ashton, pour qu'on vienne la chercher.

— Donc on fonde notre plan sur le potentiel soutien d'Ashton ?

— Il faut qu'on lui fasse confiance, sur ce coup. On n'a pas d'autre option.

Pitié, petit frère… ne merde pas.

35. Incertitudes

Eliotte

Ashton n'est pas venu me rendre visite avant-hier, ni le jour suivant. À chaque fois que la porte s'ouvrait, j'espérais que ce soit lui. Mais ce n'était jamais le cas. Pourtant, il m'avait dit avant de me quitter « j'aurai besoin de toi demain ». Je n'ai pas su demander pourquoi ni comment. J'étais bien trop perturbée.

Moi qui pensais pouvoir lui soutirer plus d'informations en me rapprochant de lui…

Et s'il lui était arrivé quelque chose ? Et si on avait découvert son plan contre le gouvernement ?

Encore faut-il qu'il en ait vraiment un…

Je regarde mon reflet dans le miroir de la salle de bains. Outre le fait que je fasse peur, j'ai l'impression d'avoir perdu deux kilos. Voire trois. Pourtant, je mange très bien ici… Après tout, on m'a toujours dit que le stress était vorace.

J'ai caché sous une serviette un morceau de verre brisé, un autre sous le couvercle de la chasse d'eau et un dernier dans le creux entre mon lit et le mur. J'ai de quoi me défendre et attaquer. Il faut que je réussisse à sortir aujourd'hui de la pièce, tout en apprenant où se trouve la salle de communication – pour peu qu'il y en ait une, ici. Et enfin, que je saisisse l'occasion de prévenir Alma. J'ai déjà perdu deux journées, et je ne me le pardonnerais jamais s'il leur arrivait malheur.

Je n'ai pas encore tout essayé pour faire changer les choses.

Ce matin, alors que je pensais avoir la visite du garde qui m'apporte habituellement mon petit déjeuner, c'est Ashton qui entre dans la cellule.

— Bonjour, dit-il en posant le plateau sur la table.

Ses cheveux sont un peu décoiffés, et sa chemise est mal repassée. Je ne parle même pas de sa cravate nouée de travers. Soit il vient de se réveiller ; soit il n'a pas dormi du tout.

— Ça va, Ash ?

Je mise tout sur la carte de la familiarité. Je pense que c'est la ficelle à tirer pour le faire parler.

— Oui, et toi ?

Son intonation est aussi impassible et sévère que la première fois que je l'ai revu, dans le bureau.

— Tout va bien ? le questionné-je en venant m'asseoir face au repas.

— Bien sûr. Mange.

J'attrape l'anse de mon mug, perplexe. Maintenant que je suis près de lui, je sens une odeur de cigarette mêlée à celle de mon café. *Il vient de fumer un paquet entier ou quoi ?*

— Tu as vu ta dégaine ? Ça n'a pas l'air d'aller, affirmé-je. Tu dors peu ?

— Ma dégaine est très bien.

— Regarde-moi ça, dis-je en le rejoignant.

J'attrape sa cravate et la dénoue.

— Eh, qu'est-ce que tu fais, là ? peste-t-il en me poussant légèrement.

Je saisis d'une poigne vigoureuse les bords de sa veste de costume pour le replacer devant moi. Et, en deux temps, trois mouvements, je lui refais son nœud. Ça me démangeait.

— Quand est-ce que tu vas apprendre à mettre correctement tes cravates ?

Il dégage mes mains de sa veste, et s'assied sur une chaise. Je fais de même, perturbée. Ashton cale le front contre sa main, les lèvres pincées. Il est différent. Angoissé. Pas angoissé comme les fois où on était ensemble chez lui, et que son père pouvait nous surprendre à tout moment. Pas aussi angoissé que quand il devait passer devant la caméra. Non, c'est une tout autre angoisse que je perçois là.

— Ça va refroidir. Mange, m'ordonne-t-il.

Alors, je plante mes dents dans une tartine au beurre et à la confiture. Je ne parviens pas à décrocher mon regard de son visage tendu. Je pensais, en voyant pour la première fois son air dur et glacial, qu'il avait simplement fait remonter à la surface quelque chose qui se tapissait depuis longtemps en lui. J'avais tort. Il n'essayait pas de cacher ce visage au monde ; car il n'a jamais existé. C'est le monde qui l'a sculpté ainsi. C'est l'horreur de cette vie qui l'a façonné de la sorte.

— Dis-moi… Tu avais besoin de moi, avant-hier ?

— Quoi ? dit-il en croisant mon regard, l'air perdu.

— Tu m'as dit ça après m'avoir… hum…

— Je ne sais plus ce que j'ai dit, j'étais à moitié ivre et il était 3 heures du matin.

Il est resté aussi longtemps avec moi ?

— Tu ne te souviens donc de rien ?

— Quasiment.

— Même pas de…

— Si tu comptes parler du moment où on s'est embrassés,

m'interrompt-il, oui, je m'en souviens. C'est rare que j'oublie mes erreurs.

Je suis tout près d'avaler de travers mon morceau de tartine.

Merde.

— Pourquoi ?

— C'est juste mon avis. C'était une erreur. On était alcoolisés et… Bref.

J'essuie un reste de confiture sur mes lèvres et attaque ma tasse de café.

— Il s'est passé quelque chose, le lendemain ?

Ma phrase sonnait plus comme une affirmation que comme une question.

— Tu sembles… fatigué, ajouté-je. Voire dépassé.

— Écoute Eliotte, parfois les choses vont plus vite que… Enfin, bref.

Il se frotte les yeux.

— Tu peux m'en parler, dis-je doucement.

Il secoue la tête.

— Comme tu veux… Sinon, vous avez réussi à faire passer la vidéo ?

— Oui, elle leur est parvenue en temps et en heure.

— Vous l'avez envoyée depuis ce bâtiment ? On est au milieu de nulle part… Tu es sûr qu'ils l'ont eue ?

— Le réseau informatique de la ville est concentré sur des serveurs, à deux pas de ta chambre. Bien sûr qu'ils l'ont reçue.

Il y a donc bien une salle informatique, depuis laquelle je peux communiquer…

Et apparemment à deux pas de là.

Tout à coup, le blond se lève de table.

— Attends, Ashton, dis-je en l'imitant. Est-ce que je peux aller prendre l'air ?

— Quoi ?

— S'il te plaît. Ouvre-moi juste une fenêtre, n'importe quoi. J'étouffe, ici.

— Je suis navré mais tu devras continuer à t'étouffer dans ces vingt mètres carrés. Je ne peux pas te faire sortir.

— Tu es le Gouverneur.

— Et pas un imbécile. Je sais que tu vas essayer de t'échapper. Je ne peux pas me le permettre. Pas maintenant.

— Ils se doutent de quelque chose, c'est ça ? demandé-je. C'est pour ça que tu stresses autant ?

Il regarde derrière son épaule, avant de porter son attention sur moi.

— Je gère la situation.

Sur ces mots, il sort de sa veste de costume son téléphone portable avant de passer un appel.

— Winsley, j'ai bien reçu votre message tout à l'heure. Nous devons organiser une réunion avec les autres le plus vite possible.

Il mordille le coin de son pouce, en écoutant son interlocuteur. Au bout de quelques secondes, il finit par raccrocher.

— Je dois y aller.

Le Gouverneur s'apprête à tourner les talons, mais je le retiens par l'avant-bras.

— Je ne sais pas ce qui se passe, mais… bon courage, Ash.

Il m'examine. Son regard sombre plonge dans le mien, tandis qu'il contracte la mâchoire.

Avant de passer une main à l'arrière de mon crâne, comme dans une brève caresse.

Et il quitte les lieux.

Je ne lâche pas du regard sa silhouette alors qu'elle s'éloigne. Je ne sais pas ce qui est en train de se tramer, mais ça ne présage rien de bon. J'entends le clic familier de la porte, puis des semelles glisser sur le sol.

Il va falloir que je trouve un autre moyen pour m'échapper, on dirait.

Cette fois, c'est bien un garde qui m'apporte le repas du midi. Son chariot roule sur la moquette, le plateau émet un petit tintement en glissant sur la table en bois, et l'homme fait demi-tour. Sur sa route, il percute le coin d'un mur près de la porte, et fait tomber des fruits par terre.

Naturellement je vais vers lui et l'aide à les ramasser. *Tiens… je n'avais jamais remarqué la rayure au coin de la porte.*

Les traces du mécanisme de fermeture.

— Merci, dit l'homme.

— Pas de quoi.

Et il s'en va.

Je reste accroupie pour observer la porte se fermer. La paroi en métal glisse dans le chambranle. Et au bout de… une… deux… trois secondes, elle s'imbrique une bonne fois pour toutes dans le cadre de la porte, et là, le clic est émis. C'est au moment du verrouillage, que la rayure en bas à gauche se forme, sûrement sous le mouvement d'un mécanisme.

Si j'arrive à bloquer ce mécanisme, la porte restera ouverte…

Il faut que je réussisse à caler quelque chose à l'intérieur, lorsqu'on viendra me donner mon dîner, sans qu'on ne se doute de rien. Le type qui me les apporte est un habitué, il a baissé la garde en voyant que je ne montre aucun signe d'hostilité. Aussi, il est toujours moins précautionneux le soir. La dernière fois il a laissé son chariot avant de revenir le récupérer en panique.

Je peux le faire.

36. Les liens et le sang

Izaak

Je fixe l'écran de mon téléphone depuis, semble-t-il, une éternité. Il est 1 heure du matin, et Ashton n'a toujours pas répondu. Cela fait quarante-huit heures que je lui ai envoyé un message. Et rien.

Je suis de retour, dis-moi quoi faire.
Et non, je ne te prêterai pas mon sweat rouge sans capuche.

Il a sûrement dû changer de numéro.

Ou alors il ne souhaite pas vraiment t'aider, et tu as tout faux.

Impossible, il ne m'aurait pas fait passer un message, sinon.

Il cherchait peut-être à te rassurer, que tu saches qu'Eliotte est entre de bonnes mains.

Non, peu… peu probable.

— Izaak, il va falloir qu'on prenne une décision, dit Jenna, en appuyant son coude sur la portière de ma jeep, dans laquelle je suis toujours assis. On s'introduit maintenant à l'intérieur, ou on devra attendre demain soir à nouveau.

On a repoussé notre intrusion à aujourd'hui, car j'ai insisté pour qu'on attende le message d'Ashton.

Et si c'était un piège ? Dans lequel tu es en train d'embarquer les gens que tu es censé protéger ?

Je déglutis en regardant dans le rétroviseur.

Il ne me ferait jamais ça.

Il t'a pourtant abandonné plus d'une fois.

Je me masse les tempes, le souffle court.

Soit on se braque maintenant et on arrête tout.

Soit je prends le risque de lui faire confiance.

Mon palpitant s'agite dans ma poitrine comprimée. J'ai la ferme sensation de manquer d'air. Mon regard est rivé à l'écran blanc de mon téléphone.

Je fronce les sourcils et sors en trombe de la jeep.

— On y va.

Ils sont tous debout autour du véhicule, habillés de noir, leurs armes sur le dos ou dans les mains. Mes tempes battent, comme si des tambours résonnaient dans mon crâne. Je sens mes doigts peiner à maintenir mon fusil contre mon torse.

Mission suicide.

— Il est temps. Vous pouvez encore vous rétracter. Je ne vous en voudrais pas, et ne vous trouverais pas moins courageux.

Ils opinent tous du chef, les lèvres cousues.

— Alors, vous êtes partants ?

— La ferme, Meeka ! s'exclame Matthew. Bien sûr qu'on est partants. On entre, on trouve Eliotte, et on sort. Allez.

Sur ces mots, il commence déjà à filer.

— Minute, papillon, dit Francis en l'attrapant par le col. T'es peut-être nouveau dans les opérations militaires, mais t'es pas sans savoir qu'on doit réviser nos positions avant de partir.

— Je connais la mienne, c'est bon. Le pin, à côté du grillage arrière, bougonne Matthew.

Il m'arrache un sourire, malgré moi.

On a passé la journée d'hier à observer les entrées et sorties du personnel – pas un signe de vie de mon frère. Le meilleur moyen de gagner le toit, pour s'introduire par la fenêtre repérée en amont, est de passer au-dessus d'un grillage près des points de ventilation du bâtiment. L'endroit n'est quasiment pas surveillé.

Les membres du groupe seront positionnés à un endroit bien précis pendant qu'Alex et moi nous assurerons que la voie est libre, avant que chacun gagne le toit, deux par deux.

Quand je remplis mes poumons d'air, j'ai la sensation d'avaler des braises. J'ai tellement chaud.

J'ai mené plus d'une fois des missions hautement risquées, pendant lesquelles j'ai mis en péril bien plus que ma vie. Mais ce soir est différent.

Il y a Eliotte en jeu.

Et ma confiance en Ashton.

S'il me lâche aujourd'hui… je ne pourrai plus jamais essayer de nous sauver. Il n'y aura plus de « nous ».

Tu peux lui faire confiance. C'est ton petit frère.

— Souvenez-vous, lancé-je. Le maître mot de la mission : la discrétion. Nous sommes en infériorité numérique, on doit éviter à tout prix le combat. Si vous tombez sur un obstacle, assommez l'individu. On ne peut faire *aucune* victime.

Silence.

— C'est l'heure. Allons-y.

Alex frappe du poing sur son torse. Nous l'imitons en tapant trois fois à l'endroit du cœur, en rythme. Et, dans un murmure galvanisant, nous disons à l'unisson :

— Liberâmes ! Liberâmes !

Je ne peux pas m'empêcher de sourire, et même de retenir un

rire. Depuis qu'Eliotte s'est foutue de nous le jour de notre départ pour Alma, sur la plage, je ne peux m'empêcher de nous trouver un poil ridicules. Voire embarrassants.

Eli…

Nous gagnons nos positions en passant par la forêt environnante. L'endroit est plutôt bien caché, mais terriblement facile d'accès. Une autre raison d'avoir foi en Ash. Il s'attend à ma venue. Il l'a même facilitée, j'en suis persuadé.

Alex et moi sautons le grillage. Je le couvre pendant qu'il désamorce les systèmes de surveillance, en coupant une partie du courant. Sa manœuvre nous fera gagner quelques minutes, avant que les disjoncteurs prennent le relais.

— C'est bon, me chuchote-t-il en s'enfonçant dans la cour arrière.

Je marche sur ses pas, la gorge nouée.

Nous parvenons jusqu'au toit facilement, et sommes bientôt rejoints par les autres. Jenna sort un instrument pour briser le verre et parvient habilement à découper un cercle qu'elle met ensuite de côté pour faciliter notre entrée. Nous n'avons pas émis un bruit, ni aucun dégât pour le moment.

Discrétion, discrétion, discrétion.

Suspendu à une corde que nous retenons à un poteau, Alex descend le premier. Il nous signale au bout de quelques secondes qu'on peut l'imiter. Nous inspectons brièvement les lieux du regard.

Bon, déjà, le plan était juste : nous sommes dans les cuisines de la base.

Maintenant, les choses se corsent. Il faut trouver Eliotte ou Ashton dans ce bourbier.

S'il est de notre côté.

Je dois arrêter de réfléchir maintenant, et me mettre en pilote automatique.

Je serre les sangles autour de mon torse et lisse mon col roulé. Je vérifie que tout le groupe est là avant d'annoncer :

— Comme convenu, un groupe au nord dirigé par Alex et un autre au sud avec moi. N'oubliez pas d'allumer votre oreillette, pour qu'on communique.

J'ouvre les portes battantes de la cuisine.

Allez, c'est à toi, Izaak.

Les mains moites fermement enroulées autour de mon arme, je m'engage dans un couloir sombre. Il n'y a pas un bruit. Mes bottines se posent lentement sur le sol, l'une après l'autre. Matthew me suit, talonné par Charlie. Les autres attendent le départ d'Alex dans la cuisine.

Nous parcourons plusieurs mètres avant de parvenir au niveau d'un croisement. Pour l'instant, aucun garde en vue. Et ça ne me rassure pas : Eliotte ne doit pas être enfermée par ici.

— Attendez, les gars, dit Matthew dans mon oreillette. Je crois avoir entendu du bruit derrière moi.

Mes sens sont en alerte.

Un bruit de semelles qui couinent se fait entendre. Elles se rapprochent.

Merde.

— On se replie à l'avant, murmuré-je. Terminé.

J'accélère le pas jusqu'au croisement du couloir. Il n'y a aucune porte autour de nous, aucune cachette. Promptement, nous nous replions derrière un mur, en biais du corridor. Il n'y a plus qu'à espérer que les ombres nous cachent.

Je retiens ma respiration quand j'aperçois une silhouette passer près de nous.

Ne regarde pas à droite, ne regarde pas à droite…

— Izaak, tout va bien ? me dit la voix d'Alex dans l'oreillette. Terminé.

La bouche fermée, j'attends que le garde ait fini sa traversée du couloir.

— On a repéré un individu se dirigeant au nord du bâtiment, réponds-je. Il arrive vers vous. Terminé.

— OK. Terminé.

Nous progressons dans un couloir entouré de baies vitrées.

Fait chier, le plan n'indiquait pas qu'on serait autant à découvert…

J'aurais voulu changer de route, mais c'était ça ou un cul-de-sac. Nous arrivons devant un escalier et un autre couloir.

— Gauche ou droite ? demande Matthew.

— On inspecte chaque étage un par un, dis-je. Droite. Terminé.

— Ça marche.

Alors même que je m'apprête à tourner, une voix forte provenant du couloir me momifie.

— Comment ça, vous ne savez pas ?

Merde, il va falloir qu'on se cache ou ce sera l'affrontement.

La voix se rapproche. Je regarde autour de moi, en panique, et décide de rebrousser chemin. Nous nous plaquons contre un mur. Jenna ferme les yeux en marmonnant dans sa barbe ce qui me semble être une prière, alors que Matthew m'accorde un regard inquiet. J'essaie d'avoir l'air serein pour le rassurer, mais les sangles en cuir qui barrent mon torse remuent plus vite à mesure que celui-ci se gonfle sous mes inspirations effrénées.

— Je vous dis qu'il arrive, et vous, vous ne savez pas ? Le protocole est le protocole. Je n'ai pas pu faire autrement.

— Winsley, je n'arrive pas à croire que vous ne m'ayez pas prévenu ! Il est hors de question que ça se fasse ce soir ! Convoquez mon équipe militaire. Maintenant !

Cette voix…

Matthew aussi l'a reconnue.

Ashton n'est pas loin. À quelques pas.

Je devrais aller le voir ? Le suivre ? Attendre ?

Je m'étais dit que, si je le croisais, j'irais à sa rencontre. Je ne peux pas continuer à l'aveuglette mes recherches. Il est mon seul espoir de trouver Eliotte sans mettre en danger notre équipe.

Puis-je vraiment lui faire confiance ?

Je mords l'intérieur de ma joue, les poings serrés.

« Je peux emprunter ton sweat rouge, sans capuche. Ça, c'est une bonne phrase pour signaler à l'autre que papa déconne et qu'on doit rester sur nos gardes pour pas qu'il nous savate. Tu vois que, même si t'es le plus vieux, je reste le plus intelligent ! »

— Restez là, dis-je à l'oreillette. Si vous sentez un danger arriver : partez. Ne vous en faites pas pour moi.

Je n'attends pas leur réponse, et me jette dans le couloir pour croiser mon frère. Dans mon oreillette, j'entends Matthew prévenir Alex que j'ai trouvé Ashton.

En entendant des pas derrière lui, celui-ci se tourne dans ma direction. L'homme qui était avec lui a disparu – heureusement. Quand Ash me reconnaît sous la lumière de la lune que filtrent les baies vitrées, il se pétrifie.

— Gouverneur, je dois vous parler, annoncé-je.

Son visage s'anime en un instant.

— Putain, Izaak, t'aurais pu choisir un autre moment… Viens vite, on ne doit pas te voir ici ! Ils te reconnaîtront tous.

Et, avant qu'il m'attire je ne sais où, je fais venir Matt et Jenna. Je remarque qu'Ashton est un moment perturbé de les voir, mais il se ressaisit rapidement et nous conduit vers une pièce vide. Cela ressemble à des dortoirs.

— Tu as reçu mes textos ? le questionné-je, une fois la porte fermée derrière nous.

Il fait non de la tête. Son visage est plus anguleux, plus marqué. On dirait qu'il a vieilli de dix ans. Il a tout de l'allure d'un homme de pouvoir – j'espère seulement qu'il n'en a pas pour autant la cruauté.

Le blond regarde le plafond en tapant nerveusement du pied.

— Tu es venu pour Eliotte ? finit-il par dire.

— Oui. Et pour toi.

— Moi ?

— Tu as essayé de me faire passer un message, non ?

Je franchis la distance entre nous. Nos épaules se touchent presque.

— Je ne me suis pas trompé sur tes intentions, rassure-moi ?

Il serre la mâchoire, le regard inerte. Mon ventre se noue.

— Maintenant que tu es là, je vais pouvoir effacer les conneries de papa *et* les tiennes.

— Qu'est-ce que tu dis ?

— Les choses sont complexes, Izaak. Je ne suis pas le seul à pouvoir agir dans tout ce jeu politique… Ce n'est pas aussi simple qu'on le croit.

— Où tu veux en venir ?

— J'avais besoin que tu sois là pour que mon plan soit complet. Et maintenant, il va falloir que tu m'écoutes avec attention. Il faut que tu fasses ce que je te dise.

Je ne sais pas si c'est une menace que je perçois dans ses mots froids.

Je… Je me suis trompé ?

— Putain, Ashton, sois clair !

— Les mecs ! s'exclame Matthew. Arrêtez, on n'a pas tout notre temps, ici !

Il se place entre nous, son arme braquée sur Ashton.

— Mec, fut un temps, je t'aurais fait une accolade, mais là je vais juste te demander de fermer ta putain de grande gueule, OK ? Où est Eliotte ?

Ashton plonge les mains dans ses poches, l'air indifférent.

— Vous ne pouvez pas la ramener à Alma. Les choses vont devoir se passer autrement.

— Tu te fous de moi ? m'exclamé-je en le poussant contre l'un des lits.

Il manque de trébucher mais se rattrape de justesse.

— Arrête tes conneries, et dis-nous où est Eliotte !

— Izaak, écoute-moi, je ne peux pas la laisser partir ! Et certainement pas ce soir !

— On le bute ! s'écrie Matthew.

Ashton arrange sa veste de costume noir corbeau, avant de planter son regard dans le mien.

— La milice personnelle du Conseil national est sur la route.

— Quoi ?

— Ils seront là d'ici peu et si Eliotte n'est pas dans sa cellule… c'en est fini de moi.

— Qu'est-ce que le Conseil national vient faire en plein milieu de la nuit ici ? demande Jenna.

— Je ne sais pas… Je pense qu'un de mes collaborateurs leur a fait part de ses doutes me concernant. Ils connaissent mon historique avec Eliotte.

— Il faut que tu nous conduises jusqu'à elle !

— Même si je le voulais, je ne pourrais pas, Izaak. Elle s'est échappée. Elle est quelque part ici.

Quoi ?

— Il faut qu'on la trouve avant les militaires du Conseil, alors ! dit Matthew.

— Vous ne pouvez pas la ramener à Alma ! Votre ville va être rayée de la carte d'ici peu !

— On doit la faire sortir d'ici, ou le Conseil s'en occupera… Et tu ne sais pas comment ils comptent la traiter, ni même ce qu'ils veulent faire d'elle.

Le regard du blond s'assombrit.

— Très bien… Sa cellule se trouve à quelques pas d'ici. Eliotte ne doit pas être très loin.

— Je n'arrive pas à croire qu'elle s'est échappée d'une cellule protégée, marmonne Matthew.

Un sourire étire mes lèvres.

Tu me surprendras toujours, petit tarsier de mes deux.

— Suivez-moi, je vais vous conduire dans la salle informatique… Je pense qu'elle est là-bas. Elle m'a posé des questions à ce sujet l'autre fois.

Il ouvre la marche, toujours avec cet air sombre sur le visage.

37. Les décisions

Ashton

Il y a trois mois, cette nuit-là, ce fut la crise d'angoisse de trop.

Seul, recroquevillé sur mes draps froissés et humides, je décidai que c'en était fini.

Pas ma vie, non. Mais la leur.

J'avais appris au cours de la soirée l'information de trop. C'était la énième magouille, la énième tractation malhonnête dont j'avais été témoin depuis que j'étais devenu le bras droit officiel de mon père : son Lieutenant-Gouverneur. C'était le dernier poids qui manquait pour faire pencher la balance. Et me faire prendre une décision que j'avais laissée moisir dans un coin de mon esprit pendant vingt et un ans, parce que je me sentais beaucoup trop faible, beaucoup trop con.

Les pots-de-vin proportionnels aux pourcentages que l'on veut obtenir avec telle ou telle personne, les couples qui se déchirent dans le silence, les enfants qui grandissent sans parents, les tromperies, les orientations sexuelles diverses qui sont volontairement écartées de l'algorithme, les meurtres.

Si, parfois, il m'arrivait d'être un sale type avec mon ego démesuré, mes aspirations débiles, mon désir de plaire à tout prix et ma lâcheté de première quand il était question d'aller à contre-courant… je n'étais pas pour autant *malhonnête*. Ou injuste. Pire, immoral. Tout ce que sont les gens auxquels j'obéis.

Cette nuit-là, seul, recroquevillé sur mes draps froissés et humides, je commençai à élaborer un plan. Mes méninges fumaient, chacune de mes cellules se carbonisait ; tout en moi s'attelait à la destruction. Il fallait que je défasse méthodiquement ce qu'ils avaient construit, brique par brique. En moins d'une nuit, le temps que l'aube se dessine, tout avait été programmé.

Je cherchais l'équilibre parfait entre les ambitions de mon père et celles de mon frère. Raser des décennies de progrès ? Revoir, de fond en comble, un système aussi intéressant que le nôtre ? Non, ce n'était pas moi. Je n'ai jamais été du genre bulldozer et grands renouveaux. Car, si ce système m'avait profondément dégoûté, il valait encore quelque chose. Je pourrais le sauver dans ses décombres.

Et, à l'inverse des Liberâmes, de mon frère, je connaissais mieux que personne ce qu'ils cherchaient tant à raser. Et c'est la raison pour laquelle je savais pertinemment d'avance que leurs manigances étaient vouées à l'échec. Si leur plan restait intéressant sur le papier – convaincre la population pour mettre en place une milice nationale, afin de se soulever contre le gouvernement –, ils ignoraient tout des mécanismes dans l'obscurité, aussi soigneusement cachés que bien rodés. Les forces au-dessus qui nous écrasaient de plein fouet, étaient bien trop puissantes pour être mises à terre, devant tous… Il fallait agir depuis l'intérieur.

Alors, je jouerais à leur propre jeu, avec leurs propres cartes.

Sept heures pétantes, et j'étais déjà dans le bureau de mon père.

— Je ne sais pas, Ashton…, dit-il en soupirant.

Les rides de son visage étaient beaucoup plus marquées, depuis le départ d'Izaak : à cause des bombes qu'ils avaient lâchées avant de claquer la porte, ou de son absence qui laissait un vide dans notre vie ?

— Papa, tu sais pertinemment que le Conseil national est contre toi depuis la conférence de presse d'Izaak. Ils hésitaient déjà à te faire gagner l'élection, cette année… Tu vois bien qu'ils grignotent petit à petit ton pouvoir, qu'ils te mettent sur le banc de touche. Mais tu t'y opposes, et ça ne leur plaît pas. Tu sais ce qui arrivera ?

Il ne voulait pas admettre que j'avais raison, mais ses yeux avouaient pour lui qu'il était déjà vaincu.

— Au mieux, ils vont orchestrer ta mort politique, afin que tu ne sois qu'un pion de plus comme les trois autres Gouverneurs. Tu avais réussi à garder ta place prépondérante, avec le Gouverneur de Floride de l'Est, mais c'est fini.

— Le Conseil national gagne du terrain, c'est indéniable… concéda-t-il. Dans dix ans, je doute que notre système politique soit décentralisé. Tout sera entre les mains de Dickens.

Ce Président qui ne fout rien de ces journées…

— Au pire, repris-je, ils te tueront réellement en voyant que tu t'entêtes à t'opposer à leurs consignes quand elles ne t'arrangent pas, comme tu le fais maintenant.

Le Conseil national n'avait pas son mot à dire dans certains domaines publics, de l'ordre du pouvoir local… mais ils empiétaient de plus en plus sur nos prérogatives, en faisant comprendre à mon père que, sans leur soutien, il n'aurait jamais été réélu.

Ce qui était vrai.

Mais il était hors de question qu'on les laisse prendre l'avantage. Ce qui était au Gouverneur, lui revenait ; et ce qui était à mon père, me reviendrait.

En le dévisageant, je plantai une flèche dans ses iris verts. C'est fou comme j'avais parfois l'impression de parler à Izaak quand je le regardais droit dans les yeux.

Le torse bombé, assis confortablement dans mon fauteuil en cuir, je dis :

— Il faut qu'on te tue avant qu'ils ne le fassent.

Son expression faciale changea.

— Ta mort provoquera trois choses, poursuivis-je. Un : on redorera ton image malgré les dernières annonces et les rumeurs. Tu partiras en martyr. Je vois déjà les funérailles en grande pompe. Deux : le poste de Gouverneur me reviendra, cela déstabilisera le Conseil en plus de me permettre d'agir davantage, et de me redonner le pouvoir qu'il commençait à te dénier… Et, bien sûr, tu seras derrière moi, à continuer d'être Gouverneur… mais dans l'ombre. Si on réussit notre coup, la prochaine élection présidentielle est pour moi.

Mon père fit tourner sa haute chaise de bureau de quelques centimètres, son cigare à la main.

— La troisième chose ? lâcha-t-il soudain.

— Ça réveillera Izaak. Ta mort le fera réagir. Il sera instable, d'autant plus qu'il pensera que c'est moi qui suis au pouvoir… Il finira par foutre la merde auprès des Liberâmes. Il détruira leur groupe pour nous, sans même s'en rendre compte. Une fois qu'ils seront hors d'état de nuire, je m'attirerai les grâces de Dickens. Il pensera que je suis son toutou, mais ce ne sera qu'une question de temps avant qu'on s'en débarrasse. Il m'apprendra ce dont j'ai besoin. Et, comme je te l'ai dit, la présidence sera mienne, avec toi derrière moi.

« Président » et ses dérivés constituaient ses mots préférés. Il fallait que je les martèle.

Il resta interdit, le menton tourné vers la fenêtre, sur laquelle s'écrasaient des torrents de pluie. Un éclair zébra le ciel.

Je restai stoïque, mais, au fond de moi, je frémissais. L'orage m'exaltait et mon père acquiesçait à tout ce que je disais.

— On ferait passer ma mort pour un suicide ?

— Je pensais à cela, oui.

— Je ne peux pas vivre reclus toute ma vie…

— Quoi qu'on décide de faire, il faut qu'on accepte que le Conseil national s'occupera de toi à un moment ou à un autre. Si tu veux continuer à avoir le pouvoir, ce sera dans l'ombre. C'est un fait.

Je posai les coudes près de ses mains sur le bureau, pour m'approcher de son visage.

— Je ne les laisserai pas avoir ta peau, papa.

Il posa son cigare près du cendrier.

— Tu es Thomas Meeka. Tu es destiné à être à la tête des États-Unis. Et ils veulent t'arracher ce droit.

Son cou se tendit, ses poings se serrèrent. Je sentais monter la rage en lui. Oui, elle était là.

— Papa, toi et moi, on va reprendre ce qui nous appartient, murmurai-je. Ils n'auront pas idée que tu seras là, à me dire quoi faire tout le long… On les prendra à leur propre jeu.

Il opina du chef.

— Des tas d'autres célébrités l'ont fait avant toi, ajoutai-je. Simuler une mort n'a jamais été aussi simple de nos jours. J'ai des contacts au bloc Nord, au niveau du Canada, et au bloc Est, en Russie. Tu resteras là-bas, incognito. Et, une fois que tu m'auras permis de gagner la présidentielle, on te fera revenir sous une autre apparence.

De certaines pop-stars à des présentateurs TV… beaucoup l'ont déjà fait. C'est monnaie courante de nos jours. Rien de mieux que la mort, pour un bon petit coup de pub.

Ou un bon petit coup d'État.

— Qu'en dis-tu ?

La lueur sibylline dans son regard, et ce sourire carnassier que je devrais bientôt imiter, avaient répondu pour lui.

Il était partant.

Il était tombé dans le panneau.

La première étape de mon plan commençait par le Gouverneur. Il fallait que je l'évince pour enfin tenir entre mes mains l'une des ficelles les plus importantes et obtenir un peu plus de pouvoir. Et j'espérais ainsi changer le cours des événements.

Une partie de ce que je lui avais dit était vraie, mais pour ce qui était du reste, j'avais menti. Si j'arrivais à manipuler ici même et maintenant mon père, les chances de réussir seraient décuplées.

Les semaines suivantes furent consacrées à l'orchestration de son suicide. On mit ma mère au courant, et, contre toute attente, elle ne s'y opposa qu'une minute. Elle était sous l'emprise de mon père depuis déjà plus de deux décennies, mais secrètement, je savais qu'elle rêvait d'un autre, qui saurait la combler comme mon père n'a jamais pu le faire.

Le plan était si simple : le Gouverneur avalerait un sérum qui simulerait les effets de la mort, et serait récupéré aux pompes funèbres après que les médecins légistes auraient fini leur autopsie.

Je laissai mon père croire que l'idée venait de lui, mais le suicide était un élément fondamental dans mon dessein : si on faisait croire à un assassinat, les Liberâmes seraient jugés responsables, ce qui décrédibiliserait drastiquement leur cause. Or, mon ouragan avait besoin de leur force, à eux aussi, pour tout engloutir sur son passage. Chacun avait sa place sur les cases de l'échiquier, et ce serait une grave erreur que de croire le contraire.

Ces semaines furent aussi dédiées à l'apprentissage de tactiques, et à la transmission de tout ce que connaissait mon père – des techniques les plus viles aux secrets d'État les plus déroutants. Je devais maîtriser tout ce que savait mon père pour agir contre le gouvernement. Il m'enseigna plus que ce que j'aurais pu l'imaginer. Les noms, les crimes, les combines, les méthodes, les projets. Vingt ans de carrière, vingt ans de bassesse à amasser tout ce qu'il pouvait contre ces gens qu'il appelait ses « collègues ». Je compris que baigner dans ce milieu, c'était finir par, à un moment ou à un autre, donner au diable ses valeurs, son cœur et ses principes. De plus, je savais pertinemment que mon père garderait des cartes pour lui, juste au cas où il se déciderait à me la faire à l'envers plus tôt que prévu. Parce que oui, il comptait agir en ma défaveur tôt ou tard, c'était évident… Il était Thomas Meeka, pas la putain de mère Teresa. Son honnêteté avait des limites, que même le sang ne pouvait pas surpasser.

Plus il m'en apprenait sur le gouvernement, plus il me donnait de munitions contre eux, et plus je me demandais dans quoi j'étais en train de m'embarquer. En mon for intérieur, je crois que je savais déjà que je m'enfonçais dans des sables mouvants qui ne tarderaient pas à m'engouffrer six pieds sous terre. Je le savais. Mais je ne pouvais plus m'arrêter ; la machine était lancée.

Mon cendrier était rempli et vidé toutes les heures, je me confinais dans mon bureau passé minuit pour peaufiner mes plans, et je perdais la notion du temps. Mais le moment approchait à grands pas. Je devais me tenir prêt ; pour jouer sur plusieurs tableaux en même temps, manipuler sans me faire manipuler, assurer mes arrières, convaincre, mentir, agir.

Avant de lancer l'opération « suicide fictif », je décidai de créer un fichier numérique dans lequel, même si mon père me l'avait défendu, je répertoriai le nom de toutes les personnes impliquées dans ses magouilles politiques. Les preuves s'empilaient au fil des jours dans ma clé USB, et bientôt, cette dernière devint assez mortelle pour détruire tout un gouvernement, voire plus, si elle venait à tomber dans les mains de la bonne personne.

Comme Izaak.

Quand il serait de retour aux États-Unis – pour sauver Eliotte ou Kaïto, je n'avais pas encore tranché à cet instant –, je devrais lui faire part de mes découvertes et de mes agissements secrets. Même s'il venait à désapprouver ma vision des choses – l'équilibre –, il saurait faire le bon choix et trouver un compromis. Parce que ça avait toujours été *lui et moi.*

Par précaution, je laissai, en plus de la clé USB, une multitude d'informations à Izaak, dispersées un peu partout, juste au cas où il m'arriverait quelque chose.

Et ce soir, maintenant que ce fils de pute de Winsley a parlé au Conseil – car c'est assurément ce qu'il a fait –, je vais devoir tout faire pour que ces mois de préparation ne soient pas vains. Je vais devoir me sortir de la merde dans laquelle je suis. Et ils devront me faire confiance.

Car j'ai un autre plan.

38. Mes propres choix

Izaak

— Si on croise les membres de ton personnel, on fait quoi ? demandé-je. Ils sont aussi avec le Conseil national ?

— Izaak, personne ne peut prédire qui est avec qui, répond Ashton.

Pas faux. Je ne sais même pas si je fais bien de le suivre.

Peu importe ce qu'il a prévu, ses plans semblent avoir été mis à mal ce soir.

— Ça ne répond pas à ma question.

— Fais ce que tu veux, tant que tu ne tues personne.

— Bien.

J'active mon micro et murmure :

— Alex, les militaires du Conseil national vont arriver. Vous devez partir. Mon groupe et moi, on va chercher Eliotte. Terminé.

— T'es malade, répond-il. Terminé.

Je vais le buter.

— On ne sait pas par où ils vont arriver, ni ce qu'ils viennent faire ici ! lancé-je en m'efforçant de parler à voix basse. Vous êtes en danger !

— Comme un grand sage le dit souvent : « Je m'en branle. » Terminé.

— Izaak n'est pas un sage, dit Matthew.

— Je confirme, rétorque Alex. Terminé.

Mon flingue contre la poitrine, je talonne Ashton, le souffle court.

Je ne sais même pas ce qu'il cache.

Et s'il était justement en train de me conduire à nos ennemis ? Est-ce qu'il serait capable de faire ça ?

Je n'arrive pas à croire que nous sommes tombés si bas. Si bas, que je me demande sincèrement si mon petit frère veut ma mort.

Mais je n'ai pas d'autre choix que de le suivre et de tout risquer, ici et maintenant. Je mise tout sur ce que je crois connaître de lui.

— Le reste de mon équipe est au sud, tu sais où ils peuvent se cacher en attendant que les choses se calment ? l'interrogé-je.

— Honnêtement ? Leurs chances de s'en sortir résident dans la fuite, s'ils ne nous rejoignent pas au plus vite et sans se faire prendre.

Mon sang se glace.

J'allume à nouveau mon micro.

— Alex, rejoignez-nous ou cassez-vous au plus vite ! Terminé.

Un bruit blanc me parvient. Des ondes grésillantes.

— Alex ?

Mes doigts fébriles appuient frénétiquement sur l'appareil de communication, pour être sûr qu'il est bien allumé.

— Alex ? m'écrié-je.

Putain de merde…

Alors que je continue d'insister, Ashton nous conduit jusqu'à une autre pièce sans qu'on ne croise personne. Cela a le don de décupler mon stress : comment une base militaire peut être aussi vide ? Quelque chose cloche.

Soit les militaires ici sont réellement en effectif très réduit après 1 heure du matin ; soit ils sont de mèche avec le Conseil… ou Ashton.

Celui-ci nous fait emprunter un petit couloir souterrain, afin qu'on évite les grandes allées surveillées. Alex n'a toujours pas répondu. J'essaie avec Charlie et Francis, mais leur communication semble elle aussi interrompue.

— Il y a du réseau partout ? demande Matthew.

— Oui, répond Ashton.

C'est pas possible.

— Le matériel d'Alma est peut-être endommagé, fait Matt en venant à moi. Et puis, là, on est dans un tunnel.

Tandis qu'on progresse dans une quasi-obscurité, guidés par mon frère, j'entends des pas marteler le plafond au-dessus de nous. Quelqu'un court à toute vitesse dans la direction que l'on emprunte.

— Il faut qu'on se dépêche pour semer le garde, dit Jenna, ou qu'on s'arrête maintenant pour le laisser nous devancer.

Ashton accélère sa marche qui était déjà précipitée.

— On n'a pas le temps.

Nous montons un petit escalier et débouchons dans un couloir désert au bout duquel il y a une porte. Au moment de nous diriger vers cette dernière, les pas se rapprochent.

Je fais volte-face.

— Eliotte ?

Mais oui, c'est elle ! Elle court à toute allure dans notre direction. À mesure que sa silhouette approche, j'aperçois distinctement un sourire illuminer son visage. Le même a pris place sur le mien.

Quand elle arrive à nous, un besoin terrible de la serrer contre moi contracte mes muscles. C'en est douloureux. Mais elle reste à une distance raisonnable de moi, et reprend son souffle.

— Ashton avait raison... Tu es venu.

J'ai l'impression que mon cœur va se détacher de ma poitrine, que je vais fondre en larmes, que je vais l'embrasser, mais je ne trouve rien d'autre à dire que :

— Oui.

— Merci, et…

Matthew la coupe, en la prenant dans ses bras.

— Vous aussi, vous êtes là…, murmure-t-elle.

Je pince les lèvres sans pouvoir détacher les yeux d'elle. Pourquoi je ne lui dis pas qu'elle m'a manqué ? Que je suis perdu depuis des jours sans elle ? À la place, comme si c'était une parade nuptiale des plus claires, je prends un pistolet dans la poche de mon pantalon, et le lui donne, en balbutiant :

— Tu… Tu pourrais en avoir besoin.

Elle lâche le bout de verre qu'elle tenait à la main, et saisit l'arme en me remerciant.

— Tu n'en fais qu'à ta tête, tu vois ! intervient Ashton. Tu aurais dû rester dans ta cellule.

L'ombre que son corps projette sur le carrelage s'impose entre nous.

— Ça m'aurait épargné de te chercher comme un con depuis le dîner !

— J'ai vu par les baies vitrées un convoi militaire, rétorque-t-elle d'un ton sec. Tu prépares quoi, au juste ? Maintenant qu'Izaak est là, qu'est-ce que tu lui veux ?

Le visage d'Ash se fige.

— Tu es bien sûre d'avoir vu un convoi ?

Il n'attend pas sa réponse et débite :

— Non, non, non… Vite, Izaak, partez !

Il saisit mes épaules, effaré.

— Ils ne peuvent pas vous trouver là !

— Et s'ils découvrent qu'Eliotte s'est évadée, qu'est-ce qu'ils te feront ?

— Je leur dirai qu'elle a trouvé un moyen de s'échapper.

— Tu as dit qu'ils avaient des doutes sur toi et… et si tu pars avec nous pour nous indiquer le chemin à prendre jusqu'à la sortie souterraine, ils peuvent comprendre que tu es de notre côté. Tu prends des risques si tu ne t'enfuis pas !

— Mon plan ne peut pas tomber à l'eau maintenant… Je dois leur faire croire que je suis avec eux.

— Ashton, abandonne ton plan à la con ! C'est ta vie qui est en jeu !

— J'en ai marre d'être lâche. C'est terminé. Alors maintenant tu la fermes, et putain, tu me laisses gérer, pour une fois. OK ?

— Tu dois…

Un bruit sourd retentit.

Une explosion.

— Putain, c'était quoi ? s'écrie Matthew.

— Ils ont fait sauter la porte, dit Ashton.

— Ils n'ont même pas essayé de t'attendre pour que tu donnes l'ordre de l'ouvrir ? m'insurgé-je. Ashton, tu dois partir avec nous !

Pour toute réponse, il tourne les talons vers le couloir le plus proche et nous intime de le suivre d'un geste du bras. On se met à courir dans les allées sombres de la base militaire. Je lance des regards par-dessus mon épaule à chaque fois pour m'assurer que le groupe suit.

J'enclenche à nouveau mon micro, l'angoisse serrant ma gorge.

— Alex ? Tu es là ? On a trouvé Eliotte. On doit partir au plus vite. Rendez-vous dans l'aile est de la base.

Aucune réponse.

Et s'ils avaient été trouvés par les militaires du Conseil ?

J'entends des voix provenir du fond du couloir.

— Par ici ! dit Ashton en nous faisant prendre un virage.

Notre course s'accélère. Mes jambes poussent sur le carrelage.

Je ne peux pas partir sans Alex. Je fais quoi ? Je fais quoi ?

Soudain, des coups de feu retentissent.

— Ils sont derrière nous ! prévient Eliotte.

Quoi ?

— Ils se sont introduits à l'arrière de la base, annonce Ashton. Vite, on peut encore atteindre mon passage souterrain ! Allez !

— Ash, ils vont te voir courir avec nous, ils sauront que tu n'es pas avec eux !

Un coup de feu. Un autre.

Ils nous ont trouvés.

On se replie derrière un mur, nos armes dégainées.

— En position ! ordonné-je. On doit ralentir ce groupe avant que d'autres arrivent.

Je me mets à découvert, et tire dans le tas, avant de me replier. J'en ai touché un en essayant d'éviter les points vitaux. D'après le peu que j'ai pu voir, ils sont une quinzaine. On peut se les faire avant de partir.

Matthew m'imite, et deux soldats tombent à terre. Jenna enchaîne, et je la rejoins.

— On doit partir, dit Ashton en attrapant une sangle sur mon buste. Finissez-en une bonne fois pour toutes ! Ces types n'hésiteront pas à vous dégommer !

Je ne réfléchis pas plus et replace mon arme à l'angle du mur. Je tire sur les derniers militaires. Vite. On va tous crever. Les tirs d'Eliotte se joignent habilement aux miens, et… et c'est bon.

Arrête de penser. Cours. Fuis. Vis.

On se remet en position, et nous traversons le couloir en contournant les corps gisant sur le sol. Une odeur chaude et métallique me parvient. Je n'avais jamais senti d'aussi près l'odeur du sang. C'est la première fois. *Que je tue.*

Un autre groupe se rapproche. Ils sont tout près.

Merde !

Je vois Eliotte à ma gauche tirer en se retournant dans sa course effrénée. Elle en loupe un, mais parvient à faire tomber les trois qui sont déjà sur notre route. Elle est dingue. *Dingue, dingue, dingue.*

J'attrape son bras et l'attire près de moi pour qu'elle cesse de viser et accélère le rythme.

— Tu ne peux pas prendre le risque de leur tirer dessus, Eli !

— On doit prendre le risque de courir en les laissant *nous* tirer dessus ?

— On n'est plus très loin ! nous assure Ashton. Ce sera au prochain croisement ! Préparez-vous à tirer sur ceux qui arriveront.

Mes poumons manquent d'air, mes jambes me font mal, j'ai les mains tremblantes… mais je cours de toutes mes forces. Rien ne peut m'arrêter.

— Ah ! Bordel !

Je me retourne. Matthew. Ce con a été touché.

Je ne pense même pas, et m'arrête pour l'aider à se relever. Je l'aide à se tenir droit en entourant sa taille, et demande :

— Touché où ?

— La jambe.

Et merde.

— J'y crois pas, dit Matt, pantelant. Izaak me sauve !

— J'ai promis que c'est moi qui allais te tuer, t'as oublié ou quoi ? Hors de question que je les laisse me voler ça.

Jenna nous couvre, alors que les autres continuent de courir. Je remarque qu'Ashton a pris la main d'Eliotte – comme pour la forcer à ne pas se stopper. Leur silhouette s'éloigne au loin.

Finalement, Jenna vient aider Matthew à se stabiliser, er commencent à partir, tandis que je reste en retrait à l'arrière, à l'affût du moindre militaire à éliminer. Séparés par plusieurs mètres, nous nous élançons vers la direction empruntée par Ashton et Eliotte dans leur course…

Et la lumière du couloir s'éteint. D'un coup. Nous sommes plongés dans une obscurité quasi complète. Les baies vitrées étant dans des couloirs opposés, nous ne pouvons même pas profiter de la lumière de la lune et des lampadaires à l'extérieur.

Mon sang se glace : j'entends au loin un groupe foncer sur nous. Une rafale de balles les accompagne.

— À terre ! m'exclamé-je.

Je me jette sur le sol, sans plus réfléchir. J'actionne la petite lampe sur la sangle de mon torse, elle éclaire le sol d'un faible faisceau blanchâtre ; ce ne sera pas assez pour progresser ici sereinement. Ce qui me torture le plus c'est de ne pas pouvoir voir les autres. Je ne sais pas si, putain, ils sont en sécurité ou non.

Le Conseil veut notre peau ce soir. Coûte que coûte.

— Sombres merdes, pesté-je, en repositionnant mon arme entre mes mains.

Leurs pas se font plus proches. Ils nous cherchent.

J'allume mon oreillette et lance :

— Vous êtes où ? Vous voyez ma lumière ?

— Négatif, répond Jenna. On a couru en entendant les balles… On ne sait pas où on est, ces couloirs sont un foutu labyrinthe.

— Merde… Ne bougez pas, je vais vous retrouver.

Je baisse instinctivement la tête en entendant de nouveaux coups de feu lointains.

Pitié, faites qu'ils n'ont trouvé personne.

— On doit se séparer, Izaak ! affirme Jenna. Ils ont compris qu'on se déplacer en groupe. Il faut les mettre en difficulté.

— Matthew est touché, je ne le laisse pas ici seul, réponds-je.

— Il est à côté de moi, je ne le lâcherai pas. On va essayer de ramper jusqu'à la cachette la plus proche.

— Charge-toi de trouver Eliotte et Ashton, ajoute Matt.

Une décharge électrique me traverse.

Eliotte, Ash…

Sans plus réfléchir je bondis et m'élance dans la direction qu'ils avaient empruntée tous les deux, vers le couloir nord. J'entends le pas de course d'un groupe, à plusieurs dizaines de mètres. Mais je ne saurais déterminer leur provenance. Mes sens sont complètement brouillés. Je ventile, ma tête va exploser. Mon corps tremble. Je ne pense qu'à une chose : trouver Eliotte et mon frère.

Je ne peux pas risquer de les appeler, où les soldats du Conseil me repèreraient.

Fait chier !

Je longe un couloir en tâtonnant les murs dans ma course pour me situer un rien. Ma lumière mobile est quasiment inefficace.

Tout à coup, les pas qui n'étaient jusqu'à lors qu'un lointain bourdonnement, résonnent dans le couloir.

Merde, merde, merde…

Des balles fusent. Je n'ai pas le choix. Je vais devoir essayer d'en éliminer un maximum, quand bien même je les discerne à peine dans la pénombre. Je me place derrière l'angle d'un mur et je tire une, deux, trois, qua…

Nom d'un chien.

Je me suis pris une balle. Elle me brûle la chair, déchire mes veines, et semble exploser dans mon épaule. *Tire, tire, tire.* Les dents serrées, je ne lâche pas la gâchette. Le groupe semble s'épaissir.

Je suis foutu.

Une seule solution : courir.

Je fuis dans le couloir près duquel je me cachais. *C'était quoi ça ?* J'ai cru avoir entendu un gémissement de douleur.

— Il y a quelqu'un ? lancé-je.

— Izaak ! Là !

Eli.

Je me dirige vers la source de sa voix, et éclaire faiblement… son corps étendu sur le sol.

— Tu as été touchée ? m'exclamé-je en me jetant au sol.

— Au-dessus de la hanche, oui…

— Merde, merde, merde…

Ils arrivent. Ils sont tout proches.

Je ne réfléchis pas plus. Je soulève Eliotte et balance son corps sur mon épaule valide. Je serre les dents en retenant un grognement de douleur. Eliotte, elle, étouffe un petit cri plaintif en s'agrippant tant bien que mal à moi. Je fais tout pour ignorer le liquide chaud qui coule sur ma nuque.

Son sang.

— Où est Ash ? demandé-je en progressant difficilement dans l'allée.

— Je… Je me suis échappée de sa prise pour rejoindre ton groupe… et vous aider à neutraliser les soldats qui arrivaient, dit-elle entre de grandes inspirations. Il m'a poursuivie mais j'ai été plus rapide, et quand les lumières se sont éteintes, on m'a tirée dessus.

J'ai l'impression de déboîter mon épaule à chaque pas que je fais et qu'elle menace de se décrocher de mon corps à tout moment.

— On va le retrouver. Mais la priorité c'est de te mettre à l'abri pour voir ta blessure.

Même si j'ai horreur de cela, les temps de crises imposent de mettre en place un ordre de priorité. Ash a des chances de s'en tirer indemne en tant que Gouverneur, si les soldats du Conseil le croisent sans nous.

Bingo.

Notre couloir donne sur une allée aux baies vitrées : nous serons éclairés.

J'ouvre la première porte que j'aperçois et pénètre à toute vitesse dans la pièce. C'est un étroit débarras.

J'attrape un chiffon qui traînait sur une étagère, en sentant mon épaule brûler, et demande à Eliotte de s'asseoir. Elle s'exécute en appuyant lentement son dos contre le mur le plus proche. Sans plus attendre je m'accroupis à elle, et soulève son T-shirt avec appréhension. Ma lampe est braquée sur sa peau.

— La blessure ne semble pas trop grave, Eli, la rassuré-je en pressant le morceau de tissu sur celle-ci. Tout va bien.

Les yeux braqués sur le liquide pourpre qui commence à imprégner le chiffon, je sens mes doigts trembler.

Est-ce que j'ai menti ?

— S'il te plaît, commence-t-elle d'une voix faible, dis-moi que toi aussi tu vas t'en sortir.

Je lève mon regard vers son visage. Elle est terrifiée, mais je vois très nettement le courage flotter dans ses pupilles. Ses cheveux sont en bataille, son arcade sourcilière en sang. Le monde est réduit au chaos derrière cette porte, mais là maintenant, je ne pense qu'à elle. Je ne vois qu'elle. Eliotte est là, près de moi.

Enfin.

Pour toute réponse, je me penche vers elle et plaque mes lèvres contre les siennes. Aussitôt, elle prend mon visage en coupe entre ses mains humides et égratignées, et presse sa bouche contre la mienne.

— On va tous s'en sortir, réponds-je d'une voix cassée par l'éreintement. Tous.

Je l'embrasse à nouveau avant d'ajouter :

— Je te le promets.

— Ce genre de promesses sont dangereuses, Izaak… Parce que… elles sont dures à tenir, dit-elle, à moitié essoufflée.

Je resserre ma prise autour du tissu rêche qui panse sa blessure. Sa poitrine se soulève et s'abaisse au rythme de ses inspirations saccadées.

Pitié, pitié, pitié… reste avec moi, Eli.

— Non, elles ne sont pas dures à tenir, rétorqué-je. Je ne partirai pas de cette putain de base sans mon équipe au complet. Encore moins sans toi.

Je redresse la tête pour croiser son regard. Il est si doux.

Si fatigué.

— S'il te plaît, bats-toi pour rester éveillée, brunette. Tu ne dois fermer les yeux sous aucun prétexte.

— Je vais… essayer.

Mon corps palpite. J'ai la gorge serrée.

J'attrape sa main et enlace mes doigts aux siens, devenus collants à cause du sang.

— Tu ne dois pas « essayer », Eli ! Tu dois le faire !

— Izaak…

— Je ne peux pas quitter cet endroit sans toi ! Tu comprends, ça ? Je ne peux pas !

Ses yeux, à moitié éteints, se gorgent d'eau.

— Maintenant à toi de me promettre, débité-je en me penchant vers elle. S'il te plaît, bats-toi pour rester en vie. On sera bientôt au QG, et on va te soigner, tu verras… T-Tout va bien se passer, Eli.

Ma main toujours appuyée fermement sur sa blessure, je laisse ma tête tomber contre sa poitrine. Les yeux me brûlent. J'ai des vertiges.

— Je t'aime, Izaak, murmure-t-elle. Tu le sais ?

— Je le sais, dis-je en déglutissant. Je t'aime moi aussi. Tellement, tellement, tellement…

Je ne te laisserai plus jamais partir sans t'avoir d'abord rattrapée. Plus jamais.

Tout à coup, des semelles couinent sur le carrelage à l'extérieur. Je serre les dents et saisis mon arme, restée à mes pieds. Je me redresse, et me tiens devant la porte, de sorte à protéger un maximum Eliotte.

On ne mourra pas. Pas ce soir, putain. Non. Jamais. Je ne les laisserai pas faire.

L'index sur la détente, je me tiens prêt à tirer si jamais ils nous trouvent.

Les pas se rapprochent.

Et la porte s'ouvre.

Charlie surgit. Puis Alex, Maleek, Francis…

Et Ash.

— Bordel, les prières ça marche vraiment, les gars ! s'exclame Francis. Ça marche ! Ils sont là !

— On a mis à terre une partie des hommes qui venaient de l'ouest, me dit Alex. Ils se sont repliés vers le nord. Ils ne devraient plus être très loin, on doit se casser.

— Où sont Matthew et Jenna ?

— On les a croisés, répond Ash. Je les ai dirigés vers la sortie qu'on va devoir emprunter si on veut tous sortir d'ici vivants.

— Eliotte est touchée, dis-je en m'écartant pour qu'ils la voient.

— Oh ! merde ! s'exclame Charlie.

Je me retourne. Eliotte est immobile, la tête penchée en avant. Je manque de laisser tomber mon arme.

— Eli !

Je secoue ses épaules.

— Réponds ! Eli !

Elle ne bouge plus.

Non, non, non…

Ashton m'a rejoint, et il passe sa main sous les aisselles de la brune, comme pour tenter de la redresser. J'attrape la mâchoire d'Eliotte et soulève sa tête pour croiser ses yeux.

— S'il te plaît, Eliotte… Je t'en supplie, regarde-moi. Reste éveillée.

Ses yeux restent clos.

Tout va bien. On va quitter cette base elle et moi. Tout va bien. Tout va bien, putain de merde !

Ashton la secoue, en essayant de redresser son corps inerte avec moi.

Elle émet un petit bruit.

— On va bientôt s'en tirer, Eliotte, lui dis-je en la soulevant avec l'aide d'Ashton. Reste avec moi.

Elle chancelle, en gémissant de douleur.

— Vous attendez quoi pour la porter, vous-deux ? cingle Ashton en s'adressant à Alex et Francis. Mon frère est aussi blessé, ça crève les yeux !

— Je te jure que si on n'était pas en situation d'urgence, je t'en collerais une, petit merdeux, rétorque Alex en s'exécutant malgré tout.

— On n'a vraiment plus le temps, nous rappelle Francis. Partons !

Eliotte une fois entourée, nous reprenons notre course, le souffle court. Ashton se détache du petit groupe pour ouvrir la marche et nous indiquer les directions à prendre. Je ne cesse de jeter des coups d'œil derrière moi pour m'assurer qu'Eli va bien, et me reconcentre sur le chemin qui s'ouvre à moi, à l'affût de toute menace à éliminer.

J'espère que Jenna et Matthew n'ont croisé personne.

Tout à coup, une explosion retentit. La même que tout à l'heure.

Je tourne le regard vers les baies vitrées donnant sur la zone est. Elle est en train de brûler.

Ils veulent faire sauter la base ?

— Le passage est au bout de ce couloir, dans le bureau ! dit Ashton, en venant à moi. Je dois l'ouvrir par reconnaissance rétinale, dépêche.

Nous le suivons jusqu'à une porte, aux aguets. Je soupire de soulagement en apercevant, près de celle-ci, Jenna et Matthew J'essaie de tenir mon épaule avec ma main pour calmer la douleur mais je crois que c'est encore pire. *Comment je suis censé bien viser avec une telle blessure ?*

Ashton ouvre la porte et nous invite à entrer. Je discerne une trappe sur le parquet, qu'un tapis recouvre à moitié. Alex entre et s'assure que les autres suivent.

— Allez, allez, Ash ! dis-je, toujours près de la porte.

— Non, pas cette fois.

— Quoi ? Il n'est pas question que tu restes là, Ash. Je ne bouge pas sans toi, c'est clair ?

La douceur que je lis dans ses prunelles me tord le ventre.

— Izaak, j'ai toujours raté les occasions de faire mes propres choix et de m'écouter. C'est terminé. Alors, entre, maintenant, parce que je ne te suivrai pas.

Des pas résonnent dans le couloir le plus proche.

— File, imbécile ! hurle-t-il en me poussant dans le bureau.

Mais j'ai à peine le temps de m'opposer à lui qu'une balle vole près de nous. Un coup de feu retentit.

Ils sont déjà là.

Ashton se place entre moi et le groupe, et accourt vers nos assaillants. J'aperçois du coin de l'œil les autres s'approcher de la porte sans pour autant se montrer.

Qu'ils ne soient pas débiles et qu'ils partent. Maintenant.

— Ne tirez pas. Il nous le faut vivant.

Une femme soldat dirige son arme vers moi. Je fais de même, en me retenant de gémir de douleur à cause de ma foutue blessure.

— Nous avons des ordres, Gouverneur, dit un homme, sans baisser le canon de son pistolet.

— Vous en avez de nouveaux : posez vos armes. Le Président et moi avons besoin d'Izaak Meeka vivant si nous voulons nous débarrasser des Liberâmes.

— Il nous a expressément ordonné d'abattre toute menace. Il en est une.

— Il ne savait pas qu'Izaak serait là. Je peux vous assurer que vous aurez de très gros problèmes s'il apprend que vous avez tué un individu clé pour notre projet. Alors je vous le dis une dernière fois : posez vos armes.

Je serre la mienne entre mes doigts moites, incapable de décoller mon index de la gâchette. Ashton, à mes côtés, ne les lâche pas du regard.

La femme qui m'avait dans son viseur abaisse son fusil d'assaut. Ma poitrine se desserre. Je vois Ashton refréner un soupir.

Et puis un homme fait un pas vers nous, son groupe l'imite.

— Ce sont nos ordres.

Et un coup de feu part.

Je ne comprends pas pourquoi je peux encore appuyer sur la détente. Pourquoi je tire. Pourquoi je ne suis pas déjà tombé. Pourquoi je ne suis pas au sol. Pourquoi c'est Ashton qui…

Ashton.

Tous mes organes se mettent à vibrer et je m'écroule au sol.

Nous sommes engloutis dans une tempête, comprimés dans l'agitation, mais je ne bouge plus quand mes genoux touchent enfin le corps d'Ash, sur le sol. Je ne fais pas attention à Alex qui mitraille tout ce qui bouge, à Francis qui le rejoint, et à tous les autres autour de moi.

Je ne vois qu'Ashton et sa chemise blanche couverte d'une tache de sang. Une immense tache.

Tu dois agir, vite.

Sans plus réfléchir, j'appuie sur sa blessure pour contenir l'hémorragie.

— Je t'avais dit de me suivre, gros con, murmuré-je en aplatissant davantage mes mains sur son pectoral.

— J'aurais dû… te suivre depuis tout petit, je crois.

Pourquoi sa voix est si faible ? Pourquoi est-ce qu'il se met à tousser ? À cracher du sang ? Haleter ? Pourquoi est-ce qu'il agit comme s'il allait mourir alors qu'il va vivre ?

— Lève-toi, il faut qu'on aille dans le tunnel…, lui ordonné-je en l'attrapant sous les aisselles pour le relever. Viens…

— Izaak, arrête…

Je n'écoute plus ce sombre idiot et, dans le chaos autour de moi, je rampe sur le sol, en le tirant avec moi. Je n'avais pas remarqué les deux trous près de ma côte et la douleur qui me cisaille l'estomac, ni le sang qui coule.

— Izaak, arrête tes conneries ! s'exclame-t-il.

Je le tire jusqu'à la trappe, en mordant ma lèvre pour étouffer la douleur qui pointe. Mais elle ne m'arrêtera pas. Rien ne m'arrêtera. Ashton doit être mis à l'abri.

Ashton.

Ashton.

Je traîne mon corps et le sien à bout de bras, toujours à moitié assis sur le sol.

— Démène-toi, Ash ! Je vais pas faire le travail tout seul ! m'exclamé-je. Allez !

Pourquoi est-ce qu'il n'est pas en train de se lever ? Tout va bien, la trappe est juste là, on va s'échapper. On va survivre. Lui et moi.

Soudain, sa main dégoulinante d'un liquide rouge attrape mon visage.

— Tu dois partir avant que les autres arrivent, abruti.

— Tu dois partir, tu dois partir, tu dois partir… Putain, t'as que cette phrase à la bouche ! Je vais rester !

— Izaak…

Mes yeux me piquent. Je vois si flou.

— Je vais rester comme j'aurais dû le faire depuis toujours. Alors ta gueule, et fais un effort pour te redresser…

— Izaak, je peux pas…

Je baisse le regard sur son visage. J'ose enfin.

Le sang qui coule de sa bouche suit un sillon jusqu'à son cou. La tache fait la taille d'une balle de tennis, à présent. Elle est grande. Immense, comme son cœur.

Une larme roule le long de sa pommette, et se perd près de ses lèvres.

— Je… peux pas.

— Quoi ? Bien sûr que tu peux ! Allez !

J'essaie de le soulever, mais il retient mes bras.

Des spasmes me secouent. Qu'est-ce qui m'arrive, putain ?

— J'en ai fait des choix débiles, dans ma vie…, chuchote Ashton. Mais mourir en prenant une balle qui t'était destinée est le meilleur que j'aie fait de toute ma putain d'existence.

Mourir ?

— Mais arrête tes conneries, là ! m'écrié-je. Tu vas pas mourir ! Tu peux pas faire ça maintenant ! J-Je t'ai pas encore montré le cyprès de Montezuma à Alma e-et… tu… tu m'as pas encore appris à jouer au hockey. Tu m'as promis de m'apprendre pour que je te foute une raclée. Tu me l'as promis, tu m'entends ? Je… Je… Arrête ! Lève-toi !

Je tire de plus belle sur la manche de sa chemise, mais je n'ai pas la force suffisante pour le porter. Il attrape mes poignets, et m'attire à lui. Mon front tombe contre sa nuque et une partie de sa chemise humide.

Il tient fermement ma main poisseuse dans la sienne.

— Ashton, s'il te plaît… Lève-toi.

Mes doigts s'agrippent au tissu mouillé de son costume. Je ne veux même pas voir ce qui vient d'entacher mes mains.

— Écoute-moi…, dit-il, à bout de souffle. Il y a une clé USB à la villa, je l'ai confiée à maman… Tu auras tout dedans… t-tout.

Une clé USB.

— Izaak, j-je… je suis désolé pour tout ce qui s'est passé.

— Je sais, c'est rien, mais on en parlera plus tard…, murmuré-je contre son épaule, d'une voix brisée. S'il te plaît…

— Il y a beaucoup de choses q-que…

— On verra ça quand on sera au QG. Hein ?

— Je… Je t'aime, imbécile.

— Moi aussi. Moi aussi, Ash.

J'avale cette boule dans ma gorge qui m'empêche de lui hurler de se lever pour courir vers la trappe de secours. Je renifle, en sentant mes yeux se fermer doucement. Malgré le stress qui bat dans mes veines, qui pompe mon sang, je me sens sombrer.

Il faut que je reste éveillé. Il faut que je me batte.

— Ash…

Je crois que mon bras s'est décroché et que mon estomac est tombé. Mon cœur tape si vite contre ma poitrine. Si vite.

— Ashton ?

Je secoue ses épaules, sentant un sanglot éclater dans ma poitrine.

— Ash ?

Je soulève mon visage de son torse, pour croiser son regard. *Il est vide.*

— Tu nous fais quoi, là ? m'exclamé-je en le secouant vigoureusement. Ashton, réponds-moi !

J'attrape sa mâchoire, mais il ne réagit pas.

Non, pourquoi ? Qu'est-ce que…

— Je t'en prie, petit frère…

Ma voix est si faible.

Son visage si inerte.

Je me redresse et le tiens contre mon torse. Ses yeux sont toujours ouverts, dans le vide.

Ashton… pitié…

Le monde s'ouvre à nouveau, et j'entends une explosion. Je ne sais pas si c'est mon cœur, ou une grenade des militaires du Conseil. Une autre. Des coups de feu.

Je serre mon frère encore plus contre moi, comme si ça pouvait le protéger des débris, des ondes de choc et des tremblements. Je serre son corps d'homme qui a grandi trop vite, comme si c'était un pilier dans la tempête qui est en train de tout emporter autour de moi.

Ma vie est dans mes bras, et je suis couvert de son sang.

Mon frère.

Le sang.

Ses yeux.

Et ça se déchire. Quelque chose en moi se rompt. Je ne sais pas quoi, mais je n'arrive plus à respirer, je n'arrive plus à sentir mes mains, ni mes bras.

— Izaak !

On me tient l'épaule.

— Le reste de leur armée est partie, ils sont en train de…

Je n'entends rien.

Soudain, je sens mes bras saisis par-derrière.

— Lâchez-moi ! hurlé-je.

Mais on ne cède pas. On me tire vers la trappe qui est déjà ouverte. Je ne lâche pas la main d'Ashton. Je ne la lâche pas. Plus jamais.

— Je dois rester avec lui !

Tout à coup, le visage d'Eliotte apparaît devant moi. Elle a des éclaboussures de sang sur le visage, comme des taches de rousseur. Ses cheveux sont en bataille, et ses larmes… Elle pleure.

— Le bâtiment va exploser, on doit partir.

Je secoue la tête.

— Non, non, je peux pas le laisser.

— Alex est blessé, et Matthew il… il… On doit partir. Moi non plus, je ne quitte pas les lieux sans toi, alors viens.

La personne derrière moi m'attire encore plus à elle, me détachant d'Ashton.

Eliotte me pousse dans la trappe.

Non. Non. On ne peut pas le laisser.

— Il faut qu'on coure, Izaak, me dit-elle, d'une voix faible. P-Pour notre vie.

Mais elle est juste là, ma vie. Inerte sur le sol. En train de se vider de son sang.

Je n'ai pas le temps de sortir ma main hors du passage pour me hisser jusqu'à mon frère. Tout explose. La trappe se referme.

Il fait noir.

Et Ashton est parti.

39. Un cœur, un million de battements

Eliotte

C'est étrange comme l'odeur de la rouille ressemble à celle du sang. Ou comme le fer oxydé a presque la même couleur que ce liquide vital séchant à l'air libre.

Le sang.

Il y en avait tellement. Je n'en avais jamais vu d'aussi près, encore moins giclant du corps d'un autre. Je crois que ces images me hanteront toujours.

Quand nous avons entendu les premiers coups de feu, alors qu'on était en train d'ouvrir la trappe du passage secret, on ne peut pas dire que j'aie hésité. Et je ne le regrette pas.

Enfin, je ne me suis pas lancée immédiatement à la suite des autres. Pendant une seconde, qui me semble avoir duré une vie, j'ai senti mon cœur s'arrêter. Oui, j'ai bien cru que mon organe vital s'était arrêté de battre. Parce que j'ai pensé un instant que ce coup de feu, cette balle avait été pour Izaak, et qu'il était déjà trop tard. J'ai également pensé que, si jamais son palpitant ne s'était plus jamais remis à fonctionner, il en aurait été de même pour le mien.

Une fatalité que j'avais acceptée, l'espace de cette seconde où tout s'était figé autour de moi.

Puis j'ai couru. J'ai tiré. Et j'ai vu Izaak, à genoux.

Près du corps d'Ashton.

Je ne sais pas exactement ce qui s'est passé en moi, peut-être que la Terre a tremblé, s'est fendue, et m'a attirée dans ses ténèbres. Je n'ai compris que je ne le reverrais plus que bien après, quand la trappe s'est refermée : j'ai gardé allumée cette lueur d'espoir, espérant que, par miracle, il rouvrirait les yeux juste à temps pour qu'on le récupère, et qu'on le tire jusqu'à notre porte de sortie.

Mais il n'a pas rouvert les yeux. Il ne le fera jamais.

Ash a pris une partie de nous tous avec lui. Oui, il a pris beaucoup, peut-être trop… sauf nos souvenirs.

Plus qu'inoubliable, il est mémorable.

J'inspire en battant furieusement des cils, pour éloigner des larmes que je sens pointer dans mes yeux.

Ash…

La pièce dans laquelle je me trouve baigne dans une légère lumière orangée, provenant de quelques ampoules. Même s'il fait froid ici, je me sens comme dans un cocon. Cette chambre de l'infirmerie clandestine du QG des Liberâmes – assez grande pour contenir trois lits – m'enveloppe tout entière. C'est peut-être parce qu'Izaak est à un mètre de moi, sur le lit d'à côté.

Je tourne mon visage vers lui, alors qu'il est encore endormi.

Oh.

Plus si endormi.

Cela fait trois heures qu'il se réveille en sursaut avant de se rendormir aussitôt, confus. Cette fois, il semble rester conscient.

Son regard trouve le mien, et quelque chose s'allume en moi. En lui. Dans toute la pièce.

Avant de s'éteindre subitement.

— S'il te plaît, dis-moi que tout ça n'est qu'un cauchemar et que je ne suis pas réellement éveillé, murmure-t-il d'une voix légèrement cassée. Dis-moi qu'il n'est pas…

Je pince mes lèvres tremblantes, incapable de lui répondre.

Alors, il passe une main sur son visage en poussant un long et profond soupir. Il écarte ses boucles brunes de son front en mordant sa lèvre inférieure.

J'aimerais trouver les mots. Les bons. Pour commencer à suturer les plaies, à faire taire les vieux démons et à étouffer les nouveaux, nés il y a vingt-quatre heures.

Mais je n'arrive déjà pas à le faire pour moi.

— Ash…, dit-il dans un souffle.

Je l'entends renifler. Ses yeux verts restent plongés dans le vague.

Puis, lentement, comme si ça lui déchirait les muscles de l'épaule, il déplie le bras… et ouvre sa paume dans le vide.

Je l'imite et attrape cette main tendue à quelques centimètres de la mienne.

Et nos doigts s'enlacent fermement.

De cette manière, je sais que je dépose à nouveau mon cœur dans le creux de sa paume.

Comme si tu le lui avais repris…

Une ébauche de sourire étire mes lèvres. C'est vrai, je ne peux pas mettre dans sa main ce qu'il a déjà… depuis si longtemps maintenant.

Ce geste me réchauffe le bras, puis le corps tout entier.

Enfin, je me remets à respirer. Jusque-là, j'avais la sensation qu'on avait écorché mon cœur à vif.

— Eliotte.

Izaak essuie ses yeux gorgés de larmes et, sans me regarder, il dit d'une faible voix :

— Ne pars plus. Plus jamais.

Ses doigts serrent les miens.

— Parce que je… je ne sais pas si j'y survivrai, cette fois.

À nouveau, ses yeux trouvent mon regard. Ils étincellent sous la lumière, à cause des larmes.

— Je n'ai plus personne… C'est toi, ma famille. Et je ne pourrai pas supporter ton absence.

— Izaak…

Je me redresse sur le matelas en faisant grincer le lit, et balance une jambe après l'autre sur le sol. Ma hanche me fait tellement mal.

Serrant les dents, je me lève et, un pas après l'autre, je le rejoins. Je m'assieds dans ce lit minuscule, à ses côtés. Je pose ma joue au sommet de son crâne, et entoure délicatement son torse de mon bras, en évitant son épaule gauche, enroulée dans un bandage.

— Tu m'as tellement manqué, murmuré-je.

— Toi aussi… Tu n'imagines pas à quel point. Il n'y avait que toi dans ma tête, toute la journée.

Il saisit ma main libre et dépose un baiser sur ma paume.

— Il faudrait que mon cœur s'arrête complètement de battre, pour cesser de le faire pour toi.

J'entends ses mots, et je les laisse couler lentement dans ma gorge ; je les savoure comme du miel. C'est tout ce que je rêvais d'entendre.

Et s'il savait que je ressentais la même chose, un millier de fois plus fort.

— Je t'ai cherchée des jours entiers, à Alma, dans la jungle, aux frontières du désert… Partout.

L'imaginer se démener pour moi me fait un pincement au cœur.

— Quand j'ai compris que tu avais été kidnappée… j'étais fou de rage, poursuit-il. Oui, fou, Eliotte. Je crois que j'ai toujours été fou quand il est question de toi.

— Et… tu es venu me chercher. Tu l'as vraiment fait.

— Je te l'ai dit, Eli : peu importe où tu es, je viendrai toujours te chercher.

Sa main se pose sur ma cuisse bandée.

— Tu en doutais ?

— Après ce qu'on s'est dit, et connaissant les risques que cela impliquait…

Je baisse les yeux.

— Oui.

— Eli…

En à peine quatre jours, il était déjà là.

Chaque cellule de mon corps vibre, à mesure qu'une vague de chaleur me traverse millimètre par millimètre.

— Il nous fait faire des choses folles, ce cœur…, murmure-t-il. Un si petit organe qui pèse en tout et pour tout trois cent cinquante grammes.

Une partie de nous, qui peut nous pousser à brandir les armes, à retourner tout un continent et à risquer notre vie.

Voire à la perdre.

— Je n'aurais pas dû faire volte-face cette nuit-là à Alma, dis-je tout à coup. J'aurais dû… Je…

— Moi, j'aurais dû te retenir.

Il soupire.

— Mais le conditionnel ne nous mènera nulle part, Eli. Ce qui compte, c'est maintenant.

Il bascule la tête en arrière, pour me regarder. Les angles de sa mâchoire ressortent, autant que le vert de ses prunelles.

— Je t'aime. Et pas qu'à 98,8 %.

Parfois dans la tempête, au milieu des tornades, un rayon de lumière parvient à s'infiltrer, et soudain, l'espoir est là. Parce qu'on se dit que, à l'extérieur, au-delà de ce cataclysme, le jour est présent. Et tôt ou tard, peut-être qu'on le reverra, qu'on le laissera nous baigner de soleil et de sérénité.

— Moi aussi, Izaak.

Le bout de mon index trace les contours éraflés de son visage. Sa bouche se soulève un rien, dans un petit sourire harassé. Je me penche et l'embrasse. Sentir ses lèvres à nouveau contre les miennes me procure une sensation indescriptible. Comment pourrais-je un jour m'en passer ?

Je le serre contre moi en prenant soin de ne pas plus abîmer son corps. Il a pris des balles quand Ashton est tombé à terre. Après cela, il est allé se réfugier avec lui dans la salle ouverte. Avec le reste de l'équipe, on a réussi à mettre hors d'état de nuire le groupe qui nous a attaqués.

Mais à quel prix ?

Je revois le visage de Matthew et mon palpitant tressaille. Ses yeux bleus, les coups de feu… Izaak passe les doigts sur mon bras crispé, avant de planter un autre baiser dans la paume de ma main.

Tout à coup, il s'agite, en tapotant sa clavicule.

— Merde, il est où ?

Il plonge la main sous son T-shirt, et sort brusquement sa chaîne en soupirant. Son soulagement me fait sourire.

— Il n'a pas bougé…, susurre-t-il en observant mon anneau pendre à son cou.

— Tu aurais pu le perdre, ce n'est pas grave.

Il secoue la tête.

— Je tiens à ce que ce soit l'original.

— Pourquoi ?

— Pour le jour où on l'échangera une troisième et dernière fois.

Je pose la main sur ma poitrine.

Qu'on s'échange à nouveau nos alliances.

L'air de rien, il lâche l'anneau qu'il tenait entre les doigts, et laisse tomber sa tête contre l'oreiller à côté de moi. Je ne sais pas s'il réalise la portée de ses mots. Il a parlé comme si c'était la chose la plus évidente et naturelle du monde. Mais cela représente pourtant tellement.

Izaak…

— OK, fais-je alors. Pour qu'un jour, on se les échange encore.

— OK, répète-t-il. Mais je tiens à te préciser que tu es déjà ma femme.

Je pouffe.

— Ça ne marche pas comme ça, Izaak.

— Au contraire. On n'a jamais divorcé. Ce mot n'existe que dans les livres de ton père, d'ailleurs.

— C'est vrai…

— Bien… mon épouse.

Je lui pince la joue.

— Outch, vous me blessez, mon épouse.

— Tu n'es pas croyable.

— Vous non plus, mon épouse.

Je suis prête. Je le suis depuis toujours.

Je prends une grande inspiration en croisant mon regard dans le miroir de la chambre de notre nouvelle planque. Je suis habillée de la tenue militaire blanche des Liberâmes. Le col roulé a beau me gratter le cou, il me donne un aplomb certain. Et j'en ai cruellement besoin aujourd'hui.

Je n'arrive pas à croire que nous allons entrer en négociation avec le Président Dickens et son équipe.

Grâce à toi, Ashton.

Il a stocké dans cette clé USB miracle plusieurs documents contenant des secrets d'État, des preuves accablantes des méfaits du gouvernement et, surtout, un plan d'action détaillé pour que l'on agisse méthodiquement afin de détruire le système de l'intérieur.

Et dire que tu avais laissé tout ça pour nous…

Même s'il a toujours nié, Ashton savait pertinemment que ce qu'il faisait lui coûterait la vie. Et il l'a quand même fait. Il n'est plus le lâche qu'il a pu être par le passé. C'est l'une des personnes les plus courageuses que je connaisse…

Que j'aie connues.

Cela fait un mois, et je n'arrive toujours pas à parler de lui au passé. Pour moi, son souvenir est intact, flottant dans l'air figé autour de nous. Et il le sera à jamais.

— *Eliotte* ! T'es où ?

Je sursaute. La porte de ma chambre grince, et la silhouette menue de Kaï se plante devant moi. Je pose un genou à terre pour être à sa hauteur et caresse ses joues rondes.

Avant que la menace sur Alma soit portée à exécution, et que la ville soit quasiment rasée, une partie de la population a été rapatriée aux États-Unis, dans des lieux sûrs. Une autre a tenu à rester sur place pour reconstruire une nouvelle Alma, dans un endroit plus sécurisé encore. Izaak m'a appris que, avant son départ, il avait – je cite – « foutu le bordel sur le camp », en partageant ouvertement son désaccord avec les méthodes du groupe, et en particulier avec Joshua et Tabitha. Ces derniers se sont pris une sacrée raclée après l'attaque : si Chris et Maryam et les autres n'avaient pas redoublé d'efforts pour convaincre tout le monde de partir… que serait-il advenu des Liberâmes, à cause de l'inaction et des doutes constants de ces deux-là ? Même si les choses sont encore trop fragiles dans un contexte aussi brûlant que le nôtre, je sais au fond de moi que notre organisation pourra atteindre l'idéal démocratique auquel nous aspirons tous, malgré tout.

— Qu'est-ce que tu fais là ? Tu n'es pas avec maman ? Vous allez bientôt partir en voyage, Kaï !

Izaak a tenu à ce qu'il nous rejoigne aux États-Unis… mais nous savons très bien que ce que nous nous apprêtons à faire, agir de front contre le pays et menacer ses dirigeants, n'est pas sans risque. On ne peut pas se permettre que notre famille et les gens qu'on aime soient autant en danger que nous : on change régulièrement d'abri, en conservant le paquebot abandonné de Portland comme quartier général et cœur des opérations. Il n'a pas encore été trouvé, Dieu merci.

Et aujourd'hui Kaï « part en vacances » avec Joleen et d'autres membres du groupe, à l'autre bout du pays.

Celui-ci court vers mon lit et se baisse pour regarder en dessous.

— Zi-te-plaît, Eliotte, il faut que tu me caches… Ze sais que toi tu me cacheras. T'es la meilleure.

— Mais pourquoi est-ce que tu veux te cacher ?

Je le rejoins et passe la main dans ses cheveux noir de jais, amusée.

— Pour pas partir en vacances sans papa. Je préfère l'attendre.

— Oh ! mon grand… Ne t'en fais pas, tu vas bientôt revoir papa. Et tu vas tellement t'amuser avec ta maman !

— Maman z'est la plus cool, mais je veux quand même attendre papa. Et puis qui va le protéger si ze suis pas là ?

Il ouvre grand les yeux et m'attrape les mains. Il me les serre à m'en broyer les doigts.

— Tu peux le protéger, Eliotte ?

Sa demande m'arrache un battement de cœur.

— B-Bien sûr… Je protégerai toujours ton papa.

— Tu promets ?

— Oui. Et on te protégera toi aussi, même si on est loin les uns des autres.

— Ça z'est cool.

— Et toi, tu me protégeras ?

— Trop.

J'ouvre les bras et l'attire contre ma poitrine. Il me rend mon étreinte, mais tient à peine deux secondes, avant de me pousser comme il le fait avec tous ceux qui osent entrer dans son périmètre vital.

— Tu peux me donner une glaze ? Maman a dit non. Mais ze sais que tu diras oui, toi.

— Maman a souvent raison, tu sais.

Et je le pense sincèrement. Izaak m'a dit à quel point elle avait plaidé ma cause. Malgré tout ce que j'ai pu croire d'elle, Joleen est une bonne personne. Et, avec le recul, maintenant, je doute qu'elle ait essayé de récupérer Izaak lors de toutes ces semaines à Alma. Elle a son petit caractère, mais, mine de rien, nous nous entendons bien.

— Kaï ! Tu es où ?

La haute silhouette d'Izaak, suivie de celle d'Alex, passe la porte.

— Eli, tu as vu Ka…

Sa phrase meurt sur ses lèvres quand il croise le regard de son fils. Izaak place les poings sur les hanches, l'air malicieux.

— Tu es là, toi ! Tu sais que je t'ai cherché partout ?

— Z'est pour ça que z'me suis caché ici.

Izaak et Alex s'esclaffent et viennent à nous.

— Tout le monde t'attend dans la voiture, mon chéri, dit le brun.

— Tu me donnes deux glazes si z'y vais maintenant ?

— Une.

— Ouais, mais avec une brique de zus d'oranze ?

— *Deal.*

Et le brun tend les doigts vers ceux de Kaï. Ils échangent une poignée de main comme deux grands hommes d'affaires, avant que l'enfant sorte en courant de la chambre.

Malgré le poids infâme qui grandit dans ma poitrine depuis des semaines, je parviens à éclater de rire, en chœur avec Alex.

Puis je ressens à nouveau que la sensation d'oppression reprend sa place.

Les négociations, les tactiques, les plans, la fuite…

— On ferait mieux d'y aller maintenant pour dire une dernière fois au revoir à tout le monde, dis-je. Puis, ce sera à notre tour de partir…

Et ce, non pas pour aller dans une nouvelle planque, mais afin de nous rendre au point de rendez-vous et commencer les discussions avec le Conseil national.

Là où tout se joue.

Je m'en vais vers la porte, mais Izaak attrape les bretelles de mon porte-arme, et m'attire vers lui. Je me heurte à son large torse.

— Minute, papillon. Ou tarsier, devrais-je dire.

Je souris alors qu'il enlace ses bras puissants autour de mon dos, en me regardant droit dans les yeux.

— Je sais à quel point ça t'angoisse… Je stresse aussi. Mais notre plan est bien plus que solide, nous avons tout en notre possession pour les faire flancher. Et je sais à quel point tu seras parfaite pendant les négociations.

Son sourire franc et son regard aiguisé gonflent mon cœur.

— Izaak a raison, affirme Alex. Grâce à nos premières publications, et le soutien de certaines personnalités, la population commence à s'agiter. Les choses bougent, c'est indéniable. Peu importe ce qu'ils veulent de nous, le gouvernement ne pourra tout de même pas contenir ce qui est en train de se créer au sein des foules.

— Et nous avons de plus en plus de recrues, c'est vrai, lancé-je. Liberâmes se renforce.

Un cœur de plus en plus uni et fort, pour des millions de battements.

Je souris en opinant du chef, les poings serrés.

Nous avons trop perdu à cause d'eux. Si ce dernier mois a été éprouvant et décisif, cela fait déjà des années qu'une douleur et une rage inextinguibles dorment en nous. À cause d'un père arraché, d'un géniteur assoiffé de pouvoir, d'une orientation sexuelle qui doit être cachée, de séparations, de larmes, de familles brisées, du sang… Oui, cela fait des années que chacun nourrit une rage mortellement inflammable à l'encontre du système.

Il est l'heure de la libérer.

Et de tout faire sauter. Chaque fil, chaque brique, chaque morceau. Tout. C'est terminé. Ils n'auront plus jamais la possibilité de choisir qui nous pouvons aimer. Qui peut vivre. Qui peut mourir.

Nous allons les mettre à genoux.

Et ce, particulièrement grâce à toi, Ash.

— Il est grand temps de briser les chaînes, dis-je en m'élançant vers la porte.

Épilogue

Izaak

— L'ordinateur devrait être libre d'accès, maintenant, dit Francis en me laissant la place près du tableau de bord. Le piratage était plutôt rapide.

En s'appuyant sur une béquille, il se décale pour me laisser le champ libre. Le voir aussi esquinté me serre le cœur.

J'insère la clé dans le port USB parmi les boutons qui clignotent et les manettes du bureau de la tour de contrôle.

— Mec, tu m'épates… T'es un hacker depuis quand ? dit une voix au fond.

Matt aurait dû rester à l'infirmerie du QG, il est encore en convalescence, mais apparemment, ce crétin a la tête bien trop dure pour que je l'empêche de faire quoi que ce soit.

On a bien cru qu'il allait y passer.

Au moins, lui, aura survécu.

— Depuis toujours, rétorque Francis. Je suis un homme aux multiples talents, si t'étais pas encore au courant.

— Ça a dû m'échapper, en effet…

Soudain l'écran s'allume. Les données chargent. Je fixe le pourcentage évoluer en serrant les doigts autour de ceux d'Eliotte. Je sens le métal de son alliance frotter contre ma peau abîmée. La chaleur de ce geste contraste avec le blizzard dans ma cage thoracique.

22 % de chargement.

Ce blizzard est apparu quand j'ai vu dans le rétroviseur de ma jeep la base militaire prendre feu. Ce gouvernement a pris mon frère. Et, je pourrai faire ce que bon me semble, il ne me le rendra jamais.

Et pour ça, ils vont payer.

35 %.

Ce blizzard s'est installé quand ma mère m'a avoué que la putain de mort de mon père était en fait une manigance d'Ashton. J'ai compris sur-le-champ qu'il avait fait en sorte de l'écarter de la politique, lui faisant croire qu'il menait son fils à la baguette, pour mieux pouvoir agir.

56 %.

Malgré les preuves accablantes et les secrets d'État que nous menacions de rendre publics, les négociations avec Dickens et ses hommes n'ont pas abouti au résultat escompté. Ils pensaient que nous allions rester les bras croisés, en nous contentant de promesses en l'air et de sourires prétentieux.

Ils ont eu tort.

Nous allons nous charger nous-mêmes de faire sauter le système. Et cela, en laissant la population prendre enfin les choses en main. Si Ashton avait raison, en affirmant dans les notes qu'il a laissées sur sa clé que ce système doit s'effondrer de l'intérieur, je pense que ce n'est pas toute la solution : la force de l'unité peut nous permettre de vaincre.

Les informations compromettantes que mon frère nous a transmises seront bientôt diffusées à toute la population.

Oui, car notre dernière opération militaire a été un succès : nous avons pris le contrôle de la plus grande antenne de diffusion nationale. Nous prenons des risques démesurés ce soir, peut-être que nous ne rentrerons même pas à la base au petit matin, peut-être que tout s'arrêtera là pour nous.

Peu importe. Dans quelques secondes, ce sera aux citoyens de découvrir la vérité, et de faire leur choix.

62 %.

Le nouveau camp d'Alma a été reconstruit. Encore plus grand, encore plus fort. Nous ne mourrons pas. Nous ne nous laisserons pas écraser.

La riposte est imminente.

— Vous savez, dit Alex en arrivant vers nous, je crains plus la réaction de la population que celle du gouvernement quand ils auront nos infos à disposition.

— Moi aussi, mais nous avons pris la bonne décision, affirme Eliotte. Que les citoyens décident de se joindre à nous ou de soutenir le système d'Algorithma… ce qui compte, c'est qu'ils ont eu le choix de le faire, pour la première fois.

Je garde les yeux rivés sur l'écran. Tout comme Alex, je ne peux cacher mon appréhension, qui me tient éveillé depuis des jours déjà. Et si la population, comme l'affirmaient mon père et tous les autres, était heureuse ainsi et qu'elle souhaitait que tout reste intact ? Si notre lutte acharnée était vouée à l'échec face à des personnes trop attachées à nos lois, trop à l'aise dans ces décennies de système tordu ?

88 %.

En réalité, peu importe la décision que chacun prendra après avoir lu le contenu du fichier qui est sur le point d'être envoyé. Qu'ils choisissent que leur vie amoureuse soit dictée ou non par les pourcentages. Qu'ils décident de lever le poing avec nous et de faire pression sur nos dirigeants.

Ils auront été maîtres de leur destin.

98,8 %.

Je vide l'air contenu dans mes poumons, sans détacher mon regard de l'immense écran devant moi. Dans quelques secondes à peine, le monde sera bouleversé.

— C'est bientôt envoyé…, murmure Matt à ma gauche.

Le nombre affiché en grand augmente lentement. Tout a commencé par un pourcentage, et peut-être que tout finira par un autre.

Je pivote le regard pour observer mes camarades, postés autour du tableau de bord. Je peux discerner très nettement la peur qui habite leurs pupilles.

À côté des flammes qui y crépitent.

— Quoi qu'il advienne, nous marquons le début de quelque chose. Espérons que cela soit grandiose.

99,7 %.

Il est enfin l'heure que la vérité éclate.

100 %.

Eliotte

Dix-huit ans plus tard

— Je pars dans quinze minutes ! Le taxi ne va pas tarder ! lance Juliette depuis l'étage.

Izaak, un torchon sur l'épaule, rit doucement en vérifiant sur son poignet la température du lait du biberon.

— Elle m'en parle depuis des semaines, murmure-t-il en passant près de moi pour aller vers la chaise haute. Je crois que je suis plus angoissé qu'elle.

Je remue ma préparation dans la casserole en souriant tendrement.

Izaak…

— Je suis sûre qu'elle va revenir de ce rencard aussi heureuse que la première fois. Et puis, peu importe ce qui arrivera… Elle est jeune, il faut qu'elle explore les possibilités.

— Justement, elle est jeune : son cœur est fragile… Je te jure que je lui pète les genoux, à ce Timmy, s'il…

Il finit sa phrase dans un grognement incompréhensible en fixant un point devant lui, la mâchoire serrée. Je m'esclaffe en lui caressant l'épaule, avant de poser un couvercle sur ma préparation.

Je sais que Francis va adorer cette sauce.

Je jette un coup d'œil à l'horloge digitale sur le mur. Bientôt midi. Il ne va pas tarder à arriver avec Jenna et la famille d'Alex. J'ai hâte de revoir ses deux filles. Il m'arrive de prendre soin d'elles, en particulier quand Alex et Rita, leur mère, sont convoqués à des opérations militaires et des réunions gouvernementales ; ils sont hauts-gradés dans l'armée des États-Unis-Libres d'Amérique.

J'aurais adoré que Charlie soit là… J'espère qu'elle profite bien de son road trip avec sa femme.

Izaak vérifie une énième fois sur son avant-bras la température du lait contenu dans le biberon, en pestant.

— Mon chéri, je te rappelle que notre fille est une Meeka-Edison. Elle sait ce qu'elle veut ! Juliette va maîtriser la situation, comme toujours… Maintenant, c'est à *toi* de maitriser tes émotions.

Mon mari fixe le plafond en tapant du pied. Il finit par retirer le torchon qui pendait à son épaule en soupirant.

— Tu sais comment je suis vis-à-vis de ces *dates*, Eliotte… Et puis Juliette est toujours mon bébé, OK ?

— Elle a seize ans.

— Tu mens. Elle en a quatorze.

Et il fait volte-face pour aller vers la chaise haute où notre fils attend patiemment son repas, dans des gazouillis qui me font sourire comme une idiote depuis tout à l'heure.

— Vous voulez mon avis ?

Je me tourne vers Kaï, que j'aperçois derrière le comptoir de la cuisine. Il est allongé sur le canapé, un livre à la main. Avec ses cheveux bruns qu'il laisse pousser comme son père au même âge, et cet air désinvolte qu'il arbore si souvent… je croirais voir le jumeau d'Izaak.

— Je…

— C'est débile, dit-il sans même attendre ma réponse. Ma petite sœur se démène pour aller à des rendez-vous à la con… Je suis d'accord avec papa ! Si ce Timothée la lâche alors que ça ne fait que deux fois qu'ils se voient, il faut le buter. Soixante-dix pour cent, mon cul.

— Ce n'est pas parce que toi tu ne veux pas consulter Algorithma pour trouver une paire, qu'on ne peut pas le faire, nous ! s'exclame Juliette en apparaissant en bas de l'escalier. T'es vraiment un rabat-joie.

— Que cet indicateur soit fiable ou non, je ne mettrai pas mon avenir entre leurs mains.

— Ta mère serait émue de t'entendre dire ça, fait Matthew,en roulant des yeux, son téléphone portable près de son oreille.

Joleen, plus radicale que nous, n'adhère pas à la consultation d'Algorithma pour trouver une âme sœur dans la population. Elle pense qu'à terme, les choses pourraient s'institutionnaliser dans l'ombre, insidieusement, et qu'on retournerait à l'époque où l'amour n'était qu'une question de chiffres.

Moi, ça me convient. Je pense qu'on a trouvé l'équilibre inouï dont nous parlait tant Ashton dans les plans de sa clé USB.

Oui, depuis, notre système a bien évolué. Il a atteint des horizons inespérés. Il y a encore moins de vingt ans, nous n'y aurions jamais cru.

Chacun est libre d'aimer, tout en ayant la possibilité de savoir qui, selon la science, est la personne avec qui ils ont le plus haut taux de compatibilité. Les psychologues ont toujours une aussi grande importance dans notre mode de fonctionnement, pour assurer le bien-être et la stabilité des relations de chacun. Maintenir la santé mentale des citoyens est toujours un devoir de l'État, qu'il semble remplir comme il se doit, sans dépasser les limites de l'intimité.

Mais si la science est prise au sérieux, comme toujours, tout le monde ne se donne pas la peine de savoir avec qui il est compatible ou non. Pour faire confiance au destin, ou pour se donner le sentiment de maintenir le pouvoir de sa vie. Kaïto, lui, a même refusé de passer les tests préconisés par Algorithma pour créer sa base de données psychologiques. Il aura bientôt vingt-trois ans, et son flegme me rappelle inlassablement son père… peut-être même son oncle, parfois. C'est vrai, ils ont les mêmes yeux rieurs, dans lesquels brûle une détermination incroyable.

— T'es con, Kaï, assène Juliette, en se dirigeant vers la cuisine ouverte.

— J'aurais dit pragmatique, mais bon…

Notre fille traverse la pièce pour aller près de la chaise haute. Elle s'amuse avec son petit frère, qui est déjà en train de vider la moitié de son biberon.

— Bon, attends je te rappelle Gabriella, j'ai un gosse à savater, dit Matthew. On parlera plus tard de ta thèse de Droit… Mais je suis sûr que tu vas la soutenir avec brio : tu es un génie.

Gabriella a rattrapé en très peu de temps les années scolaires – et celles loin de son frère et de sa mère – qu'elle avait manquées à cause de son hospitalisation en France. Maintenant que sa maladie est stabilisée grâce à de nouveaux traitements, elle ne veut plus arrêter les études. Je pourrais les entendre des heures, son frère et elle, débattre de sujets scientifiques ou juridiques. Les Rivera sont brillants.

Matthew raccroche, à contre cœur je le vois, et foudroie Kaïto du regard.

— Bonhomme, sois encourageant ! s'exclame-t-il en se levant du fauteuil pour aller près de Kaï. Ta sœur part au deuxième *date* de sa vie. C'est pas rien.

— Tu veux que je l'encourage à quoi, au juste, Matt ?

— Rassure-la !

— Oh ! Tonton, si tu crois que j'estime à ce point l'opinion de mon frère…, cingle Juliette.

Kaï lui fait un doigt d'honneur sans quitter des yeux son livre.

— On peut déjeuner maintenant ? lance mon meilleur ami, un bras sur le dossier du canapé.

— Non, on attend tout le monde.

Il ronchonne.

— Rappelle-moi de ne plus jamais venir en avance pour t'aider à préparer le repas.

— M'aider à préparer ? Vraiment ?

— C'est toi qui m'as envoyé ici comme un gosse, pour me tenir éloigné des casseroles.

— Matthew, t'a failli foutre le feu à la cuisine !

— Un point pour Eli, dit Kaï. J'ai eu peur pour ma vie.

— Un peu de respect pour tes aînés, toi ! dit Matthew en lui volant son livre.

— Rends-le-moi !

— Je te rappelle que c'est moi qui t'ai arraché toutes tes dents qui bougent, pendant que tu me hurlais en zozotant « où est ma brique de zus » ?

Kaï se redresse pour essayer de récupérer son roman, mais Matthew fait passer habilement le livre d'une main à l'autre.

— Et maintenant, tu oses jouer aux adultes ?

— Mais regarde-moi cette dégaine, avec tous ces tatouages… T'es pas crédible, mon vieux.

— Quoi ? J'ai bien entendu ? Tu sais le nombre de personnes parmi tes amis qui fantasment sur moi, bonhomme ?

— L'âge te fait perdre la boule.

— Sale gosse ! Tu as bien vu toutes les cicatrices de balles que j'ai ? Je suis un putain de héros !

Le bruit de leurs chamailleries se perd dans l'air chaud de la cuisine. Je regarde les poêles carbonisées qui s'empilent dans l'évier, ainsi que les trois préparations différentes que j'ai tenté de faire. Un joyeux chaos. Matthew a failli déclencher un incendie, et moi, un tremblement de terre une heure avant qu'il vienne m'aider. Izaak nous a sauvé la mise, comme toujours.

— Maman, je vais y aller.

Je pose une main sur la joue de Juliette, sans parvenir une seconde à me défaire de mon sourire. Je lisse les pans de sa jupe noire, qui dépasse de son large sweat blanc. Ses grands yeux bleu-gris pétillent de malice derrière les verres de ses lunettes.

— Tu es sublime, ma puce, la complimenté-je en caressant ses cheveux bruns. Profite bien.

Izaak l'attire contre son torse en lui coupant la respiration, j'en suis sûre.

— Magnifique, comme toujours, mon bébé.

Quand il se détache d'elle, il ne lui lâche pourtant pas le bras.

— Souviens-toi… Si ça se passe mal, un coup de fil et papa débarque, OK ?

— Ça marche.

— Tu te souviens du code ? « Il fait plutôt bon dehors » : je viens juste avec la jeep et…

— « Il fait assez froid dehors », tu débarques avec un fusil à pompe, finit-elle la phrase qu'il lui fait répéter depuis qu'elle a douze ans. T'inquiète, papa. Tout est là.

Elle désigne son crâne en gloussant.

— Et puis, quoi qu'il arrive, Juliette saura gérer la situation, dis-je. Elle est incroyablement épatante.

— Oui, bien sûr ! rétorque Izaak. Ce n'est pas ma fille pour rien… Mais je préfère qu'elle sache qu'elle peut compter sur son père d'amour, hein, Juliette ?

— Oui, mon père d'amour ! s'exclame-t-elle, dans un autre rire, avant de filer vers le salon.

— J'aurais adoré que tu restes dîner, princesse, dit Matthew en lâchant Kaï… *qu'il portait à bout de bras.*

— Tu peux me rendre mon livre ? demande ce dernier en tombant sur le sol.

— Ta-ta-ta. Pas avant que tu aies admis que je suis l'homme le plus sexy de la côte ouest.

Sur ces mots, il se concentre à nouveau sur Juliette.

— Garde bien en tête le coup du regard triangulaire si tu veux qu'il te roule une pelle.

— Matthew ! hurle Izaak. T'arrêtes avec tes conneries ?

Mais mon meilleur ami fait un clin d'œil à Juliette en chuchotant :

— Œil droit, bouche, œil gauche, œil droit. Et il tombera par terre.

Elle émet un petit esclaffement timide, avant de saluer la pièce d'un air enjoué. Notre fille s'apprête à sortir, mais Kaï l'arrête pile avant qu'elle pose la main sur la poignée de la porte.

— Tiens, morveuse.

Il lui tend le roman qu'il lisait.

— Si jamais tu t'ennuies pendant le trajet en taxi. Ou même au *date* avec ce con, qui sait.

Elle penche la tête sur le côté en dévisageant son grand frère. Malgré les airs durs et les mots parfois trop honnêtes de ce dernier, Juliette sait au fond d'elle, comme nous tous, qu'elle est sa petite protégée. *Sa petite sœur.*

— Merci.

Kaï pince les lèvres, en restant près de la porte.

— De toute façon, tu as le choix de partir à tout moment. Au diable les politesses et les conventions. S'il te fait chier, tu te casses. C'est compris ?

Elle hoche la tête.

Les mains posées sur le comptoir de la cuisine, je les regarde échanger, en sentant mes yeux me piquer.

« Tu as le choix. »

Pour ces quatre mots, on s'est battus. On s'est démenés, on a pleuré, on a sué, on a espéré de tout notre cœur, et on a tant perdu… afin d'offrir ce monde à nos enfants.

Qu'ils aient le choix aujourd'hui.

Que leur cœur soit le seul narrateur de leur histoire.

Remerciements

Merci, merci, merci à tellement de personnes incroyables, mais avant tout à toi. Toi qui tiens ce livre dans tes mains, et qui viens de tourner la dernière page de ce roman, qui a vécu la plus belle histoire d'amour d'Eliotte et Izaak, la rébellion d'une vie et la réalisation d'une ambition plus grande encore – la liberté – pour Ashton, Matthew, Charlie, Francis et tous les autres.

Je tiens à t'inviter à toujours croire en tes rêves et à te battre pour eux, aussi fous soient-ils. Si lever le poing et la voix demande du courage, il faut toujours écouter son cœur, et s'efforcer de penser par soi-même, malgré les voix du dehors, et le poids des regards. Toujours.

N'hésite pas à me trouver sur les réseaux pour me faire part de ton avis sur la saga, ou juste ton même préféré (j'ai le rire facile, tu peux y aller à fond). J'ai hâte qu'on papote !

Cette saga a été un travail de longue haleine, qui m'a parfois tenue éveillée des nuits entières (il fallait que je trouve *the plot twist* et *the* réplique pour voler votre *corazón*, vous voyez). J'espère sincèrement qu'elle vous a permis, au moins l'espace de quelques centaines de pages, de vous évader.

Sans le soutien et l'aide de certaines personnes, cette aventure n'aurait pas été la même pour moi…

J'envoie tout mon amour et ma reconnaissance à mes premiers lecteurs, ceux sur Wattpad, ou encore même ceux d'*Un visage pour deux*. Sans vos mots de soutien, je n'aurais jamais pu écrire ceux-là. Sachez-le.

Avec tout mon cœur, je remercie ma famille (mention spéciale à ma Maya pour ses paroles parfaites quand je doutais, à mon Amel, dont la messagerie WhatsApp a buggé H24 à cause de moi, à ma maman pour m'avoir donné constamment la force de continuer et à mon père pour son soutien sans faille). Merci à mes amies en or qui se reconnaîtront toutes (mention spéciale au club des Winx au complet : Max, Eugénie, Louise et Laurène.)

Un grand merci à ces personnes incroyables chez HarperCollins France sans lesquelles cela n'aurait pas été possible. Vous êtes géniales !

Et pour finir, vous l'entendrez bien : merci au grand Borrys, mon chat (c'est lui qui m'a soufflé la fin avec Ashton, donc ne me tapez pas, moi).

Composé et édité par HarperCollins France

Achevé d'imprimer en France par CPI
en avril 2023

Dépôt légal : mars 2023
N° d'impression : 174623

Pour limiter l'empreinte environnementale de ses livres, HarperCollins France s'engage à n'utiliser que du papier fabriqué à partir de bois provenant de forêts gérées durablement et de manière responsable.